Ermanno Rea
NOSTALGIA

Ermanno Rea

NOSTALGIA

Aus dem Italienischen von
Klaudia Ruschkowski

S. Marix Verlag

Der Verlag und die
Übersetzerin danken
Don Antonio Loffredo,
dem Pfarrer der Basilica di
Santa Maria della Sanità

Diese Geschichte beginnt mit ihrem Ende. Sie beginnt mit dem Tod des Protagonisten Felice Lasco, ermordet durch zwei Pistolenschüsse von seinem besten Jugendfreund. Ich bin kein Schriftsteller. Ich bin ein Arzt im Ruhestand und verstehe nicht viel von Erzählstrategien. Ich habe aber zufällig von einem Ereignis erfahren, das mir sofort voller Bedeutungen zu sein schien, nicht nur unwesentlicher persönlicher Art, sondern auch solcher, die die gesamte Gemeinschaft betreffen, deren Teil ich bin: Neapel, und ganz besonders der problematischste seiner städtischen Bezirke, der Rione Sanità. Trotzdem habe ich anfangs nicht ernsthaft daran gedacht, darüber zu schreiben. Ich liebe die Literatur, aber sie ist nicht mein Metier. Als Lasco dann von dem Mann ermordet wurde, der ihm als Junge mehr als ein Bruder gewesen war, habe ich begriffen, dass ich nicht umhinkommen würde, diese Geschichte zu erzählen. Eine Ehrensache. Und ich beschloss, mit dem Ende zu beginnen: ein Gang zurück, nicht nur, um die Ursachen eines Verbrechens zu ermitteln, sondern um an die Wurzeln unseres Übels zu gelangen: in einer Welt voller Ungerechtigkeiten zu leben. Was den Titel angeht, schwankte ich lange unschlüssig zwischen verschiedenen Überlegungen, die sich bei näherer Betrachtung alle als unbefriedigend erwiesen. Und endlich die Erleuchtung: *Nostalgia*. Nostalgie ist übrigens auch das Gefühl, das den Protagonisten dieser Chronik beherrscht und seine Entscheidungen bestimmt. Das Wort erwächst aus der Verbindung zweier griechischer Vokabeln: nóstos, »Rückkehr«, und álgos, »Schmerz«. In der antiken Literatur wurde der Schmerz der Rückkehr an den Ort der eigenen Herkunft, der mit bisweilen unüberwindlichen Schwierigkeiten verbunden ist, in all seinen Nuancen ergründet. Obwohl es sich hierbei um eine jüngere Seite der Medaille handelt, scheint das Wort Nostalgie Teil unseres genetischen Gepäcks zu sein, unseres »Mysteriums« als menschliche Wesen. Jeder Mensch erfährt sie unaufhörlich, die Nostalgie, denn die Stimmen, die aus seiner Vergangenheit zu ihm dringen, haben stets eine unwiderstehliche Faszination.

1.

Oreste Spasiano, der seit seiner Kindheit auf den Spitznamen Malommo hört, Kanaille (fast eine Verdammung, vielleicht auch ein Omen), sitzt in seinem Plüschschlafanzug vor einem heißen Milchkaffee und einer vor ihm auf dem Tisch wie ein Bettlaken aufgeschlagenen Zeitung. Er ist konzentriert, aber nicht angespannt. In Anbetracht der Umstände wirkt er eher zu selbstbewusst. Du schickst nicht ohne höhere Gewalt den Freund, ja Zwillingsbruder deiner Kindheit und Jugend ins Jenseits: Das wiederholt er sich unablässig, auch laut, in dem nachlässigen Italienisch, zu dem er greift, wenn er seine Entscheidungen in feierlichen Ernst kleiden will. Er meint, einem Befehl von oben gehorcht zu haben, erteilt von einer unbestimmten übernatürlichen Kraft. Manchmal sagt dir das Leben: Schieß! Und du kannst nichts anderes tun, als zu schießen.

Seit jeher verhilft ihm der morgendliche Milchkaffee zu einem inneren Gleichgewicht, zum Zusammenleben mit dem eigenen hitzigen Temperament, vielleicht weil das Getränk den unschlagbaren Geruch der Absolution und der Unschuld besitzt. Oreste Spasiano nennt die Dinge nie bei ihrem wahren Namen: Die Nachsicht mit sich selbst macht ihn zum Freund von Umschreibungen und Metaphern. Vor zwei Nächten hat er den Abzug gedrückt, in einem sorgsam gelegten Hinterhalt. Jetzt liest er ein ums andere Mal die Chronik des Verbrechens. Er will das Radio anschalten, überlegt es sich dann aber. Er schaut sich um und sagt mit der kalten Stimme von einem, dem etwas durch den Sinn rauscht: Arsch! Du bist voll der Arsch. Arsch, Arsch, Arsch ... Plötzlich klingt ihm die Stimme deutlich im Kopf. Sie gehört dem Mann, der nach einem Bauchschuss am Boden liegt, und er geht mit großen Schritten auf ihn zu, die Pistole in der Hand.

Wie oft haben sie sich als Jungs gegenseitig mit diesen Worten der Wut-Ironie-Liebe-Verachtung-Anklage bedacht. Immer ohne Konsequenzen. Arsch! Kotz dich zu Tode.

Schön, seine komfortable Küche. Schön, seine großzügige Wohnung im letzten Stock eines alten heruntergekommenen Gebäudes im Rione. Die Straße unten trägt anmaßend den Titel »Vico« und windet sich zwischen zwei engen Klippen, von denen ein bunter Auswurf an Lappen quillt, die für alle Ewigkeit zwischen den Mauern zum Trocknen hängen. Wie Triumphbögen. Sie sollten die Luft zum Duften bringen, dabei erfüllen sie sie mit einem seltsam fauligen Gestank.

Seine morgendliche Freude pflegt Spasiano, die Kanaille, vom Moment des Erwachens an mit banger Wollust. Er öffnet die Augen, und sofort versetzt der Gedanke an den unvergleichlichen Geschmack seine Sinne in Aufruhr. Kurz darauf, am gedeckten Tisch (Milch, Butter, Toast, Zucker, Kaffee, verschiedene Gläser mit Marmelade und Honig), zelebriert er das Ritual des ersten Schlucks, stets mit geschlossenen Augen und beinahe religiöser Konzentration.

Alles beginnt in der Nasenhöhle, dort sammelt sich der Duft des heißen Milchkaffees, wie angesogen von einer unsichtbaren Pumpe. Von der Nasenhöhle zieht er in den Riechkolben. Der Weg ist kurz, blitzartig, erklärt er seinen ergebensten Kumpanen, die ihn ungläubig anschauen. Noch kürzer ist die Strecke vom Riechkolben zum Gehirn, über das Siebbein. Ende Gelände. Fazit: Ohne Gehirn kriegst du im Leben nichts auf die Reihe. Du schmeckst nicht mal einen Milchkaffee. Kapiert? Steht alles im Medizinlexikon. Ich kenn mich aus, Scheiße nochmal.

Sein Ruf als harter Typ, zu dem man nie nein sagen sollte, ist allerdings nicht unumstritten. Nicht nur jetzt, in dieser an Schicksalsschlägen reichen Phase, wodurch die Camorra in der Sanità in tausend Grüppchen zersplittert ist, von denen keins mehr echte Autorität besitzt. Schon vorher, als bestimmte Bosse das Sagen hatten, denen es nicht nur gelungen war, Angst zu verbreiten, sondern die dank Hoheitsrechten, Protektionen und Begünstigungen auf einen gewissen Konsens zählen konnten. Es hatte also welche gegeben, die es geschafft hatten, sich im Laufe der Zeit weit über ihm zu platzieren, manchmal sogar mit Unterstützung von Spasiano selbst, der prinzipiell darauf achtet, sich Feinde seiner Kragenweite auszusuchen, um keine Kämpfe auszufechten, die über seine Kräfte gehen.

Vom Drogengeschäft ausgeschlossen, kontrolliert er die Maschinerie von Schutzgeld, Wucher, Prostitution, Hehlerei (Schmuck und Edelmetall) und die eine oder andere kleine, aber durchaus einträgliche Aktivität.

Malommo lebt allein. Er hat verschiedene Geliebte, die er abwechselnd zu sich zitiert. Die Hausarbeit liegt in den Händen von zwei Filipinos, ein Ehepaar, absolut vertrauenswürdig. Sie wohnen im selben Gebäude, besitzen einen Schlüssel zu seiner Wohnung und kommen jeden Morgen Punkt sieben.

PERFEKTES VERBRECHEN IN DER SANITÀ?, so der Titel des Zeitungsartikels. Der kleine abgesetzte Vorspann fasst die Geschichte folgendermaßen zusammen: »Unbekannt die Identität des Opfers wie die des Täters. Der Ermordete ohne Papiere stammte möglicherweise aus Nordafrika.«

Spasiano hat den Bericht bereits dreimal gelesen, aber es reicht ihm nicht: Er findet, dass es in diesem Meer aus Wörtern noch zu fischen gilt. Der Reporter beschreibt den gekrümmten Körper eines Mannes neben zwei Müllcontainern. Die Polizei hat kein einziges Dokument bei der Leiche gefunden. In der Straße gibt es niemanden, der ihn gekannt hat. Alles deutet auf eine eiskalte Hinrichtung, ausgeführt mit zwei Pistolenschüssen: einer aus der Ferne, der andere aus nächster Nähe. Zwei Löcher: eins im Bauch, eins mitten auf der Stirn.

Spasiano greift nach der Tasse, aus der er gedankenverloren einen großen Schluck nimmt, der ihm wie eine glühende Klinge über die Zunge in die Kehle dringt. Er fährt zusammen, drauf und dran, die Welt zu verfluchen. Doch noch ehe ihm der Fluch von den Lippen kommt, hat sich der Groll schon in neuen Genuss verwandelt. Der Duft des Milchkaffees breitet sich nun überall aus, so als würde sein eigener Atem ihn verströmen, sein Körper, seine Vergangenheit, seine Verbundenheit mit einem nie durchbrochenen Ritual.

Er steht auf und öffnet das Fenster. Die Küche füllt sich schlagartig mit dem Lärm und den Stimmen der Straße. Herrgott, wie viel wird in Neapel gequatscht! Und vor allem in diesem Viertel. Als wenn gleichzeitig mit den Lebenden auch die Toten redeten, dieses unüberschaubare Heer, das vom Sensenmann innerhalb von zwanzig Jahrhunderten (oder mehr?) dahingemäht wurde. Ein solches Gebrüll, das Angstschreie auslöst: Ruhig jetzt mal, verflucht! Haltet eure Mäuler, macht diese verfluchten Motorräder aus, die wie Apachenpfeile durch die Gassen zischen: Was rast ihr so? Wo jagt ihr hin, als wäre der Teufel hinter euch her? Er lacht. Sie fürchten alle, von diesem Peppino erwischt zu werden, der sich von einem seiner Jungs auf dem Motorrad herumfahren lässt, mit der Pistole fuchtelt und schreit: Hier habe ich das Sagen!

Aber Orestes Protest ist nicht ganz aufrichtig. Sicher, manchmal ärgert ihn der Lärm. Aber meistens hat er seine Freude daran. Alles in allem hält er diese Sinfonie voller Geschrei und Geschepper, die aus den Eingeweiden seiner Sanità aufsteigt, für die Manifestation einer gewaltigen Vitalität.

Auch das Öffnen des Küchenfensters ist für ihn ein Ritual, eine Gewohnheit, vielleicht sogar ein neurotischer Moment. Jeden Morgen muss er sofort in Kontakt mit der Straße treten, er braucht den verdammten Lärm ebenso wie seinen Milchkaffee, um sich am richtigen Punkt gestärkt zu fühlen: gerade so, wie es die Führung einer Firma wie der seinen verlangt (Firma, so nennt er das).

Malommo, die Kanaille, ist ein planvoller, penibler Arbeiter, der zur Bürokratie neigt und, wenn nötig, imstande ist, seine rabiate

Natur zugunsten von Strategie und List zu beherrschen. Auch in der Rache kennt er die Kunst der Geduld. Nicht, dass er vergisst. Im Gegenteil. Aber er weiß seinen Durst nach Rache zu kontrollieren.

Er zieht sich ins Schlafzimmer zurück, lässt sich in einen weißen Ledersessel fallen und liest zum vierten Mal den Bericht in der Zeitung, die ihm der Mann vom Kiosk wie jeden Morgen vor die Tür gelegt hat.

»Nach vierundzwanzigstündigen Ermittlungen ist die Identität des Ermordeten, der gestern früh neben den Müllcontainern an der Salita dei Cinesi gefunden wurde, weiterhin ungeklärt. Niemand will ihn gekannt oder je gesehen haben, was die Ermittler nicht ganz zu glauben scheinen. Die Anwohner haben allerdings auch uns gegenüber, die wir den Ort ausgiebig inspizieren konnten, dieselbe Aussage gemacht. Mit dem Unterschied, dass ihre Angaben beim Berichterstatter einen aufrichtigen und zuverlässigen Eindruck hinterließen.

Das Mysterium wird uns noch länger in Atem halten. Wir kommen zu diesem Schluss, da es sich bei dem Opfer anscheinend um einen Fremden handelt, wahrscheinlich aus Nordafrika (zumindest dem Etikett von Hemd und Jacke nach), was seine Identifizierung weder vereinfachen noch beschleunigen wird.

Die Leiche des etwa sechzigjährigen Mannes wurde kurz nach Sonnenaufgang von einer Frau entdeckt, die ihren Abfall in die Container werfen wollte. Sie hat sie nicht sofort bemerkt. Der Mann lag gekrümmt auf einem Haufen von Säcken, die sich seit Tagen neben den randvollen Mülltonnen stapeln. Sein eines Bein ragte ein wenig hervor. Er trug Jeans und gelbe Schuhe, die der Frau als erstes ins Auge fielen. Sie hat nicht gleich begriffen, was los war, dann aber vor Schreck aufgeschrien. ›Mit einem Tritt habe ich sein Gesicht von ein paar Säcken befreit, die es verdeckten, und habe ihn angesehen: Mein Gott, wie entsetzlich …‹, hat sie erklärt, nachdem wir versichern mussten, um nichts in der Welt ihren Namen zu veröffentlichen.

Die Zeugin ist der Meinung, was übrigens von mehreren anderen Anwohnern geteilt wird, dass der Unbekannte ein Opfer der Droge geworden ist, mittlerweile der Grund für alle Feindseligkeiten, Fehden, Allianzen und Zerwürfnisse zwischen den verschiedenen kriminellen Gruppen in diesem skandalösen Viertel. An einer solchen Interpretation des Verbrechens hat die Polizei jedoch Zweifel, auch wenn sie momentan keine näheren Auskünfte geben will ...«

Spasiano schaut von der Zeitung auf. An welcher Stelle des Artikels hat er gelesen, dass die Leiche mit einer grauen Winterjacke bekleidet war, über einem schwarzen Rollkragenpullover, und dass sie ein Lederarmband trug, an dem eine kleine Goldmünze baumelte? Eilig überfliegt er den restlichen Text, bis er auf den Absatz stößt, den er gesucht hat.

Wie hatte ihm der Anhänger entgehen können, am Handgelenk von Felice Lasco, seinem besten Jugendfreund, den er nicht ohne Bedauern, aber doch fest entschlossen ins Jenseits befördert hatte?

Genau genommen war er ihm nicht entgangen, nicht ganz. Er erinnert sich, undeutlich, eher verschwommen, leicht verwirrt, ja. Vielleicht war ihm der Anhänger an dem Lederband aufgefallen, als er in der Jacke des Toten nach Brieftasche, Scheckkarten, Adressbuch und Pass gekramt hatte. Er hatte ihn wahrgenommen, aber gleich wieder vergessen.

Spasiano schüttelt den Kopf: Anhänger hin oder her, die Polizei wird die Identität des Toten sowieso bald festgestellt haben. Das ist kein Problem, sagt er sich, zum Problem wird es erst, falls es den Ermittlern gelingen sollte, der Sache einen Sinn zu geben, bis zu ihm durchzudringen und zum Motiv, das seine Hand geführt hat. Dieses Motiv liegt unter einer dicken Staubschicht begraben: mehr als fünfundvierzig Jahre aus Schweigen und Vergessen. Ein Panzer. Ob sie es schaffen, es auszugraben?

Er geht ins Bad, um sich zu waschen. Er sitzt fest im Sattel (einer seiner Lieblingssprüche). Auch weil er sicher davon ausgeht, dass es für seine Tat keine Zeugen gibt.

Er betrachtet sich lange im Spiegel, mit dem flackernden, unsteten Blick eines Menschen, der es nicht gewohnt ist, jemandem länger in die Augen zu sehen, auch sich selbst nicht. Während er vor der Rasur sein Gesicht einseift, als wolle er es unter dem Schaum verstecken, läuft vor ihm noch einmal der ganze Film ab. Es ist spätnachts. Es regnet nicht, aber das Pflaster ist feucht und riecht modrig. Es glänzt, als wären die Pflastersteine schwarze Spiegel, in denen die Nacht selbstzufrieden die Schatten der Gebäude und einen Balkon in einer großen Lache betrachtet. Spasiano hat sich in einen weiten dunkelblauen Mantel gehüllt, der Kragen hochgestellt, auf dem Kopf eine Mütze, ihr Schirm über den Augen. Er weiß, dass Felice Lasco kurz nach Mitternacht durch diese Gasse gehen wird. Er weiß das, weil er ihn seit geraumer Zeit beschatten lässt, weil er seine Gewohnheiten kennt, weil er das Gefühl hat, seine Provokation erraten zu haben: Hier bin ich, ich verstecke mich nicht, ich habe keine Angst vor dir, bring mich doch um, wenn du kannst …

Als er ihn von weitem gewahr wird, zieht er sich tiefer in den Schatten der Einfahrt zurück, wo er lauert. Felices Umriss ist unverkennbar, sein Schritt gleichmäßig, aber langsam, der eines in Gedanken versunkenen Mannes. Schon als Junge war er so, immer in Gedanken. Was machst du, schläfst du?, stieß Malommo, die Kanaille, ihn oft an. Feli', wach auf!

Arsch!, entgegnete Felice dann. Und beide brachen sie in schallendes Gelächter aus. Sie lebten wie aneinander geklebt. Das war schon so, als sie noch kurze Hosen trugen. Sie waren gleich alt. Die sieben Monate, die sie trennten, führte Oreste, wenn Entscheidungen anstanden, einmal im Scherz, einmal im Ernst für sich ins Feld. Ich habe hier das Sagen, ich bin älter als du. In der Regel entgegnete Felice nichts. Er lächelte ihn nur ironisch und ein wenig herablassend an.

2.

Die Ereignisse, von denen eben die Rede war, sind nicht fiktiv, oder besser gesagt, sie sind es nicht ganz. Für ihre Rekonstruktion ist das Opfer zum Teil selbst verantwortlich, Felice Lasco, dem ich nach seiner Rückkehr nach Italien – fünfundvierzig Jahre war er fort gewesen – sehr nahegekommen bin. In einem seiner Momente überspannter Voraussicht beschrieb er mir mit der ihm eigenen Gewissenhaftigkeit die Szene seines Todes. Er bot sie mir an wie ein Spiel. Aber vielleicht war es das für ihn nicht.

Seine Schritte führten ihn fast unbewusst, mechanisch, zum Monacone, wie die Basilica di Santa Maria della Sanità bei uns genannt wird, und ich war einer der ersten des »Stammes« von Don Luigi Rega, dem unvergleichlichen Pfarrer des Rione Sanità, der ihm dort begegnete. Fasziniert von seiner Persönlichkeit, von der Aura eines schmerzlichen Geheimnisses, die ihn umgab, ging ich sofort auf ihn zu. Wie könnte ich den Abend seines unerwarteten Erscheinens je vergessen? Ich befand mich in der Sakristei, als ein Junge zu mir lief und sagte, vor der Tür stehe ein Mann, der Sprache nach wahrscheinlich ein Ausländer, der zum Pfarrer wolle. Da der nicht da war, nahm ich den Fremden in Empfang und bat ihn in Don Luigis kleines Arbeitszimmer, ein separater Bereich gleich nebenan. Er war um die sechzig, sehr schlank, aber kräftig, sein Gesicht eindringlich, zerfurcht, wie in Stein gemeißelt: ein schöner Mann mit weißmeliertem Haar. Er entschuldigte sich dafür, wie er redete, ein Gemisch aus verschiedenen Sprachen, dekliniert in einem rudimentären neapolitanischen Singsang, mit einem zugegebenermaßen leicht komischen Effekt, auch wegen seiner offenkundigen Schüchternheit, die hier und da zum Stottern führte. Er sagte, er sei vor einer Weile aus Ägypten gekommen. Dort lebe er.

Er sei aber in Neapel geboren, in der Sanità, beide Eltern von hier. Nur, dass er schon als Junge weggegangen und seitdem nie mehr zurückgekehrt war: fünfundvierzig Jahre woanders, eine lange Zeit, um sich ein Leben aufzubauen. Um ein anderer zu werden, wie er erklärte.

Eine reichlich seltsame Geschichte, aber welche Geschichte ist das nicht in diesem Geisterviertel namens Sanità. Für viele, nicht nur für Fremde, auch für waschechte Parthenopeier, ist dieses Viertel nichts als ein Flatus vocis, ein Lufthauch, den die Stimme erzeugt: Es existiert nicht wirklich, es gehört zu dem Imaginären, das die Großstadt mit unbekannten und wunderbaren oder tragischen und gewalttätigen Stätten übersät sehen will, die alle in einer Wolke aus Geheimnis schweben. Gibt es sie wirklich, die Sanità? Die Frage wird durch die Fragwürdigkeit vieler Antworten legitimiert: Vielleicht gibt es sie, aber sie ist nur ein schwarzes Loch, eine gigantische Grotte mit vielen Verzweigungen; ja, es gibt sie, aber ich bin noch nie dort gewesen; ich schon, einmal, da war ich noch klein, mit meiner Mutter, die mich die ganze Zeit über ermahnt hat, ihr nicht von der Seite zu weichen, weil es von Kinderdieben nur so wimmelt …

Arme Sanità! Enge verwinkelte Gassen, heruntergekommene Gebäude, auf dem Buckel eine mehr als zweitausendjährige Geschichte, bezeugt von Katakomben, Altären, gemeißelten Gräbern, Treppen, die so tief unter die Erde führen, als strebten sie zu den Eingeweiden des Planeten.

Felice Lasco hat meine Fantasie sofort in Gang gesetzt: Er schien aus demselben fantastischen Stoff gemacht wie mein Geisterviertel, aber wie durchdrungen von einer unbezwinglichen Sorge, über es hinauszuwachsen, ihm nicht passiv ausgeliefert zu sein. Er hatte viele Bücher gelesen, was er nicht verhehlte, womit er aber auch nicht prahlte.

Der ersten Begegnung folgten rasch weitere. Hinter seiner ruhigen Fassade verbarg sich eine gequälte Seele, in ständigem Aufruhr:

Das eine Mal schwieg er hartnäckig, das andere Mal redete er ohne Punkt und Komma und mit einer Inbrunst, die ihn immer weiter über die Grenzen der Realität hinauszutreiben schien, in einen Bereich, wo alles episch wird, einschließlich der täglichen Banalität. Aus seinen Überlegungen strömte eine Art erdverbundener Weisheit, durchtränkt von Wüste, von ungeheurer Einsamkeit, umso spröder durch seine hybride, merkwürdige, streckenweise aber auch melodische Sprache.

Ich bin über siebzig, ein Arzt im Ruhestand (ein Kardiologe ohne überzogene wissenschaftliche Ansprüche, von den Patienten aber durchaus geschätzt), dessen Körper schwerer geworden ist, im Gegensatz zu seinem Geist. Seit Ewigkeiten gehe ich regelmäßig in den Monacone, lange bevor Don Luigi Rega dort als Pfarrer landete. Ich bin aber kein Mann des Glaubens. Ich glaube nicht an Gott, ganz einfach. Warum nicht?, hat mich Don Luigi eines Tages gefragt. Besser so, habe ich ihm gesagt. Sonst müsste ich mich von morgens bis abends mit Ihm herumstreiten.

Vielleicht, da ich ehrenamtlich tätig bin und mich seit Ewigkeiten für andere einsetze, fiel die Erwiderung des Pfarrers so wohlwollend aus, dass sie mir in Erinnerung geblieben ist: Nico', du magst ein sündiger Atheist sein, ein unverbesserlicher Ungläubiger, aber einen wie dich schätzt auch der ewige Vater.

Lasco setzte nicht nur meine Fantasie in Gang. Auch meine Gefühle. Freundschaften beinhalten immer ein wenig Schwärmerei. Auch einige Jungs vom »Stamm« des Monacone schlossen mit ihm Freundschaft, wurden sogar zu Vertrauten, aber eher sporadisch. Tatsache ist, dass Felice Lasco vor allem mir sein Herz geöffnet hat, vielleicht wegen unserer unvermuteten Wahlverwandtschaft, vielleicht aus Respekt vor meiner Erfahrung und meinem Alter. Jedenfalls vertraute er mir wie einem älteren Bruder die uferlose Geschichte seines Lebens an.

Was aber nicht heißen soll, dass an diesen Seiten (Erzählung? Offenbarung? Gerichtliche Erklärung?) nicht auch viele andere mitgewirkt hätten. Fast so etwas wie ein kollektiver Roman der Gemeinschaft des Monacone, unter Aufsicht des Pfarrers selbst, des unermüdlichen Don Luigi Rega. Eins ist aber klar: Geschrieben habe ich ihn – Seite für Seite, eine pro Tag, manchmal zwei. Ich bin es auch gewesen, der vor Felice Lascos gewaltsamem Tod die Berichte seiner täglichen Touren durch sein Heimatviertel, auf der Suche nach der verlorenen Identität, die er Stück für Stück rekonstruierte, in zwei dicken Heftern gesammelt hat. Einmal war es ein zerborstenes Gebäude, ein andermal ein morastiges Rinnsal, dann wieder ein unvermittelter Geruch, was sie aus der Versenkung auftauchen ließ – alles Quellen erschütternder Beschwörungen, die den Mann, der aus dem Nichts kam, daran erinnerten, wer er in Wirklichkeit war und aus welchem Stoff seine Vergangenheit bestand.

Für die, denen mein Anspruch auf die Autorschaft dieses Textes ein wenig zu überheblich vorkommen mag, will ich klarstellen, dass die Sache nicht aus einer einzigen Perspektive betrachtet werden kann und darf. Diese Seiten bringen auch die strafrechtliche Verantwortung zum Ausdruck, und sie tun es so direkt und unumstößlich, dass jede weitere Aussage unangemessen, willkürlich, ja sogar widerrechtlich wäre, außer der von Don Luigi Rega (mir wäre es lieber gewesen, wenn unser Pfarrer auf eine persönliche Aussage verzichtet hätte, aber er war nicht davon abzubringen), und ich will andere nicht in einen Anklageprozess hineinziehen, der meiner Meinung nach mit Gefahren verbunden ist (obwohl Lasco uns durch seine Offenbarungen letztlich alle zu Teilhabern an seinem furchtbaren Geheimnis gemacht hat, das insbesondere nach seinem Tod für jeden von uns zu einer unerträglichen Bürde geworden ist: Die Geschichte zweier Verbrechen, die viele Jahre auseinanderliegen, jedoch durch einen unsichtbaren roten Faden miteinander verbunden sind, da sie beide von derselben Hand verübt wurden).

Oreste Spasiano wird mich umbringen, ihr werdet sehen, oder zumindest wird er versuchen, mich umzubringen.

Wie oft habe ich ihn das sagen hören!

3.

Sie waren sich in nichts ähnlich. Und vielleicht gerade deswegen fühlten sich Oreste Spasiano und Felice Lasco von klein auf unwiderstehlich zueinander hingezogen. Lasco erinnerte sich mit einer solchen Genauigkeit an seine Kindheit und frühe Jugend, dass es mitunter schon einen krankhaften Eindruck machte. Ich dachte, ich hätte alles vergessen, dabei ist das Gegenteil der Fall, sagte er häufig. Jetzt, wo ich hier bin, ist es, als wäre keine Zeit vergangen. Seltsam, nicht wahr?

Beide waren sie hager, beide schwarzhaarig, aber man wäre nie auf die Idee gekommen, sie zu verwechseln. Orestes Hagerkeit hatte etwas Grundsätzliches, Felices nicht. Seine war melancholisch und daher von einer gewissen Geschmeidigkeit. Oreste war durchsetzungsfähig und immer selbstgewiss, Felice introvertiert, einer, der zu Zweifeln neigte. Sein Lieblingsspruch lautete: Was zum Teufel weiß ich denn schon? Wobei er die Mundwinkel verzog. Oft sagte er auch gar nichts: Er schaute den Freund ohne erkennbare Regung an.

Du glaubst nicht, wie mir das auf die Nerven geht, beschwerte sich Oreste. Wenn du den Stummen spielst. Wenn du mich anstarrst und keinen Ton rausbringst, obwohl du mich am liebsten zur Hölle schicken willst.

Oreste hatte beide Eltern, Felice nur die Mutter. Der Mann, mit dem sie zusammenlebte, war nicht sein Vater. An den erinnerte er sich kaum. Er war gestorben, als Felice vier Jahre alt war. Orestes Vater war ein Kleinkrimineller, der regelmäßig im Gefängnis saß. Felices Mutter verdiente ihr Geld als Handschuhmacherin in Heimarbeit: Nach dem Tod ihres Mannes hatte sie diese Tätigkeit ausgebaut und versucht, ihre Jugend zu bewahren, ohne sich gehen zu lassen. Im Gegensatz zu den meisten Frauen im Rione, die viel zu früh Witwe geworden waren. Sie war sehr schön: eine Frau mit Rundungen (sie trug vorwiegend eng anliegende Kleider), mit einem ausdrucksvollen Gesicht, umrahmt von einer Flut schwarzer Locken.

Es waren gute Zeiten für die Sanità: Die Produktion von Lederhandschuhen gilt seit jeher als Spitzenleistung der gesamten Stadt. Und mein bizarres Viertel unterhalb von Capodimonte ist seit dem frühen zwanzigsten Jahrhundert darin führend. So erzählen es die Alten, wenn sie von ihren Großeltern und Urgroßeltern sprechen. In den ebenerdigen Bassi, den niedrigen Zwischengeschossen oder engen Dachkammern arbeitete man jedenfalls bis in die frühen Morgenstunden: vor allem die Frauen, deren Geschick als Näherinnen in Europa keinen Vergleich kannte. Ebenso wie die Gewandtheit der Lederzuschneider. Wie oft wurden sie mit lohnenden Verträgen verpflichtet, selbst nach Übersee.

Felices Mutter hatte das eine oder andere Verhältnis, das war unvermeidlich. Ihr resoluter Charakter half ihr aber schließlich, den richtigen Mann zu finden. Die Hochzeit war schlicht, doch der Sohn sollte sich sein Leben lang lebhaft daran erinnern, vor allem wegen eines ganz speziellen Fotos. Es zeigt sie mit strahlendem Lachen in einem elfenbeinfarbenen Brautkleid – ein nur ganz leicht gedecktes Weiß –, mit armlangen Lederhandschuhen, die sie für sich genäht hatte.

Felice liebte den Stiefvater nicht. Er beschränkte sich darauf, ihn zu respektieren. Er war sehr viel älter als seine Frau, arbeitete als Installateur und galt als ehrlicher Mann. Er besaß jedoch, wie Felices Mutter sich ausdrückte, nicht die nötige Autorität, um den Jungen von gewissen gefährlichen Freundschaften abzubringen.

Damals hieß Oreste Spasiano bereits Malommo, Kanaille: nur eine Stichelei, die im Verlauf seines Lebens jedoch hartnäckig an ihm kleben bleiben sollte. Die Dinge liefen folgendermaßen. Eines Abends saß Felice auf einem Mäuerchen und verschlang ein paar kampanische Äpfel, als Oreste ihm aus heiterem Himmel vorschlug, bei einem Raubüberfall in der Via Foria mitzumachen, am Rand der Sanità. Er brauche nur die Vespa zu fahren, die sie von irgendwem bekommen würden. Eine Vespa mit falschem Nummernschild, versteht sich. War er nicht der König des Sattels, dem jedes Kunststück gelang, wenn er den warmen Bauch seiner Gilera 125 zwischen die Schenkel presste?

An der Porta San Gennaro wimmelte es immer von Menschen, ein Gewühl von Jungs und Mädchen, toupierten Hausfrauen, Händlern, Vertretern. Hier und da zwinkerte einem eine Markenuhr zu, wurde eine Hand sichtbar, die besorgt eine vermeintlich unscheinbare Tasche umklammerte.

Bei Orestes Vorschlag spürte Felice, wie ihm das Blut in den Adern gefror. Der Apfel schmeckte plötzlich bitter in seinem Mund, der zu kauen aufhörte. Er wollte ihm sagen – aber nicht aus Spaß, um sich hinterher totzulachen – Arsch! Ore', du bist voll der Arsch!

Doch er traute sich nicht. Er schwieg: ein Schweigen, das Malommo gleich als Einwilligung deutete.

Aber gab es wirklich nicht einmal eine Spur von Einverständnis mit dem, was dann geschah? Ich spreche nicht von diesem Abend, aber von den folgenden, als Oreste, der den Schwachpunkt seines Freundes nur zu gut kannte, nicht müde wurde, ihn für sein außerordentliches Talent als Motorradheld zu bauchpinseln und so die Maschen seines Netzes immer enger zusammenzog.

Was für ein Rausch Mitte der Sechziger, das flinke kleine Motorrad mit seiner rostfreien Ausstattung! Felice war ein Pfeil, und der Wind im Gesicht gab ihm das Gefühl zu fliegen, ein Zugvogel, der durch die Gassen braust, Steigungen hochjagt und Treppen hinabrast, ohne den geringsten Protest, im Gegenteil, eher begleitet, fast getrieben von der Bewunderung der Leute: Schaut euch den Typen an, der hat es wirklich drauf, so ein Teufel, klasse, der Bengel …

Im Film trugen solche Motorradfahrer wie er schwarze Lederjacken mit Nieten: ein Luxus, den Felice sich nicht leisten konnte. Dann überraschte ihn seine Mutter mit genau solch einer Jacke, die sie für ihn genäht hatte, mit vielen glänzenden Nieten besetzt, und Felice zog auf der Gilera eine akrobatische Show ab, zum Staunen und Neid seiner Kumpel. In den engen Gassen der Sanità war der Tod auf zwei Rädern schon damals ein Spiel – eine Herausforderung – für einen, der nichts anderes besaß als seine Jugend und eine aussichtslose Zukunft. Für Felice war das Motorrad aber auch eine Gelegenheit, sich von seiner Schüchternheit zu befreien. Indem er wie ein Verrückter durch die Gegend raste, unterdrückte er seine Angst, seinen Hang zur Langsamkeit, zur Haarspalterei, zum Widerspruch, um endlich den Zustand der Glückseligkeit eines Menschen zu erreichen, der ganz und gar in dem aufgeht, was er tut, vollkommen eins mit seinen Aktionen, ohne ein anderes Ich, das ihm höhnisch dabei zuschaut.

Nachdem er lange von ihr geträumt und sich vor den Läden der Händler die Nase plattgedrückt hatte, war er kurz nach seinem vierzehnten Geburtstag endlich in den Besitz einer Gilera 125 gekommen. Der Mann seiner Mutter, den Felice, wenn er sich bei ihm lieb Kind machen wollte, Papa nannte, hatte die Maschine gebraucht für ihn gekauft. Zugelassen war sie auf ihn, aber er stellte sie Felice sofort zur Verfügung, zu jeder Tages- und Nachtzeit – in Anbetracht von dessen Minderjährigkeit illegal.

Was Oreste betraf, so war sein Plan rasch ausgereift. Er fühlte ihn in Windeseile in sich wachsen, angetrieben von seiner Bewunderung für das Talent des Freundes. Feli', sagte er, keiner ist so begnadet wie du.

Sie sahen beide älter aus, als sie tatsächlich waren: vor allem Felice, wegen seiner immer leicht mürrischen Miene. Sie wurden zu den waghalsigsten Straßenräubern der Sanità, von verschiedenen Hehlerkreisen umworben, halsbrecherische Akrobaten in der Kunst der Flucht, immer einen Schritt davon entfernt, erwischt zu werden, immer imstande, sich im letzten Moment aus dem Staub zu machen: wie durch Zauber in Luft aufgelöst durch ihre Geschwindigkeit und ihren Leichtsinn.

Die Sanità ist voll von Grotten, Tunneln, Schluchten, dunklen Hauseingängen, die in versteckte Gärten, in enge, für Autos unpassierbare Gassen und in Bassi münden, alle wie geschaffen, um jemanden, der fliehen will, zu verschlucken. Wenn Neapel im Verhältnis zum restlichen Planeten eine eigene Welt ist, so ist die Sanità eine eigene Welt im Verhältnis zu Neapel. Die Eingeweide der Stadt, alles andere als unzugänglich, bieten an vielen Stellen Einlass, vor allem dort, wo der Tuffstein auf der Suche nach dem Himmel an den Seiten des Hügels von Capodimonte emporklettert. Einmal geriet ein grasendes Pferd an den Eingang zu einer Höhle, trabte hinein, begann zu galoppieren, verfolgt vom Kutscher, der seinen Namen rief, es anflehte zurückzukommen. Umsonst. Wenn man der Anekdote, die übrigens als wahr gilt, glauben will, sah der Besitzer es nie wieder. Der Beweis für die Unermesslichkeit eines Bauches, der eine ganze Armee verschlingen kann, geschweige denn einen einzelnen Gaul.

Oreste und Felice tauschten ihre Rollen nie: Die Spezialisierung ist die Seele des Erfolgs, des kriminellen inbegriffen. Oreste saß hinten und schnappte zu. Felice steuerte die Vespa, die Lambretta, den Motorroller, was auch immer, bremste oder gab Gas, je nachdem. Manchmal stritten sie sich auch unterwegs. Immer wegen Orestes sturem und perversem Charakter. Nie wollte er auf eine Beute verzichten, auch wenn sie das Opfer, das sich an den Riemen der Tasche klammerte, den es um sein Handgelenk geschlungen hatte, mit sich schleiften. Arsch, Arsch!, schrie Felice ihn wütend an. In solchen Momenten ratterte sein Herz wie ein Maschinengewehr. Spasianos rücksichtsloser Trotz fräste sich in seinen Bauch. Denn genau dort ballte sich die Aggression des Freundes, vor allem rechts von Felices Nabel, wo Malommos Hand sich wie eine Zange an seiner Taille festbiss, die Stütze für seine Brutalität. Wenn er gekonnte hätte, hätte Felice, einer, der sich sonst nie von der Wut hinreißen ließ, auf ihn eingeschlagen.

Malo', was bist du nur für ein Scheißtyp!

Die Gilera stand für diese Unternehmen, für die frisierte, unkenntlich gemachte Mühlen herhalten mussten, ausdrücklich nicht zur Verfügung. Sie verkörperte die heile Seite der Welt und folglich auch deren Charakter: Felice erlebte sie fast wie das Gestalt gewordene Gute, das Instrument, das ihm seine eigene Würde und seinen Wert bescheinigte. Dank der Gilera war nicht nur das Viertel, sondern ein Großteil der Stadt für ihn kein Geheimnis mehr. Er hatte begonnen, sie kreuz und quer abzufahren und durch ihre vielen Kurven, Senken, Steigungen entdeckt, wie zufällig und unvorhersehbar ihre Gestalt, ihre ganze Anlage ist, vom Nullpunkt des Meeres bis zu den höchsten Höhen.

Aber strebt die Stadt wirklich nur nach oben? Oder ist das Spannungsverhältnis nicht gar umgekehrt, in dem Sinn, dass sie von oben nach unten verläuft? Ist ihr Ziel das Meer oder die Anhöhe? Wer kann das sagen, bei einer Stadt, die sich so sehr für ihre eigenen Unregelmäßigkeiten und Widersprüche begeistert.

Felices Gilera zerschnitt die Luft in beide Richtungen, stürzte sich mit der gleichen ungestümen Freude hinab, mit der sie emporraste, getrieben von der gleichen ungeduldigen, forschenden Neugier. Von der Via Salvator Rosa bis zum Museum und zu den Gassen hinter der Piazza Dante. Oder vom Vomero bis nach Arenella, nach Capodimonte und noch ein Stück weiter, ohne vor irgendwelchen Schwierigkeiten zu kapitulieren. Sie trotzte dunklen Löchern, Treppen, Kanälen, Schotterwegen, bis sie vor dem Basso irgendeines Freundes zum Stehen kam, in einer herzhaften knoblauchgeschwängerten Wolke von Pasta und Kohl.

Damals hielt sich Felice Lasco allerdings noch meist vom Meer fern. Er fürchtete es, das heißt, er betrachtete es nicht als Freund, er erlebte es wie einen Fremden im eigenen Haus. Oder direkt vor der Haustür, wie er fünfundvierzig Jahre später präzisieren sollte. Ein Fremder, dem mitnichten zu trauen ist, heimtückisch wie alles, was man nicht kennt. Im Unterschied zu den warmen Gedärmen der Via dei Cristallini und ihrer Umgebung, stets bereit, dich aufzunehmen, dich zu beschützen, ohne groß zwischen Unschuldigen und Schuldigen zu unterscheiden, da das Recht zu urteilen, wenn es Gott zusteht, nicht gleichzeitig den Menschen zustehen kann. Die Sanità wird, was kein Zufall ist, ja auch das Tal der Toten genannt. In ihrer Eigenschaft als himmlische Instanz kann es nicht verwundern, wenn sie dazu neigt, sich vor jeder anderen Autorität zu drücken.

Die Lage ist reichlich vertrackt, und um sie einigermaßen in den Griff zu bekommen, muss man sich notwendigerweise in das eine oder andere Buch über die Geschichte der Sanità vertiefen – die weit zurückliegende inbegriffen.

»Man muss wissen«, berichtet beispielsweise der Kirchenmann Carlo Celano Ende des siebzehnten Jahrhunderts in seinen unüberschaubaren, aber faszinierenden *Aufzeichnungen zum Schönen, Antiken und Merkwürdigen der Stadt Neapel*, »dass es bei den Heiden, Griechen wie Latinern und Menschen anderer Herkunft das unantastbare Gesetz gab, die Leichen ihrer Verstorbenen nicht innerhalb der Städte zu begraben; sie bestimmten einen Ort außerhalb der Stadtmauern, den sie Friedhof nannten, das heißt Dormitorium, was im Griechischen wie Friedhof klingt, und dieser Ort war heilig und geweiht. Daher galt es als schwerstes Verbrechen, auch nur einen einzigen Knochen der Toten auszugraben und dadurch den Ort zu schänden. Selbst Verbrechern, die die Toten ehrten, bot er eine sichere Zuflucht …«

Die Sanità, seit dem Altertum eine Zuflucht für Verbrecher? Eine Zuflucht für Verbrecher und ein Ort für wundersame Ereignisse zugleich.

»Als die Verfolgung der Kirche unter Konstantin dem Großen ein Ende fand, wünschte sich unser Hl. Severus, die Gebeine des Heiligen Märtyrers Gennaro von Marciano nach Neapel zu überführen; da er sie nicht in die Stadt hineinbringen durfte, ließ er neben dem Friedhof eine Höhle in Form einer Kirche in den Berg schlagen, und dort setzte er sie bei, wodurch der Friedhof den Namen Cimitero di San Gennaro oder San Gianuario ad Corpus oder San Gennaro ad Foris erhielt. Seitdem wurde er von den Neapolitanern mit großer Ehrfurcht besucht. Denn wenn zuvor von ihm die Rede war, hieß es nur Gräber, Grabhäuser, Katakomben, Stadt der Toten, Grotten der Toten oder Ruhestätten.«

Ich bin ein Spezialist für koronare Herzkrankheiten, vielleicht auch nur ein etwas langweiliger und pedantischer Chronist. Aber wie lässt sich die Tragödie von Felice Lasco erzählen, ohne den Schauplatz zu berücksichtigen, an dem sie sich ereignet hat, seine jahrhundertealte Geschichte inbegriffen. Die, soweit ich weiß, ab urbe condita, das heißt im Jahr 470 vor Christus begann, als die Griechen Neapolis gründeten, indem sie die ersten Nekropolen unterhalb von Capodimonte anlegten, dem Rione, der damals natürlich noch nicht so hieß. Sein Erscheinungsbild hat sich allerdings so wenig verändert, dass ein bedeutender Architekturhistoriker schrieb, die heutige Gestalt des Viertels »scheint ganz mit der damaligen übereinzustimmen, sodass, wenn man das eine betrachtet, zugleich das andere sieht«, und daher »ist die Schönheit der Orte ein ursprüngliches Charakteristikum des Tals der Sanità, dem Menschen als Schicksal gegeben«, schreibt Italo Ferraro.

Seit der Zeit der Griechen, durch das frühchristliche Zeitalter und auch die folgenden Jahrhunderte hindurch, war das Gebiet zwischen dem Hügel von Capodimonte und der Stadtmauer (Via Foria) also eine Grabstätte gewesen. Mit der Konsequenz, dass sich die Erinnerung an die Toten hier in eine Art kollektive Besessenheit verwandelt hat, in eine Form von Religiosität gespickt mit heidnischem Wahnwitz. Wer denkt da nicht gleich an den Schädelkult – die sogenannten *capuzzelle*, die Köpfchen –, der noch bis vor Kurzem in den verschiedenen Beinhäusern der Gegend praktiziert wurde. Jeder, der wollte, wählte sich einen Schädel aus, um ihn zu verehren: Man säuberte und polierte ihn, bettete ihn auf ein besticktes Tuch, umgab ihn mit Blumen und brennenden Lämpchen und redete ihm gut zu, beim ewigen Vater zugunsten seines Gönners zu intervenieren, um auf diese Weise all die ihm zuteil gewordenen Aufmerksamkeiten zu erwidern.

»Der Ruhm der Heiligkeit von Gaudiosus erfüllte die Seelen der Neapolitaner mit großer Verehrung, sodass sie das Grab des Heiligen häufig besuchten und durch dessen Fürbitte vom Herrn unermessliche Gnaden erflehten, vor allem, wenn sie krank waren. Ab da hieß dieser Ort das Tal der Sanità, denn die Kranken, die dorthin pilgerten, kehrten durch die Fürsprache des Heiligen gesund zurück. Aus diesem Grund erhielt die Sanità ihren Namen und nicht, wie andere behaupten, wegen der guten Luft ...«

4.

Zu der Zeit, als Felice Lasco gemeinsam mit Oreste Spasiano in der Kunst des Handtaschenraubs debütierte, spezialisierte ich mich in Kardiologie, wobei ich meinem Beruf nicht nur im Krankenhaus San Gennaro dei Poveri nachging, sondern auch abends zu Hause, unterstützt von meiner Mutter, die vor ihrer Pensionierung Stationsschwester gewesen war. Beseelt von großem sozialem Eifer, betrachtete ich mich als Missionar in meinem unterentwickelten Stückchen Heimat. Mehr noch als heute zählte die Sanità damals zu den trostlosesten Stadtgebieten Europas. Die meisten Krankheiten rührten von den miserablen sozialen Bedingungen her: baufällige Wohnungen, Arbeitslosigkeit, Unterernährung. Ich erinnere mich, dass ich Anfang der Achtzigerjahre aufgrund von Befragungen des Personals der Dermatologie von San Gennaro von Dingen erfuhr, die ich mir nicht hatte vorstellen können und die mir große Sorge bereiteten: Kinder mit Geschlechtskrankheiten, unterernährte Alte, mit Schorf übersät, da es an jeglicher Hygiene mangelte, ganze Familien, die unter Schuppenflechte oder Läusen litten. Die von zehn Ärzten, Soziologen und anderen Experten geführte Untersuchung wurde später von dem Psychiater Guelfo Margherita unter dem Titel *Die Gedärme von Neapel* veröffentlicht. Ein Buch, das einem durch die skandalösen Wahrheiten, die es aufdeckt, den Atem raubt (beispielsweise die Existenz eines gravierenden, eng mit den miserablen Lebensumständen zusammenhängenden »psychiatrischen Problems«, das mir auch heute alles andere als behoben zu sein scheint).

Eines Tages sah ich mich selbst mit einer solchen Situation konfrontiert. Damals war ich Mitglied des PCI, der kommunistischen Partei: wie mein Vater, ein Eisenbahner, und meine Mutter, die leidenschaftlichste unserer Familie (zu der auch zwei jüngere Schwestern gehören). Rashid Kemali, der Sekretär der Ortsabteilung des PCI, ein Muslim lybischer Herkunft – in seiner grenzenlosen Güte fast ein Engel – bat mich, einen Hilfstrupp in eine der Höhlen unterhalb der Basilica dell'Incoronata, dem kleinen neapolitanischen Petersdom, zu begleiten. Dort gab es eine siebenköpfige Familie, die dringend Unterstützung, Medikamente und Lebensmittel brauchte. Wir waren zu fünft, darunter meine Mutter. Sie wollte auf jeden Fall dabei sein, ebenso Rashid selbst, der sich für all diese Unternehmungen zur Verfügung stellte (nicht umsonst ist er noch immer im Herzen des Viertels lebendig, auch etliche Jahre nach seinem Tod). Wir hatten Milch dabei, Brot, Medikamente, Mullbinden, Desinfektionsmittel. Es machte uns Mühe, die Höhle auf dem Hügel, ein ganzes Stück hinter dem Hospital San Gennaro, ausfindig zu machen. Es war schon dunkel. Nicht ohne Umwege gelang es uns schließlich, mit Hilfe einiger Taschenlampen zur Höhle zu finden. Ich will den Anblick nicht beschreiben. Ich lasse es bei dem alten Mann bewenden, den ich behandelte. Er sträubte sich dagegen, dass ich ihn entkleidete und mit Mull, Gazestreifen und Watte desinfizierte. Er war klein, erschreckend unterernährt und hatte sich mit irgendetwas infiziert, das sich im ersten Augenblick unmöglich diagnostizieren ließ. Ein Junge erklärte mir, sie würden seit Jahren in dieser Höhle leben und hätten schon beinahe vergessen, dass es so etwas wie fließendes Wasser und elektrisches Licht gab.

Ja, zählte man denn die Fälle nicht, die als verzweifelt gelten konnten, gegenüber dem, was die öffentliche Verwaltung damals zu bieten hatte, und was sie heute bietet? Das Hospital San Gennaro dei Poveri war und ist eine große Maschinerie für die Gesundheit der Menschen und dabei selbst krank, unorganisiert, zu Teilen heruntergekommen. Für mich, der ich dieser Maschinerie jahrelang angehörte und ihre ganzen Mängel kannte, bedeutete das ein unsägliches Leid. Ich erinnere mich, wie ich dem guten Rashid einen ganzen Abend lang vom Missbrauch, all den Mängeln und Veruntreuungen erzählte, von denen ich erfahren hatte. Geduldig, ohne je sein melancholisches Lächeln zu verlieren (er war rund, umgänglich, aber mit einem Blick so eindringlich wie ein Schlagbohrer), verwandelte er sie mithilfe unseres Ortsvorstands in politische Anklagepunkte. Wir wägten jedes einzelne Wort ab, jedes Komma, jedes Adjektiv, auch wenn wir wussten, dass diese Pfeile niemanden durchbohren würden, zu mächtig war das Schutzsystem der Kriminellen, ob groß oder klein.

Rashid gab jedoch nicht auf, er war ein außerordentlich mutiger Mann. Und eben dieser Mut sollte aus ihm in der Sanità einen Mythos machte. Den Entrechteten eine Zeitlang beizustehen, mag vielen gutwilligen Menschen gelingen. Sich sein ganzes Leben lang für sie einzusetzen, steht auf einem anderen Blatt. Vor allem, wenn du ein Muslim bist, wenn du von der anderen Seite des Mittelmeers kommst, wenn du neben einem kultivierten Italienisch auch Arabisch sprichst – das vor allem, da es deine Muttersprache ist und du gern im Koran liest, zu dem du eine alles andere als konfliktbetonte Beziehung hast.

Rashid Kemali eroberte mein Herz sofort. Er sprach leise, sein schönes Gesicht war intelligent und sanft. Ich erkor ihn zu meinem Meister: Er war zehn Jahre älter als ich, viel erfahrener und menschlicher. Und er besaß Charisma. Kommunist zu sein, sagte er mir einmal, bedeutet für mich, einen Traum zu haben. Später stellte ich fest, dass er diesen Satz recht häufig sagte, das war seine spirituelle Visitenkarte. Da ich ihn regelmäßig sah (mitunter jeden Tag) und ihn unaufhörlich mit Fragen belästigte, bemerkte ich recht bald, dass Rashid der Faszination des Islam gegenüber nicht gleichgültig war, obwohl er aus einer konfessionslosen Familie kam. Als ich ihn eines Tages direkt darauf ansprach, bekannte er sich ohne Umschweife zu seinem Glauben, der wie das Christentum von seinen Anhängern verlangt, den Leidenden stets beizustehen. Ich stehe dem, der leidet, nicht nur bei, weil ich an Marx glaube, sondern auch an den Koran, sagte er, ob eher ironisch oder leidenschaftlich war nicht auszumachen.

Was konnte ich bei solchen »schlimmen« Meistern anderes tun, als meinem Zorn auf die Verhältnisse durch einen immer intensiveren Freiwilligendienst Luft zu machen? Ab einem gewissen Punkt ergriff die Tätigkeit als Armenarzt von meiner ganzen Wohnung Besitz und verwandelte sie in eine Krankenstation, unter dem wachsamen Regiment meiner Mutter.

In der Sanità hat immer ein klandestines soziales Netz funktioniert, das allerdings nicht immer von Heiligen betrieben wurde. Unüberschaubar das Volk der Engelmacherinnen, der Magier, Heiler, Wahrsager und all der anderen Scharlatane, die dafür zuständig sind, das Bedürfnis einer zur einen Hälfte tatsächlich, zur anderen eingebildet kranken Bevölkerung nach Trost zu befriedigen. Ich widmete mich den Körpern und zum Teil auch den Seelen. Oft kamen die Leute, um mir von ihren Beschwerden zu berichten. Vor allem die Frauen klagten über Schmerzen in Bauch, Leber, Milz, Brust und stellten auch gleich die Diagnose. Der Sohn sei schuld, sagten sie. Oder der Mann. Oder der Schwager. Oder ein Darlehen bei einem Geldverleiher, das sie nicht zurückzahlen konnten. Danach überschütteten sie mich wortreich mit ihren Familiengeschichten, ihren Problemen, die immer irgendeinen abergläubischen Bezug zum Jenseits hatten. Was konnte ich tun, als ihren düsteren Erzählungen schweigend zuzuhören? Schweigend, ja, aber nicht teilnahmslos. Wehe, ich nickte nicht zustimmend, seufzte nicht hin und wieder mitfühlend, ermutigte sie nicht durch mein Staunen, zeigte kein tiefstes Interesse für ihre Dramen. Wenn schließlich alles gesagt war, schauten sie mich gebannt an und warteten auf einen Urteilsspruch. Für sie war und ist der Arzt, vor allem, wenn er seinen Beruf als Berufung und nicht als Erwerbstätigkeit versteht, fraglos auch ein Magier, auf alle Fälle eine Quelle der Weisheit, eine Autorität, die das Mandat hat, Konflikte zu lösen und, wenn nötig, persönlich zwischen den verschiedenen Parteien zu vermitteln.

5.

Felice Lasco behauptete, er habe als Junge zu Hause mehrfach von mir sprechen hören. Er behauptete sogar, mir persönlich begegnet zu sein, als er einmal schlimm von der Gilera gestürzt und ins Hospital San Gennaro eingeliefert worden war. Ich hätte sein Herz untersucht und ein EKG gemacht. Schon möglich. Ich erinnere mich nicht. Der Zeitpunkt spricht allerdings für ihn: Als er fünfzehn war, war ich fünfundzwanzig und arbeitete bereits im San Gennaro.

Unsere Freundschaft war kurz, aber intensiv: von seiner Rückkehr nach Italien bis zu seinem Tod. Felices Neugier auf mich war mindestens so groß wie meine auf ihn. Wir haben abwechselnd von uns erzählt, wobei wir einander ergänzen konnten. Wir sind ja beide aus der Sanità, sagte er in manchen Momenten gerührt, wenn die Wiederentdeckung der eigenen Identität, der eigenen Herkunft durch ein paar Details, die mir in Erinnerung geblieben waren, einen unvermittelten Kick erhielt: ein Geruch, ein Klang, ein architektonisches Element, die Form eines Balkons, die Farbe eines Sonnenuntergangs. Was aber nicht heißen soll, dass ich mich durch diese Hinweise um Felice Lascos Wiederentdeckung seiner selbst und seiner ursprünglichen Welt verdient machen wollte. Mein Schatten hat viele seiner Schritte begleitet, wird aber immer ein Schatten bleiben: still, diskret, objektiv, wie es sich für einen Zeugen gehört. Wenn auch nicht ganz neutral.

Er war also als Fünfzehnjähriger die Stufen der Via dei Cristallini nach Capodimonte hochgerast und oberhalb vom Vico Centogradi von der Gilera gestürzt. Er hatte sich zu viel zugetraut. Außerdem war er schwer durcheinander wegen eines Mädchens, das er gerade erst kennengelernt hatte. Eigentlich hatte er sie nur gesehen. Und auch das nur ganz kurz. Was aber schon ausgereicht hatte, um den Kopf zu verlieren. Seit er die Gilera besaß, war kein Tag vergangen, an dem er nicht durch die gewundenen Gassen brauste, wobei der Wind, den er erzeugte, all die Laken aufwirbelte, die zum Trocknen in der Sonne hingen: vor allem zwischen den engen Flanken der Steigung von der Talsenke bis zur Reggia di Capodimonte, dem Königspalast.

Die Sanità hat die Form eines Herzens, mit der Spitze nach unten, wo sich die Via Vergini gabelt: die eine Straße führt zu den Katakomben von San Gennaro, die andere – die Via dei Cristallini –, windet sich als lange, dünne Schlange den Hügel hinauf. Ab der Vergini weitet sich das Herz sofort zu seiner unverwechselbaren Dreiecksform, wird wie ein richtiges Organ von Adern und Äderchen durchzogen, mittendrin der schlauchförmige Vico Carrette, die Verbindungsachse zwischen der Cristallini und der Via Antesaecula, den beiden Schenkeln des Dreiecks. Felice wohnte mitten in diesem Herzen, in einer etwas verlorenen Gasse und im selben heruntergekommenen Gebäude, in dem auch Oreste wohnte, aber ein paar Stockwerke über ihm. Was den unverhohlenen Neid des Freundes hervorrief, der den Gedanken schwer ertrug, unter ihm zu leben. Oreste litt weniger darunter, dass Felice von oben aus Capodimonte sehen konnte, wenn auch nur schräg und aus den Augenwinkeln. Was er nicht verdauen konnte, war sein Status als Bewohner eines Basso. Das reichte, um ständig darauf rumzuhacken, dass es früher oder später bestimmt Gerechtigkeit geben werde und jeder die Etage bekäme, die er verdiente.

Bevor es die Gilera gab, hatte Felice sein Viertel noch nie wirklich erforscht. Er war noch nie bis zum Park von Capodimonte gekommen, der doch zum Greifen nah lag. In Gesellschaft von Oreste hatte er sich darauf beschränkt, den Eingang zur Grotta dei Tronari zu inspizieren, nur einen Schrittweit vom Vico Centogradi, aber weiter als bis zur Tuffklippe waren sie nicht gekommen – beide wie gebannt vor dem riesigen Schlund der Höhle, die tief in den Bauch des Hügels vorstieß. Die Höhle soll in einen verwunschenen Garten münden, womöglich eher ein Wald als ein Garten, auf jeden Fall mit jahrhundertealten Bäumen und exotischen Pflanzen, ein Ort, der ganz sicher existiert, den aber noch keiner mit eigenen Augen gesehen hat.

Jungs, hört ihr die Hunde? Sie beißen, das sind Mastiffs ...

Auch der Mund der Frau, die ihnen dringend davon abrät, die Grotte zu betreten, ist eine dunkle Höhle. Wie viele Höhlen gibt es in der Sanità ... Räuberverstecke, Schädelstätten, Beutekammern? Was weiß ich! Früher vor allem haben sie sich die wildesten Geschichten erzählt ... In dieser Gegend sollte Oreste dann den Hehler kennenlernen, der aus ihm und Felice ein unvergleichliches Diebespaar machen würde. Nirone (so heißt er, weil er fast so dunkel ist wie ein Afrikaner) hatte freien Zugang zur Höhle der Mastiffs.

Sie machten kehrt. Irgendwann würden sie schon wiederkommen. Umso schlimmer für die Hunde: Waren sie selbst nicht auch wilde Tiere?

Im Weggehen warf Felice einen letzten Blick auf die Grotte, aber was er sah, bewegte ihn lange nicht so wie fünfundvierzig Jahre später. Die Jugend schützt zuverlässig vor bestimmten Gefühlen: Die Steine sprechen nur zu dem, der auf eine lange Lebenserfahrung zurückblickt, und die Steine vom Vico Tronari mit ihren elenden, in den nackten Fels gehauenen, an die Grotte geklebten Behausungen können einiges erzählen. Ein Hin und Her von visuellen Ebenen, die den jahrhundertealten Existenzkampf meines Volkes beschwören und all das Leid, das mit ihm einherging. Bis dieser Kampf sich auf seine Weise verwandelte, nicht gerade in »Schönheit«, aber in Märchen, Mythos, Felskonstruktionen.

Mit fünfzehn war Felice Lasco aber lange noch nicht so weit, die geheimnisvolle Sprache der Steine wahrzunehmen. Damals zählte für ihn vor allem, auf dem Sattel seines Dämons die Salita di Capodimonte emporzurasen, um oben in eine Allee zu biegen, wo der Motor bei maximaler Drehzahl aufheulen konnte. Und auch aus einem anderen, bereits erwähnten Grund. Auf der Steigung, die er so liebte, etwa in Höhe der Via Guido Amedeo Vitale, unterhalb eines sprießenden Gartens, war ihm eines Tages eins dieser Bilder ins Auge gefallen, die trotz ihrer Unschärfe die männliche Fantasie entzünden, vor allem die der Jüngsten: ein Mädchen mit schwarzen Haaren und makellos weißen, wie aus Marmor gemeißelten Schenkeln, das sich mit dem Rücken zu ihm über ein Betonbecken beugte, um Wäsche zu waschen. Ruckartig stoppte er die Gilera. Da gab es etwas, das war stärker als er. Er setzte zurück, um sie genauer zu betrachten. Das Mädchen hatte nichts bemerkt, und Felice, immer noch rittlings auf dem Motorrad, baute sich in der Toreinfahrt zu dem Garten auf, in dem die Nymphe ahnungslos die Hüften schwang. Ein Vorgefühl sagte ihm, dass dieses noch gesichtslose Mädchen schön sein musste, wenn nicht gar wunderschön, und dass er nur geduldig auf den Moment zu warten brauchte, wo sie sich umdrehte, um es zu überprüfen. Unmöglich, dass sein Starren, seine leidenschaftliche Neugier sie nicht früher oder später dazu zwingen würden, sich aufzurichten und einen Blick in seine Richtung zu werfen.

Genauso war es auch, selbst wenn es eine ganze Weile dauerte, wobei Felice nicht auch nur kurzzeitig erwog, das Unternehmen aufzugeben, das Ganze sausen zu lassen. Seine Geduld wurde schließlich belohnt: Das Mädchen richtete sich auf und schaute unmissverständlich in seine Richtung, als hätte sie die ganze Zeit über gewusst, dass er dort stand und sie beobachtete, reglos, fast versteinert vom hartnäckigen Warten. Sie war wirklich wunderschön. Eine Sonne. So strahlend, dass Felice sich schlagartig befangen fühlte, ja lächerlich, und sich gezwungen sah, den Blick zu senken. Er hätte etwas sagen müssen, dachte er auf einmal. Aber was? Sein Kopf war eine leere Schale, sein Herz klopfte, ein Gefühl der Unzulänglichkeit untergrub seine Autonomie. Das Verhalten des Mädchens machte die Sache nicht besser. Sie fuhr sich mit der Hand durch das pechschwarze Haar, strich sich ein paar widerspenstige Strähnen aus der Stirn und musterte jetzt ihrerseits den

Eindringling, ziemlich feindselig. Dann wandte sie den Kopf zum Gebäude hinter ihr, als wollte sie jemanden herausrufen. Felice hob die Arme, eine Geste der Entschuldigung, des Bedauerns, vielleicht der Niederlage, und ließ den Motor bis zum Anschlag aufheulen, um seiner Enttäuschung und der Wut über sein Verhalten Ausdruck zu geben. Umsonst bemühte sich der Wind, der bereits nach Hügel, Wald und chlorophyllgetränktem Tau duftete, ihn zu beruhigen.

Mag die Salita di Capodimonte auch nichts als ein fadendünner Schlauch sein, sie war und bleibt ein duftender Graben zwischen Gebäuden, hinter deren altersschwachen Mauern sich Schätze verbergen, Gärten und Lauben, die von einer Lebens- und Wohnkultur zeugen, deren Erinnerung verloren gegangen ist. Damals war die Gegend unversehrter als heute, lange nicht so entstellt: ein stiller Weg, fürstlich, trotz seiner Enge. Bis zum Beginn des neunzehnten Jahrhunderts war die königliche Familie gezwungen, diese Trasse zu nehmen, um zu ihrem Palast zu gelangen, der Reggia di Capodimonte, umgeben von einem ausgedehnten Wald mit tiefgrünen, fast schwarzen Bäumen und Büschen. 1810 wurde dann die vielgeschmähte Brücke gebaut, heute ein nicht mehr wegzudenkender Teil der städtischen Gestalt, die der Königsfamilie (zunächst der von Napoleons Schwager Gioacchino I., später dann den Bourbonen) den Weg zu ihrer hochgelegenen Residenz erleichtern sollte.

Was die alte Strecke angeht, so war sie für Felice eine Weile lang »zwingend«. In der Hoffnung, das schöne Mädchen mit den pechschwarzen Haaren wiederzusehen, fuhr er fast täglich die Runde von der Vergini bis nach Capodimonte, von dort über den Corso Napoleone zum Archäologischen Museum, weiter zur Piazza Cavour und auf der Via Foria wieder zurück zum Ausgangspunkt. Eine lange Runde und nur ein einziger Halt: vor der Toreinfahrt zu dem Garten, wo eine junge Frau zum ersten Mal sein Herz entflammt hatte. Ein langer Halt. Und nie einer, der ihn gefragt hätte: Wer bist du? Was willst du hier? Es schien, als wäre der Ort unbewohnt.

Tagelang einem Schatten nachzulaufen, kam dann selbst einem mit reichlich Fantasie begabten Jungen wie Felice Lasco übertrieben vor. Auf der letzten Tour – jetzt oder nie – ereignete sich der Unfall. Er schlug mit der Stirn auf das Pflaster, kam aber einigermaßen glimpflich davon: eine Woche im Hospital San Gennaro, eine klaffende Wunde am Haaransatz, die genäht werden musste, und eine kleine Narbe als unauslöschliches Andenken an eine namenlose schwarzhaarige Schönheit.

6.

Der Herr Werweiß. So nannte ihn Oreste seit der Schulzeit und nicht ohne Grund. Er war wirklich immer unsicher: ja, nein, vielleicht, ich weiß nicht, sehen wir mal, womöglich, wer weiß ... Glücklicherweise saßen sie nicht in derselben Bankreihe, aber sie schielten ununterbrochen zueinander hinüber, schickten sich verschlüsselte Nachrichten, schnitten abwechselnd Grimassen, brachten die anderen zum Lachen.

Felice Werweiß. Oreste hingegen war immer entschieden. Niemals ein Zögern. Außer vielleicht in einem Fall.

Ich will noch einmal auf den Mord zurückkommen, ihm ein paar Details hinzufügen. Die Gasse verläuft in diesem Abschnitt flach. Oreste, die rechte Hand in der Manteltasche, umklammert die Pistole, ohne sie herauszuziehen. Er wartet, bis Felice nah genug ist, um ihn mit einem einzigen Schuss zu erledigen. Die Pistole hat einen Schalldämpfer, obwohl es nichts ändern würde, wenn sie keinen hätte. Die Nacht gehört Oreste, und er ist fest davon überzeugt, dass sie ihn nicht verrät.

Felices Erscheinen am Ende der Straße verursacht ihm einen Schauder des Unbehagens, ein Gefühl von Übelkeit, zum ersten Mal. Was natürlich nur eine Vermutung ist, aber ich halte daran fest. Vielleicht habe ich Fieber, denkt er. Vielleicht sollte ich die Sache verschieben, schlägt er sich selber vor. Auf einmal ist er unentschlossen, gereizt. Was zum Teufel ist los mit mir, fragt er sich. Scheiß ich mir jetzt auch in die Hosen?

Das ist, ich wiederhole es nochmal, nur eine Vermutung, aber sie schärft vielleicht den Blick auf eine Geschichte, die nicht nur unklar und kompliziert ist, sondern in der mehr Widersprüche stecken, als ich ermessen kann und als Felice Lasco es mir übermittelt hat. Lässt sich tatsächlich ausschließen, dass auch eine Kanaille an sich zweifelt und Mitleid hat mit dem, den sie beseitigen will? Zu Kain, der Abel erschlägt, wurde manches gesagt: unter anderem, dass er seine Tat nie bereut hat. Es gibt jedoch nichts darüber, ob ihm dabei nicht die Hand zitterte und sein Herz vor Angst klopfte.

Nicht immer nimmt der Ort, an dem man geboren wird und aufwächst, einen entscheidenden Einfluss auf unser Schicksal. Mit ihren Ausdünstungen und ihrer historischen Neigung zur Illegalität beeinflusste die Sanità jedoch mit Sicherheit das Schicksal von Oreste. Mehr als das von Felice, den manche Umstände vor einer ansonsten unvermeidlichen Zukunft schützten. Als Altersgenossen hatten sie die Kinderspiele geteilt. Trotzdem gehörten sie nicht zur selben sozialen Schicht. Das glaube ich zumindest. Was nicht heißen soll, dass die Differenz grundsätzlich war. Sie betraf in erster Linie die familiären Gewohnheiten: Felices Mutter arbeitete. Unermüdlich. Genauso wie ihr Ehemann. Er besaß im Erdgeschoss eine kleine Werkstatt. Dort stand ein Kohleofen, auf dem er Metalle schmelzen konnte, eisenhaltige ausgenommen. Die Spasianos machten nichts, vollauf zufrieden mit dem Gang ihres Lebens. Die Freundschaft der Söhne zwang beide Elternpaare, miteinander zu reden und hin und wieder ein paar Höflichkeiten auszutauschen, auch wenn Felices Mutter Carmela Spasiano, ihren Sohn namens Malommo und vor allem dessen Vater, einen »professionellen« Gangster, am liebsten ignoriert hätte. Sie waren keine eingebildeten Leute, weder sie noch ihr Mann. Sie versuchten nur, sich dem Abstieg mit aller Macht entgegenzustellen. Felices Mutter schminkte sich beispielsweise. Nicht immer. Sie hatte eine gewisse natürliche Eleganz, und ab und zu machte es ihr Freude, abends gut angezogen mit ihrem Metallgießer auszugehen, »schick« nannte sie das, überzeugt, ein großes Wort auszusprechen. Sie besaß einen Mantel mit einem Kragen aus graurotem, dunkel geflecktem Ozelot, zahlreiche Foulards und ein Paar lange Handschuhe. Bei vielen hieß sie »die Signora«, nicht ohne eine Spur von Ironie.

Orestes Eltern hingegen waren stolz auf ihre Ungeschliffenheit, die sie mit deutlicher, schamloser Spontanität auslebten. Sie sprachen nicht, sie schrien: miteinander, mit dem Sohn, mit Fremden. Das Leben war ein ewiges Gezänk, so als wenn es keine andere Form der menschlichen Begegnung geben würde. In Neapel nennt man die Frau, die schreit, *vaiassa* – ursprünglich einmal die Bezeichnung für eine Dienstmagd. Breit oder schlank, schön oder hässlich: Entscheidend ist, dass sie sich im Handumdrehen zu Wutausbrüchen hinreißen lässt, dass sie schimpfen und fluchen kann. Orestes Mutter war eine perfekte *vaiassa*.

Felice ging hin und wieder in die Pfarrei des Monacone. Wir im Rione nennen die Basilica di Santa Maria della Sanità so zu Ehren eines Heiligen, des Spaniers Vinzenz Ferrer (er lebte zwischen der zweiten Hälfte des vierzehnten und dem Anfang des fünfzehnten Jahrhunderts), der zwar nie einen Fuß nach Neapel gesetzt hat, hier aber als *'O Munacone*, der große Mönch, Berühmtheit erlangte und seit Langem schon verehrt wird. Felice ging heimlich dorthin, ohne Orestes Wissen. Er spielte Fußball mit den Jungs der Freizeitstätte, im Hof neben der Kirche, zwischen den gigantischen Tuffsteinpfeilern der alten Brücke, die sich darüber hinwegzieht. Manchmal wagte er sich befangen, aber neugierig ins Innere der Basilika, ein später Renaissancebau, errichtet von einem mysteriösen Architekten, der als Frà Nuvolo bekannt ist.

In der Halle neben der Sakristei steht Vinzenz Ferrer in Gestalt einer geflügelten Statue mit sehr jugendlichen Zügen, was Felice mit der Zeit zu einer gewissen Vertraulichkeit verleitete. Mitunter wandte er sich sogar an ihn. Die Kirche allein zu betreten, ohne Mutter und Stiefvater, ausschließlich getrieben von der eigenen Neugier, war so, als würde er in einen noch nie geträumten Traum sinken. Ein Traum aus großen, stillen, andächtigen Räumen – genau das Gegenteil der chaotischen und ohrenbetäubenden täglichen Realität. Ein Traum, der ihn durch sein gedämpftes Licht, seinen Intarsienmarmor, die Faszination seiner Formen bezauberte.

Er traute sich nie weiter als bis zur Sakristei, höchstens bis zur herrlichen Marmorkanzel von Dionisio Lazzari. Natürlich wusste er von den vielen Schädeln, die in der Krypta der Basilika bewahrt werden (die Jungs der Freizeitstätte hatten es ihm erzählt). Das zog ihn an und machte ihm zugleich Angst. Wenn sich jemand angeboten hätte, ihn in die Eingeweide der Kirche zu begleiten, hätte er es aber wohl kaum abgelehnt. Er war noch nie in einer Katakombe gewesen, und bei der des Monacone handelte es sich um eine der zahlreichen Grabgewölbe im Rione, deren Geschichten in Urzeiten zurückreichen.

Damals konnte sich Felice Lasco aber nicht einmal vorstellen, dass es so etwas wie Geschichte gab, dass die Vergangenheit eine Bedeutung hatte, dass sie die Gegenwart, selbst die Zukunft beherrschte oder zumindest beeinflusste. Er würde es bei seiner Rückkehr nach Neapel erfahren, nach fünfundvierzigjähriger Abwesenheit. Es würde zu einer Obsession werden. Mehr noch: zu einem Kult. Andererseits hatte der Mann, der zurückkehrte, wenig mit dem sechzehnjährigen Jungen zu tun, der den Mutterschoß verlassen hatte, um mit seinem fürsorglichen Onkel ins Unbekannte aufzubrechen. Der, der zurückkehrte, war gebildet, hatte viel von der Welt gesehen, seine Seele geformt. Und als das Leben ihn erneut an den Ausgangspunkt zurückwarf, in die Nähe der Gebäude, Kirchen, Plätze, Gassen, aus denen sein Dasein hervorgequollen war, überfiel ihn mit einem Mal ein gieriger Hunger nach Geschichte.

Ich will es nicht leugnen: Ich war es, das heißt, in erster Linie war ich es, der Felice Lasco bei der Hand nahm und ihn in die Geschichte, die ferne Vergangenheit unseres Viertels und vor allem dieser herrlichen Basilika führte, die nicht nur den Namen der Sanità trägt, sondern sie in sich konzentriert, sie symbolisiert, ja, sogar verkörpert, zuallererst durch ihre Fülle, doch auch durch ihre ungleichen Höhen: die tiefe Dunkelheit der Krypta, die einst ein Friedhof war und weit in den Untergrund vordringt, das ausgedehnte, zur Buße auffordernde Halbdunkel des Kirchenraums und schließlich die Pracht des Hauptaltars, der kühn über allem schwebt, gestützt von zwei halbrunden Marmortreppen, die sich öffnen wie zu einer Umarmung.

Ich erinnere mich an meinen Freund Lasco, reglos im Zentrum des großen Kirchenschiffs, im Raum nur er und ich, wobei ich beiseitetrat, mich fast versteckt hielt, um seinen Moment der Intimität und, wie mir schien, der Ergriffenheit nicht zu stören.

Er blickte auf die Jungfrau mit dem Kind, oben im Zentrum der Apsis, hinter dem Hauptaltar. Ich hatte ihm kurz zuvor erzählt, wie wichtig diese Statue ist: Das Werk von Michelangelo Naccherino, einem Bildhauer, dem es gelungen war, ein Marmorbildnis der Madonna mit einer ebenso alten wie erstaunlichen Geschichte zu kombinieren, die auf den Tod von San Gaudioso am 18. Oktober 453 zurückgeht.

Ich hatte ihm diese Geschichte aus der Erinnerung erzählt, so, wie ich sie vor Jahren in der ich weiß nicht bis zu welchem Punkt erfundenen Rekonstruktion des Kanonikus Celano gelesen hatte. Als San Gaudioso starb, wurde sein Leichnam an einem für ihn bestimmten Ort beigesetzt, mehr oder weniger dort, wo sich heute die Basilika befindet. Sein Grab war nicht irgendeines. Neben dem »Friedhof« erhob sich eine kleine, der Jungfrau Maria geweihte Kirche. Sie wurde wegen San Gaudiosos Ruf als Wunderspender sofort zum Ziel zahlreicher Pilger. »Und die Verehrung wuchs so sehr, dass dieser Ort Chiesa di S. Gaudioso ad Corpus genannt und von den Neapolitanern als Heiligtum verehrt wurde, sodass unsere Bischöfe sich dorthin begaben, um die Messe zu feiern …«

Ende des achtzehnten Jahrhunderts wurden San Gaudiosos sterbliche Überreste jedoch in die Stadt umgebettet, was nach und nach zum Verfall des »Friedhofs« führte. Die kleine Kirche, »die dort stand, wurde vollständig verschüttet und verschwand damit aus dem Gedächtnis der Menschen«.

Lange nach der Jahrtausendwende, aller Wahrscheinlichkeit nach zu Anfang des sechzehnten Jahrhunderts, wurde das Gelände von einem gewissen Clemente Panarello erworben, der auf der Höhe der »verschütteten Kirche« zwei Wohnkammern baute. Dann fiel der Besitz an einen gewissen Cesare, von Beruf Schwertschmied, der bei dem Versuch, den Wohnraum zu vergrößern, auf die Kirche stieß. Er war allerdings kein pietätvoller Mensch, vermutlich einfach nur ein Schlitzohr: Auf jeden Fall nutzte er die unterirdischen Kirchenräume als Weinkeller, auch wenn sich an den Wänden der Höhle das Bildnis der Jungfrau befand. Während der folgenden Jahre änderte sich nichts. Auf Cesare folgte ein Neffe, der wie sein Onkel »die Räume herrichtete und die Kirche erneut zum Weinkeller machte«. Das war der Tropfen, der das Fass zum Überlaufen brachte. Das Schicksal, das Cesare und seine Frau bereits hart gestraft hatte – sie waren Opfer einer Überschwemmung geworden (»sintflutartige Wassermassen, die wie Sturzbäche vom Berg herabströmten und alles, worauf sie trafen, mit sich rissen«) –, schlug den Neffen mit einer Krankheit, die »in rasender Geschwindigkeit« zu seinem Tod führte.

Hier endet die bewegte Vorgeschichte der Basilica di Santa Maria della Sanità, und zwar so, dass der Erbe des Gottlosen, »durch das heilige Bildnis schließlich zur Einsicht gekommen, sein Bestes tat, um den Ort zu säubern, wobei er einen Teil des alten Altars entdeckte und ebenso den Zugang zum Friedhof fand. Er legte quer durch den Garten einen Weg an, damit man von der öffentlichen Straße aus zur Höhle gelangen konnte, wo sich das Bildnis befand. An Festtagen bat er die Passanten um Almosen für ein ewiges Licht. So wurde der Ort wieder zu einem der Verehrung, und der Herrgott ließ denen, die kamen, um das Bildnis seiner Heiligsten Mutter anzubeten, viele Gnaden zuteilwerden, wodurch der Strom an Menschen immer weiter anschwoll und mit ihm die Almosen und die Devotion. Die Anwohner wurden daher beim Erzbischof Mario Carafa vorstellig und baten ihn um die Erlaubnis, dort täglich eine Messe feiern zu dürfen.«

Ich komme zum Ende dieser anthropologischen Erzählung. Eines Tages, während der Kardinal von Arezzo an der Kirche vorüberfuhr und sich fragte, welchen Namen man ihr wohl geben könne, begegnete er dem berühmten Arzt und Philosophen Antonio Pisano. Der riet ihm, regelmäßig an diesen Ort zu kommen. Wurde dieses Tal »von unseren guten Ahnen« doch Valle della Sanità genannt, Tal der Gesundheit. Bei diesen Worten zuckte der Kardinal von Arezzo zusammen. »Gott hat mich nicht umsonst hierhergeführt«, sagte er. »Ich dachte gerade über einen Namen für diese Kirche nach, und wo Ihr mir so davon sprecht, will ich sie Santa Maria della Sanità nennen.« Dieser Beschluss gefiel allen, vor allem den Mönchen, in deren Verwaltung sich die Kirche befand. Sie verbreiteten die Nachricht sofort in ganz Neapel und stießen überall auf Zustimmung und Enthusiasmus. Mehr noch: »So groß war der Zulauf, dass neue Straßen angelegt werden mussten, darunter die Imbrecciata, und so viele Almosen und Spenden kamen zusammen, dass kurze Zeit darauf nach dem Entwurf von Fra Giuseppe Nuvolo, einem Klosterbruder des Dominikanerordens, und unter seiner Leitung mit dem Bau der Kirche und des Konvents begonnen werden konnte, die schönsten Anlagen, die die Dominikaner in Italien besitzen, und die Weihe fand noch 1577 statt, im selben Jahr, am zweiten Sonntag der Fastenzeit.«

7.

Von Frà Nuvolo, dem Laienbruder, der nicht nur ein architektonisches Projekt entwarf, sondern zugleich ein theologisches und spirituelles, wird später noch die Rede sein. Eins will ich jedoch gleich festhalten: Die Basilica di Santa Maria della Sanità spielt in dieser Erzählung eine tragende, ja treibende Rolle. Sie ist mehr als eine Kultstätte oder ein architektonischer Raum, eher eine »Persönlichkeit«, eine Gestalt, die Dynamiken in Gang setzt und an Schicksale rührt. Im Zentrum eines weitläufigen Stadtgebiets bildet sie seit ihrer Gründung einen Bezugspunkt für die Ansiedlungen, die rings um die Klöster und längs der neuen, auf Initiative der Großgrundbesitzer bei den Tuffsteinbrüchen angelegten Straßen errichtet wurden. Als »Herz« eines Ganzen aus konzentrischen, aber separaten Teilen verwandelt sie sich immer mehr in den zentralen Pol dieses Systems: von der Via Fonseca bis zu den Katakomben des Friedhofs Fontanelle, von der Salita Scudillo bis zum Cavone und zur Penninata San Gennaro dei Poveri, von der Via Lammatari bis zur Via Antesaecula und zu den Gradini dei Cinesi.

Ich bin ein alter atheistischer Kommunist, aber ich würde lügen, wenn ich behauptete, dass die Pracht dieser Kirche, ihre Geschichte, ihr Mysterium keine wichtige, wenn nicht sogar entscheidende Rolle in der Geschichte des Mannes gespielt hat, der aus dem Nichts gekommen war, auf der Suche nach seinem verlorenen Selbst. Wie oft habe ich Felice Lasco allein und in Gedanken versunken in diesem zur Buße einladenden Halbschatten überrascht. Gott ist nicht nur jenseitig. Häufig ist er eine Frage nach der eigenen Existenz, der eigenen Gegenwart. Ich selbst, wie Lasco ergriffen vom Mysterium dieses Kirchenschiffs, versinke zuweilen in meinem Abgrund. Es gibt einen für jeden, auch wenn nicht jeder davon weiß und dort hineinblickt.

In Anbetracht seiner alten Leidenschaft oder Neugier, was genau es war, kann ich nicht sagen, hegte Felice Lasco seit einer Weile schon den Wunsch, an die Tür der Sakristei zu klopfen – was im letzten Moment immer durch etwas Unvorhergesehenes, vielleicht durch ein Gefühl der Schüchternheit verhindert wurde.

Irgendwann kam er aber doch, auf Anraten eines alten Mannes aus dem Rione, um sich unter die schützenden Fittiche von Pater Rega zu begeben. Er war wie in Trance, als würde jemand anderer seine Schritte lenken. Ich erinnere mich an seinen verstörten Gesichtsausdruck. An seinen schweren Atem. Die Basilika war nicht nur Teil seiner topografischen Erinnerungen, nicht nur ein physischer Ort, eine urbane Struktur, sie war ein Gefühl, eine »innere« Stimme. Ein Stück »Privates«.

Doch es ist Zeit, zur turbulenten Jugend von Felice und Oreste zurückzukehren. Oreste war nicht sehr kräftig. Felice hatte einen stärkeren Knochenbau und weitaus mehr Muskeln. Wäre es aber zu einer Schlägerei gekommen, dann hätte Oreste ihn mit Sicherheit auf die Matte gelegt: durch seine Aggressivität, seine angeborene Gewalt, die aus ihm die perfekte Kampfmaschine machte. Als Felice einmal von einem großen Typen verprügelt wurde, nur weil er sich geweigert hatte, ihm beim Reifenwechsel an seinem klapprigen Auto zur Hand zu gehen, kam Oreste zu Hilfe, schlug den Angreifer mit ein paar gutgezielten Hieben nieder und ließ dann vor dessen entsetzten Augen die glänzende Klinge seines Klappmessers aufspringen.

Felices Mutter hielt Oreste für eine schlechte Gesellschaft. Über kurz oder lang wird er dich in Schwierigkeiten bringen, sagte sie ihrem Sohn und ermahnte ihn, immer die Augen offenzuhalten. Du bist nicht wie er!

Ihr wäre es lieber gewesen, wenn er diese Freundschaft beendet hätte. Sie brachte jedoch nie den Mut auf, es ausdrücklich von ihm zu fordern. Sie fühlte sich dem Sohn gegenüber unterlegen. Als Felice und Oreste, die immer unzertrennlicher wurden, auf die Idee kamen, einen Tag auf dem Land zu verbringen, bereitete sie den beiden umstandslos ein reichhaltiges Picknick zu und fragte ihren Sohn dann besorgt, ob Oreste das Omelett, die Frikadellen, der frittierte Mozzarella und all die anderen Köstlichkeiten auch geschmeckt hatten.

Mit fünfzehn machten beide schon den Eindruck erwachsener Männer (Oreste hatte Anfang 1964 sein fünfzehntes Lebensjahr vollendet, im Februar, für Felice würde es Ende September so weit sein). Oreste hätte ihre Allianz gerne um ein paar Jungs erweitert. Er hätte gerne eine Bande gegründet, mit sich als Anführer. Felice gefiel dieser Gedanke aber gar nicht. Auch wenn er mittlerweile zu einem professionellen Handtaschendieb geworden war, dachte er in seinem Herzen unentwegt daran, bald damit Schluss zu machen: ehe sie ihn in eine Erziehungsanstalt steckten, wie es schon ein paar seiner weniger glücklichen Mitstreiter passiert war. Die Idee, eine Bande zu gründen, ärgerte ihn auch aus einem anderen, sehr persönlichen Motiv: Er war eifersüchtig. Seine alte, erprobte Beziehung zu Oreste wäre nachhaltig beschädigt worden. Diese Freundschaft machte nur Sinn unter der Bedingung der Ausschließlichkeit, der Distanz zu den anderen. Sie für einen Zweiten, Dritten, Vierten, Fünften zu öffnen, konnte nur heißen, sie kaputt zu machen. Das war keine Feststellung, sondern ein Gefühl, eine dunkle Regung des Herzens, die ihm jedes Mal, wenn die Frage im Raum stand, Gesten und Worte diktierte.

Vielleicht war dies der verborgene Nerv der beiden. Vielleicht lebten sie jeder als Gefangener des anderen, und vielleicht suchte jeder auf seine Weise nach einem Fluchtweg. Vielleicht. Aber angenommen, dies wäre wirklich der Fall gewesen, so geschah alles ohne ihr Wissen. Sogar gegen ihren Willen. Eines Morgens gingen sie das Thema direkt und in Gegenwart eines Zeugen an, ein Junge, so alt wie sie, der begonnen hatte, ihnen zu folgen.

Felice erinnerte sich wie immer in Zeitlupe an die Episode: Seine Berichte zogen sich für gewöhnlich hin, als wäre jedes Detail ein Hindernis, ein Universum, das einzeln ausgelotet werden musste. Sie bemerkten ihn nicht gleich. Er hatte sie in der Via Antesaecula aufgespürt und eine weite Strecke lang nicht aus den Augen gelassen. Er hieß Gegè und war der Sohn eines Friseurs, der einen Laden in der Via Palma besaß. Ein hochgeschossener, magerer Junge. Seine Augen, die wegen jeder Kleinigkeit glühten, zeigten, wie raffiniert und gierig er war. Irgendwann hielt Oreste an, und so katzenhaft, wie nur er es vermochte, wandte er den Kopf. Er war pampig. Was zum Teufel willst du? Du schleichst seit einer Ewigkeit hinter uns her.

Er zeigte mit dem Finger auf ihn.

Erst jetzt nahm Felice ihn wahr. Ahnungslos lächelte er ihm zu. Gegè trug eine schwarze Jacke mit weißen Knöpfen. Merkwürdig, diese Knöpfe: Sie glänzten wie Perlmutt und waren blau geädert. Gegè, diese Jacke hast du bestimmt geklaut, dachte Felice. Er wollte es ihn schon fragen, aber Oreste blitzte ihn an. Du lachst, sagte er, aber dieser Arsch da spioniert uns schon die ganze Zeit nach.

Dann fragte er Gegè, ob er nicht versehentlich den Polizisten etwas gesteckt hätte. Gegè antwortete nicht. Er senkte den langen Hals und stieß einen Seufzer aus.

Hier unterbrach sich Felice, sah mich zerstreut an und schüttelte den Kopf. Etwas schien ihn zu stören, aber was? Geriet er mit seiner Erinnerung aneinander? Ich kann es nicht sagen. Es geschah nicht zum ersten Mal, dass eine Erinnerung – einer ihrer Ausbrüche – im schönsten Moment unterbrochen wurde und einem Stau zum Opfer fiel, ausgelöst durch einen neuen, widersprüchlichen, unvorhergesehen Gedanken. In jedem Fall – zumindest in diesem – fing er sich rasch wieder. Nach Orestes harschen Worten, fuhr er fort, gab es ein Hin und Her, wodurch schließlich die Wahrheit zum Vorschein kam: Gegè wollte mit ihnen zusammenarbeiten, die Stütze des Duos werden, derjenige, der die Beute wittert und

Meldung macht. Und um Eindruck zu schinden, führte er die Drei der Stäbe ins Feld, Symbol der unauflöslichen Einheit: Die Karte zeigt einen Schnurrbärtigen, der drei Leben zu einem einzigen Schicksal zusammenbindet.

Es war Stoßzeit. Sie hatten die Via Vergini erreicht, ein Meer in ewiger Bewegung. Oreste sagte etwas, aber der Krach verschlang seine Worte (oder weigerte sich Felice, sie zu hören?). In der Bar, die sie betraten, hing ein erstickender Kaffeedunst, die Wirtin rauchte, und die Schürze des Wirts war so speckig, dass jede Hoffnung, sie könne irgendwann zu ihrer ursprünglichen Unbeflecktheit zurückfinden, dahin schien. In dem Lokal, kaum größer als eine Besenkammer, drängten sich mindestens zehn Leute.

Oreste und Gegè bestellten einen Espresso. Felice winkte ab und ging vor die Tür, um auf sie zu warten. Als sie auftauchten, strahlten beide wie nach einer Übereinkunft.

Felice schüttelte den Kopf. Ruhig, kalt, auf den Lippen der Anflug eines trotzigen Lächelns. Ohne mich, sagte er. Ich überlasse Gegè gerne das Feld. Du kannst meinen Platz haben, ich bin draußen, kein Problem. Oreste schaute ihn verdattert an. Er hustete. Er kratzte sich die Wange, mit den Fingernägeln der linken Hand.

An dieser Szene, das will ich hier nur präzisieren, war nichts erfunden. Felice Lasco rekonstruierte sie eines Abends bei mir zuhause, Punkt für Punkt. Etwas, über das er jahrelang obsessiv gegrübelt, dem er täglich eine neue Winzigkeit hinzugefügt hatte: Oreste, der ihn verdattert anschaut; Oreste, der hustet; Oreste, der sich die Wange kratzt, mit den Nägeln der linken Hand (der linken!); Oreste, der sich im ersten Moment zu einem »Ist gut!« hinreißen lässt, um seine Meinung kurz darauf zu ändern. Leider gibt es keine Möglichkeit, um das Knistern, die Klangfülle, die Felice Lascos Erzählen charakterisierte, getreu widerzugeben. Dazu gehörte auch seine schillernde, regellose Sprache, ein Gemisch aus Arabisch, Neapolitanisch, Französisch (»Merde! Strunz! Voilà, Bon Dieu! Cazzo! Salam!«), was teilweise äußerst komische Effekte hatte, mitunter auch eine melancholische Musikalität, mit einem Bodensatz aus Verzweiflung. In manchen Momenten ließ jene atemlose Sprache an einen Ertrinkenden denken. Wie oft habe ich ihn auf dem Höhepunkt eines linguistisch unmöglichen Unterfangens um Hilfe flehen hören. Hilf mir, Nico' (Nicola bin ich, unter Freunden auch Angelino: eine Art, mich vorzeitig in den Himmel zu versetzen).

Und hier bin ich beim Wesentlichen seiner holprigen Tirade. Zwischen ihm und Oreste war der Moment des unvermeidlichen Bruchs noch nicht gekommen. Was nicht bedeutet, dass beide der Versuchung, Schluss zu machen, in manchen Momenten kaum widerstehen konnten. Nur dass am Ende jede Wut durch ein Gefühl der Angst oder Beklemmung erstickt wurde.

8.

Entschlossen, alles rückhaltlos zur Sprache zu bringen, unterhielt Felice uns eines Abends auch mit ihrer ersten sexuellen Erfahrung. Im Viertel hießen sie seit geraumer Zeit »das Pärchen«. Wovon sie selbst nichts wussten. Eines Tages fragte Orestes Vater seinen Sohn geradeheraus, ob er eigentlich auf Frauen stehe, also richtig auf Frauen, oder nicht. Oreste fuhr auf. Erst machte er große Augen, dann verzog er die Lippen, um seiner Wut Ausdruck zu geben. Sie war umso heftiger, als er sie zurückhalten musste. Während Felice alles relativ distanziert erzählte, lächelte ich belustigt. Mit von der Partie war auch Don Luigi, gutmütig und wohlwollend. Mit Don Luigi kann man über alles reden: Er ist der unvoreingenommenste Geistliche, den ich je kennengelernt habe. Wir saßen im Refektorium des kleinen Bereichs, der vom ehemaligen Kloster von Santa Maria della Sanità übrig ist, und hatten gerade ein ziemlich genügsames Abendessen zu uns genommen, vom Pfarrer spendiert. Die jungen Leute, die als Kooperative das Bed & Breakfast betreiben, zu dem das Refektorium heute gehört, waren schon alle gegangen. Über diesen Ort, vielmehr über das, was er ursprünglich gewesen war, berichtet der Abt Pompeo Sarnelli gegen Ende des siebzehnten Jahrhunderts: »Die Klosteranlage vereint in sich eine wunderbare Hoheit und Größe; und vom letzten Dormitorium aus, einem erhöhten Ort, erblickt man einen Garten mit Orangen- und Zitronenbäumen und ihnen gegenüber ein herrliches weiträumiges Refektorium.« Von den Orangen- und Zitronenbäumen fehlt heute natürlich jede Spur.

Felice sah noch hagerer aus als sonst in seinem hautengen T-Shirt, über dem er eine Jeansjacke trug, doppelt so breit wie er. Er machte den Eindruck, als öffnete er peu à peu eine Schachtel voller Fotografien, um sie einzeln durchzusehen, die meisten beiseitezulegen und bei einigen flüchtig innezuhalten. Wir gehen zu einer Nutte, ordnete sein bester Freund eines Nachmittags an: Er hätte da eine »erstklassige« Adresse. Sie klopften an die Tür der Unbekannten. Die Frau wurde bei ihrem Anblick sofort enthusiastisch. Wie jung ihr seid!, sagte sie, eine Bemerkung, die sie mehrmals freudig staunend wiederholte, während sie die beiden in einem kleinen Salon voller bunter Kissen Platz nehmen ließ. Sie selbst sank in ein Sofa ihnen gegenüber und musterte erst den einen, dann den anderen, wie eine Tigerin, die sich gleich über ihre Beute hermacht, der jetzt kein Fluchtweg mehr offenstand. Als sie die beiden zur Genüge mit den Augen verzehrt hatte, stand sie auf, setzte sich zwischen sie und legte ihnen ihre schönen nackten Arme um die Schultern. Langes Schweigen. Oreste hustete betont energisch.

Einer nach dem anderen?, fragte sie zuvorkommend.

Einer nach dem anderen!, bestätigte Oreste von der Seite.

Impossible d'oublier. Felice sagte das auf Französisch. Eine Sache, die man unmöglich vergisst. Er schaute mit beherrschter Traurigkeit vor sich hin. Wir waren zwei Brüder. Und gleichzeitig zwei Feinde. Mitunter können sich Gefühle in ein Gefängnis verwandeln, aus dem es kein Entkommen gibt.

Eines Tages schlug Oreste ihm vor, einen neuen Raubzug zu unternehmen und ihr Jagdgebiet um die einschlägigen Viertel mit den Pelz- und Ledermänteln zu erweitern. Er versuchte, ihn bei seinem Stolz zu packen: Hatten sie vielleicht Angst, sie beide, vor den »Läusen«, die sich über die Luxusmeilen hermachten?

Oreste hatte immer eine Strategie, seine Vorschläge schmackhaft zu machen, kannte er doch Felices Neigung, alles erst einmal kategorisch abzulehnen.

Dir gefällt das Wort »nein« viel zu gut, sagte er ihm, es liegt dir immer auf der Zunge. Dennoch musste Oreste jedes Mal lange ringen, bis Felices »nein« allmählich schrumpfte. Bis zu seiner kompletten Auflösung im chemischen Prozess der Resignation. Du bist der Kommandeur. Jede seiner Kapitulationen ging mit einem leichten Hauch von Ironie einher.

Was wäre passiert, wenn er nicht fortgegangen wäre? Womöglich wäre aus ihm ein Gewohnheitstäter geworden. Wie Oreste. Vielleicht wäre er im Gefängnis gelandet. Die Überlegung klopfte in regelmäßigen Abständen an seine Tür. Felice versäumte nie, sie hereinzubitten, fast zuvorkommend. Nur dass er dann nicht wusste, was er sagen sollte. Vielleicht wäre gar nichts passiert. Oder vielleicht etwas Dramatisches. Er war sechzehn. Er hatte sich für die Flucht entschieden. Das ist alles. Und jetzt versuchte er, in der Luft den Geruch nach Leder zu wittern, den es nicht mehr gab, obwohl er ihn für eine originäre Ausdünstung des Viertels gehalten hatte. Wovon auch seine Mutter überzeugt gewesen war. Wie gerne hätte sie es gesehen, wenn er ihren Beruf ergriffen hätte. Wie oft hatte sie es wiederholt: Uns aus der Sanità, uns Neapolitanern, liegt diese Kunst im Blut. Unsere Großeltern und Urgroßeltern haben sie betrieben. Sie ist eine Garantie ...

Das ist wahr: Großeltern und Urgroßeltern haben sie betrieben.

Ich bin Arzt geworden, aber bestimmt drei Onkel väterlicherseits und eine ganze Reihe von Cousins haben Handschuhe hergestellt, und mindestens einer von ihnen war so ausgezeichnet, dass man ihm den Titel »König der Schere« verlieh (die Herstellung eines Handschuhs, das habe ich von meiner Familie gelernt, kennt zwei kritische Momente: das Zuschneiden des Leders und das Anlegen der Naht – was die damit einhergehenden zirka fünfundzwanzig weiteren Arbeitsschritte vom Gerben bis zur Fertigstellung nicht schmälern soll).

Wer kennt den neapolitanischen Stil des Handschuhmachens nicht? Natürlich ist diese Kunst nicht am Fuße des Vesuvs entstanden. Sie ist alt wie die Welt, wenn das so stimmt. Wie es stimmt, dass sie bereits im alten Ägypten bekannt war, zu pharaonischen Zeiten. Aber lassen wir Antike, Mittelalter, Renaissance und auch einen Gutteil des achtzehnten Jahrhunderts einmal beiseite. In Neapel beginnt ihr Triumph mit der Moderne. Dank der Bourbonen? Nun, warum nicht. In Neapel, einer Königsresidenz mit luxuriösen Gewohnheiten, existierte eine Aristokratie, die es an Eleganz mit dem Rest der Welt aufnahm.

Ich konnte einige Handschuhe aus jener Zeit bewundern, die einer der letzten verbliebenen Handschuhmacher aufbewahrt hat. Es handelt sich um Stücke, die bis zum Ellbogen reichen, schneeweiß, mit Löchern auf der Rückseite, durchsetzt mit komplizierter Häkelstickerei und so weich, dass man bei ihrer Berührung das Gefühl hat, über das Fell eines lebendigen Lamms zu streichen. Diese Kunstfertigkeiten wurden vom Vater an den Sohn weitergegeben, bis es mit Beginn der Achtzigerjahre zu einer Art von Apokalypse kam. Sie sollte die Sanità nach und nach in eine Ödnis verwandeln, in ein unangefochtenes Herrschaftsgebiet von Kriminellen und Gewalttätern, wo sogar die Erinnerung an die eigenen Tugenden verlorengeht. Ich muss an dieser Stelle kurz auf das Paradox eingehen, das dieser Rione oder dieses Viertel, je nachdem, wie man es nennen will, verkörpert: Seit eh und je eine Insel des Elends und Zerfalls und gleichzeitig ein dichtes industrielles Netz, gebunden an die Produktion von Schuhen und Handschuhen, mit Exzellenzunternehmen von internationalem Rang (die Fabrik von Mario Valentino, dem Erfinder des Pfennigabsatzes, der ein weltweit renommierter Industriemagnat werden sollte, verfügte beispielsweise in ihren besten Momenten über eine interne Belegschaft von mehr als dreihundert Angestellten, ganz zu schweigen von den Kräften in Heimarbeit).

Von so viel Talent und Fleiß ist nichts mehr übrig. Ich bin ein unmittelbarer Zeuge dieses Niedergangs. Ich habe oft mit Felice Lasco darüber gesprochen. Wie schüttelten beide gleichermaßen den Kopf über einen derart verheerenden Wandel. In der ersten Hälfte der Sechzigerjahre war Felice ein ungestümer Junge, der auf seiner Gilera durch die Gassen der Sanità schoss, oder unaufmerksamen Mädchen und armen Hausfrauen, die den Hals riskierten, um ihre bescheidenen Handtaschen zu verteidigen, irgendwelche billigen Sachen klaute. Er war sich des ewig labilen Gleichgewichts des Gemeinwesens in seinem Viertel jedoch schon bewusst: Die Sanità war eine Welt voller Probleme, aber sie gedieh, wie seine Mutter unaufhörlich betonte (Felice sollte Italien 1965 verlassen, also eine ganze Weile, bevor die Krise explodierte und sämtliche Illusionen vom Tisch fegte).

Es ist nicht einfach, von heute aus die Gründe für solch einen heftigen und jähen Zusammenbruch nachzuvollziehen. Trugen auch wir Kommunisten – Rashid, ich, die anderen – dazu bei, den Todesstoß zu geben? Mit dem heutigen Wissen ist dieser Gedanke nicht abwegig. Wir begannen im vielleicht ungeeignetsten Moment, nach Legalität zu fragen, als das produktive Gebäude bereits in seinen tragenden Strukturen knarrte. Wir begannen, die den Arbeitern nie gewährten Rechte und Anerkennungen einzufordern, ohne zu verstehen, dass wir dadurch, selbst wenn wir unser Ziel erreicht hätten, den Zerfall des gesamten Produktionsmechanismus beschleunigten.

Damals genossen die Arbeiter und Arbeiterinnen – diejenigen, die im Akkord Heimarbeit leisteten, ebenso wie diejenigen, die im Unternehmen in direkter Abhängigkeit vom Arbeitgeber angestellt waren – keinerlei sozialen Schutz. Es existierten keine festgeschriebenen Arbeitszeiten, es wurden keine Überstunden gezahlt, es gab weder Urlaubsgeld noch einen dreizehnten Monatslohn. Die Ausbeutung kannte keine Grenzen und wurde meistenteils schweigend ertragen. Im Parteilokal der Sanità in der Via San Vincenzo hatte Rashid Kemali in einigen Ordnern eine beeindruckende Zahl von Anzeigen wegen Verstößen gegen das Arbeitsrecht zusammengetragen. Aber mit Sicherheit würde kein Gerichtsverfahren der Welt das Übel an der Wurzel packen. Das beteten wir dem Muslim unaufhörlich vor: Es muss zu einer großen Erschütterung kommen, einer politischen Initiative, die das ganze Viertel mobilisiert.

Damals war ich Kemali sehr nah: Ich gehörte zur movimentistischen Gruppe unserer Sektion, die sich aus den Jüngsten und Qualifiziertesten zusammensetzte. Ich war um einiges älter als sie (ich bin Jahrgang 1937, war also Anfang dreißig, während die meisten von ihnen um die zwanzig waren), aber ich blickte mit der gleichen Hoffnung auf das, was im Zeichen der großen sozialen und politischen Proteste in Italien geschah. Bereits seit einigen Jahren machte unsere Parteisektion eine Art von Generationskonflikt durch, wobei Rashid die Zielscheibe recht heftiger Kritik war. Wir warfen ihm vor: Du bist zu zögerlich, du hängst zu sehr an Amendola. Vor allem die Jungen, und ich mit ihnen, wollten eine andere Partei, aufgeschlossener gegenüber dem libertären Wind des Augenblicks. Dessen ungeachtet brachen wir bei Dunkelheit wie die Heuschrecken in sein Haus ein, sicher, von ihm und seiner Gefährtin Laura mit offenen Armen empfangen zu werden. Papa Rashid, so nannten ihn die jungen Leute (ich nicht). Nicht nur, weil man bei ihm schlagartig die erhitzten Gemüter vergaß, sondern auch aus Empathie, aus einer geheimnisvollen emotionalen Vertrautheit, die jede politische Differenz beiseiteschob. Papa Rashid war Papa Rashid, ein Mann, bei dem man nicht anders konnte, als ihn zu lieben, mit dem man alles teilen wollte, das Abendessen inbegriffen, das normalerweise aus dem Wenigen bestand, was Laura vorbereiten konnte, und aus dem Vielen, was wir unterwegs in den Frittierstuben des Viertels aufgetrieben hatten.

Rashid vertraute mir: Er rief mich oft an, gab mir die kniffligsten Aufgaben, zog mich vor jeder wichtigen Entscheidung zu Rate. Oft sagte er: Du, Nico', wachst in diesem Viertel über die Gesundheit der Körper, ich denke an den Rest. Tatsächlich kam ihm niemand an Menschlichkeit und in der Fähigkeit zum Dialog gleich. Ich erinnere mich an eine Pizzabäckerin, Margheritella, eine fanatische Monarchistin. Der Muslim versäumte es nie, an ihrem Stand Halt zu machen und ein paar Worte mit ihr zu wechseln. Trotz ihrer zähen Verbundenheit zum Haus Savoyen war sie immer geschmeichelt von der Aufmerksamkeit des »Signor Rashid«, wie sie ihn respektvoll nannte.

»Signor Rashid« stand an der Spitze einer Organisation, deren zahlenmäßige Stärke ihm die Achtung aller einbrachte. Unser Viertel war rot, ein ernst gemeintes Rot, ein absolut sicherer Wahlkreis. Damals zählte die Sektion Stella, zu der die Sanità gehört (die Sanità ist keine eigene Verwaltungseinheit, sondern ein Traditionsgebilde innerhalb eines begrenzten Territoriums), zirka achthundert Mitglieder sowie zwei Untersektionen an der Via dei Cristallini und beim Friedhof Fontanelle (sie sollten innerhalb weniger Jahre auf fünf oder sechs anwachsen, wenn ich mich recht erinnere). Aber die Zahl der Untersektionen war nicht entscheidend. Unsere wahre Schlagkraft lag in den Zellen, die an Arbeitsorten und in Betriebsstätten wirkten, beginnend mit der im Hospital San Gennaro dei Poveri, wobei ich es mir als Ehre anrechne, zu ihren Gründern zu gehören.

Die Kampagne für die Rechte der Arbeiter erforderte eine lange Vorbereitungszeit. Rashid wollte, dass wir uns alle zu einer expliziten Überzeugungsarbeit verpflichteten, ehe es zur direkten Aktion kam. Wir waren aufgerufen, vor allem die qualifizierten Arbeiter zu überzeugen, die mit ihren höheren Löhnen und einer Reihe von Vorteilen den Unternehmern gegenüber am nachgiebigsten waren. Die massiv in den Fabriken präsente Gewerkschaft trat in vielen Fällen übrigens eher auf die Bremse, als dass sie Gas gab.

Schließlich gingen wir von Worten zu Taten über. An einem Morgen im Herbst 1969, kurz nach Tagesanbruch, gegen sechs, begannen Rashid Kemali und ein paar andere Genossen, ein buntes Flugblatt mit einer Liste an Forderungen zu verteilen, für die die Arbeiter zum Streik aufgerufen wurden.

Rasch, fast hektisch, wurde das Dokument verbreitet: Die Arbeiter verlangten immer wieder ganze Stapel, die sie auf eigene Faust unter die Leute brachten. Die Ecke Via San Vincenzo erwies sich als einer der günstigsten Standorte, um Arbeiter auf dem

Weg zu den Betrieben abzufangen. Vor allem um die Mittagszeit, unterwegs zum Essen in die Kantine vom Gallo, dem üblichen Treffpunkt am Anfang der Via Fontanelle.

Kaum war die Lunte gezündet, loderte der Brand gleich hoch. Misstraue dem Stummen und fürchte den Zorn des Stillen, mahnt das Sprichwort. Kemali wurde förmlich zu einem wilden Stier: Er legte sich sogar einen anderen Gesichtsausdruck zu, streng, eine richtig finstere Miene, was bei einem wie ihm, dessen Leben aus Lächeln bestand, etwas unbeholfen wirkte. Schließlich drang der Protest bis in die Eingeweide des Viertels, und da ich nur einen Schrittweit von den Katakomben von San Gennaro arbeitete, im Hospital, das sich mit der Höhle, wo der Heilige begraben lag, zu beinahe einem einzigen Körper verbindet, kann ich bezeugen, dass er am Ende sogar die Toten einbezog: Mehr als ein Schädel wurde gebeten, im Jenseits ein Wort zugunsten der streikenden Arbeiter einzulegen.

Wann wird die Sanità je wieder einen vergleichbaren Moment des kollektiven Pathos erleben? Ich habe es bereits gesagt: Der Einsatz hatte nicht wie sonst mit Lohnfragen zu tun. Der Streik galt einer Frage des Anstands, dem Respekt vor den Regeln, den verfassungsgemäßen Rechten, der Legalität, was die Menschen einerseits mit Stolz erfüllte und ihr soziales und politisches Bewusstsein stärkte, was andererseits das Modell der Produktion selbst, so wie es sich im Laufe der Zeit strukturell entwickelt hatte, bis es zu Rhythmus, Gewohnheit, Effizienz und Tradition, vor allem aber zur Quelle schamlosen Profits für den Unternehmer geworden war, ins Wanken brachte.

Auch ich tat meinen Teil. Ich musste den nachmittäglichen Gesundheitsdienst, den ich mit Unterstützung meiner Mutter zu Hause anbot, eine Zeit lang quittieren. Mir fiel die Aufgabe zu, der Sektion vorzustehen und die frenetischen Bewegungen der Genossen zu koordinieren, die zwischen den Zusammenkünften zu jeder nur möglichen Uhrzeit und dem Hin und Her von einer Fabrik zur anderen tagelang so gut wie keine Pause hatten.

Die Sache war ein absoluter Erfolg. Handschuh- und Schuhmacher, die zuvor kaum mehr als Sklaven gewesen waren, sahen ihre Rechte und ihre Würde als Bürger auf einmal anerkannt (auch wenn der Nutzen materiell wie ethisch nicht allzu lange währte). Da wir nichts von der Geschichte wussten, die unterhalb der Oberfläche ausgebrütet wurde, trugen wir Rashid Kemali triumphierend auf den Schultern, überzeugt, dass es keinen bedeutenden Sieg gibt, der nicht die Signatur eines Generals trägt. Das dachten wir wirklich. Der Muslim besaß einen überschäumenden Glauben an den Menschen, was es umso wichtiger macht, noch heute, sein moralisches »Eigentum« an diesen Ereignissen anzuerkennen.

Aus all dem ist dann aber nichts Gutes geworden. Es ging drunter und drüber, bis die Sanità auf ihr niedrigstes Niveau aus schlechtem Ruf und Unordnung zurückgefallen war. Wie konnte es dazu kommen? Diese Frage treibt uns noch immer um, heute sogar mehr denn je. Unser Rione war nie friedlich, es gab immer Probleme. Wir waren permanent aufgerufen, gegen Konflikte und Gewalt anzukämpfen. Trotzdem haben wir zu unserem Gleichgewicht, zu unserer Autonomie, vor allem aber zu unserem Stolz gefunden. Handschuhe und Schuhe. Aber nicht irgendwelche, sondern Qualitätserzeugnisse. Wusstest du, fragte ich Lasco, dass das Teatro San Carlo die Spitzenschuhe für sein berühmtes Ballett hier bei uns bestellt hat? Und nicht nur das San Carlo. Wir ließen die umjubelten Tänzerinnen Europas auf Spitze stehen: in Paris, Berlin, London. Und was die Handschuhe angeht: Welche Meister der Eleganz waren unsere Zuschneider! Vielleicht trugen sie weder Hemd noch Krawatte, wenn sie ihre großen Schneiderscheren zückten, aber sie standen in nichts hinter dem bemerkenswerten Al Haberman zurück, von dem Philip Roth in seinem monumentalen Roman *Amerikanisches Idyll* erzählt: Er beschreibt dort die bitteren Erfahrungen eines jüdischen Handschuhfabrikanten in den Vereinigten Staaten, zur selben Zeit. Die Empfehlung zu diesem Buch kam von einem Freund, ein pensionierter Arzt wie ich, aber mit beschränkter Lust zur Nächstenliebe. Er ist davon überzeugt, dass es für einen wie ihn auf dieser Welt nichts Besseres zu tun gibt, als Romane zu verschlingen.

Aber dieses Buch sollten wirklich alle in der Sanità lesen – zumindest all jene, die irgendwie mit dem Lederwarengewerbe zu tun hatten, besonders mit der Herstellung von Handschuhen, und die harte Erfahrung des Niedergangs dieser edlen, einst so geschätzten und heute, wie Roth berichtet, vergessenen Kunst durchlebten.

Was nicht heißt, dass ich einen Unternehmer aus der Sanità mit Roths Protagonisten Lou Levov vergleichen will, oder Neapel mit Newark oder, schlimmer, den italienischen Handschuhmarkt mit dem der Vereinigten Staaten. Das fehlte noch. Aber wie können wir gewisse Analogien zu den Ursachen der Krise ignorieren, uns davon nicht beeindrucken lassen? Es gab eine Zeit, erklärt Lou Levov, »in der es für eine Frau nichts Besonderes war, zwanzig, fünfundzwanzig Paar Handschuhe zu besitzen. Die Frauen hatten ein reichhaltiges Sortiment an Handschuhen, passend zu jedem Kleid: verschiedene Farben, verschiedene Stile, verschiedene Längen. Eine Frau ging nicht ohne Handschuhe aus, bei jedem Wetter. Es war also nichts Ungewöhnliches, dass eine Frau zwei oder drei Stunden vor dem Ladentisch verbrachte und dreißig Paar Handschuhe anprobierte. Der Mord an J. F. Kennedy und der Minirock läuteten den Tod des Damenhandschuhs ein.«

In der Sanità wurde der Tod des Handschuhs (und ebenso des Luxusschuhs, des Leders und der Sohle) schließlich durch den chinesischen Ramsch eingeläutet und noch davor durch die seriell produzierte Mode, im Namen der Wegwerfgesellschaft. Man kann die Fabriken, die schließen mussten, die an den Stadtrand zogen oder gleich ins Ausland, kaum zählen. Ebenso wenig wie die Lichter, die in den Gassen der Heimarbeiter ausgingen, wo das produktive Fieber am stärksten gewesen war. Einzelne Arbeiter und ganze Familien zogen fort. Wer kann, verlässt auch heute noch die

Sanità. Nur die bleiben dort hängen, die nicht wissen, wohin. Und jene, für die dieser Rione zu einem Lebensinhalt geworden ist, das unverzichtbare Szenario ihrer blühenden Fantasie.

Ich erinnere mich, dass Felice Lasco jedes Mal, wenn wir auf diese Geschichte zu sprechen kamen, nach weiteren Details zu dem Muslim fragte, dessen Persönlichkeit ihn sehr beeindruckt hatte. Als Junge hatte er ihn nicht gekannt, auch noch nie von ihm gehört: Der Streik für die Rechte der Arbeiter fand eine ganze Zeit nach dem Moment von Dunkelheit und Panik statt, der sein Leben auf den Kopf gestellt hat, die Tragödie, die zu seiner überstürzten Flucht in den Mittleren Osten führte, mithilfe eines Cousins seiner Mutter. Erzähl mir mehr vom Muslim, bat er mich mit dem Ausdruck eines Kindes, das einem Märchen lauscht. Was ist aus ihm geworden?

Vielleicht hatte Felice Lasco durch das Leben in den Ländern des Halbmonds eine besondere Neugier für die Menschen jener Welt entwickelt. War das der Grund für sein leidenschaftliches Interesse an Rashid Kemali? Oder handelte es sich einfach um die Faszination, die der verführerische Hauch aller exemplarischen Leben hervorruft? Er war mit meinen Antworten nie zufrieden. Aber was ist denn nun aus ihm geworden?

Ich zuckte mit den Schultern. Traurig. Er ist im Elend gelandet, unverstanden, ohne Anerkennung.

In Felices graublauen Augen spiegelte sich das Ausmaß seiner Ungläubigkeit. Aber warum?

Gute Frage. Ich wusste nicht, was ich ihm darauf antworten sollte. Weil die Dinge so laufen? Früher oder später will ich einmal mit Don Luigi Rega darüber sprechen: Er muss mir erklären, warum sein Gott im Allgemeinen auf den Besten herumtrampelt und sie demütigt. Kemalis Sieg wurde für einige nachgerade zur Ursache aller anschließenden Übel in der Sanità. Noch schlimmer: zu einem Pyrrhussieg. Dieser unglückseligen Auffassung zufolge würde die Struktur von Neapel (geschweige denn die unseres Viertels) einem

Regime gesetzlicher Vorschriften nicht standhalten können, da sie das natürliche Bedürfnis bestimmter Produktionsformen nach Volatilität behindern würde. Auch eine Art, um zu sagen, dass der Sanità die Illegalität im Blut liegt, dass hier kein Betrieb gedeihen kann, der nicht im Kern illegal ist.

9.

Lass die Tasche los, oder ich zeig dir, wo Gott wohnt ...

Der Abend ist ein dichter goldgelber oder, besser gesagt, knastgelber Staub, der sich leichenblass auf die Gesichter der Passanten senkt. Eine etwa sechzigjährige Frau steht mitten auf dem brechendvollen kleinen Platz, offensichtlich unschlüssig, ob sie nach rechts oder nach links soll. Ihre Hand umklammert den Riemen einer großen Ledertasche mit einem funkelnden Metallverschluss. Neben ihr schaut ein elf- oder zwölfjähriger Junge zu den Dächern der Gebäude hinauf. Wer weiß, was seine Neugier erregt hat. Felice gibt Gas, aber nicht zu viel, wobei er versucht, den Lärm des Motors soweit es geht zu drosseln. Das will die Regel: Das Opfer wird überraschend attackiert, nichts darf seinen Verdacht erregen. Er ist jetzt auf Schulterhöhe der Frau. Er streift sie wie ein Windstoß, während Oreste, hinter ihm, sich die Tasche mit dem üblichen scharfen Ruck schnappen will. Aber es gelingt ihm nicht, sie an sich zu reißen: Die Frau hat sie an ihrem Handgelenk festgezurrt. Das ist schon einmal passiert, doch da hat er sofort losgelassen, die Unglückliche zwar zu Boden gerissen, das ja, aber nichts weiter. Diesmal dagegen – trotz der verzweifelten Schreie des Jungen, trotz des Körpers der Frau auf dem Pflaster, mit ausgestrecktem Arm und nackt bis zum Bauch – umklammert Malommo die Beute mit einem Ausdruck, als wolle er sie um nichts in der Welt hergeben.

Du Aas!

Felice ist außer sich vor Wut. Lass die Tasche los, oder ich zeig dir, wo Gott wohnt ...

Er hat eine Vollbremsung gemacht und die Vespa zum Stehen gebracht. Ihm ist alles egal: die Polizei, die wildgewordene Menge ... Er schreit weiter. Nach einem letzten vergeblichen Ruck lässt

Oreste die Sache sein. Felice gibt Vollgas. Die beiden verlieren sich im staubigen Dunst der Abenddämmerung.

Sie stellten die Vespa beim Botanischen Garten ab: ein Roller mit falschem Kennzeichen, eins der unzähligen Phantomfahrzeuge, die damals durch Neapel kreisten. Sie hätten dem Hehler eine Gebühr zahlen müssen, aber das war jetzt nicht so wichtig: Die Glanzleistung hatte zu lange gedauert, um das Risiko einzugehen, die Karre dorthin zurückzubringen, wo sie sie übernommen hatten.

Am Tag darauf schlief Felice wie ein Toter: Hin und wieder schien er kurz zu sich zu kommen, aus einem morastigen Strudel aufzutauchen, versuchte, den Kopf vom Kissen zu heben, den Oberkörper von der Matratze, aber eine mysteriöse Hand zwang ihn wieder auf den Rücken und dazu, sich zwischen den Decken zusammenzurollen, um sich von Neuem der dumpfen Lethargie zu überlassen.

Es war nicht das erste Mal, dass ihm so etwas passierte. Im Gegenteil. Jedes Mal, wenn ihn ein dunkles Gefühl von Machtlosigkeit ergriff und seinen Willen lähmte, versank er in einen langen Zustand der Bewusstlosigkeit. Er wäre gerne so entschieden gewesen wie Oreste. Was konnte er tun, wenn dieses Leben, die Welt, sogar die Wohnung, sein Stiefvater, selbst seine Mutter, alles eigentlich, ihn mit Ekel erfüllte? Hin und wieder gab er sich vagen Träumen der Flucht hin, aber die Flucht hatte nie ein Ziel, war ein reines Weglaufen, auf dem schwer das Bedauern über all das lastete, was er verloren hätte: das Viertel, die Mutter, den Stiefvater, die Wohnung, Oreste …

Oreste, der nichts von ihm gehört hatte, erschien am nächsten Tag, um sich nach ihm zu erkundigen. Felices Mutter sagte, ihr Sohn habe Fieber. Vier Tage später war es dann Felice, der nach Oreste schaute. Du lebst also noch?

Sie nahmen ihre gemeinsamen Runden durch das Viertel wieder auf, scheinbar sorglos und ohne ein bestimmtes Motiv. In Wirklichkeit waren beide aber davon überzeugt, an einem Wendepunkt angelangt zu sein, nur einen Schritt vor dem entscheidenden Ereignis zu stehen, das früher oder später die endgültige Richtung unseres Lebens bestimmt. Die sich androhende Zukunft beunruhigte vor allem Felice. Nach dem Vorfall mit der Frau, die, am Boden liegend, mit Malommos Brutalität gekämpft hatte, nach jenem Moment von Panik und Übelkeit, fühlte er sich als Gefangener von Fragen, die sich nicht mehr wie bisher ins Abseits stellen oder verdrängen ließen. Zum Beispiel: Wer zum Teufel war Oreste Spasiano? Konnte es sein, dass in ihm eine natürliche Neigung zur Gewalt steckte, zu einer grundsätzlichen Bosheit, dass er zu denen zählte, die diese Bosheit nicht nur bedenkenlos ausleben, sondern sie offensichtlich auch genießen? Und wer war er selbst, der zwar so lebte, wie er lebte, sich aber unentwegt darüber wunderte und das Gefühl hatte, als wären diese skrupellosen Taten von einem anderen als ihm begangen worden?

Eines Tages wirst du mich noch zum Weinen bringen, das weiß ich.

Als seine Mutter irgendwann einen ihrer verzweifelten Ausbrüche über sein unbesonnenes Verhalten mit diesen Worten schloss, wäre Felice am liebsten gestorben. Sein Mund füllte sich mit Spucke, und es gelang ihm nicht, sie runterzuschlucken. Sie waren allein im Arbeitsraum der Mutter, gleichzeitig das Eheschlafzimmer. Es war Abend. Wie immer standen dort verschiedene Kartons gefüllt mit Leder, das einen süßlichen Geruch verströmte. Ein Teil war bereits zu Handschuhen verarbeitet, auch wenn sie noch den letzten Schliff erhalten und geplättet werden mussten, ein Teil des Leders war erst zugeschnitten. Auf der Kommode ruhte eine flache Hand aus Metall mit leicht gespreizten Fingern, die einem kleinen jüdischen Kandelaber glich. Dann die Nähmaschine, eine Singer, der Stuhl und die Mutter, die auf dessen Kante saß. Sie hielt den Rücken gerade (nicht ohne Anstrengung), und ihre Locken kringelten sich in alle Richtungen. Sie betrachtete ihn mit dem Blick einer schmerzensreichen Madonna. Aber auch mit dem einer Madonna, die vor Wut schäumt.

Felice schaute sie nicht an, er hatte nicht den Mut dazu. Er blickte zu Boden. Gepeinigt von seiner Unfähigkeit, sich zu entscheiden. Er liebte seine Mutter sehr, aber das Leben hatte ein Hindernis zwischen sie und ihn geschoben, wie eine Trennwand: die Beziehung zu Oreste, die sich mit der Zeit in einen exklusiven Bund verwandelt hatte und keinerlei Konkurrenz vertrug.

Er fühlte sich erdrückt vom Gewicht seiner eigenen Unzulänglichkeit und Ohnmacht: Sein Heil lag in anderen Händen. Er dachte, nur das Leben könne die Karten ändern, sogar ohne sein Zutun. Und weil er nicht wusste, was er sagen sollte, überließ er sich der Passivität seines üblichen Schweigens.

An jenem Abend setzte jedoch nicht Felices Schweigen dem Krach mit seiner Mutter ein Ende, sondern der Stiefvater. In seiner Gegenwart wies Felices Mutter ihren Sohn nie zurecht, machte nie Anspielungen auf sein nachlässiges Leben, was (Felice bestätigt das) vor allem ihr Mann so wollte. In seiner Bescheidenheit war er ebenso weise wie gutmütig: Den Jungen zu demütigen, dachte er, würde die Dinge nur verschlimmern.

Als Felice aus dem Haus ging, nieselte es. Er fühlte sich wie zerschlagen. Er hatte keine Lust, Oreste zu begegnen. Also verzichtete er darauf, Ausschau nach ihm zu halten, sondern ging Richtung Piazza Sanità. Oreste verbrachte die Abende, an denen es nichts zu tun gab, am liebsten in der Vergini, in deren übersprudelndem Radau er sich am wohlsten fühlte. Er liebte sogar den Gestank fauligen Kohls, der auf ewig in dieser Straße zu hängen scheint, genauso wie ihre lärmende triebhafte Überschreitung aller Regeln. Die Via dei Vergini, chaotisch und schamlos, prächtig und heruntergekommen, trägt diesen Namen, weil man dort in grauer Vorzeit Euonostos verehrte, den Gott der Keuschheit: Die Frauen wurden damals also nicht so sehr geschätzt.

Zu seinem Glück wusste Oreste nichts davon. Er war unterwegs zu einem Date, wovon er Felice zum ersten Mal lieber nichts erzählt hatte.

Felice stellte sich am Rand der Piazza Sanità unter eine Überdachung. Aus seinem Haar trieften Regenbäche, die sich über seinen Nacken den Weg zu den geschützteren Teilen seines Körpers bahnten. Er zitterte, obwohl es wirklich nicht kalt war. Die Luft schien eher von einem lauen Dunst erfüllt. Der Regen hatte nach und nach zugenommen, bis er sintflutartig, schräg und wie elektrisch aufgeladen, vom Himmel stürzte. Zunächst hatte er sich nicht darum gekümmert: Er war mit forscher Bestimmtheit weitergegangen und hatte dem heftigen Prasseln getrotzt, das anscheinend nicht nur seinen Körper, sondern auch seine Gedanken wegspülen wollte. In der Nähe der Piazza verspürte er auf einmal das dringende Bedürfnis nach einem Unterschlupf.

Gedankenverloren betrachtete er den großen halbkreisförmigen Platz zu seiner Linken: Er hatte das Gefühl, als hätte man ihn in ein schwarzes klatschnasses Tuch gehüllt. Der Basalt des Pflasters machte ihm Angst: So verlassen und durchscheinend hatte er ihn noch nie gesehen. Es schien, als wäre er mit einem transparenten Lack bestrichen, auf dem der Regen flüchtige Lamellen aus Licht aufblitzen ließ. Er hob den Kopf und sah, wie ihm gegenüber die Scheinwerfer der Autos auf dem kurzen Stück der napoleonischen Brücke entlang glitten, das er von seinem Standort aus sehen konnte: Die Brücke überragte die Basilika, beherrschte sie, senkte ihre riesigen Tuffsteinpfeiler in ihr lebendiges Fleisch. Lange beobachtete er das Hin und Her: eine ferne Szene, wie eingeschrieben in eine andere Realität – luftig, im Himmel schwebend, ein »oberes« Neapel, mit dem er wenig oder gar nichts zu tun hatte. Dann senkte er den Blick und konzentrierte sich auf eine große Pfütze, die sich vor ihm gebildet hatte. Voller Reue dachte er an seine Mutter: Durch sein mieses Leben bereitete er ihr Sorgen ohne Ende. Vielleicht hatte er einmal gedacht, so wäre es eben, sein Leben: seine eigene Entscheidung, seine Bestimmung, sein Bedürfnis. Ach was. Er lebte es ohne irgendeine Überzeugung, wie einen Gehorsam, wem oder was gegenüber wusste er selbst nicht. Oreste hatte etwas damit zu tun und auch wieder nicht. Er, Felice Lasco, war der einzig Schuldige, er, mit seiner Last an Unsicherheiten, die ihn zu einem halben Mann machten. Nicht einer aus einem Guss, wie er es sich gewünscht hätte. Oreste Spasiano hatte diese Probleme nicht. Er war eben aus einem Guss. Würdest du gern so sein wie er? Diese Frage lag ihm nicht zum ersten Mal auf den Lippen. Nein, besser ein halber Mann als ein ganzer Spasiano. Verächtlich spuckte er in die Pfütze. Im selben Moment durchfuhr ihn ein Ruck an Zuneigung, ein fast physischer Impuls, der ihn zu seinem alten Freund hinzog und ihn einen Schritt nach vorn machen ließ.

Arsch!, sagte er laut.

Ein Albtraum? Genau wie die Brücke? Albtraumbrücke. Ja, so wurde sie auch genannt. Sie hatte den Rione in eine tote Zone verwandelt, in eine nutzlose Blase. In einen Raum, der keine urbane Funktion mehr besaß, und daher von den Einwohnern wie ein Gefängnis erlebt wurde, oder zumindest wie eine Verurteilung zu Einsamkeit und Abgeschiedenheit (eine Verurteilung, die im Laufe der Zeit zu Selbstverurteilung, Genugtuung, stolzer Abkehr geworden war). Lasco hatte schon vor Langem die diffuse Freudlosigkeit seines Geburtsorts gespürt. Er hatte sie verinnerlicht, in eine depressive Ader verwandelt, in einen dunklen Groll gegen alle und keinen. Im Grunde genommen gegen sich selbst.

Die Brücke geht auf die ersten Jahre des neunzehnten Jahrhunderts zurück, als Joseph Bonaparte zum König von Neapel ernannt wurde und – wie Gino Doria, ein namhafter Neapolitaner geschrieben hat – »eine Zeit des Friedens und des Fleißes anzubrechen schien, um die noch immer schmerzhaft offenen Wunden der Vergangenheit zu heilen«. Die Herrschaft von Napoleons Bruder währte allerdings nur knapp zwei Jahre, doch auf ihn folgte Joachim Murat (»gutaussehend, draufgängerisch, ruhmreich, prachtvoll und pittoresk gekleidet«), der das Werk der Erneuerung mit Macht fortsetzte. Worunter auch die fragliche Brücke fiel, die damals noch »Napoleone« hieß.

Bevor es sie gab, musste die königliche Familie sich reichlich abmühen, um über schmale, unebene, abschüssige Wege (einige der Steigungen waren so steil, dass »Ochsen gebraucht wurden, um die Kutschen hinaufzuziehen«) zur Reggia di Capodimonte zu gelangen.

Ich werde bestimmt noch einmal auf diese Brücke zu sprechen kommen, die zu den wesentlichen Generatoren der »Krankheit« namens Sanità gehört. In meinem Viertel besteht alles aus der Produktion von Mythen. Wir leben von Schatten, wie es sich für ein Land der Begräbnisse gehört. Der Begräbnisse und der Träume. Der *rêveries*, um mit Gaston Bachelard zu sprechen, dem Autor von *Das Wasser und die Träume*. Wenn Wasser – ein Fluss, ein Bach, das Meer – Schwindelgefühle hervorrufen kann, warum nicht auch eine Brücke, die wie ein Messer durch die warmen Eingeweide eines Stadtviertels schneidet?

Damals verkündeten die Befürworter der Brücke lautstark deren Wichtigkeit für die Modernisierung von Neapel, des privaten wie des religiösen. Überzeugt von der Dringlichkeit einer umfassenden Neustrukturierung der Stadt, wurde die Brücke für sie zum Symbol des Säkularismus. Und ebenso zu einem städtebaulichen Zeugnis der in Frankreich gefeierten Aufklärung, in Gestalt der *promenades*: große, gerade, breite, reich ausgestattete Straßen für ein rasch aufsteigendes Bürgertum.

Und die Proteste? Es gab sie. Natürlich gemäßigt, um sich nicht mit der angesagten Macht zu überwerfen. Wie im Fall des Anwalts Carlo de Nicola, Autor des *Neapolitanischen Tagebuchs*, der die politische, weltliche und theatralische Chronik der Stadt von 1798 bis 1825 gewissenhaft aufzeichnet. »Das Königreich ist erschöpft, die Wertpapiere der Bank entwertet«, kommentiert er 1807, »und unterdessen plant man eine neue Straße, die vom Palazzo Reale direkt nach Capodimonte führt; und dazu reißt man zahlreiche Gebäude ab, begräbt das Viertel Sanità, und sämtliche Häuser an der Salita Santa Teresa geraten in Einsturzgefahr oder nehmen mit

Sicherheit Schaden. Neben all den Beeinträchtigungen muss mindestens eine halbe Million aufgebracht werden: und wozu? Um nicht mehr so nach Capodimonte zu fahren, wie es üblich war.«

Auf dieses Thema werde ich zurückkommen. Es geht auch nicht anders, da es unentwegt in den Gesprächen mit Don Luigi Rega auf den Tisch kommt: ein praktischer Mann, außer Frage, der Freude an Spekulationen aber nicht abgeneigt. Ich mag ihn wirklich sehr. Zuvor war mein Idol Rashid Kemali. Jetzt ist es er, der Pfarrer von Santa Maria della Sanità. Ich finde, er hat etwas von Rashid, auch physisch: eine ähnliche Statur, eine ähnlich konkrete Haltung, ein ähnliches Bemühen, sich für die anderen einzusetzen, denjenigen eine Hoffnung zu geben, die keine haben, und vor allem den Jugendlichen zu helfen, einen Weg zu finden, der sie vor bestimmten Versuchungen schützt.

10.

Meine Wohnung ist groß, viel zu groß für einen alleinstehenden alten Mann: zweihundertfünfzehn Quadratmeter, sechs Zimmer, Durchgangsräume, Korridore. Und viele, viel zu viele Bücher, die meisten davon in alten Holz- oder Metallregalen, der Rest hier und dort gestapelt. Lisetta wischt Staub, bügelt und kocht (dreimal die Woche). Ich halte Sprechstunde, lese, lebe vor mich hin, plaudere. Mit wem es sich gerade ergibt. Felice Lasco habe ich nur wenige Tage, nachdem wir uns kennenlernten, zu mir nach Hause eingeladen. In ihm steckten so viele Geheimnisse und Eigenarten, die nicht nur eine, sondern gleich tausend Neugierden weckten. Um nur mit seinem sprachlichen Durcheinander zu beginnen, diesem leicht wehmütigen Singsang, der mir jedoch ein ganzes Kaleidoskop an Erfahrungen zu spiegeln schien. Wie Pontius Pilatus dachte und sagte ich von ihm: Siehe, ein Mensch!

Das Halbdunkel passte zu ihm (in meine Wohnung im ersten Stock fällt wenig Sonne). Am liebsten mochte er einen alten durchgesessenen Sessel, in den er sich mit seiner schlaksigen Eleganz, seinem schüchternen Lächeln, seinem Staunen, seiner unermesslichen Verwunderung sinken ließ. (Wie viele Bücher, seufzte er unentwegt. Mein Gott, wie viele Bücher! Und mit einer kreisrunden Armbewegung, die er mehrmals wiederholte, brachte er seine Überwältigung zum Ausdruck.)

Er hatte nicht vorgehabt, nach fünfundvierzigjähriger Abwesenheit (auch nur vorübergehend) nach Neapel zurückzukehren. Als er dann doch von Kairo aus aufbrach, trieb ihn etwas ganz anderes um als der Gedanke, eventuell mit sich selbst abrechnen zu müssen. Mehr mit sich selbst als mit anderen. Jedenfalls hatte er keine Ahnung, womit er konfrontiert werden würde: Ich meine den Zwang, all das Verlorene zurückzuholen.

Wie hätte er das in dem Moment, wo sich diese Reise überstürzt ergeben hatte, auch ahnen können? Sie war höherer Gewalt geschuldet, ohne die es keine Rückkehr gegeben hätte. Bis zum letzten seiner Tage.

Folgendermaßen war es gelaufen: Da ihm seine Mutter seit über sechs Monaten nicht mehr auf seine Briefe geantwortet hatte, hatte er einen Cousin angerufen, der vor Jahren einmal bei ihm in Ägypten gewesen war. Von ihm hatte er erfahren, dass es seiner Mutter, gebrechlich, wie sie war, sehr schlecht ging. Er verbrachte eine äußerst unruhige Nacht. Am nächsten Morgen gab es kein Zögern mehr. Nur seine Mutter und das Muss, so schnell wie möglich zu ihr zu fahren, um ihr beizustehen.

Nach dem Tod des Stiefvaters hatte Felice sie zu überreden versucht, Neapel zu verlassen und zu ihm nach Nordafrika zu ziehen. Sie hatte nichts davon wissen wollen. Ihre Energie war noch nicht erschöpft, und sie hing sehr an ihrer Arbeit. Bis Mitte, vielleicht sogar Ende der Neunzigerjahre hatte sie weiterhin Leder vernäht. Dann begann die Krise, verursacht durch neue Lebensformen und nicht zuletzt die chinesische Konkurrenz, auch die letzten produktiven Triebe des Viertels zu kappen und zunehmend Elend und Verzweiflung zu säen.

Wer hätte nur wenige Jahrzehnte zuvor an einen derartigen Umschwung gedacht? 1968 (Felice lebte bereits seit ein paar Jahren außerhalb Italiens) gingen Handschuhe und Schuhe noch hervorragend. Wohnungen, Bassi, Kellerräume waren ein einziges Vibrieren kundiger und fleißiger Finger. Alle an der Arbeit. Auch die Kinder. Auch die Alten. Im Sommer wurden die Nähmaschinen an die Luft gestellt: In vielen Gassen sangen die Frauen im Chor, wetteiferten untereinander, wer von ihnen am schnellsten nähte. Auch Felices Mutter zog mit ihrer Singer auf die Straße um und sang gemeinsam mit den anderen. Es war ein Fest, durch die taghell erleuchteten engen Gassen zu gehen, in denen die Freude die Leistung anzukurbeln und die Produktivität zu vervielfachen schien. Wenn eine Frau eine nagelneue Singer einweihte, zu deren Kauf sie einen Stapel an Wechseln unterschrieben hatte, jubelte das ganze Viertel: Man prostete sich zu, als wäre ein Kind zur Welt gekommen. Hauptsächlich wurden die Nähmaschinen aber ausgeliehen: fünfhundert Lire pro Woche. Oder vom Arbeitgeber zur Verfügung gestellt (nicht kostenlos). Ihr Besitz stellte ein soziales Ziel dar und vor allem ein Sprungbrett, der erste Schritt zu einer künftigen produktiven Autonomie.

Felices Mutter war vor allem eine Piqué-Näherin: Sie konnte am Tag (acht Stunden) fünfunddreißig Paar Handschuhe anfertigen. Genauso viele nähte sie im Kettenstich. Mehr produzierten nur diejenigen, die andere Frauen (Töchter, Schwestern, Mütter, Schwiegermütter) in die Arbeit einbezogen. In der Sanità wurden aber auch von Hand genähte Handschuhe aus Garn und Baumwolle hergestellt, in jeder Hinsicht vollkommen. In dieser Kunst gab es nur wenige Spezialistinnen, alle sehr geschätzt und gut bezahlt.

Das war die Sanità, ehe die Krise ausbrach. Nicht, dass es zuvor keinen Zerfall gegeben hätte, dass Armut und Kriminalität sich nicht hätten einnisten können, nur gaben sie nicht den Ton an. Sie standen sozusagen an der Ecke, als ob sie darauf warteten, an die Reihe zu kommen. Fünfundvierzig Jahre später, als Felice Lasco zum Seelenheil seiner Mutter nach Neapel zurückkehrte, sollten sie es sein, die nach dem »Fest« das Wort führten und Felice, der von Neuem durch die Gassen kreiste und in der von allen möglichen traditionellen Schwaden geschwängerten Luft vergebens nach dem Geruch von »vollnarbigem« Leder suchte, aus der Bahn warfen.

Aber wie viele andere Albträume, die ihn umtrieben, abgesehen von dieser olfaktorischen Leere! Ich erinnere mich nicht, dass er mir seine Mutter als alt und gebrechlich beschrieb. Die Frau, die er nicht allzu lange nach seiner Rückkehr nach Neapel begraben hatte, blieb für immer jung und hübsch, dieselbe, an deren Seite er seine Jugend verbracht hatte: schwarze, oft zerzauste Locken, ein blasses Gesicht mit feinen Zügen. Er nannte sie »meine kleine Signora«. Er sah sie vor sich, über ihre Singer gebeugt, umgeben von Bergen aus Leder in sämtlichen Farben, darauf bedacht, der Firma die fertige Arbeit pünktlich zur vereinbarten Zeit zu liefern. Oder in Sorge, die Baroness, der sie Maßhandschuhe anfertigte und von deren rechter Hand sie einen Bronzeabguss besaß, bei sich zu Hause angemessen zu empfangen. Sie war viel hübscher als die Baroness: Darüber war Felice sich mit dem Stiefvater einig. Ich fürchte, in seinem Herzen hielt er sie nicht einmal für tot. Nur für vorübergehend abwesend. Als er zum ersten Mal in der Sakristei von Santa Maria della Sanità auftauchte, war er schon seit geraumer Zeit wieder in Neapel. Er hatte sich um seine Mutter gekümmert, sie in einer neuen Wohnung untergebracht, sie von einem Arzt betreuen lassen, und als sie gestorben war, hatte er sie mit einem kostspieligen Leichenwagen, hinter dem kein anderer ging als er, zum Friedhof bringen lassen.

Einige Tage lang war er dann durch die Straßen des Viertels gestrichen, in der ungebrochenen Absicht, so bald wie möglich wieder nach Ägypten zu fahren. Aber etwas in ihm meldete sich immer wieder und beharrte darauf, dass seine »Mission« noch nicht beendet war, dass er in der Sanità noch etwas zu erledigen hatte, auch wenn es ihm nicht gelingen wollte, dieses Etwas genau zu definieren: etwas Dringendes und zugleich Undefiniertes. Vielleicht hatte er sich zum Besuch der Basilika entschlossen, um Licht in seine inneren Angelegenheiten zu bringen. Vielleicht verlockt vom Image des Pfarrers, Don Luigi Rega, und dem seiner kämpferischen Gemeinde. Hier – angefangen mit mir – hatte er begonnen, sein Leben zu entwirren, von sich zu erzählen, wie er es nie zuvor getan hatte: rückhaltlos, ungestüm, beinahe impertinent. War es das, was ihm gefehlt hatte? Ja, vielleicht, ein Ausbruch dieser Art. Aber nicht nur das allein: Offen war immer noch seine Partie mit Oreste Spasiano.

Wir wurden Freunde. Häufig war es er, der meine Vergangenheit durchforschte (Hast du Kinder? Warst du je verheiratet? Verbirgst du eine Beziehung? Bist du ein zufriedener Mensch? Bist du heiter?).

Er selbst war es nicht, weder zufrieden noch heiter. Vom Tag seiner Rückkehr nach Neapel an hatte er versucht, sich wieder in die einstige Gemeinschaft einzugliedern, nur um sich ständig abgewiesen zu fühlen. Das Viertel betrachtete ihn als einen Fremden, als einen, der anders war, oder vielleicht einfach als einen Unbekannten: Er schloss es daraus, wie die Leute ihn ansahen, aus der Spur von Feindseligkeit, mit der man ihm begegnete, vielleicht ganz unbewusst, aus dem übertriebenen Entgegenkommen der einen, der Ironie der anderen. Er selbst hätte gerne all das Verlorene gerettet, wäre gerne mit dem Rione verschmolzen, aus dem er stammte. Andererseits durchlebte er Momente größter Distanz, sogar der Abneigung, die ihn mitunter die Flucht ergreifen lassen wollten. Vielleicht ist auf dieser Welt keine Rückkehr möglich, erklärte er mir einmal aus der Tiefe meines zerschlissenen Sessels heraus. Vielleicht lassen sich die einmal zerrissenen Fäden nicht mehr zusammenknoten.

Und hier bin ich bei einer der bedrückendsten Passagen von Felice Lascos retrospektiver Erzählung, der bedrückendsten von allen, da sie zu einer radikalen Wende in seinem Leben und damit auch im Leben seines Freundes Oreste Spasiano führen sollte.

Diese dunkle Seite seiner Biografie wollte Felice anfangs, um die Wahrheit zu sagen, nur dem Pfarrer anvertrauen. Er erklärte mir später, dass ihm diese Vorstellung geholfen habe, so etwas wie ein spirituelles Bedürfnis zu befriedigen: sich wie in einem Beichtstuhl zu fühlen, mit einem Geistlichen als Gegenüber. Nicht, dass er nach Absolution gesucht hätte, bewahre, sondern wegen eines Gefühls von Trost, von Nähe, auch von Erbarmen, das nur ein Priester vermitteln kann. Don Luigi Rega hatte ihm in der Tat schweigend zugehört, ohne ein einziges Mal sein ernstes Lächeln zu verlieren – ein Lächeln aus reinem Licht, das dir Mut zuspricht, das deine ganze Verantwortung auf sich zu nehmen scheint –, wobei er Felice hin und wieder die Hand auf die Schulter legte, wenn der, von Reue überwältigt, nicht weitersprechen konnte.

Erst am Ende des aufgewühlten Berichts mit seinen Abschweifungen, seinem unvermittelten Stocken, seinen Brüchen gestattete Padre Rega sich eine Bemerkung, die Felice im ersten Moment ein wenig überraschte. Er fragte ihn, ob er bereit sei, die Geschichte schriftlich niederzulegen und zu unterschreiben, oder sie zumindest vor einem Aufnahmegerät zu wiederholen.

Ich wurde mit der Aufzeichnung betraut, eine Aufgabe, der ich mit gewohnter Aufmerksamkeit und Präzision nachging. Das Treffen fand nach telefonischer Verabredung statt, wie üblich im Refektorium, im zweiten Stock über dem Kreuzgang, gleich unter der Brücke.

Früher oder später musste es so kommen. Das sagte Felice Lasco vor meinem alten Sony Audiorekorder, in dem eine Neunzig-Minuten-Kassette steckte: Die Zeit, um etwas Schreckliches zu erzählen, ist immer zu kurz bemessen, und der Pfarrer hatte mich über die »grausame« Natur der Sache in Kenntnis gesetzt.

Es passierte im Sommer 1965, Oreste war bereits sechzehn, Felice sollte es in Kürze werden. Oreste beschrieb dem Freund seit geraumer Zeit die Heldentaten, zu denen er sich berufen fühlte. Felice hätte nicht nur die Ehre, dabei zu sein, sondern auch Ruhm und Erlös mit ihm zu teilen. Oreste wurde von einem unverhältnismäßigen Ehrgeiz verzehrt, der ihn trieb, immer mehr von seinem Vater abzurücken, ein Dieb, ja, aber ein schlechter, den es seit Jahren von einer Strafanstalt in die andere verschlug, und der permanent im Visier der Polizei stand: ein Mann am Ende, nach einer erbärmlichen Karriere. Oh nein, erklärte Malommo, die Kanaille, mit gedämpfter Stimme, er würde lieber sterben, als den gleichen Weg nehmen. Vom Leben erwartete er sich eine andere Anerkennung und Resonanz.

In jenem Sommer machte er Felice den Vorschlag, bei Nacht in die Wohnung des Halsabschneiders Costagliola einzusteigen und ihn um sein Vermögen zu erleichtern (Schmuck und Scheine), dessen Aufbewahrungsort man ihm gesteckt hatte. Gennaro Costagliola verlieh seit Ewigkeiten Geld zu illegalen Zinsen, an der Grenze zum Wucher. In der Sanità galt er aber quasi als Wohltätigkeitsorganisation. Er wohnte im Herzen des Rione, im obersten Stock eines gehobenen, dennoch anspruchslosen, um ehrlich zu sein reichlich heruntergekommenen, durch die Blöcke aus gelbem Tuffstein jedoch soliden Gebäudes, auf dessen mangelhaft instandgehaltener Fassade sich im Laufe eines dreihundertjährigen Lebens ein Konglomerat aus tausenderlei verschieden grauen Putzschichten angesammelt hatte. Seine Wohnung besaß aber eine schöne Terrasse mit herrlichem Blick auf die Bourbonen-Residenz mit ihrer Krone aus Grün.

In dieser Wohnung war Oreste vor einigen Jahren einmal gewesen, um im Auftrag eines Schuldners einen Obstkorb abzugeben. Clotilde, Costagliolas Tochter, hatte ihm die Tür geöffnet. Sie war damals um die dreißig, eine Frau, die nur aus Busen bestand, attraktiv und gesprächig. Sie wohnte nicht beim Vater, sondern mit ihrem Ehemann in der unmittelbaren Nachbarschaft. Dann war auch Gennaro Costagliola erschienen, groß und schwer, auf dem Kopf eine üppige Mähne, dazu Haarbüschel, die ihm aus Nase und Ohren ragten. Kurzangebunden, aber nicht unfreundlich, hatte er ihn gebeten, den Obstkorb zur Terrasse zu bringen und auf einem Marmortisch abzustellen. Er war in Jacke und Weste und gerade auf dem Sprung, das Haus zu verlassen. Während Oreste den Auftrag erfüllte, hörte er, wie Costagliola sich von seiner Tochter verabschiedete. Das hatte ihn bewogen, sich in Ruhe umzusehen: nur so, aus Neugier, ohne irgendwelche Absichten, Wissen ist immer besser als Nichtwissen.

Mir ist nicht klar, inwieweit Felice sich der Schwere dessen, was er da begonnen hatte, bewusst war. Vor dem Mikrofon stieg er jedenfalls mit diesen Worten in die Erzählung seiner Geschichte ein, mit der Entschlossenheit eines Menschen, der sich von einem unerträglichen Gewicht befreien will, das auf seinem Herzen lastet.

Während Malommo ihm seinen Plan auseinandersetzte, hörte Felice zu, ohne ihn ein einziges Mal zu unterbrechen, und schaute ins Leere. Sie würden sich klarerweise eine Nacht aussuchen, wo der Alte nicht in Neapel war, was häufiger vorkam. Sie würden über eine eiserne Außentreppe, die von der Galerie im Erdgeschoss abging, durch ein Fenster auf die Terrasse und von dort in die Wohnung gelangen.

Felice geriet in Panik. Wie sollte er Oreste erklären, dass er um nichts in der Welt bei einer solchen Sache mitmachen würde? Malommo betrachtete ihn. Betrachtete sein versteinertes Gesicht, sein Schweigen. Und da Felice weiterhin stumm blieb, fragte er ihn mit falscher Ironie, ob er vielleicht auf der Leitung stehen würde. Feli', stehst du auf der Leitung?

Ja, ich stehe auf der Leitung, murmelte Felice, entschieden, nicht klein beizugeben. Und um sich Mut zu machen, fragte er Oreste, ob er vielleicht gleich an die Decke gehen würde. Ore', gehst du gleich an die Decke?

Orestes Augen funkelten. Aber er beherrschte sich. Alles okay, Feli', sagte er. Ich bin ganz ruhig. Ich kapiere nur nicht, was du gegen so eine winzige Sache hast, die uns beiden nichts als Spaß und eine Menge Mäuse bringt.

Oreste wusste immer, wie er Felices Widerstände besiegen konnte, wie er ihn nehmen musste, um ihm seinen Willen aufzuzwingen. Felice Lasco gab tatsächlich nach, sogar eher als erwartet. Ich sehe ihn noch neben meinem Mikrofon, wie er die entscheidenden Momente der Kapitulation, die ihn trotz all der Zeit, die vergangen war, noch immer demütigte, ihm noch immer unerklärlich war, im Einzelnen Revue passieren ließ.

Der »Film« begann mit folgender Einstellung: Orestes Gesicht. Oreste, der ihn ironisch fixiert. Nichts weiter. Auf einmal öffnet sich sein Mund in spöttischem Lachen, immer spöttischer, bis er mit dem Finger auf ihn zeigt und ihn anschreit: Dich fickt die Angst, Feli'!

Dann wendet er sich mit schallendem Lachen ab.

Felice ist sprachlos. Unfähig zu reagieren. Er beginnt zu stottern.

W...as bist du nur für ein Arsch ...

Im selben Moment, in dem er diese Worte ausspricht, weiß er, dass Malommo gewonnen hat.

Folgendermaßen rekonstruierte er dann für mich die Nacht des Mordes an Gennaro Costagliola.

Zunächst lief alles wie am Schnürchen. Sie gelangten über die Eisentreppe auf die Terrasse des Geldverleihers. Es machte ihnen auch keine besondere Mühe, in die Wohnung zu kommen. Sie trugen eng anliegende Jeans, in denen sie sich wie Katzen fühlten, leichtfüßig und kühn in der wohlwollenden Nacht. Dann trennten sie sich. Felice sollte den südlichen Teil der Wohnung nach Wertgegenständen durchkämmen. Oreste würde ins Schlafzimmer vordringen, wo Costagliola, den vertraulichen Informationen nach, seine Schätze verwahrte.

Felice war durch und fand sich im Arbeitszimmer wieder. Oreste musste nebenan sein. Alles still. Aus dem Raum drang kein einziges Geräusch, weder Stimmen noch Schritte, keine Regung. Felice setzte sich auf die Kante eines Sofas, gespannt, wie es weitergehen würde. Zu gern hätte er einen Blick hinter die Tür geworfen, aber wie immer saß ihm die Angst im Nacken.

Einige Zeit verging: wenig, viel, schwer zu sagen. Schließlich knarrte die Tür in den Angeln und gab zögernd einem Druck von innen nach. Dann sah er ihn.

Seine Hände waren voller Blut, und er selbst befand sich in einem Zustand offensichtlicher geistiger Verwirrung. Er habe »den dreckigen Juden« mit einer Bronzefigur erledigt. Costagliola hätte nicht in seinem Bett sein sollen. Sie hatten ihm geschworen, dass er die Nacht woanders verbringen würde.

Feli', ein Unglück …

Tränen schossen Felice in die Augen. Er fühlte sich wie jemand, dem man die Seele aus der Brust riss. Er kauerte sich auf dem Sofa zusammen, unter dem Protest von Oreste, der darauf drängte, sich so schnell wie möglich aus dem Staub zu machen. Aber Felice machte keine Anstalten, die Wohnung zu verlassen. Im Gegenteil. Er wolle zu Costagliola reingehen, sagte er, um sich die Sache mit eigenen Augen anzusehen. Er würde später entscheiden, was zu tun war. Obwohl Malommo, von Minute zu Minute ungeduldiger, ihn zur Flucht trieb, setzte er seinen Willen mit einer nie da gewesenen Entschlossenheit durch. Oreste wollte seinen Fuß nicht mehr da reinsetzen? Angst vor dem Geist von Gennaro Costagliola? Aber er würde gehen. Oreste könnte ja hier auf ihn warten. Oder alleine abhauen. Seine Entscheidung.

Nach diesen Worten stand er auf und ging langsam, geführt vom Strahl der kleinen Taschenlampe, ins Schlafzimmer.

Zuallererst überwältigte ihn ein bitterer Schimmelgeruch, als wäre er in einen Kellerraum geraten. Dann fiel der Lichtstrahl auf das kolossale Bett, sein hohes Kopfteil aus Metall, bemalt mit heiteren geflügelten Putti. Felices Herz schlug schleppend und wie aus weiter Ferne, als gehörte es nicht mehr zu ihm. Er richtete die Taschenlampe auf den gekrümmten Körper von Gennaro Costagliola. Die Bronzefigur lag neben seinem zertrümmerten Schädel. Der Tod glühte wie eine Fackel, unverkennbar in der hässlichen Schamlosigkeit der Blutlache, die sich rings um seinen Kopf ausbreitete. Er leuchtete in das Gesicht des Alten und erschauerte: Seine Augen waren weit aufgerissen, er starrte wie jemand, der im Dunkeln sehen will, gelbe Augen, riesig wie die Angst, die ihn im Moment der Tragödie durchfahren hatte, der Mund offen, die vorstehenden Zähne grau, abgebrochen, und eine entsetzlich klaffende Wunde, von der Schläfe bis zum Kiefer. Mein Gott, schluchzte er, ohne den Blick abzuwenden, wie gebannt. Er dachte an seine sechzehn Jahre, die jetzt zu Ende waren. So eine Scheiße, murmelte er unter Schluchzen.

Er wollte Costagliolas Gesicht bedecken, brachte aber nicht den Mut auf. Warum ihn auch verstecken? Mit der Taschenlampe leuchtete er über die Gegenstände auf Nachttisch und Bett. Zwischen den Falten der Decke wurde der schwarze Lauf einer Pistole sichtbar. Wahrscheinlich hatte der Alte versucht sie zu zücken, als er bemerkte, dass sich jemand im Zimmer zu schaffen machte. Aber Oreste war ihm zuvorgekommen und hatte mehrmals zugeschlagen, mit der ihm eigenen blinden Gewalt.

Sie verließen die Wohnung auf demselben Weg, wie sie gekommen waren: von der Terrasse über die Eisenleiter zur Galerie im Erdgeschoss. Die ganze Zeit über verfluchte Oreste das Unglück, das seinen »perfekten« Plan hatte platzen lassen. Gennaro Costagliola hätte in dieser Nacht weit weg sein sollen und nicht in seinem Bau. Er hatte ihn mit einem Koffer in der Hand verlassen. Er wollte das Wochenende mit seiner Schnepfe auf einer Insel im Golf verbringen (eine vertrauliche Information, die Oreste höchstpersönlich von der Hausangestellten des Geldverleihers erhalten hatte). Aber dann musste etwas passiert sein – ein absolut unvorhergesehenes Ereignis –, was ihn dazu veranlasst hatte, auf den Ausflug zu verzichten und kehrt zu machen.

Malommo, die Kanaille, konnte es nicht verwinden. Wie kann man so ein Unglück vorausahnen? Alles war nach Plan gelaufen, kein klitzekleines Hindernis. Ein Kinderspiel, auf die Terrasse zu gelangen. Eine leichte Übung, das Schloss der Terrassentür zu knacken, auf Zehenspitzen in die Wohnung zu schleichen, ausgerüstet mit Skimaske, Latexhandschuhen und Rollkragenpullover, schwarz wie die Nacht.

Alles umsonst! Viel schlimmer! Ein Desaster. Während ihrer Flucht lamentierte Oreste in einem fort. Er quasselte wie ein Wasserfall vor sich hin: War es denn seine Schuld, dass Costagliola plötzlich aufgewacht war, dass er sich, als er ihn bemerkte, zum Nachttisch gedreht hatte, um nach der Pistole zu greifen? In solchen Fällen hast du keine Zeit zum Nachdenken: Du musst handeln, du musst dich verteidigen, du musst deinem Impuls folgen. Die Bronzefigur stand auf der Kommode, in Reichweite. Er hatte in Notwehr gehandelt, das war ja wohl ganz klar.

Feli', Notwehr!

Zumindest die Flucht war ohne Zwischenfall verlaufen. Ehe sie Costagliolas Haus verließen und unten aus der Tür traten, hatten sie sich die Skimasken vom Kopf gezogen und sie zusammen mit Handschuhen, Taschenlampen und Werkzeug in einer Plastiktüte verstaut. Draußen waren sie das erste Stück gemeinsam gegangen. Glücklicherweise war die Straße wie leergefegt. Dann hatten sie beschlossen, sich zu trennen. Felice, der sich nichts sehnlicher wünschte, als Oreste loszuwerden, war sofort in einer kleinen Gasse verschwunden. Er war alles leid, vor allem Orestes irres Gerede, seine Rechtfertigungen, seine Predigten, seine Warnungen: um jeden Preis schweigen, sich bloß nichts anmerken lassen, im Fall einer Vernehmung alles ableugnen.

Feli', ein Ehrenmann ist kein Verräter …

Er begann, die Gasse hinunterzurennen. Nein, er würde Oreste nicht verraten, er war immer noch der Freund seines Lebens. Aber er hatte sich selbst verraten. Wie es auch immer weitergehen mochte, nichts würde sein Gewissen je wieder von der Last dieser verfluchten Nacht befreien.

11.

Fünfundvierzig Tage später ging Felice nach Beirut, gemeinsam mit seinem Onkel Costantino Sorgente, Techniker und Vertrauensmann eines norditalienischen Bauunternehmens, das seit Zeiten im Mittleren Osten und auf dem gesamten afrikanischen Kontinent tätig war (verantwortlich für große territoriale Transformationen: Staudämme, Brücken, Autobahnanschlüsse, Tunnel). Costantino Sorgente, ein Cousin der Mutter, war für sie eher wie ein Bruder. Als Mädchen hatte sie einige Jahre lang mit ihm zusammen gelebt. Nach dem furchtbaren Unfall, bei dem sie auf einen Schlag Mutter und Vater verloren hatte, hatten Costantinos Eltern sie praktisch an Kindes statt ins Haus genommen.

Costantino Sorgente tauchte meist ohne Ankündigung in Neapel auf, und nicht immer fand er Zeit, seine Cousine beziehungsweise Schwester zu besuchen. Allerdings versäumte er während seiner langen Auslandsaufenthalte nie, ihr und seinem Neffen exotische Postkarten zu schicken, kurze Briefe, auch kleine Geschenke, was bei den Empfängern, für die er so etwas wie der liebe Gott auf Erden war, immer auf Freude und Dankbarkeit stieß. Feli', sagte die Mutter beispielsweise, dein Onkel ist ein Engel. Oder: Feli', unser Engel hat uns einen Brief geschickt ... Und: Weißt du, wer nach Neapel kommt? Der Engel!

Genau das sagte sie an einem Morgen vor Felices Tür. Seit einer Woche hatte er sich in seinem Zimmer verbarrikadiert und verließ es nur sporadisch für kurze Ausflüge ins Bad oder in die Küche. Außerdem redete er nicht mehr. Felice war immer ein schweigsamer Junge gewesen, hatte aber prompt auf Fragen geantwortet. Jetzt wollte es ihm nicht mehr gelingen, auch nur ein einziges Wort herauszubringen. Er schaute der Mutter in die Augen und schwieg. Sie fragte und fragte, bis ihr die Tränen kamen. Er schwieg.

Mitunter schloss er sich stundenlang in seinem selbstgewählten Gefängnis ein. Vom Fenster aus betrachtete er den Hügel: ein großes dunkelgrünes Etwas, das wie eine Wolke schräg über den Dächern der Häuser hing. Er starrte auf Capodimonte, ohne dass es ihm gelang, auch nur einen einzigen Gedanken von den tausenden festzuhalten, die durch seinen Kopf strömten, um sich im nächsten Moment aufzulösen, fortgeschwemmt von ihrem eigenen Strudeln. Nur die Gilera 125 war imstande, diesen Fluss aufzuhalten. Wie gerne hätte er sie bei sich gehabt, um sie auseinanderzunehmen und wieder zusammenzubauen. Sie zu wienern. Zu ölen. Zu streicheln. Mit ihr zu sprechen. Aber sie stand im Hof, unerreichbar.

Würde er jemals wieder auf ihrem Sattel sitzen, die Arme ausgestreckt, in der ungestümen Umklammerung des Windes? Dieses glitzernde Spielzeug war der Hort seiner intensivsten Erinnerungen, eines Glücks, das umso mehr berauschte, da es nur ihm gehörte, tief in seinem Inneren. Es heißt, dass man die erste Liebe nie vergisst. Mit Sicherheit würde er nie vergessen, wie er im Schutz der Nacht zum ersten Mal auf seiner Gilera bis zur Mostra d'Oltremare und dann über die Via Domiziana gefahren war. Es war September und immer noch heiß. Sein Geburtstag lag eine Woche zurück, und er konnte es noch gar nicht fassen, dass dieses Motorrad, das Geschenk seines Stiefvaters, kein Traum war, der im Handumdrehen vergeht, sondern Realität und von Dauer, etwas, das womöglich sein Leben verändern würde. Wie viel war er gefahren, an jenem Abend! Was gab es Aufregenderes auf der Welt als die Geschwindigkeit? Herr im Himmel, er könnte ein Profi werden, der Held der Rennstrecken, von allen geachtet und geschätzt. Sogar Oreste, der mit Lob nicht gerade verschwenderisch umging, bestaunte sein Talent: Auf dem Sattel bist du ein Gott! Lag auch in diesen Worten eine Spur von Ironie? Gut möglich, aber nicht so, um das Lob in seiner Substanz zu schmälern, und das war für Felice schon mehr als genug.

Er hatte erst an einem einsamen Strand angehalten. Ein großer dunkler, leerer Sandstrand. Angelockt vom Meer, hatte er die Gilera vor sich hergeschoben, wäre gestorben, sie unbeaufsichtigt irgendwo stehen zu lassen, und sei es auch nur für ein paar Minuten. Mit der Linken hielt er den Lenker, die Rechte lag fest auf dem bauchigen Tank. Am Wasser hatte er die Gilera auf die Seite gelegt und lange dort gestanden, hatte sie mit der Faszination und dem Verlangen eines Mannes betrachtet, der die Frau anschaut, die er begehrt.

***

Vollends verzweifelt hatte Felices Mutter einen Brief an den Cousin geschickt: »Hilf mir! Felice spricht nicht mehr. Die Depression bringt ihn um. Ich habe Angst, dass er irgendetwas getan hat, das nicht wieder gutzumachen ist. Ich brauche dich. Wenn du mich lieb hast, komm her, bitte, sofort.« Und Costantino Sorgente kam, ein großer kräftiger Mann mit einem ebenso großen Herzen, der sehr an seinem Neffen hing. Sein Programm hatte bereits einen der kurzen Besuche in der Heimatstadt vorgesehen. Er brach etwas früher auf, was kein Problem war. Seit einer Weile ruhte die Arbeit, die Baustelle wurde innerhalb des Libanons an einen anderen Standort verlegt.

Sorgente traf drei Wochen, nachdem er den Brief erhalten hatte, ein, ohne die geringste Ahnung, was vorgefallen sein könnte. Er dachte, der Junge wäre in eine der in diesem Alter relativ häufigen Krisen geraten.

Felice fragte sich sein ganzes Leben lang, was wohl aus ihm, der Mutter, dem Stiefvater, aus seiner Zukunft, vielleicht aus sogar Orestes Zukunft geworden wäre, wenn nicht eines Tages Costantino Sorgente – Onkel Tino – an seine Zimmertür geklopft hätte, um ihn mit Engelszungen, freundlich, aber bestimmt, aufzufordern, sie zu öffnen. Er wäre im Irrenhaus gelandet, um es gelinde auszudrücken. Alles drängte ihn in diese Richtung: die Überzeugung, an

Costagliolas grauenhaftem Tod schuld zu sein, die Angst vor dem Gefängnis, der Mangel an Ernährung. Nicht nur, dass er nicht mehr sprach. Seit Tagen aß er auch nichts mehr, sodass seine Mutter damit drohte, sich etwas anzutun, wenn er nicht wenigstens einen Schluck Brühe zu sich nehmen würde.

Costantino Sorgente fragte ihn tagelang aus und rekonstruierte mühsam, was passiert war. Felice, vielleicht unbewusst, zinkte permanent die Karten, entlastete einmal Oreste, dann wieder sich selbst. Oft weinte er, sprach er von der tiefen Finsternis, in der er versank, wenn er versuchte, seine eigenen Handlungen in jener tragischen Nacht hochzuholen. Und immer das verschwommene Gesicht von Oreste, das zerschmetterte Gesicht von Costagliola. Und das Gesicht der Mutter, die vieles von dem verstanden hatte, was vorgefallen war, aber nicht davon zu sprechen wagte.

Behutsam, ab und zu auch ein wenig ungeduldig, brachte Onkel Tino ihn schließlich dazu, die vielen Widersprüche zu klären und mit dem entscheidenden zu beginnen: Wer hatte den Mann erschlagen, er oder Oreste?

Die Antwort ließ auf sich warten. Felice presste die Fingerspitzen gegen die Schläfen, als wollte er einen Nebel verscheuchen, ein quälendes Vergessen, und erst nach einem langen und labyrinthischen Hin und Her zwischen Eingeständnissen und Zurücknahmen bekannte er, dass er es gewesen war, vielleicht.

Wie, vielleicht? Zum ersten Mal verlor Costantino Sorgente die Geduld. Wie Eisenzangen packten seine Hände die Oberarme des Neffen und rüttelten sie zornig. Sag es!, schrie er. Sag: Ich war es, ich habe die Figur genommen und mit voller Wucht auf Costagliola eingeschlagen!

Das war der Stromstoß, den es gebraucht hatte. Er brachte Felice zu Verstand und damit zu der »Entdeckung«, dass er sich im Moment der Tragödie nicht in Costagliolas Schlafzimmer befunden hatte, dass er erst anschließend hineingegangen war, erst nachdem Oreste ihm geschildert hatte, was passiert war.

Aber ich bin nicht unschuldig, sagte er schließlich. Tino Sorgente nickte, überzeugt, dass Felice sich dieses Bekenntnis nicht nur aus Loyalität gegenüber seinem besten Freund abgerungen hatte, sondern dass er sich seiner Mittäterschaft, die ihn praktisch auf eine Ebene mit Oreste stellte, bewusst war.

Dieses Bewusstsein seiner eigenen Verantwortung war es gewesen, was Sorgente erweicht und ihm selbst in einem so düsteren Zusammenhang einen gewissen Respekt abgenötigt hatte. Er erhob sich vom Bett, ging langsam zum Fenster und öffnete es. Aus vollen Lungen atmete er die frische Abendluft, auf das Fensterbrett gestützt. Er forderte Felice auf, zu ihm zu kommen, aber der Junge rührte sich nicht.

Und wenn du mit mir nach Beirut gehst?, sagte er dann leise, ohne sich umzudrehen. Wenn du dir ein Leben fern von diesem Viertel, von dieser Stadt aufbaust? Feli', es gibt keine bessere Medizin als die Distanz und die Arbeit, um nicht in der Klapsmühle zu landen.

***

Von Felice Lascos Jugend lasse ich wenig außer Acht, und das verdankt sich gewiss nicht meinem inquisitorischen Eifer. Nur selten habe ich Fragen gestellt und niemals heikle. Immer und ausschließlich war er es, der in seiner Vergangenheit rührte und mir nach und nach Einzelheiten und Geheimnisse anvertraute, von denen ich lieber nichts gewusst hätte. Der Mord an Gennaro Costagliola. Warum hatte er mit Padre Rega darüber gesprochen? Warum hatte er keine Bedenken, mich seinen Bericht der Tragödie aufzeichnen zu lassen? Wie oft habe ich mich das gefragt, ohne es mir anders erklären zu können als durch sein brennendes, wenn auch verspätetes Verlangen nach Sühne. Ein Nichts reichte, um ihn in einen reißenden Strom zu verwandeln, gleichgültig gegenüber den möglichen Konsequenzen seiner Enthüllungen.

Anfangs schien es, als hegten Felice und der Pfarrer keine besondere Sympathie füreinander. Don Luigi war wohl neugierig auf diese unvermutete und eigenartige Präsenz in seinem Strahlkreis, wahrte ihm gegenüber aber eine gewisse misstrauische Zurückhaltung. Ich erinnere mich, dass er mich einmal geradezu wegen der übertriebenen Vertraulichkeit kritisierte, mit der ich seiner Meinung nach auf den »aus dem Nichts gekommenen« Mann, den ich jetzt fast täglich sah, zuging.

Dann änderten sich die Dinge. Eines Tages bemerkte ich die beiden in der Kirche, neben der Kanzel von Dioniso Lazzari ins Gespräch vertieft. Bis dahin hatten sie sich noch nicht allein getroffen. Ich staunte. Gerade noch rechtzeitig wich ich einige Schritte zurück, um nicht gesehen zu werden. Don Luigi erzählte Felice Lasco von seiner religiösen Berufung, und wie er gegen den Willen seines Vaters Priester geworden war.

Welch eine plötzliche Vertrautheit, dachte ich und ging, überließ sie ihren wechselseitigen Bekenntnissen. Später erfuhr ich, dass auch er, Felice, mit dem Gedanken gespielt hatte, Priester zu werden, sogar Mönch. Nur dass es in seinem Fall so gut wie nichts mit Berufung zu tun gehabt hatte. Damals, gleich nach dem Verbrechen an Costagliola, allein in seinem Zimmer, gequält von Verzweiflung, auf der Suche nach einem Ausweg aus dieser furchtbaren Erfahrung selbstgewählter Haft. Er wäre sicher nicht der Erste gewesen, der einer unerträglichen Lage durch den Griff nach Kutte oder Ordenskleid zu entkommen gesucht hätte. Wo aber beginnen? Eines Abends hatte er sogar mit der Absicht gespielt, in der Basilica di Santa Maria della Sanità Zuflucht zu suchen und sich mit Haut und Haar in die Hände des damaligen Priesters zu begeben. Und so wäre es wohl gelaufen, wäre nicht Costantino Sorgente mit dem Vorschlag erschienen, mit ihm nach Beirut zu gehen.

Ich weiß nicht, ob jene diskrete Begegnung neben der Kanzel des Lazzari die einzige geblieben ist. Jedenfalls zeigte Padre Rega von dem Tag an keinerlei Argwohn mehr gegenüber Felice Lasco. Er stellte ihn dagegen ganz offen unter seinen Schutz, beeindruckt, wie er sagte, von seiner Geschichte: ein Mann auf der Flucht vor seiner Vergangenheit, der fünfundvierzig Jahre später nach seinen verlorenen Wurzeln sucht. Der Schmerz schärft den Verstand, erklärte er mir. Und dass Felice Lasco durch das Leiden zu einem sehr sensiblen Menschen geworden war, imstande, Nuancen wahrzunehmen, Kleinigkeiten, also die vielen unsichtbaren oder beinahe unsichtbaren Dinge, die uns umgeben und die wir normalerweise nicht bemerken.

Diese Worte stärkten meine Wertschätzung für Padre Rega. Ich kenne seine Geschichte, die als Geistlicher und die als Mensch, da ich seinen eigenen Worten nach der Einzige bin, dem er sich wirklich anvertraut. Er hält mich nicht nur für integer und diskret, sondern auch für einen wahren Kenner des schwierigen Geländes, wohin er auf Anordnung seines Kardinals versetzt worden war. Padre Rega stammt nicht aus der Sanità. Es hatte ihn aber nicht durch Zufall dorthin verschlagen, wie er sagte, sondern wie durch eine seit Langem, womöglich schon seit Ewigkeiten getroffene Übereinkunft. Was heißt, dass das Wort Schicksal für ihn einen Sinn besitzt. Es deutet auf eine Vorbestimmung, auf eine Berufung. Es ist das dunkle Gefäß unserer Wünsche.

Don Rega ist ein kräftiger und noch immer junger Mann, klar und bestimmt in seinen Absichten, ein Macher, dem dieses gewisse »Etwas« namens Charisma eigen ist. Die jungen Leute in der Sanità verehren ihn, sie vertrauen ihm wie einem Bruder, sind ihm gegenüber respektvoll und diszipliniert. Er ist mit dem neuen Jahrtausend quasi vom Himmel gefallen – als Ersatz für seinen Vorgänger, der sich in eine Frau aus der Gemeinde verliebt und sie dann geheiratet hatte –, um sich einer extrem schwierigen Situation anzunehmen. Damals ging ich noch nicht regelmäßig in die Basilika. Ich war schon eine ganze Weile im Ruhestand und versuchte, Erinnerungen und Nostalgie durch meine ehrenamtliche Tätigkeit zu ersticken. Das Getöse, das die Ankunft von Padre Rega begleitete, riss mich aus meiner Lethargie: ein Getöse, das es in der Sanità schon lange nicht mehr gegeben hatte. Die Menschen, auf die es ankommt, verursachen immer einen kleinen Sturm, wenn sie auf der Bildfläche erscheinen, auch wenn sie es selber nicht beabsichtigen.

Wir verstanden uns sofort, trotz unserer unterschiedlichen, ja gegensätzlichen Herkunft, die uns auch voneinander hätte trennen können. Wir wurden von den gleichen Impulsen und Idealen getrieben. Wir hatten uns kaum kennengelernt, da war der Damm bereits gebrochen, und ich, der ahnungslose pensionierte Bolschewik, wurde zu einem seiner ständigen Vertrauten und, wenn erforderlich, zu einem umsichtigen Berater. Für ihn bin ich jedenfalls kein »schlechter Lehrer«. Meine Biografie erschüttert ihn nicht. Sie stößt sogar auf seine ehrliche Bewunderung. Was unter anderem seine unstillbare Neugier für die menschliche und politische Geschichte von Rashid Kemali beweist, dem sanften Muslim, dem Freund der Arbeiter und der Abgehängten in der Sanità, an dessen Seite ich zu meiner Zeit viele Kämpfe ausgefochten habe. Auch jetzt noch, an manchem Abend auf der kleinen Terrasse neben dem Refektorium, unter dem Sternenhimmel, gelingt es ihm, mich mit der immer gleichen Bitte zu überraschen: Nico', erzähl mir von Rashid, erzähl mir nochmal von der Zeit …

12.

Der ewige Jugendliche in der Revolte: Luigi Regas Autobiografie – sollte er je eine schreiben – würde so beginnen. Als er seiner Familie mitteilte, dass er Priester werden wollte, schlug der Vater die Hände über dem Kopf zusammen: Bist du verrückt? Der Junge blieb stumm. Was hätte er auch sagen sollen, ohne die Sache zu verschlimmern? Vorerst war es kaum mehr als ein Spiel, eine imaginäre Flucht nach vorn, etwas, um die Leere zu füllen, in der er zu ertrinken drohte. Dem Nächsten helfen, das eigene Leben für den anderen geben – dieser Gedanke hatte nicht nur eine eigene Faszination, er befand sich auch im Einklang mit der Zeit, die im Zeichen der großen Jugendproteste stand: Faschisten, Kakerlaken, haut ab in die Kloaken ...

Sein Vater tat alles, um zu verhindern, dass er ins Priesterseminar eintrat. Seinem Wunsch nach sollte Luigi Unternehmer werden, in den Handel gehen, geschäftstüchtig wie er selbst. Der Vater war nicht der einzige, der versuchte, ihn von seinem Vorhaben abzubringen. Luigi selbst steckte voller Zweifel, ganz zu schweigen von den neuen Aufregungen, die seine körperliche Entwicklung mit sich brachten: breite Schultern, herausforderndes Lächeln, blitzende Zähne ... Auf der Straße zwinkerten ihm die Mädchen zu.

In der elften Klasse schien er entschlossen, den Gedanken an das Seminar an den Nagel zu hängen. Der Vater war außer sich vor Freude, als er das von ihm erfuhr. Er überhäufte ihn mit Geschenken und forderte ihn im Familienkreis und in der Öffentlichkeit auf, das Leben zu genießen: Du stehst in der Blüte deiner Jugend, das ist dein Augenblick! Luigi war einverstanden, warum auch nicht, nur dass er nie vorgehabt hatte, durch seine Geste unwiderruflich mit der Welt, von der ihn seine Entscheidung getrennt hätte, zu brechen. Er wollte sich einfach mehr als nur eine Tür offen halten. Außerdem erfreute er sich bereits stabiler Freundschaften, Förderung und Wertschätzung.

Es wäre zu einfach, wollte man heute behaupten, dass dieser vage, halblaute, zurückhaltende Abschied von einer geistlichen Perspektive auf fast dreiste Weise eine ihm immanente Unsicherheit verbarg, die über kurz oder lang zu Einsicht und Reue und der klassischen Rückkehr des verirrten Schäfleins führen sollte. Aber das, was man heute sagen kann, konnte man keinesfalls damals sagen, zu groß schien sein Durst nach Freiheit, nach Leben, nach Erfahrungen und vor allem nach jugendlicher Unbekümmertheit.

Das Seminar einmal aufgegeben, wechselte er tatsächlich das Hemd, verantwortungslos, leichtsinnig, ein Papa-Söhnchen, offen für Versuchungen und voller Launen: ein Auto, eine feste Freundin und Lust ohne Ende, sich mit ihr zu vergnügen.

Eine Freundin, Luigi?

Ja, eine Freundin. Temperamentvoll. Hübsch. Eine Frau, die in meinem Leben von Tag zu Tag wichtiger wurde, bis alle, aber auch alle dachten, ich würde für immer mit ihr zusammenbleiben.

Auch er dachte damals: Ich tue keinen Schritt mehr zurück. Und genauso sagte er es seiner Freundin, in die er leidenschaftlich verliebt war. Er hätte ihr nichts versprechen sollen. Er brach sein Wort, und als er nicht mehr umhinkonnte, sie um die Trennung zu bitten, zog das ernsthafte Probleme nach sich. Ein Drama. Ich bleibe bei dir, auch wenn du Priester wirst, sagte sie. Sie bestand darauf, ihn überallhin zu begleiten. Sie spionierte ihm nach. Sie weinte. Sie stampfte mit den Füßen. Sie drohte, sich das Leben zu nehmen, wenn er sie verlassen sollte. Willst du mich auf dem Gewissen haben? Willst du mit dieser Last auf dem Herzen leben? Hin und wieder stampfte auch er mit den Füßen, aber ohne die erforderliche Energie. Er hoffte, sie zu überzeugen, sprach bekümmert von der Mauer, die die römisch-katholische Kirche, welche nicht nur die

Heirat von Priestern bei Strafe untersagt, sondern zeitlebens ihre Keuschheit fordert, zwischen ihnen errichtete.

Die schmerzhafte Auseinandersetzung zog sich eine ganze Weile hin, bestimmt mehrere Monate, vielleicht sogar ein ganzes Jahr. Eines Tages fasste sich Luigi ein Herz und sagte ihr mit einer nie dagewesenen Schärfe, dass er sie nicht mehr wiedersehen wolle.

Er sah sie aber doch wieder, erzählte er mir eines Abends, einem der vielen der Erinnerung gewidmeten Abenden am Tisch im Refektorium. Sie hatte sich im Schatten einer der großen Säulen der Kirche versteckt: Ein dramatischer Moment für uns beide. Das war bei meiner Priesterweihe. Ich gestehe, ich hatte Angst, dass sie mir etwas Unpassendes zurufen oder eine Szene machen würde, dass sie ihren Anspruch einklagen würde, mich für sich zu behalten, mich nicht an die Kirche, die sie wie eine Rivalin betrachtete, zu verlieren. Nichts davon geschah. Sie wollte sich nur zeigen, mir für einen Augenblick ihre leidvolle Gegenwart demonstrieren. Sie war ganz in schwarz, als trage sie Trauer. Als sie sicher war, dass ich sie bemerkt hatte – ich glaube, ich habe ihr ein verzweifeltes Lächeln zugeworfen – tauchte sie in der Menge unter. Ich habe sie nicht mehr gesehen. Jedenfalls nicht an dem Tag. Erst lange Zeit später, rein zufällig. Sie machte auf mich einen gefassten Eindruck. Vielleicht nicht gerade fröhlich, aber gefasst, ja.

Blieb noch zu klären, warum er schließlich doch Priester geworden war, was ihn veranlasst hatte, das Steuer so jäh herumzureißen. Berufung? In meinem Blick schien ein Funke des Zweifels gelegen haben. Er reagierte gekränkt.

Du hältst mich wohl für einen falschen Priester?

Das habe ich nicht gesagt. Wie kann man die Berufung ausschließen? Nur, dass ich sie nicht für entscheidend halte. Da ist immer noch etwas anderes.

Es war Sommer, es war heiß, und er wedelte sich mit einem Fächer Luft zu.

Zum Beispiel?

Er schaute mich erwartungsvoll an.

Ich dachte lange nach, ehe ich antwortete. Ehrgeiz, zum Beispiel, sagte ich. Ich sprach das Wort nachdenklich aus, als würde ich zweifeln. Der Hocker, auf dem er saß, knarrte. Mein Gott, regte er sich auf, so beurteilst du mich also?

Das ist nicht unbedingt negativ zu verstehen. Ehrgeiz kann auch bedeuten, ein Ziel zu verfolgen. Beharrlichkeit. Kämpferischer Geist. Strategische Intelligenz. Warst du es nicht, der mir einmal gesagt hat, ein Mensch, der ein großes Projekt ins Leben rufen will, muss nicht nur sehr entschieden vorgehen, sondern eine Kraft, eine Macht, eine Institution hinter sich haben, die ihn unterstützt, und sei es auch widerwillig? Ich glaube, dass deine Substanz als Reformator, als Mensch, der sich für die anderen einsetzen will, bestimmt eine wichtige Rolle bei deiner Entscheidung für das Priesteramt gespielt hat. Ganz abgesehen von der Berufung natürlich.

Hier endet die Vorgeschichte von Luigi Rega, der 1986 die Priesterweihe erhielt und 2001, fünfzehn Jahre später, als Pfarrer in die Sanità kam. Dreimal fünf Jahre sind eine lange Zeit, vor allem, wenn sie nicht durch Langeweile geprägt sind, sondern sich von einem knisternden Feuer nähren, das unaufhörlich gefüttert wird. Dazu geschaffen, immer an vorderster Front zu stehen, war ihm die Rolle des Vizepfarrers in den östlichen Vororten Neapels nicht genug. Er arbeitete ehrenamtlich als Kaplan im Gefängnis Poggioreale, in dem es von Drogensüchtigen, Transvestiten, Verzweifelten jeder Couleur nur so wimmelt. Nachts trotzte er den Gassen rings um den Bahnhof, um einem seiner »Schäfchen« beizustehen, das, kaum aus dem Gefängnis entlassen, bereits auf dem besten Wege war, dorthin zurückzukehren.

Bevor er Pfarrer in der Sanità wurde, war Luigi (wir nennen uns manchmal beim Vornamen, vielleicht, weil er in mir so etwas wie einen Vater sieht und ich in ihm so etwas wie einen Sohn) bereits im Rione gewesen, er kannte unser Viertel also nicht nur vom Hörensagen. So wie er auch Gelegenheit gehabt hatte, die Basilika zu besuchen, voller Bewunderung, ja »berauscht«. Das Adjektiv »berauscht« ist sicherlich ein Wort von einzigartiger Wirkung, beschwörend, es hat keine Rivalen, die es, ich will nicht sagen übertreffen, aber die dem Reichtum seiner Bedeutung gleichkommen könnten. Dennoch wurde Luigi Rega, als er zum ersten Mal als Pfarrer in »seine« Kirche trat, von einem Gefühl überwältigt, das weit über ein Berauschtsein hinausging: ein Gefühl, in dem sich unerhörter Stolz mit ebenso unerhörter Demut und Ungläubigkeit verband. Ein verwirrender Zustand.

Ich fühlte mich, erzählte er mir, wie ein verarmter Fürst, dem mit einer Menge verfallener Besitzungen zugleich auch ein randvoll mit Kostbarkeiten gefüllter Schrein übergeben wird, und der sich fragt, wie es ihm, bei den wenigen Ressourcen, über die er verfügt, gelingen soll, die einen zu verwalten und den anderen würdig zu bewahren. Ich war also nicht nur berauscht, das heißt verwundert, aufgeregt, aufgewühlt von dem Schauspiel, das sich meinen Augen bot, sondern auch erschreckt, bestürzt, beinahe verängstigt. Mein Blick wanderte durch die riesigen Räume dieser einzigartigen Architektur wie auf der Suche nach einem Zeichen der Hoffnung. Ich kniete vor dem Hauptaltar nieder und bemühte mich, die Augen vom Überfluss ringsumher abzuwenden, mich auf die Aufgaben zu konzentrieren, die mir bevorstanden. Bevor ich die Kirche betreten hatte, war keine Zeit gewesen, mich umzuschauen und den katastrophalen Zustand zu ermessen, in dem sich das meiner Obhut anvertraute architektonische Erbe befand. Sämtliche Räume des Franziskanerklosters, die an die Basilika grenzten, waren baufällig, unbegehbar. Die Fenster und Läden verrottet, die Wände von Netzen aus Rissen durchzogen, die Fußböden hinüber, die Türen aus den Angeln. Als Pfarrer der Sanità hatte man mir die Leitung von vier Pfarreien übertragen: neben der Basilica di Santa Maria della Sanità und der Basilica San Severo Fuori le Mura die Kirche Santa Maria Maddalena ai Cristallini und die der Immacolata. Ein monumentales Erbe, wie man so sagt, aber mit einem Loch in der Kasse, das jeden noch so tollkühnen Erben erschauern lässt. Auf einmal kam mir Frà Nuvolo in den Sinn, der mysteriöse Architekt, der den gesamten Komplex von Santa Maria della Sanità gestaltet hatte, und ich beschloss, ihn zur Quelle meiner Inspiration zu machen. Hatte er konstruiert, dann musste ich rekonstruieren. Zunächst einmal das zerrüttete Gewissen des Viertels. Und dann den Rest.

Mich hier als neuer Frà Nuvolo zu fühlen, war, um das klarzustellen, kein Anflug von Überheblichkeit, sondern einzig und allein des Glaubens und der Liebe für das, was mich umgibt, für die Menschen und die Dinge. Umso mehr in Anbetracht von Vorgängern, durch die die Basilica di Santa Maria della Sanità, gelinde gesagt, zu einem Brennpunkt skandalöser Ereignisse geworden war, was das Gewissen der Gläubigen auf eine harte Probe gestellt hatte. Nein, ich meine damit nicht meinen unmittelbaren Vorgänger, der die Kutte ablegte, um eine Frau aus der Gemeinde zu heiraten. Ich denke an Padre Rassello, den man mit der komplett haltlosen Anklage, einen Jungen missbraucht zu haben, zu einer Haftstrafe verurteilte. Eine vorsätzliche Verleumdung, die er letztlich mit dem Leben bezahlte.

***

Ich kenne den Fall Rassello in allen seinen widerwärtigen Einzelheiten. Undenkbar, in diesem Bericht davon zu schweigen: Er bildet die Sanità in ihren Widersprüchen ab – im Schlechten wie im Guten. Denn zur selben Zeit, in der sich das Drama ereignete, litt das Viertel unter dem Gift eines unheilvollen Netzes, das man in der Absicht ausgeworfen hatte, die Motive zu schaffen, um einen für den lokalen politischen Abschaum und die örtliche Camorra zu unbequemen Pfarrer aus dem Rione zu verbannen. Aber die Sanità stand auf seiner Seite.

Don Giuseppe Rassello hatte die Zügel unserer größten Basilika Anfang der Neunzigerjahre in die Hand genommen. Im Rione war er alles andere als ein Unbekannter: Fünfzehn Jahre lang hatte er als Vizepfarrer der Basilica di San Severo Fuori le Mura gewirkt, unweit von Capodimonte, dem höchsten und einsamsten Ort der Gegend. Einerseits entsprach das perfekt seinem entgegenkommenden Wesen. Andererseits konnte ein Mann wie er, Gräzist und Latinist, der lange Jahre an den Gymnasien der Stadt unterrichtet hatte, sich nicht auf Dauer dort verorten.

Es war Kardinal Giordano, der ihm die Leitung von Santa Maria della Sanità anvertraute. Wobei er gedacht haben musste – das vermute ich zumindest –, dass Rassello genau der richtige Geistliche sein würde, um in dieser Kirche, wo sich unter den Insignien der Christlichen Demokraten obskure Gestalten und auch manche Drogenhändler eingenistet hatten, grundsätzlich aufzuräumen. Die Franziskaner, in deren Händen die Verwaltung der Kirche lag, hatten diesen Leuten die Tür aufgehalten. Sie standen in enger Verbindung zum fragwürdigsten Teil der katholischen Bewegung, bei dem es sich aber – glücklicherweise – auch um den anfechtbarsten handelte. Besorgt über eine so skandalöse Situation, fasste die Spitze des Franziskanerordens endlich den Entschluss, die fahrlässigen Ordensbrüder aus Santa Maria della Sanità abzuziehen und die Basilika an die Kurie von Neapel zurückzugeben. Die sie dann ihrerseits Padre Rassello anvertraute.

Was der Priester bei seinem Eintreffen vorfand, kann man sich vorstellen: eine gut gerüstete Schar von Feinden, entschlossen, um keinen Preis auf die einmal eroberten Positionen zu verzichten. Auch in der Basilika selbst gab es, vor den Blicken der Außenwelt verborgen, jemanden, der sich für diese Gesellschaft aufopferte: ein minderjähriger Junge, Sohn eines mental labilen Mannes aus dem Rione. Er wurde von den Franziskanern für die unterschiedlichsten Arbeiten eingesetzt und konnte dafür auf ihre dauerhafte Freundschaft zählen. Für den Jungen war Padre Rassello sofort ein Eindringling, ein Mann, dem es entgegenzutreten galt. Der »Böse«, der die Franziskaner aus der Basilika vertrieben hatte und jetzt dasselbe mit seinen anderen Beschützern vorhatte: den »Politikern«

der Democrazia Cristiana. Alles Einbildung? Nicht, was den letzten Punkt betrifft: Der neue Pfarrer hatte wirklich bewiesen, dass er sofort mit einer energischen Säuberungsaktion ans Werk gehen und weder Druck noch Drohung nachgeben wollte. Wie konnte man ihn stoppen?

Kurz darauf wurde er mit einer Anzeige des Jungen konfrontiert: Padre Rassello hat mich sexuell missbraucht, von wegen Ehrenmann, nur ein Perverser!

Rassello wurde verhaftet, während er in der Basilika eine Trauung feierte. Um dem Ereignis die größtmögliche Resonanz zu geben, hatte man dafür gesorgt, dass die Presse davon unterrichtet wurde und die Kirche mit gezückten Stiften stürmte. Es kam zu einem riesigen Skandal. Ein Krakeelen von alten und neuen Hütern der öffentlichen Moral, taub für jede Unschuldsbeteuerung des unglücklichen Pfarrers. Vergebens bat Padre Rega, der damals als Geistlicher im Gefängnis von Poggioreale arbeitete, um ein Gespräch mit dem Inhaftierten. Es wurde kategorisch abgelehnt: Die Schuld von Don Giuseppe Rassello sei zweifelsfrei erwiesen.

Glücklicherweise teilten die Menschen im Rione diese Überzeugung nicht. Nach einem unvermeidlichen Moment der Verwirrung war ihnen klar geworden, was hier gespielt wurde. Sie hatten den verleumderischen Charakter der Machenschaften und damit die Notwendigkeit erkannt, offen für ihren mutigen Pfarrer – dessen einziges Vergehen es gewesen war, sich Camorra und Democrazia Cristiana gleichzeitig zum Feind zu machen – Partei zu ergreifen.

Ich werde die Bestürzung von Rashid Kemali, der damals noch lebte und aktiv war, über diese Intrige nie vergessen. Sie hatten einem Mann, den er nicht nur als vollkommen integer kannte, der allen Respekt verdiente und dessen Freund und Gesprächspartner er mit der Zeit geworden war, eine Falle gestellt. Wir sind uns ähnlich, Padre Rassello und ich, sagte er mir zuweilen. Und niemand weiß besser als ich, in wie vielen Punkten die beiden übereingestimmt haben, angefangen mit ihrem Einsatz für die Armen:

eine Leidenschaft, die aus Empfinden und Kultur, Geist und Menschlichkeit zugleich bestand.

Um die Wahrheit zu sagen, war Don Giuseppe Rassello nicht der einzige Priester, den der Muslim bewunderte und mit dem er verkehrte. Vor Rassello war es Padre Giammaria gewesen, der sich um die Waisen der Casa dello Scudillo gekümmert hatte. Rashid war oft bei ihm gewesen, und auch in diesem Fall hatten die langen und leidenschaftlichen Diskussionen zu einer engen freundschaftlichen Beziehung geführt. Als Padre Giammaria fühlte, dass seine Stunde nahte, wollte er Rashid an seinem Krankenbett wissen. Und der Sekretär des PCI begleitete ihn fürsorglich bis zum Ende.

Nicht viel anders verhielten sich die Dinge im Fall von Rassello. Mit Zustimmung des Sekretariats der kommunistischen Sektion ließ Rashid ein Solidaritätsmanifest veröffentlichen, in dem publik gemacht wurde, dass der Pfarrer von Santa Maria Opfer einer Verleumdungskampagne geworden war, angezettelt von Mitgliedern der Camorra und einigen skrupellosen Christdemokraten.

Padre Rassello starb mit kaum fünfzig Jahren an einem Tumor. Wahrscheinlich war er durch die Anschuldigungen und die damit verbundene Demütigung ausgebrochen, oder zumindest war sein Ausbruch dadurch beschleunigt worden. Das Totenamt fand in »seiner« Basilika statt, zelebriert von Kardinal Michele Giordano.

Nach der Zeremonie wurde der Sarg nach draußen getragen, im Regen eines Sonntags, der ebenso zornig war wie die Menge, die ihren verleumdeten Pfarrer zum Abschied mit Applaus empfing. Auch ich stand auf dem Kirchplatz, um ihm zu applaudieren. Ebenso Rashid Kemali. Er hatte sich eine schwarze Krawatte umgebunden. Ich erinnere mich noch gut an sein eingefallenes, fast tragisches Gesicht.

13.

Für die Polizei konnte der gewaltsame Tod von Gennaro Costagliola nur auf das Konto eines seiner bedauernswerten »Kunden« gehen. Aus der Wohnung war nichts entwendet worden. Der Urheber des Verbrechens hatte sich dem Bett des Geldverleihers in einer einzigen Absicht genähert: seinen Peiniger zu beseitigen. Diese ermittlungstechnischen »Gewissheiten« führten dazu, dass das Verfahren irgendwann eingestellt wurde. Der Fall blieb ungelöst.

Während der ersten drei Wochen nach dem Verbrechen zeigte sich Oreste zwar überall im Viertel, lächelnd und genauso großspurig wie sonst, er vermied es aber, sich Felices Haustür zu nähern. Einmal begegnete er auf der Straße Felices Mutter, hielt sie an und fragte sie nach dem Sohn. Sie antwortete, es gehe ihm nicht gut, er liege im Bett und wolle niemanden sehen. Oreste nickte und drehte sich auf dem Absatz um, doch zuvor blitzte es düster in seinen Augen auf, was Felices Mutter nicht entging. Grüßen Sie ihn von mir, sagte er.

Sie hütete sich jedoch, Felice von der Begegnung zu berichten. In ihrem Herzen war der Freund ihres Sohnes nichts anderes als ein Kleinkrimineller und zu allem fähig. Als die Nachricht von dem ermordeten Geldverleiher die Runde machte, hatte sie sofort einen Blick zum Himmel geworfen, von einem Verdacht durchbohrt wie von einem Messerstich. Ein Verdacht, den sie gleich wieder aus ihrem Herzen verdrängt und in einen fernen, unerreichbaren Winkel ihres Unterbewusstseins verbannt hatte.

Onkel Tino kümmerte sich um die Papiere für die Ausreise des Jungen. Er nutzte den Einfluss der Firma, um rasch an die erforderlichen Visa zu gelangen. Mutter und Stiefvater statteten Felice mit allem Notwendigen aus, und er begann allmählich wieder zu essen.

Er konnte kaum glauben, wie ihm geschah. Nachts wälzte er sich aber weiterhin im Bett, als wollte er der perversen Verführung seiner Gedanken entgehen. Sie spielten ihm schlimme Streiche, zeigten ihm Orestes zorniges Gesicht, während er ihm die Hand reichte, um sich zu verabschieden: Alles klar, Feli', du haust also ab, lässt mich allein ... was willst du denn ohne mich machen?

Armer Oreste! Felices Herz war ihm weiterhin nah. Er sah ihr Leben im Tandem vor sich, die Momente der Auseinandersetzungen und die der Gemeinsamkeiten: ewige Wortgefechte, Zoff ohne Ende, aber alles lief zwangsläufig immer wieder auf dasselbe hinaus, im Zeichen einer nicht auflösbaren gegenseitigen Abhängigkeit.

Mitten in der Nacht fiel Felice, den Kopf tief in das Kissen gegraben, wieder alles ein. Er erinnerte sich an die Jungs aus der Via Antesaecula, die ihn fertigmachen wollten und auf ihn einprügelten. Er war allein. Er hatte einem Mädchen nachgepfiffen, und sie waren auf ihn losgegangen. Vielleicht hatten sie ihn auch schon eine Weile im Visier gehabt, wegen seiner Sachen mit Oreste Spasiano. Sie kreisten ihn ein, beschimpften ihn, und dann fingen sie an, ihn herumzustoßen, der Auftakt zum Angriff.

Als er Oreste erzählte, was passiert war, sah er, wie sein Freund erst bleich wurde und dann rot, in Wut geriet und fluchte. Er schwor, dass »die Antesaecula« nicht ungeschoren davonkommen würden, dass sie zwar ihn – Felice – angegriffen, es in Wirklichkeit jedoch auf ihn – Oreste – abgesehen hatten und dass ihm, wenn er jetzt nicht entsprechend reagierte, nicht nur ein echter Spaß entginge, nein, er würde damit auch das Gesicht verlieren.

Unter einem Vorwand lockte er ein paar der Jungs in einen Hinterhalt und schlug sie brutal zusammen. Er erlaubte Felice nicht, sich an der Begleichung der Rechnung zu beteiligen. Feli', ich bin dein Waffenarm, dein Leibwächter. So etwas überlässt du mir. Benimm dich wie ein Hauptmann.

Unvergessliche Worte. Felices Kissen war schweißnass: Wann werde ich jemals wieder einen solchen Freund treffen? Und wo?

In Beirut? In Afrika? Vielleicht sollte er seinem Zwillingsbruder trotz der Ermahnung des Onkels, mit niemandem über irgendwelche Pläne zu sprechen, ehrlich die Wahrheit sagen: Ore', ich gehe weg. Dorthin, wo ich mir ein neues Leben aufbauen kann. Warum kommst du nicht mit?

Ich verlasse für einen Moment Felice Lascos Erinnerungen und seine wirren Gedanken, um kurz auf den Hinterhalt und die Szene seines Todes zurückzukommen, Ausgangspunkt dieser Erzählung. Auch die Kunst des Vermutens hat ihre Berechtigung in einer Chronik wie dieser. Ich bin Arzt, meine Neugier ist legitim. Zögerte Oreste, bevor er abdrückte? Länger? Kürzer?

    Felice kommt immer näher. Er geht mit schnellen Schritten, den Kopf nach vorn gebeugt, beide Hände in den Taschen der dicken Jacke. Er wirkt jung, trotz seiner sechzig Jahre.

    Oreste Spasiano kann ihn nicht schonen. Er würde gern, aber er kann es nicht. Bestimmten Befehlen muss man gehorchen. Im Schatten verborgen, wartet er auf ihn, fest entschlossen. Felice Lasco muss sterben. Durch seine Hand. Er hätte jemanden aus seiner Gang mit dem Mord beauftragen können (ein Boss hat immer einen Killer zur Hand), aber er hat den Gedanken verworfen, ohne ihm Zeit zu geben, sich auch nur ansatzweise in seinem Kopf niederzulassen. Es handelt sich um eine Rechnung, die er persönlich begleichen muss. Es betrifft ihn zu direkt, um es zu delegieren. Oreste muss Felice töten. Punkt. Dies will das Schicksal, und Oreste glaubt fest an das Schicksal. Es ist sein despotischer Gott. Alles, was er tut, jede Bewegung, ist bereits von irgendetwas festgeschrieben.

    Oreste kann gut mit der Pistole umgehen. Er macht oft Schießübungen. Er wird sein Ziel nicht verfehlen. Es ist so weit. Er fühlt sich beklommen, aber seine Hand zittert nicht. Der Schuss erzeugt ein Geräusch wie ein großer Ast, den der Wind rüttelt, ein heiseres Krachen. Felice bricht vor einer Mülltonne zusammen. Oreste erstickt so etwas wie einen Seufzer, dann sieht er, wie sich der Körper des Freundes am Boden krümmt und begreift, dass seine »Mission« noch nicht zu Ende ist. Mit kleinen Schritten geht er auf Felice zu. Es ist ihm jetzt egal, ob der Schuss jemanden aufgeschreckt hat, ob jemand ihn aus diesem oder jenem Fenster sehen könnte. Er fürchtet sich vor nichts mehr. In seinem Inneren wirkt nur noch die Kraft seiner Motive. Für ihn war Felice seit Jahrzehnten tot. Er hätte nicht wiederkehren dürfen. Als Fremder. Die Toten dürfen nie wiederkehren. Und wenn, dann dürfen sie ihren Aufenthalt nicht unzumutbar lang ausdehnen. Felice (von wo auch immer er gekommen sein mochte) hat seinen Aufbruch permanent aufgeschoben, sich grundlos im Viertel aufgehalten. Oder nur aus dem einzigen Grund, ihn, Oreste, einzuschüchtern, zu provozieren, zappeln zu lassen, zu erpressen.

Als Jungs waren sie Freunde gewesen, unzertrennlich. Aber keine Beziehung zwischen Gleichen, da er, Oreste, von einem bestimmten Moment an das Spiel geleitet, Felice wie ein Vater beschützt, ihn vor den Hyänen verteidigt und ihm unentwegt all seinen Mut eingetrichtert hat, den der Arme selbst ja nicht besaß.

Anfangs hatte er Felices stummer Flucht und seinem kontinuierlichen Schweigen keine feindselige Bedeutung beigemessen. Nach dem, was passiert war, kam es ihm sogar verständlich vor, gerechtfertigt. Mit den Jahren hatte sich seine Perspektive aber verändert. Und schließlich entdeckte er in jenem Schweigen das Zeichen für Verrat. Er fühlte sich in seinem Stolz verletzt, erlebte Felices Fernbleiben wie eine Anklage, eine Verurteilung, eine Schuldzuweisung. Von da an verwandelte sich nicht nur Felice, sondern jeder Mensch, der mit ihm in Verbindung gebracht werden konnte (seine Mutter beispielsweise) in eine Zielscheibe, in ein Objekt von Hass und möglicher Vergeltung.

Es spielt keine Rolle, ob dieses Szenarium, so, wie ich es beschrieben habe, der Realität entspricht oder nicht. Real oder imaginär, es gibt einer Obsession Gestalt, die Felice Lascos Leben vom

Tag seiner Flucht aus Italien an über lange Zeit (wenn nicht für immer) begleiten sollte: Orestes Hass, Orestes Verachtung, Orestes Furcht, dass er, Felice, ihn früher oder später wegen des Mordes an Gennaro Costagliola denunzieren könnte.

Es packte Felice in den ungeahntesten Momenten, auf der Straße, im Bus, während er verträumt ein hell erleuchtetes Schaufenster betrachtete. Auf einmal drang das Messer des Hasses – Orestes Hass – in seine Brust, verursachte Beklemmung, Schuldgefühle, Beirut begann, sich um ihn zu drehen. Meist erholte er sich rasch wieder, aber Orestes verächtliches Lachen verfolgte ihn noch eine ganze Zeit.

Zu jung, um von der Firma regulär eingestellt zu werden, arbeitete er an der Seite des Onkels als dessen persönlicher Assistent, wobei er die Freiheit genoss, stundenlang durch die Stadt zu laufen und eine Welt zu entdecken, deren Existenz er nicht einmal geahnt hatte. Fern von der Heimatstadt, in einer durch und durch anderen Welt, erfüllte ihn dieses übersprudelnde »Gegenneapel« mit Staunen. Er bewegte sich vorsichtig (wegen der Ermahnungen seines Onkels, aber nicht nur), ohne dass es seiner unendlichen Neugier Abbruch getan hätte, bereit, sich unter alle erdenklichen Menschen zu mischen, obwohl er kein einziges Wort von dem verstand, was sie sagten. Er war fasziniert von ihren großen feuchten Augen, besonders von denen der Frauen.

Costantino Sorgente war nicht verheiratet. Er hatte Neapel sehr jung verlassen, hatte sich von einer großen, zwischen Afrika und dem Nahen Osten tätigen Gesellschaft als Arbeiter anwerben lassen. Seine Intelligenz, sein unerschütterlicher Charakter und sein Ehrgeiz sollten ihm zu einem raschen Aufstieg verhelfen. Schließlich überwachte er als Vertrauensmann des Unternehmens die Installation der Betriebsanlagen auf den Baustellen, die im Zuge von Ausschreibungen und nach Abschluss neuer Verträge eröffnet wurden.

Felices Auftauchen in Sorgentes ganz aus fester Ordnung und Arbeit bestehendes Junggesellenleben erwies sich, anders als erwartet, nicht als traumatisches Ereignis. Costantino Sorgente erlebte es vielmehr wie eine glückliche Vervollständigung seiner unvollkommenen Existenz. Jetzt konnte sein Gehirn neben den Gedanken an die Arbeit auch solche produzieren, die mit der väterlichen Rolle zu tun hatten, in die er unverhofft geraten war.

Die Wohnung, in der er lebte, war klein, aber von seiner Firma erst vor Kurzem renoviert worden: hochwertige Keramik, Parkett, glatter Putz mit marmorierter Oberfläche und einigen Stuckarbeiten, passend zum orientalischen Charakter des Gebäudes, was Felice mit Bewunderung erfüllte und sein Gefühl des Bruchs mit der Vergangenheit, seine Wahrnehmung der Veränderung in seinem Leben erheblich steigerte.

Damals galt der Libanon als die Schweiz des Nahen Ostens. Beirut war eine Stadt, in der sich unerhörte Reichtümer konzentrierten, praktisch die Hauptstadt der arabischen Finanzwelt, und nicht nur dieser. Es gab keinen vermögenden oder einflussreichen Menschen, der nicht dort verkehrte, angezogen von ihrem Glamour, ihrem Rummel, ihren Frauen, ihrem Meer, ihrer Opulenz, ihrer Fähigkeit, sämtliche Unterschiede dieser Welt in Einklang zu bringen: religiöse, politische, ethnische. Es gab Arglose, die sie als universelles Modell betrachteten, den Ort jedweder Toleranz. Sie hätten nie geargwöhnt, dass dieses prachtvolle Spielzeug nur kurze Zeit später in tausend Stücke zerbrechen und der Libanon von einer Serie blutiger Konflikte zerrissen werden würde, bis er sich in einen materiellen und politischen Trümmerhaufen verwandelt hatte. Eine Kreuzung von Zwist und unversöhnlichem Hass zwischen den unzähligen Seelen nahöstlicher Intoleranz.

Als Felice nach Beirut kam, befand sich die Stadt jedoch noch ahnungslos auf dem Höhepunkt des Überschwangs. Was man mit der Luft einatmete. Was in den Augen der Menschen funkelte. Was an den von Badenden überfüllten Stränden, auf den bevölkerten Straßen, in den gedrängt vollen Basaren zu beobachten war: Ein Strom mit ansteckender Wirkung, dem Felice sich nur zu gerne überlassen hätte, wenn das zweite Ich, das in ihm schwärte, ihm die Freude nicht jedes Mal verdorben hätte. Es erinnerte ihn daran, wer er war, woher er kam, was ihn zur Flucht getrieben hatte. Es konfrontierte ihn mit den Gefahren, die ihm drohten, solange die Ermittlungen zum Mordfall Costagliola weiterliefen.

Nach den ersten Erkundungen und dem damit verbundenen Staunen schottete er sich immer mehr ab und verbrachte die freien Stunden zu Hause. Als wollte er sich für die flüchtigen Ablenkungen bestrafen, die er sich gegönnt hatte, für die wenigen Momente des Abstands von dieser Crux, mit der er, so schien es ihm, für alle Ewigkeit würde leben müssen, in einem Zustand resignierter Unterwerfung. Diese Crux bestand aus einem Knäuel von Fäden, die immer zum selben Punkt führten: Costagliola ausgestreckt auf dem Bett, der eine Arm in Richtung Nachttisch, Costagliola mit dem Loch im Gesicht, dem grässlichen schwarzroten Loch, die Augen aufgerissen, der Mund weit offen. Wollte all dies heißen, dass Oreste ein Monstrum war? Armer Oreste! Er hatte die Fassung verloren. Zweimal versuchte Felice, ihm einen Brief zu schreiben. Beide Male gab er auf, nachdem er lange einfach auf das Blatt gestarrt hatte, wie hypnotisiert von der Makellosigkeit des Papiers, ohne dass es ihm gelingen wollte, auch nur ein einziges Wort niederzuschreiben. Schließlich beruhigte er sich mit dem Gedanken, dass er nie mehr nach Italien, nach Neapel, in die Sanità zurückkehren würde. Er würde Oreste nie wiedersehen. Weshalb sollte er ihm also schreiben?

14.

Felice Lasco enttäuschte unsere Neugier – meine und vor allem die von Don Luigi Rega – auch nicht, was den neuralgischen Punkt seiner Geschichte betraf: Wie wird man ein anderer. Wie verändert man sein Leben im Laufe von fünfundvierzig Jahren voller Abenteuer und Wanderschaft (vom Libanon nach Ägypten, vom Kongo nach Botswana, von Nigeria nach Libyen). Wie verlernt man seine Muttersprache, da man sie mit einer anderen Sprache, mit vielen anderen Sprachen durchmischt. Wie verblassen die Erinnerungen an die eigene stürmische Jugend, ohne sich ganz zu verlieren, sondern als vages Unbehagen, als unbestimmte Melancholie zu überdauern. Oder nachts, wenn Dunkelheit, Schweiß und Unbewusstes Gestalten und Geräusche erfinden, die scheinbar nichts mit der Wirklichkeit zu tun haben: eine tote Maus, auf die Felice gequälter, angeekelter Blick fällt, während sie nach und nach das Aussehen des armen Costagliola annimmt, oder eine Schlange, die sich am Bettpfosten emporwindet und versucht, sich unter die Decke zu schlängeln, wo Felice sich verzweifelt zusammenkrümmt, um ihrem Biss zu entgehen.

Mit achtzehn erhielt er einen ordentlichen Arbeitsvertrag in der Firma seines Onkels. Er erwarb sich das Wohlwollen aller. Er war pünktlich und immer zur Stelle. Er enttäuschte nie. Er war aufmerksam, schweigsam, schnell. Außerdem sah er gut aus: hochgewachsen, dunkel, athletischer Körperbau, die feinen Gesichtszüge seiner Mutter, mit der er eine frappierende Ähnlichkeit besaß. Ab und zu schrieb Onkel Tino ihr, und Felice setzte seinen Namen unter den Brief: eine Unterschrift, mehr nicht, kein Wort, kein Gruß, keine Frage. Aber die Mutter beklagte sich nicht: Sie wusste, dass alles, was er sagen wollte, in dieser Unterschrift steckte, so war er, ein introvertierter Junge, der mit seinen Gefühlen geizte.

Onkel und Neffe hatten sich angewöhnt, hin und wieder ins Theater oder ins Kino zu gehen. Wegen der Sprache, besonders wegen des Englischen, dem er nicht folgen konnte, hielt sich Felices Begeisterung meist in Grenzen. Viel besser sah es aus, wenn die Aufführung oder der Film in Französisch waren. Französisch war für ihn zur Sprache der Liebe geworden. Am Ramiet Al Bayda Strand vor der Avenue de Paris hatte er ein französisch-ägyptisches Mädchen kennengelernt, Arlette, die eine Ausbildung zur Krankenschwester machte. Es war nur ein kurzer Spaziergang gewesen, aber er hatte sich sofort glühend in sie verliebt. Und ihr ging es nicht anders. Seitdem lernte Felice mit einer solchen Hingabe Französisch, dass der Onkel Verdacht schöpfte.

Du bist verknallt, sagte er ihm eines Abends. Felice wurde rot. Er stotterte. Wie kommst du darauf?

Ich weiß es natürlich nicht, aber ich ahne es. Arlette, nicht wahr?

Felice errötete abermals.

Wer hat dir das gesagt?

Du selbst.

Wann?

Gerade eben. Ich habe den Namen gelesen. Auf dem Umschlag eines deiner Bücher. Siehst du? Das da. Und, sag mir mal: Ist Arlette wirklich so hübsch?

So verschlossen, wie er von Natur aus auch war, gegenüber seinem Onkel war Felice immer bereit, sich zu öffnen: Costantino Sorgente war zu seinem zweiten Gewissen geworden, eine Art von kommunizierendem Gefäß, das nach physikalischen Gesetzmäßigkeiten einen entsprechenden Teil vom Inhalt des Zwillingsgefäßes in sich aufnimmt. Arlettes Vater, ein Südfranzose aus der Gegend von Marseille, hatte lange als Fahrer und Mechaniker bei der französischen Botschaft in Kairo gearbeitet und dort eine junge Ägypterin geheiratet. Ihr erstes Kind, ein Sohn, Stéphane, war als Dreijähriger gestorben. Dann kam Arlette zur Welt. Jetzt lebte die Familie in Beirut, wo Arlettes Vater eine Autowerkstatt betrieb, die ausgezeichnet lief. Arlette selbst war eine spontane junge Frau, die wusste, was sie wollte. Im Augenblick war sie dabei, ihr Diplom als Krankenschwester zu machen. Aber sie träumte von mehr: Sie wollte Ärztin werden, auch wenn ihr bewusst war, wie viele Hindernisse sie dafür überwinden müsste.

Felice träumte nicht von Titeln. Er arbeitete passioniert und betrachtete das Gefühl der Befriedigung, mit dem er den Tag auf der Baustelle beendete, nachdem er schon die Aufgaben für den nächsten Tag geplant hatte, als höchsten Lohn für jedes seiner Opfer. Er hatte gelernt, das, was er tat, mit Leben zu erfüllen, es als etwas Entstehendes zu begreifen, das seines permanenten Einsatzes bedurfte. Er war stolz auf die Funktion, die er erfüllte, stolz darauf, gebraucht zu werden, nützlich zu sein. Zweifellos, vermutlich unbewusst, imitierte er den Onkel, versuchte, seinen Lebensentwurf zu übernehmen, seinen Stil, was er als etwas ganz Natürliches empfand, auch wegen ihrer charakterlichen Nähe. Nicht, dass sie einander ähnlich gewesen wären wie ein Ei dem anderen. Felice war introvertierter, nicht so heiter, unzugänglicher, ihm fehlten die Großzügigkeit und der Elan des Onkels. Im Unterschied zu Costantino Sorgente hatte er aber Geschmack an der Literatur gefunden, und das nicht nur, weil Arlette ihn dazu motivierte. Er hatte wirklich eine echte persönliche Neigung entdeckt.

Drei Jahre nach seiner Flucht aus Neapel sprach er mit dem Onkel immer noch vorwiegend im Dialekt. In Wahrheit handelte es sich um einen schwer definierbaren Jargon, zusammengesetzt aus den Überbleibseln einer Sprache, die sich mehr und mehr auflöste, durchmischt mit Wörtern aus anderen, ebenfalls deformierten Sprachen. Ich bin, wie ich spreche, sagte er, nicht ohne Bitterkeit. Er fühlte sich wie ein Mensch ohne eigene Sprache, gezwungen, hier und dort Wörter zu stehlen, um sich verständlich zu machen.

Die Vergangenheit verschwamm. Die Gegenwart machte den Eindruck, als würde sie zu ihm weiterhin auf Distanz gehen. Er watete durch Untiefen und fragte sich, ob und wann sich das »Wunder«

wohl einstellen würde: von so nach so zu wechseln, ein anderer zu werden. Wie seltsam, mein Name! Felice, der Glückliche. Ich bin beileibe nicht glücklich, sagte er sich oft.

Nein, als glücklich konnte er sich wirklich nicht bezeichnen, auch wenn Costagliolas Gesicht immer seltener in seine Träume einbrach und die Erinnerung an Oreste, wenn sie ihn überfiel, meist mit einem Gefühl der Verwunderung einherging, als handele es sich um eine Filmszene, von der man meint, sie schon einmal gesehen zu haben, ohne genau sagen zu können, wo und wann. Von Zeit zu Zeit überfiel ihn eine unbestimmte Nostalgie, und er machte sich Vorwürfe, Oreste niemals einen Brief, eine Nachricht, eine simple Postkarte geschrieben zu haben. Vielleicht hatte Oreste ihn vergessen. Vielleicht hasste er ihn, hatte eine Heidenwut auf ihn: Feli', du bist ein Miststück, ein Haufen Scheiße, ein Verräter, ein Feigling, ein Garnichts. Wenn du wiederkommst, bring ich dich um. Ich mach dich fertig wie Costagliola …

Manchmal musste ich Felice Lascos sprudelnde Erinnerungen eindämmen. Er beschränkte sich nicht auf Zusammenfassungen, er liebte es, sich in Einzelheiten zu verlieren, Netze aus Fakten zu spinnen, Namen von Orten und Personen aneinanderzureihen. In Ordnung, sagte er zuweilen, wenn er in meinem Gesicht Spuren von Ermüdung oder Ungeduld wahrnahm. Manchmal verliere ich mich in einer Flut aus Gerede.

Padre Rega ließ übrigens keine Gelegenheit aus, um Felices gefühlsbetonte Ader zu kitzeln und ihm immer neue Einzelheiten seiner Metamorphose zu entlocken. Wobei es vor allem darum ging, die Momente zu benennen, in denen er einen korrigierenden Impuls in sich verspürt hatte, der nicht nur seinen Charakter betraf, sondern seine Menschlichkeit. Don Luigi peinigte ihn mit Fragen, wobei ich annehme, dass er hypothetisch eine Parallele zu dem einen oder anderen Jungen seiner Herde zog, für den er sich eine ähnlich geartete existenzielle Wandlung erträumte. Aber ja, bestätigte Felice. Ich war der Eine und bin dann ein Anderer geworden. Was ich dem Nahen

Osten, Afrika, der Arbeit, Costantino Sorgente und wer weiß wie vielen anderen Erfahrungen verdanke: der Liebe und den unzähligen Büchern, die ich gelesen habe, beispielsweise. Man kann unmöglich erzählen, was sich im Bewusstsein eines Jungen ereignet, den es urplötzlich auf einen anderen Kontinent verschlägt, und der gezwungen ist, seine alten Gewissheiten durch den Kontakt mit einer völlig unbekannten Welt über Bord zu werfen.

Im Laufe der Zeit verblassten Felices Erinnerungen an die Vergangenheit. Nur einige wenige blieben bestehen, vor allem die an die Wohnung, in der er zur Welt gekommen und aufgewachsen war. Es wollte ihm nicht gelingen, sie zu vergessen. Im Gegenteil. Je mehr er sich bemühte, sie in Nebel zu hüllen, desto deutlicher und eindringlicher tauchte sie vor ihm auf, jeder Raum, jedes Detail: das Bett, der Tisch, das Fenster, der große Fleck auf der Wand hinter dem Bett, wegen der Feuchtigkeit. Ich musste immer an eine nackte Frau denken, sagte er, eine Frau mit großen Brüsten.

Afrika und der Nahe Osten sind riesige Gebiete, und ich fahre sie ab. Aber wer ist der Mensch, der dort unterwegs ist?

Es gab einen Moment, in dem ich mich für ein Gespenst gehalten habe. Nicht zu Anfang. Es mochten schon zwanzig Jahre vergangen sein. Ich war in Botswana. Ich hatte das Gefühl, in Wirklichkeit kein Mensch zu sein, sondern irgendetwas anderes. Unmöglich zu bestimmen. Jedenfalls kein wirklich menschliches Wesen.

Onkel Tino gelang es, Felice durch seine reine physische Präsenz und ohne, dass der es bemerkte, zu sich selbst finden zu lassen. Er brachte immer wieder alles ins Lot, dieser Baum von einem Mann, prädestiniert für die Rettung anderer, vorausgesetzt man würde mit einer Bestimmung zur Welt kommen. Aber all das ereignete sich sehr viel später, im fernen Botswana, von dem bald die Rede sein soll, da Felice Lasco, wie er uns sagte, dort eines der wichtigsten Erlebnisse seines Lebens hatte.

15.

Einerseits hing Padre Rega an Felice Lascos Lippen, überzeugt von der heilenden Kraft der Reise, der Erfahrungen in der Fremde (er empfahl den Jugendlichen des Monacone einen ähnlichen Aufbruch, er drängte sie regelrecht dazu). Je mehr Felice uns aber mit den Einzelheiten seines Lebens, das auch eines auf der Flucht war, überschüttete, desto mehr wuchs Regas Sorge wegen der Gefahren, denen er sich durch seine hemmungslose, überstürzte, zur Unbesonnenheit neigende Art aussetzte. Eines Tages forderte er ihn daher auf, ihn bei seiner Runde durch den Rione zu begleiten. Alle sollten sehen, wie nahe sie sich standen: Oreste Spasiano sollte erfahren, dass Felice Lasco sich nicht in einem Vakuum befand, sondern dass hinter ihm eine Gemeinschaft stand, die der Polizei im Fall eines »Unglücks« augenblicklich von dem, was ihr anvertraut worden war, berichten würde.

Sie unternahmen also eine Tour durch die Eingeweide der Sanità (von der ich später in Einzelheiten unterrichtet wurde), suchten alle möglichen Gebäude, Behausungen und Geschäfte auf und unterhielten sich mit Männern, Frauen und feurig blickenden Jugendlichen. Felice hielt sich dabei im Hintergrund und schwieg. Ihm war bewusst, dass die Neugier aller sich in dem Moment, wo Padre Rega ihn als einen Mann vorstellen würde, der aus dem Nichts gekommen war, und bei dem es sich doch um einen echten Sohn des Viertels handelte, augenblicklich auf ihn konzentrieren würde: welch ein verrücktes Leben, ein Abenteuer nach dem anderen.

Gemeinsam – wenn möglich Seite an Seite, wenn nicht, einer hinter dem anderen – fuhren sie die Via Sanità entlang, diese wütende, von Krämpfen geschüttelte Schlange, mit quietschenden Reifen, Wind in den Haaren (vergiss ihn, den Helm). In der Vergini stoppten sie bei einem Obsthändler, der seine bunte Ware unter einem großen Sonnenschirm feilbot, mitten auf der Straße. Padre Rega sprach lange mit dem Mann, dessen Blick Felice, der in einigem Abstand verlegen, scheinbar geistesabwesend wartete, hin und wieder flüchtig streifte – wie das plötzliche Aufblitzen eines Messers, keine Spur von Wohlwollen. Der Mann hatte die Statur eines Bodybuilders, lächelte nie und reckte energisch das Kinn, obwohl er Padre Rega, der leise, ernst, fast drohend auf ihn einredete, konzentriert zuzuhören schien. Wie weitgespannt das Beziehungsnetz des Priesters in diesem Viertel war, ging es Lasco durch den Kopf: weitgespannt und vielfältig, mit all den verstreuten Bezugspunkten. Einen Augenblick lang misstraute er den beiden dort im goldenen Licht des späten Nachmittags. Ohne Kutte (wann trug er sie überhaupt?), robust, nachlässig gekleidet, hätte man Padre Rega mit seinem willensstarken Ausdruck und seinem eindringlichen Gebaren für alles andere als einen Geistlichen gehalten.

Hatte er es darauf angelegt, sich zu verkleiden? Machte es ihm Spaß, als jemand zu erscheinen, der er nicht war? Felice stellte sich diese Frage und beantwortete sie mit ja, dieses Spiel musste dem Priester gefallen, überzeugt wie er war, dass es sich in einer Welt der Gewalt mitunter empfiehlt, selbst als Wolf zu erscheinen.

Schließlich drückte der Obsthändler Don Luigi fest die Hand und schüttelte sie mehrmals, als hätten sie beide einen feierlichen Pakt geschlossen. Er warf einen letzten Blick auf Felice, zwar ebenso flüchtig und verstohlen wie zuvor, aber entschieden freundlicher, beinahe beschützend.

Padre Rega bog in die Via dei Cristallini, und Lasco folgte ihm leicht verdrossen: Warum sagte der Priester keinen Ton? Warum setzte er seinen Weg fort, als wäre er allein? Warum hatte sich seine normalerweise aufmunternde Miene von einem gewissen Moment an in Besorgnis verwandelt?

Sie stellten die Maschinen ab und gingen zu Fuß weiter, schweigsam, immer langsamer, fast vorsichtig. Nach hundert Metern, vielleicht auch etwas mehr, verengt sich die Via Cristallini plötzlich, wird zu einer schmalen Gasse, vollgestopft mit Vergangenheit. Felice kam ein Satz in den Sinn, den Padre Rega häufig wiederholte. Er fand ihn ebenso faszinierend wie erstaunlich, daher hatte er ihn sich gemerkt: »Einer der größten Reichtümer, die wir besitzen, ist die Vergangenheit, auf die wir unseren Blick so oft wie möglich richten sollten.«

Was bewog ihn zu diesen Worten in einem Viertel, wo die Vergangenheit vor allem die Gestalt von Leid und Unruhe besaß? Felice sah sich um. Er kannte diesen Ort besser als jeden anderen. Er war sich gleich geblieben, so als hätte es die letzten fünfundvierzig Jahre nicht gegeben: schwarzfleckige Mauern, die Dramen und eine endlose Misere verbargen – oder es zumindest versuchten. Und doch … wie sich die unwiderstehliche Faszination erklären, den dieser Strudel aus Straßen zwischen dem Vico Centrogradi und der Piazzetta dei Tronari auf ihn ausübte, sodass er zu einem Ort seiner Seele geworden war? Der Tuffstein ist nackt, große Höhlen öffnen sich, führen in eine beispiellose unterirdische Welt. Ärmliche Gebäude machen den Eindruck, als klebten sie direkt am Stein, ein atemberaubendes Geflecht aus Altem und Gegenwärtigem, aus Traum und Realität.

Lasco, tief bewegt, wusste nicht, wohin er zuerst schauen sollte. Bollwerke mit breiten Arkaden stützten die Konstruktionen auf dem Tuffsteingrat. Vom ganzen Gelände ging etwas Magisches aus: in die Arkaden hineingerammte, an die Grotten gedrängte Wohnräume, eingekeilt in Schluchten, zwischen steilen Stufen, waghalsigen Hängeböden, aller Wahrscheinlichkeit nach das Werk derselben Bergarbeiter, die im Laufe der Jahrhunderte aus dem Bauch von Capodimonte den Stein herausschlugen, mit dem die chaotische Metropole namens Neapel erbaut worden war. Und dazu ganz unerwartet Gärten und grüne, von überbordenden Bougainvilleen gesäumte Terrassen. Lag Schmerz in solch einer chaotischen Schönheit? Und wie! Der Schmerz der Mühsal und der Not. Lasco nahm ihn mit allen Sinnen wahr, verbunden mit der Erinnerung an lang zurückliegende Erfahrungen. Aber es war ein Schmerz, der diese Schönheit um nichts schmälerte, sondern sie nur noch steigerte, bis zum quälenden Verlangen. Er sah kein Entrinnen mehr. Alles hatte sich verschworen, damit er zurückkehrte, um hier, wo er geboren war, zu leben und eines Tages auch zu sterben.

Unterdessen schritt Padre Rega unverdrossen auf dem steilen Hang voran. Don Luigi, wohin gehen wir denn?

Der Priester antwortete nicht, und Felice sank wieder in seine Gedanken. Wie lange er dort gefangen blieb? Nur kurz, soweit er sich erinnerte, zwei drei Minuten. Dann hielt er unvermittelt an, drehte sich ruckartig um. Die kleine Straße lag verlassen, rosig im abendlichen Schatten, kein neugieriger Blick drang durch die leicht angelehnten Läden der gegenüberliegenden Fenster. Und doch hatte er es gehört, das Wort: ein Flüstern, ein Zischen, wie das Geschoss einer Schleuder.

Ich bin kein Schuft, sagte er leise zu sich selbst, eher niedergeschlagen als wütend. Er schaute sich noch einmal um: War es möglich, dass dieses Wort von niemandem ausgesprochen worden war, dass es sich direkt vom Grund seines verstörten Gewissens gelöst hatte?

Er rief nach Padre Rega, um sich Mut zu machen, bat ihn, auf ihn zu warten, doch der setzte seinen Weg unbeirrt fort. Nicht zum ersten Mal, seit er nach Italien zurückgekehrt war, fühlte Felice sich von Oreste Spasiano beschattet. Vielleicht folgte er ihm auch jetzt, hielt sich wie immer versteckt. Sie waren sich bislang nicht begegnet. Außer in seiner Fantasie. Unzählige Male hatten sie sich da schon gegenübergestanden, sich kalt in die Augen geblickt.

Als er Padre Rega schließlich eingeholt hatte, war Felice wieder gelassen genug, um die unwegsame Strecke als »meinen blühenden Kalvarienberg« zu bezeichnen, wohin er sich eines Tages zurückziehen, wo er später einmal wohnen würde.

Sie machten bei einigen von Gärten umgebenen Häusern halt. Padre Rega stellte Felice Lasco aus wie ein Museumsstück: Er steht unter meinem Schutz, wehe dem, der ihm ein Haar krümmt, sagt das weiter ...

Die Häuser waren zwar recht baufällig, dafür aber traumhaft gelegen, umringt von üppigem verwildertem Grün. Das ausgedehnte Gebiet unterhalb von Capodimonte war zum größten Teil von Bauspekulationen verschont geblieben – sie konzentrierten sich eher auf den Vomero im Westen und auf den Osthang der Ponti Rossi –, und hatte unbeschadet von der Betonpest in seiner alten Substanz überlebt. Ein krippenähnliches Gebilde, das sich für ein wahrhaft exemplarisches Sanierungsprojekt anbot. Von der Via Fonseca bis zur Via Vita, von der Via Lammatari bis zur Via dei Cristallini erstrecken sich immer noch zahlreiche Gärten, alle unbebaut, Teile eines »uralten, tausendjährigen« urbanen Systems, »das der Zeit getrotzt hat ...«.

Es war bereits ziemlich spät, als sie zur Endstation ihres merkwürdigen Pilgergangs gelangten: Padre Rega wollte ihn im Haus der Eltern von Adele, einem seiner Schützlinge, beschließen. Wie er zähle auch ich zu Adeles Verehrern. Ich habe sie heranwachsen sehen, ein Mädchen, das einer kleinen Wilden glich, einer von vielen zwischen Vergini, Antesaecula und Cristallini: rebellische Miene und entschlossenes Auftreten. Dichte schwarze Haare, zierlich, nervös, mit einer vitalen Energie, die von ihrer ganzen Person ausstrahlt, vor allem aber von ihrem magnetischen Blick, der zu einer entwaffnenden Direktheit imstande ist. Padre Rega betrachtete sich in gewisser Weise als Förderer dieses begabten Mädchens. Adele, mit ihrem Abschluss in Kunstgeschichte, war eine der Blüten in seinem Knopfloch. Er sagte das nicht, dachte es aber. Berechtigterweise, denn mir ist sein Einfluss, durch den er sie in ihrem Ehrgeiz bestärkte und in Momenten der Unsicherheit unterstützte, sehr wohl bewusst. Aber es gibt einige vergleichbare »Blüten«, die Padre Regas Brust zieren: Immer mehr und immer unterschiedlichere Jugendliche kommen zu ihm, auf der Suche nach einer Hoffnung.

Aus welchem Grund er Felice Lasco den Eltern von Adele vorstellen wollte, lag auf der Hand: ihre komplexen familiären Beziehungen. Adeles Mutter hat zehn Geschwister, der Vater fünf. Sie alle sind verheiratet, haben Kinder und Enkel, ein Clan, eine Gemeinschaft innerhalb der Gemeinschaft des Rione.

Sie trafen kurz vor dem Abendessen ein. Vierter Stock, schmale Treppen, hohe Stufen, eine gute körperliche Übung. Als Belohnung allerlei Düfte: in jedem Stockwerk der spezielle Geruch einer Hülsenfrucht, ein Gewürz, ein aromatischer Reiz. Ihnen lief das Wasser im Mund zusammen.

Trotzdem lehnte Padre Rega die Einladung der Freunde, sich zu ihnen an den Tisch zu setzen, zunächst dankend ab. Angeregt durch das Gespräch, aber wahrscheinlich dann doch vom Hunger getrieben, gab er am Ende nach.

Sie aßen Pastasciutta, die Tomatensauce dunkelrot, in reichlicher Menge von der Hausherrin zubereitet. Sie tranken guten Rotwein. Sie erzählten, was es zu erzählen galt, sehr ausführlich und mit einem entscheidenden Unterschied zu den vorherigen Begegnungen: Hier war es weniger Padre Rega, der das Knäuel entwirrte, als Felice Lasco selbst, getrieben von einem seiner sprichwörtlichen emotionalen Anfälle, was zu endlosen, zwischen Traum und Wirklichkeit oszillierenden Geschichten führte. Adeles Familie war überwältigt. Alle hörten ihm mit offenem Mund und sichtlich ergriffen zu. Die Spannung erreichte einen nahezu pathetischen Moment, als Lasco unvermittelt bekannte, Oreste Spasiano mindestens einmal über den Weg gelaufen zu sein, ohne beschwören zu können, dass er es wirklich gewesen war. Vielleicht, vielleicht auch nicht. Übrigens genau in dieser Gegend, in der Via Antesaecula, vor etwa zwei Monaten, an einem späten Vormittag. Plötzlich hatten sie einander gegenüber gestanden. Er, Lasco, hatte gespürt, wie es ihm in der Brust brannte. Vielleicht war es dem anderen auch so gegangen. Jedenfalls war er zusammengefahren, schien für einen blitzartigen Moment die Orientierung verloren zu haben, war dann in schallendes Gelächter ausgebrochen, das andauerte, während er sich entfernte, gefolgt von ein paar Kumpanen, die ihre Zeit vertrödelten.

Und zum ersten Mal spielte Felice Lasco auf sein eigenes Ende an, vielleicht durch einen von Oreste Spasianos Killern, vielleicht direkt durch ihn. Es würde nachts geschehen, in einer abgelegenen Straße. Zwei Kugeln, mit Schalldämpfer: ein Schuss von Weitem, einer aus nächster Nähe, um ihn zu erledigen.

Aber warum hatte es Oreste Spasiano, die Kanaille, auf ihn abgesehen? Warum diese erbitterte Feindschaft? Eben, genau das wollte er hier erklären …

Vergebens versuchte Padre Rega, ihn zurückzuhalten, ihn daran zu hindern, die ganze Wahrheit zu offenbaren, die ihn das Leben kosten könnte, wenn er sie so ungeschützt und noch dazu voller Erregung in Umlauf setzte. Du redest zu viel! Du musst lernen, den Mund zu halten! Aber Lasco war nicht mehr zu bremsen. Eine obskure Kraft trieb ihn zur Beichte, über alle Grenzen hinweg, mit einer Intensität, die er selbst für unvernünftig hielt, die er aber nicht mehr kontrollieren konnte. Fast schluchzend gab er Costagliolas Namen preis, sprach von dem eingeschlagenen Schädel, erklärte sich für ebenso schuldig wie Spasiano, erzählte von seiner Flucht aus Italien und den Jahrzehnten der Sühne fern der Heimat.

Adele, ihre Eltern, ihre Geschwister ließen währenddessen keinen Blick von ihm. Und Lasco saß einfach da, mit seinen sanften himmelblauen Augen (etwas zu starr, das ja), aber ruhig und nach dem Ausbruch wieder Herr seiner selbst. Er sagte, es gäbe nur einen einzigen Weg, dem unvermeidlichen Hinterhalt – vielleicht – zu entgehen: so rasch wie möglich in sein afrikanisches Exil zurückzukehren, sich, kurz gesagt, selbst aus dem Verkehr zu ziehen.

Nur, dass es überhaupt nicht in seiner Absicht lag, zu fliehen. Wie auch, wo er doch gerade erst begonnen hatte, seine Wurzeln wiederzufinden? Jetzt, wo ihn mit jedem Tag eine immer tiefere Zärtlichkeit für seine Heimat erfüllte, wo er davon träumte, für immer und ewig hier zu bleiben. Besser, die Herausforderung anzunehmen. Vielleicht hatte sich Spasianos Herz doch nicht so verhärtet, dass er seinen Tod wollte ...

Es war schon mitten in der Nacht, als Padre Rega in die Hände schlug, um alle in die Realität zurückzurufen. Scheinbar gelassen (in seinem Inneren kochte er vor Wut) sagte er, dass Lasco immer mehr erzählte, als nötig, dass er wohl ein wenig die Kontrolle verloren hatte, ohne sich klarzumachen, mit seinen fantastischen Geschichten einem kleinen Boss des Viertels viel zu viel Bedeutung beizumessen. Einem kleinen Boss, keinem großen. Einem kleinen isolierten Gangster, den wirklich niemand zu fürchten brauchte.

16.

Padre Rega würde Felice Lasco, wenn er könnte, bestimmt unter dem Mikroskop analysieren: Er ist für ihn ein unschätzbarer Informationsquell über die Möglichkeiten der Mutation von Menschen, die irgendwann gezwungen wurden, das Band zu zerschneiden, das sie an ihre jahrtausendealte ethnische Besonderheit bindet. Don Luigi zufolge (und darin stimme ich mit ihm überein) sind wir im Moment unserer Geburt kein unbeschriebenes Blatt: In uns liegt die unendliche Geschichte unserer kleinen Welt, vom Höhlenzeitalter bis heute, ein unerschöpflicher Brunnen aus Glauben, Mythen, Aberglauben, Vorurteilen, mit denen es nicht einfach ist, umzugehen. Vor allem hier, in der Sanità, bei der es sich um eine Insel handelt, ein Ghetto, das seit Ewigkeiten ein separates, ganz eigenes Leben führt, abgekapselt gegen jeden frischen Wind. In der Einleitung der bereits zitierten Untersuchung *Die Eingeweide Neapels* wird die Sanità folgendermaßen charakterisiert: »… getrennt vom Außen, aber ohne Trennungen im Inneren, wo die üblichen Kategorien von Öffentlichkeit und Privatem nicht mehr gelten; wo Liebe und Hass, Leid und Freude, Leben und Tod sich pausenlos vom ›Basso‹ in die Gasse ergießen. Zweifellos gibt es Grenzbereiche, aber in manchen Fällen verschwimmt der Unterschied zwischen Irrenhaus und Wohngebiet bedenklich.«

Was soll man also mit den jungen Leuten machen, die immer zahlreicher an die Tür des Monacone klopfen? Wie kann man sie vor ihrer angeborenen Krankheit bewahren – dem engen Horizont, der sie mit eisernem Griff umklammert und sie erstickt, ohne dass sie es merken? Für Padre Rega kommt nur eines in Frage: Sie aus der heimatlichen Höhle herausstoßen, sie wegschicken, sie dazu bringen, andere Welten kennenzulernen, andere Gebräuche, andere Kulturen, um den verhängnisvollen Prozess der Selbstbezogenheit zu durchbrechen, in den das Ghetto seine Kinder seit ewig zwingt.

Bewaffnet mit dem Optimismus des Widerstandskämpfers, hat Don Luigi sich bislang keiner der Schwierigkeiten ergeben, die ihm auf seinem Weg als unermüdlicher Reformator entgegentraten, hat Schäflein seiner »Herde« allein oder in der Gruppe die unterschiedlichsten Exkursionen ermöglicht, um in ein Territorium, das keine Geschichte mehr schreibt, wo alles dem Kult der Vergangenheit unterliegt, frischen Wind zu bringen. Dabei musste er haufenweise Probleme überwinden – was ich weiß, da ich ihm von Anfang an zur Seite stand –, nicht nur von außen, sondern auch von innen. Wie man sich vorstellen kann, besteht die Gruppe seiner Rekruten aus den unterschiedlichsten Charakteren, einige davon wirklich schwierig, von familiären Problemen gezeichnet: der Vater gewalttätig, die Mutter Prostituierte, Drogengeschichten, Erpressung, Missbrauch. Don Luigi hat niemals nein gesagt, sich allen Herausforderungen gestellt. Manche Partie hat er verloren, aber die, die er gewonnen hat, lassen sich kaum zählen.

Der erste Schritt aus der schützenden Schale bestand in zeitlich begrenzten, räumlich nicht allzu weit entfernten Ausflügen. Schon bald begannen alle, Feuer zu fangen. Nicht ohne Rührung erzählt Padre Rega in einem Tagebuch, in das er mir Einblick gewährte, von »Nando, Lello, Enzo, Susi, Salvatore, Federica, Anna, Stefano, Marcella, Annalisa, Adele, Giuseppe, später dann Carlo, Leo ... Es wird mir nie gelingen, ihnen allen gerecht zu werden ...

Die Lunte, die den Enthusiasmus, die Kreativität und den Wunsch, zu sich selbst zu finden, in jedem einzelnen der jungen Leute entfacht hat, wurde immer durch einen Ausflug entzündet. Waren sie einmal losgegangen, kehrten sie verändert zurück. Unbekannte Orte zu erkunden, neuen Menschen zu begegnen, andere Kulturen kennenzulernen, zu verstehen, was sie mit der ihren zu tun haben, all das hat ihnen viel gegeben.

Ich sehe noch vor mir, wie die Jugendlichen zum ersten Mal alleine losgefahren sind. Ich drückte Salvatore den Schlüssel für den Kleinbus in die Hand, den uns die Stiftung ›Un Raggio di Luce‹ gespendet hatte. Salvatore ist ein umsichtiger Fahrer, der einzige, dem alle blind vertrauten. Die Route führte über die Côte d'Azur, Barcelona, Bilbao und den Mont Saint-Michel. Zum ersten Mal würden sie europäische Grenzen überqueren und sich dann in Paris mit einer anderen, von mir begleiteten Gruppe treffen. Das Staunen über die Entdeckungen, das Interesse für die Wurzeln der Leute, der Stolz, alleine klarzukommen, und das damit verbundene Selbstvertrauen brachten sie auf die Idee, ihre Erfahrungen in einem Tagebuch zu verewigen. Leider ist dann der Computer, den sie zum Schreiben nutzten, rettungslos abgestürzt.

Als wir angefangen haben, waren wir eine Handvoll Pioniere. Jetzt sind mehrere hundert junge Leute mit ganz unterschiedlichen Aufgaben in all die Aktivitäten eingebunden, die in der Sanità stattfinden, die dort geplant und vorbereitet werden. Und wie viele andere haben wir bisher noch nicht erreicht ...«

Padre Regas Vorstellung von der heilenden Kraft der Reise (Geht raus und werdet Menschen!) blieb im Laufe der Jahre ungetrübt. Kaum war Felice Lasco in seinen Dunstkreis geraten, wurde er verpflichtet, im Monacone über die Erfahrungen in seinem selbstgewählten afrikanischen Exil zu berichten: davon, wie man ein anderer wird, der nichts mit dem zu tun hat, der man früher war. Ein faszinierendes Thema, zumal die Rolle als Lehrer dem aus dem Nichts gekommenen Mann wie angegossen passte. Er sprach sehr überzeugend, wenn auch mit einer solchen Ruhe, dass er den Eindruck eines Schlafwandlers erweckte. Unterbrach ihn jemand mit einer sehr persönlichen, vielleicht sogar unangenehmen Frage, reagierte er nie fassungslos oder überrascht. Er antwortete immer in der gleichen konzentrierten Weise, fast glücklich, sich weit über das Nötige und Konventionelle hinaus zu entblößen.

Hast du nie geweint bei dem Gedanken an dein Haus, deine Mutter, die Freunde, die du verlassen hast, das Viertel?

Natürlich habe ich geweint. Immer wieder. Manchmal, vor allem am Anfang, habe ich sogar geweint, ohne es zu merken. Ich spürte, wie meine Wangen nass wurden, und fragte mich, was los war.

Hattest du eine Freundin?

Ja, hatte ich: halb Französin, halb Ägypterin.

Wer weiß, wie viele Frauen du hattest!

Ehrlich gesagt nur eine. Ich habe gleich die richtige gefunden, ich habe sie auch nie betrogen. Ich bin zur Treue geschaffen.

In welcher Sprache denkst du?

Meist in Französisch. Aber seit ich wieder in Italien bin, passiert es mir immer öfter, dass ich in meiner Muttersprache mit mir selber rede: in Neapolitanisch.

Aber du sprichst es nicht gut.

Ich weiß. Manchmal sage ich zu mir: Feli', du sprichst wirklich miserabel. Aber ich bin ein zäher Mensch. Ihr könnt mir glauben, dass ich immer besser werde. Früher oder später rede ich wieder so wie ihr, mit dem Bauch, nicht mit dem Kopf.

Als geborener Fabulierer füllten Felices autobiografische Erzählungen das Refektorium wie eine ruhige Musik, quasi im Hintergrund, ein Lamento, dem wir alle jedoch mit großer emotionaler Anteilnahme folgten. Felice war immer gesprächig, oft stellte er Fragen, wollte, dass auch die anderen offen von sich erzählten, so wie er es tat. Das meiste drehte sich um das Reisen.

Wer von euch hatte das Glück, als erster fortzugehen?

Schweigen.

Wer, Padre Rega?

Der Priester gab keine Antwort. Auch die anderen blieben stumm. Bis man ein leises Flüstern hörte.

Du?, fragte Felice Lasco neugierig. Der junge Mann schaute sich fragend um, als wollte er überprüfen, ob jemand anderes dieses Vorrecht für sich beanspruchte.

Ich heiße Lello, sagte er dann. Seine Stimme klang jetzt freimütig und bestimmt.

Aber nicht er erzählte seine Geschichte. Sondern Padre Rega. Er hatte Lello, wie er sagte, bereits früh kennengelernt: Er war erst höchstens zwei Jahre in der Sanità im Amt gewesen. Lello arbeitete in einem Geschäft für Reinigungsmittel: Er lieferte die Einkäufe nach Hause. Er fing morgens um acht an und machte abends um neun Schluss. Das bisschen Zeit, das ihm blieb, verbrachte er mit Freunden auf der Straße.

Eines Tages fragte ich ihn: Was willst du in deinem Leben machen? Er schaute mich verwirrt an, in seinen Augen blitzte aber doch ein Funken auf. Er antwortete mir ebenfalls mit einer Frage: Welche Chance habe ich denn? Die Verzweiflung, die in diesen fünf Wörtern lag, überrollte mich wie eine Sturzwelle. Ich schlug ihm vor, in die Pfarrei zu kommen. Vielleicht würden wir dort gemeinsam eine Lösung finden. Er kam noch am selben Abend. Ich erzählte ihm von den verschiedenen Initiativen, die liefen, und von den Bauvorhaben. Ich sagte ihm, dass es jede Menge Arbeit gäbe, aber wenig, manchmal sogar überhaupt kein Geld. Das war im Sommer 2003. Lello war erst vierzehn. Er verstand, dass er viel mehr arbeiten und viel weniger verdienen würde, aber er willigte sofort ein. Er wollte an die Sache glauben, er wollte auf nichts mehr warten. Über Nacht kündigte er bei dem Reinigungsmittelgeschäft und schloss sich unserer kleinen Gemeinschaft an, um unsere überzogenen Ambitionen zu teilen. Ein Enthusiast: kein einziger Moment von Misstrauen oder Müdigkeit. In diesen Jahren hat er bei den verschiedenen Kooperativen und Vereinen alle nur möglichen Tätigkeiten ausgeübt: Er hat als Schmied gearbeitet, als Maurer und Elektriker, im Service und als Gastwirt. Seinen Abschluss hat er an der Abendschule gemacht, zusätzlich noch eine Ausbildung als Guide durch die Katakomben. Schließlich – und das ist entscheidend – überschritt er als erster meiner Jungs die engen Grenzen vom Rione, von Neapel, und ging nach Malta, um Englisch zu lernen. Morgens besuchte er einen Sprachkurs, abends arbeitete er als Tellerwäscher. Und einmal dort, schuf er als guter Pionier die Bedingungen, um weiteren fünfzehn Jugendlichen einen Studien-Ferienaufenthalt zu ermöglichen.

Wenn Padre Rega vorhatte, Felice Lasco zum Staunen zu bringen, dann war es ihm in diesem Augenblick gelungen. Der Mann aus dem Nichts war voller Bewunderung: vor allem für den festen Glauben des Priesters an die Erfahrung des Reisens als Bruch mit der Vergangenheit und als Anregung zu einer kritischen Auseinandersetzung mit »dem, was man ist«.

Anfangs hatte es sich nur um einen strategischen Grundsatz gehandelt. Aber mit der Zeit war daraus ein echter Glaubensartikel geworden. Dies wurde mir bewusst, als Padre Rega mir einmal ein Gedicht von Charles Baudelaire vorlas (*Die wahren Wandrer aber sind's die reisen / Nur um zu reisen – federleichter Hauf! / Sie können nie ihr Schicksal von sich weisen / Sie wissen nicht warum und rufen: auf! // Und ihre Wünsche sind aus Wolkenländern – / So träumt ein Neuling der zu Felde zog / Von weiten Freuden die sich ständig ändern / Und die noch nie ein Menschengeist erwog.*)

Daher die Regel: Setz dich der Welt aus, damit sie dich ohne Unterlass reinigt.

17.

Felice Lasco hatte noch nie einen Priester kennengelernt, der dem üblichen Modell eines Geistlichen – feuchter Händedruck, zum Himmel gerichtete Augen – so wenig entsprach. Don Luigis Händedruck war trocken und kräftig. Er übermittelte vorwiegend irdische Botschaften, die der schwierigen Lebenskunst galten. Dem Mann, der aus dem Nichts gekommen war, war auch nicht entgangen, dass die Methoden des Priesters, seine Ideen und sozialen Strategien von den höchsten Kreisen der neapolitanischen Kurie mit Besorgnis verfolgt wurden. Als unkonventioneller und undisziplinierter Geistlicher stand Padre Rega auch seinem eigenen Gefühl nach immer kurz vor einer nicht wieder gutzumachenden Überschreitung – eine Herausforderung, die es um jeden Preis zu gewinnen galt: Wehe, er würde in die Falle treten!

Das Misstrauen gegenüber dem Priester nährte sich paradoxerweise aus seinen Erfolgen und seiner Tendenz, die kirchlichen Räume und Ressourcen für die Jugend des Viertels zu entfremden, um ihnen dadurch eine neue und lebendige Bedeutung zu geben, um Arbeitsmöglichkeiten und Verdienstquellen zu schaffen.

Ich bin eben doch der Sohn eines Unternehmers, erklärte Don Luigi Felice Lasco irgendwann. Ich habe eine Nase fürs Geschäft. Ich weiß, wie man Sponsoren und Behörden dazu bringt, intelligente und ehrgeizige Projekte zu unterstützen.

Eine lange, komplexe Geschichte, die Padre Regas Ambitionen und Strategien wie ein Endoskop von innen beleuchtet. Es begann gleich am Tag nach seiner Ernennung zum Pfarrer der Sanità. Als er realisierte, welche Schätze seiner Verwaltung oblagen, hatte er das Gefühl, unter dem Druck seiner Machtlosigkeit in die Knie zu gehen. Gemälde alter Meister, Skulpturen, Votivgaben, Juwelen,

Basiliken, Glockentürme, um nur einen Teil zu nennen. Sie beschworen den Glanz einer fernen Pracht, die dem unerbittlichen Zahn der Zeit, der einem Großteil des kulturellen Erbes schwer zugesetzt hatte, zum Opfer gefallen war.

Würde es ihm, allein, wie er war, je gelingen, die Mittel aufzutreiben, um diese Schätze wiederzubeleben, sie von den zerstörerischen Spuren der Zeit und der Nachlässigkeit der Behörden zu befreien, vor allem der kirchlichen, in deren Obhut sie sich befanden?

Ebenso bewegt wie damals erinnere ich mich, wie Padre Rega Felice Lasco von seinen anfänglichen Erlebnissen berichtete: ein Gemisch aus Bestürzung, Unsicherheit, Staunen und Wut. Normalerweise war seine Stimme fest und beherrscht. Nicht so in jenem Moment. Es klang eher wie das Gemurmel vor dem Beichtstuhl. Termiten bedrohten die Altäre, zahlreiche Gemälde warfen Blasen, waren rissig. Im an sich schon unpassierbaren Kreuzgang von Santa Maria della Sanità wimmelte es von Mäusen, der Glockenturm war baufällig, die Glocken schwiegen seit Langem. Die Majoliken der Kuppel fielen an zahlreichen Stellen ab. Türen und Fenster des Konvents brachen zusammen. Um die Basilica di San Severo stand es noch schlimmer. Die Restaurierungsarbeiten an den Gemälden des herrlichen Oratoriums waren seit ewigen Zeiten eingestellt. Ein Riss in der Lichtkuppel, der sich gefährlich verbreitete, hatte zum Absturz eines Steinblocks geführt …

In dem langen Gemurmel vibrierte die Ungeduld, ein Gefühl von Ohnmacht, das sich schlecht mit seiner ungestümen Natur vertrug. Wisst ihr, bekannte er auf einmal, ich sage immer wieder, dass ich wie mein Vater bin: ein Mann der Tat, kein kontemplativer Mensch. Ich habe es so oft gesagt, ihn immer wieder beschworen, dass ich ihn eines Nachts plötzlich vor mir sah, meinen polemischen Vater, der mir so viele Knüppel zwischen die Beine geworfen hat, meinen temperamentvollen Vater, der wollte, dass sein Sohn etwas anderes aus seinem Leben macht, als sich blind in die Arme der römisch-katholischen Kirche zu werfen. Ich sah ihn vor mir, aber nicht als verschwommenes Bild, schattenhaft, aufgelöst, wie es sich für einen Traum gehört, sondern als eine erschütternde, fast bedrohliche physische Präsenz.

Ich wusste nichts von diesem Traum und dachte kurz, mein Freund, der Priester, würde ihn in diesem Augenblick erfinden. Aber ich lag falsch. Padre Rega lügt nicht. Nicht nur aus ethischen Gründen. Er kann es nicht. Er besitzt einfach nicht die Vorstellungskraft, um überzeugend zu lügen.

In seinem Traum saß der Vater am Tisch, dem Sohn gegenüber. Er war gut gekleidet – Jacke, Weste, weißes Hemd, Krawatte – und drehte eine erloschene Zigarre zwischen den Fingern. Er sah Luigi ernst und eindringlich an, während er ein, zwei, zehn Mal wiederholte: Willst du nicht endlich einsehen, dass ich Recht habe? Don Luigi erwiderte schließlich: Gut, du hast Recht. Aber was soll ich tun? Darauf erhellte sich das Gesicht des Vaters. Er lächelte breit. Du weißt sehr gut, was du zu tun hast, antwortete er. Ich habe es dir oft gesagt. An Talent fehlt es dir nicht. Du musst nur den Mut aufbringen …

Hier endete der Traum, mit Don Luigi, der nickte, zufrieden über den väterlichen »Tipp«.

Allgemeines Erstaunen. Verwirrung: Und?

Obwohl ich nichts weiter davon wusste, zweifelte ich nicht am Kern dieses Traums, beziehungsweise an der Bedeutung, die Don Luigi ihm beimaß. Die Botschaft, die ihm der Vater aus dem Jenseits gesandt hatte, war, wie ein richtiger Unternehmer all das zu nutzen, was ihm das Schicksal zur Verfügung gestellt hatte.

Plötzlich fiel gleißendes Licht auf die Szene. Don Luigis Geist öffnete sich wie eine Frucht, die man mit einem scharfen Messer entzweischneidet. Überrascht und glücklich betrachtete er den schrumpeligen Kern. Er brauchte nichts anderes zu tun, als in die väterlichen Fußstapfen zu treten, das zu sanieren, was zu sanieren war – Gemälde, Kirchen, Katakomben, Fresken, alle erdenklichen Bauten –, und es dann zu einer Einnahmequelle für die Gemeinschaft zu machen, für den Rione, beginnend bei den Jüngsten. Wer sagt, dass Kultur, Kunst, Denkmäler, wenn sie respektvoll und intelligent genutzt werden, nicht auch materiellen Reichtum produzieren können und einem Viertel zum Leben verhelfen?

In Neapel klappt sowas nicht. Rega versucht es trotzdem. Trotzt Hindernissen, überwindet Misstrauen, Bequemlichkeit, Vorurteile, Neid, auch seitens der kirchlichen Bürokratie, die jeder Veränderung, jeder Neuerung traditionell feindlich gegenübersteht.

Schlagartig, durch eine plötzliche Erleuchtung, entdecken manche Menschen den tieferen Sinn ihres Daseins auf dieser Erde, begreifen, dass sie eine wichtige »Mission« zu erfüllen haben. So war es garantiert bei Padre Rega. Denn kaum hatte er die heißersehnte Erkenntnis gewonnen, zeigte er auch schon, was ein Mensch leisten kann, der nicht nur alle Schliche kennt, sondern dazu hoch motiviert ist. Er wurde zu einem Wirbelsturmpriester: eine Initiative nach der anderen, Dutzende von Projekten und er pausenlos auf Pilgergang, um für Unterstützung und Subventionen an alle möglichen Türen zu klopfen. Die Ergebnisse dieser fieberhaften Aktivität ließen nicht lange auf sich warten, sie schossen förmlich wie Pilze aus dem Boden. Der noch bestehende Teil des ehemaligen Franziskanerklosters wurde restauriert und in ein Bed & Breakfast verwandelt: betrieben von derselben Kooperative junger Leute, die sich auch um die Katakomben von San Gennaro kümmert. Die Chiesa dell'Immacolata wurde Jugendlichen anvertraut, die leidenschaftlich Theater spielen, aber nicht wussten, wo: Macht euer Theater hier, und zeigt der Welt euer Talent! Unter Beteiligung von Architekten, Künstlern, Ingenieuren, Restaurateuren und Kunsthandwerkern wurde Frà Nuvolos elliptischer Kiosk aus dem siebzehnten Jahrhundert wiederhergestellt, wurden das Oratorio dei Nobili und vierzehn der dreiundzwanzig dort bewahrten Gemälde restauriert. Die Liste ließe sich noch endlos fortsetzen, so viele Arbeiten konnten im Laufe der Jahre zum Abschluss gebracht werden, beflügelt von Padre

Regas unermüdlichem Einsatz und vor allem von seiner grenzenlosen unternehmerischen Kreativität. Nur einen Fall will ich hier noch erwähnen: die Wiedereröffnung der Basilica di San Gennaro Fuori le Mura. Diese Kirche, nach Jahrzehnten der Verwahrlosung nichts anderes mehr als ein verpestetes Skelett, erhielt 2008 durch das Zusammenwirken verschiedenster Gruppierungen ein neues Leben: neben den jungen Leuten des Sozialvereins La Paranza, denen sich das Interventionsmodell verdankte, waren das die Erzdiözese von Neapel, die Päpstliche Kommission für Sakrale Archäologie und der gemeinnützige Verein L'Altra Napoli, der Managementexperten zur Supervision und zum Einwerben weiterer Finanzierungen beisteuerte. Und last but not least die Stiftung Con il Sud. Sie hatte damals einen Wettbewerb zur territorialen Entwicklung und zur Förderung der Jugendbeschäftigung ausgeschrieben, den Padre Rega und seine jungen Mitarbeiter für sich entscheiden konnten.

In diesem Leben, das habe ich gelernt, reicht Talent allein nicht aus, man braucht auch Glück, um auf längere Sicht Wind in den Segeln zu haben. Padre Rega widerspricht dem nicht. Es macht ihm nichts aus, als Glückspilz dazustehen. Klopf auf Holz, sagt er. Überraschenderweise gelingt es ihm bei allem, Gott, den Glauben, das Jenseits nie ins Spiel zu bringen. Seine Argumente sind immer und ausschließlich positiv und konkret, inspiriert von einer nur ganz leicht mit Sentiment gefärbten Weltlichkeit, aber ohne zu übertreiben, alles im Rahmen.

Seit Jahren frage ich mich und tue es immer noch: Glaubt Padre Rega wirklich an Gott? Ich kann das nicht beantworten. Einmal habe ich den Versuch unternommen, der Sache auf den Grund zu gehen. Er wich sehr geschickt aus: ein Lächeln, ein Scherz, ein Achselzucken. Letztlich bin ich aber doch überzeugt, dass sich der Glaube fest in seinem Herzen eingenistet hat, auch wenn er mitunter von Angst und Zweifeln getrübt wird. Jedenfalls spricht er nicht gern vom Tod. Viel lieber vom Leben, von dem, was man sich materiell und spirituell aufbaut. Seinen jungen Leuten erlegt er keine religiösen Verpflichtungen auf – Beichte, Kommunion, Gebete und so weiter –, aber wenn zwei heiraten, traut er sie nur zu gern und lässt es sich nicht nehmen, dem Paar eine kurze Predigt zu halten. Was nicht heißt, dass er die anderen religiösen Aufgaben, die in seinen Bereich fallen, unkonzentriert, nachlässig oder respektlos erfüllen würde. Sein Leben als Geistlicher ist unter formalen Gesichtspunkten tadellos. Was sein intimes Leben angeht, so glaube ich kaum, dass er sich Fragen stellt. Vermutlich ist er durch die vielen Ereignisse einfach zu beschäftigt. Die stürmische Zeit gehört, so scheint es, der Vergangenheit an.

Vor Jahren überraschte ich ihn einmal, wie er allein auf dem kleinen Balkon im zweiten Stock des Konvents saß, die Augen zu dem sternenübersäten Stückchen Himmel über ihm erhoben. Ich traute mich nicht, zu ihm hinaus zu treten. Versteckt beobachtete ich ihn eine Weile. Auf seinem Gesicht, erstarrt durch ich weiß nicht welchen Gedanken, welches Gefühl oder welche Sorge, spiegelte sich so etwas wie Bestürzung. Wenn das Universum ein Rätsel ist, ist es die menschliche Seele nicht minder.

Wir stimmen in unseren Ansichten nicht immer ganz überein. Padre Rega glaubt beispielsweise noch jetzt, dass die Produktivkräfte der Stadt und der Region, wie er sie nennt, aus sozialer Sicht eine treibende Kraft darstellen, dass sie offen sind für Formen der selbstlosen Zusammenarbeit mit Wohlfahrtseinrichtungen und humanitären Organisationen, die sich in verschiedenen Bereichen des gemeinschaftlichen Lebens engagieren. Hauptsächlich an diesem Punkt geraten wir aneinander. Ich verstehe, dass solche Überzeugungen für seine Vorhaben nützlich sein können, aber es sollte vor der Haustür enden. Er verficht sie jedoch auch, wenn wir unter vier Augen sind, wobei ich ihn der Naivität beschuldige und ihm die Enttäuschungen predige, die früher oder später auf ihn einprasseln werden. Umso bitterer übrigens, da er selbst dafür verantwortlich sein wird.

Über all diese Dinge habe ich nie mit irgendjemandem geredet. Erst musste Felice Lasco auftauchen, um meine natürliche Zurückhaltung über Bord zu werfen. In seiner Gegenwart hatte ich immer das Gefühl, als spräche ich mit mir selbst, vielleicht durch die provisorische Natur seiner Gegenwart in der Sanità, ein »Passant«, der bald wieder aus unserem Gesichtskreis verschwinden würde. Der wahre Grund für meinen Wortschwall lag aber bestimmt an seiner Fähigkeit zum Zuhören, an seinem unbändigen Wissensdurst, seinem Verstehen wollen, seiner Leidenschaft für Wahrheiten jenseits des bloßen Scheins. Er stammte eben aus dem Herzen dieser »Tragödie« namens Sanità. Nach und nach fiel es mir immer leichter, ihm mein Herz zu öffnen. Fast eine Notwendigkeit. Vielleicht trieb mich dabei auch ein gewisser Fanatismus, die Lust, ihn zu überraschen, ihn durch Padre Regas »Wunder« zu begeistern. Ohne es zu wollen, beschrieb ich ihm immer öfter eine viel zu rosige Sanità und vergaß ihre schwarzen Löcher. Als die Emphase mich einmal zu sehr mitriss, bremste er mich mit einer einfachen Frage. Und die Kanaillen? Wodurch er seinen Freund-Feind hundert-, ja tausendfach multiplizierte.

Mir blieb nichts anderes übrig, als von jetzt auf gleich in den Rückwärtsgang zu schalten. Ja, sicher, sagte ich, wenn der Apfel nicht zweigeteilt ist und neben der gesunden Hälfte auch die faule überdauert – stinkender und aggressiver denn je. Ich habe keine Ahnung, ob es der Sanità je gelingen wird, sich davon zu befreien. Manchmal überkommt auch mich ein solcher Pessimismus! Es gibt nichts Schlimmeres als den Pessimismus der Optimisten, weißt du das nicht?

Er fragte mich nach Padre Rega, dem unvermeidlichen Druck, dem er ausgesetzt ist, den Erpressungen.

Nein, Erpressungen nicht, erwiderte ich, er ist gut geschützt, niemand wagt es, sich mit der Kirche anzulegen. Was nichts daran ändert, dass ich oft Angst um ihn habe: Vielen ist er ein Dorn im Auge, seine Attraktivität für die jungen Leute entzieht den

Händlern des Todes eine Menge Sauerstoff. Vielleicht hat ihn schon mal jemand bedroht ...

Das ist mit Sicherheit der Fall gewesen, auch wenn der Priester es bestreiten wollte. 2006, vielleicht auch 2007. Mir steht noch heute sein wachsbleiches Gesicht vor Augen. Sein schwerer Körper starr vor Angst. Wir waren in Rom gewesen und warteten vor dem Fahrstuhl, der von der Sanità zur Brücke Maddalena Cerasuolo hinaufführt. Sie hatten den sechsundzwanzigjährigen Nicola getötet. Wir alle kannten ihn (wir waren etwa fünfzehn Menschen, jeder mit dem gleichen Kloß im Hals). Nicola war das neunte Opfer der Camorra in drei Monaten: alles junge Leute, manche noch halbe Kinder, alle mehr oder weniger aus Padre Regas Kreis (einen von ihnen hatte er im Jahr zuvor auf die Hochzeit vorbereitet und dann in seiner geliebten Basilika vor vielen Zeugen aus dem Viertel verheiratet).

Man hatte Nicolas Leiche erst vor ein paar Minuten weggebracht: Die große Blutlache vor dem Fahrstuhl war mit Sägemehl bestreut. Ich habe Rega noch nie aus dem Impuls heraus den Segen sprechen hören. In seinen Augen standen keine Tränen. Aber ich hörte ihn schluchzen.

18.

Eines Sonntagmorgens weigerte er sich, die Messe zu lesen. Auch das gab es, einige Jahre nach der Episode, von der eben die Rede war. Ich ziehe dieses Ereignis vor, vielleicht unrechtmäßigerweise, doch es erhellt wie kein anderes die verschiedenen Seiten der Beziehung dieses atypischen Priesters mit dem Viertel, das ihn wie ein Schicksal ereilt hatte.

Don Rega hatte seine guten Gründe, die Eucharistie an jenem Morgen nicht zu feiern. In der Nacht war ein Junge von einer Baby-Gang getötet worden. Auf klapprigen, dröhnenden Motorrollern waren sie über die Piazza vor der Basilika gerast und hatten wie verrückt um sich geschossen. Ihr einziges Ziel bestand darin, die Gegend zu terrorisieren und klarzustellen, dass sie den Drogenmarkt hier kontrollierten. Es war Spätsommer. Der Junge wurde von einem Irrläufer getroffen. Er zahlte das Vergnügen, die Nacht mit Freunden und Mädchen im Freien zu verbringen, mit seinem Leben.

Don Rega war der Meinung, die Feier der Messe in der Basilika würde nur versuchen, das Geschehene zu normalisieren, damit es vom Viertel verinnerlicht und von jedem Einzelnen persönlich verdaut werden kann. Ist es das, was ihr wollt? In seinen Augen flammte die Wut darüber, von seiner Herde nicht verstanden zu werden. Zum ersten Mal griff man ihn offen an. Das war noch nie passiert. Vor allem zwei Alte, beide Schreiner, gemäßigte und ruhige Männer, sahen ihn entgeistert an und schüttelten den Kopf. Um ehrlich zu sein, waren sie nicht die einzigen, die seine Haltung ablehnten: Auch ein paar ältere Damen waren ungehalten, und eine von ihnen bemerkte, Messe sei Messe, Sonntag sei Sonntag, und sie fordere ihr sakrosanktes Recht auf die Eucharistie. Andernfalls sähe sie sich gezwungen, sich an eine andere Kirche zu wenden, an einen anderen Pfarrer. Stimmt, es ist Sonntag, erwiderte der Don Rega traurig, aber kein Sonntag wie jeder andere. Für die Sanità ist es ein furchtbarer Sonntag, warum könnt ihr das nicht verstehen? Er schaute der empörten Dame in die Augen, nahm ihre Hände und sprach sie mit Namen an: Assuntina, unsere Pflicht ist es, die sozialen Brände nicht zu ersticken, sondern sie zu entzünden. Man muss protestieren! Gegen die Camorra, aber auch gegen die Politik, die uns immer stärker allein lässt ... Ich will dir die Messe nicht verweigern, du hast ein Recht darauf. Ich will nur nicht, dass sie zu einem Ritus der Befriedung wird. In diesem Viertel kann es keine Befriedung geben, solange weiterhin unschuldiges Blut fließt. Aber ich will einen Weg finden, um deinen Wunsch zu erfüllen.

Gemeinsam mit ein paar anderen Geistlichen, die mittlerweile eingetroffen waren, beschloss Padre Rega, alle Interessen, wie man so schön sagt, unter einen Hut zu bringen: Die Messe würde in jedem Fall gefeiert werden, aber nicht im Gotteshaus, sondern draußen, auf der Piazza vor der Basilika, um sie in ein öffentliches Ereignis zu verwandeln, das imstande war, das Herz der gesamten Nachbarschaft anzusprechen.

Damit waren alle einverstanden, auch die streitbaren Gläubigen. Also alles in Butter? Nicht einmal im Traum. Genau in diesem Moment komplizierten sich die Dinge fatalerweise noch mehr. Ehe auch nur ein Tischchen hinausgestellt werden konnte, lag schon das Veto des Polizeipräsidenten vor. Keine Messe im Freien. Aus Angst, erklärte der für das Gebiet zuständige Leiter der Polizeidienststelle, dass sich die ganze Sanità auf dem Platz versammeln würde.

Genau das ist es, was wir erreichen wollen, entgegnete Padre Rega. Das Verbot bestätigte nur seinen Verdacht: Die Behörden wollten nicht, dass sich der Protest ausbreitete. Um Unruhen zu verhindern, wollten sie ihn in der Kirche befrieden, bis er sich in Luft aufgelöst hatte. Ohne mich. Don Rega war entschlossen, sich der Anweisung zu widersetzen, koste es, was es wolle. Aber auch, wenn es so scheinen mochte: Er empfand sich mitnichten als »der, der entscheidet«. Wenn überhaupt, dann als »der, der gehorcht«: einem anderen, sehr viel achtsameren Ich als dem, das sich gerade auf der Szene bewegte. Dieses Ich – wie er mir anvertraute – war ein durch das Geschehene wie entleerter Mensch. Ein Mann, den das tragische, allzu frühe Ende eines Jungen, der von anderen Jungs getötet worden war, fast um den Verstand brachte. Jungs, die sich an den Gedanken gewöhnt haben, dass der Tod ein bloßes Spiel ist, eine Veranstaltung, eine kollektive Darbietung.

Auf vier Motorrollern waren sie unter der Brücke der Sanità erschienen, zwischen den riesigen Tuffsteinpfeilern hindurchgerast und unter Maschinengewehrsalven aus Kalaschnikows und Uzis, importiert aus fernen Kriegen, wie Ritter der Apokalypse auf der Piazza eingefallen. Während der wilden Flucht der jugendlichen Nachtschwärmer hatte das Schicksal sein Opferlamm bestimmt, den, der um jeden Preis sterben musste, vielleicht zufällig, vielleicht vorsätzlich, um die Aktion »überzeugender« zu machen: Wir sind zu allem fähig, nichts und niemand hält uns auf, hier haben wir das Sagen und sonst keiner.

Und eben deshalb sollte die Messe im Freien stattfinden: um den in der Nacht so barbarisch geschändeten Boden wieder zu weihen. Zum Teufel mit den Verboten des Polizeipräsidenten!

Die Eucharistie wurde trotz des allgemeinen Durcheinanders sehr schnell organisiert. Um zwölf Uhr mittags hatten sämtliche Priester bereits den Gefechtsstand bezogen, vor ihnen eine unüberschaubare Menge, die furchtlos aus den umliegenden Gassen zusammengeströmt war. Wie Lava, sagte Don Rega, stolz auf seine kämpferische Entscheidung. Für die Camorra war das, was sich dort abspielte, ein Schlag ins Gesicht, denn hier zeigte sich zum ersten Mal ein auffälliger Riss zwischen der Bevölkerung und der organisierten Kriminalität, was das Verhältnis von Miteinander und Stillschweigen betraf. Sich dessen bewusst, legte Padre Rega gleich den Finger in die Wunde. Es gibt niemanden, heute, hier, unter uns, der sich unschuldig nennen kann, rief er. Wir alle sind schuldig. Denn keiner von uns hat getan, was er hätte tun müssen, um zu verhindern, dass sich eine Tragödie wie diese vor unseren Augen ereignen konnte.

Auch die anderen Geistlichen ergriffen das Wort und beharrten mehr oder weniger auf demselben Gedanken: Wir alle sind schuldig. Sie zitierten aus dem Buch Daniel: »Wir haben gesündigt«, und aus dem Lukasevangelium: »Ihr alle werdet genauso umkommen, wenn ihr euch nicht bekehrt«. Sie beriefen sich auf den Propheten Jesaja: »Weh dem sündigen Volk, der schuldbeladenen Nation ... Eure Hände sind voller Blut ...«.

Viele Frauen weinten, vielleicht in dem Bewusstsein, dass diese Worte ins Schwarze trafen, dass sie an ihre eigene Verantwortung als nachgiebige Mütter rührten. Sie selbst Opfer eines desaströsen sozialen Klimas, das sie dem Willen der Männer unterwerfen will, noch dazu aus eigener Überzeugung.

Man kann sich daher die Überraschung und Genugtuung des Pfarrers vorstellen, als sich nach der Messe eine große Gruppe von Frauen den Weg in die Sakristei bahnte, ihn umringte und kühn in ihren Kreis einschloss. Ihre Stimmen bebten, auf ihren Gesichtern lag eine beispiellose Spannung: Es reicht, wir sind es leid, wir lassen nicht mehr zu, dass unsere Kinder so enden! Wir werden reagieren, und ihr Geistlichen müsst uns helfen. Wir wollen einen Fackelzug durch die Straßen des Rione organisieren ...

So etwas war noch nie geschehen. Fast fragte sich Padre Rega, ob er sie nicht nur träume, diese Worte, diese Szene, ob das Wirklichkeit war oder nur Teil seiner Fantasie. Nein, es war alles wahr. Endlich fand das Recht auf Leben auch in der Sanità – wo es vor Kurzem schwer gedemütigt worden war – einen Weg, sich durchzusetzen: direkt, ohne irgendwelche Vermittler. Durch den Willen der Bevölkerung.

Gleich am Montag wurde die Manifestation in einer beeindruckenden öffentlichen Versammlung in der Basilika organisiert und in Einzelheiten festgelegt. Der Zug würde am folgenden Tag bei Einbruch der Dunkelheit starten und zwar genau von dem geschändeten Platz aus. Es würde nur ein einziges großes Banner geben, mit nur zwei Wörtern: No Camorre.

Wer könnte jenen Dienstag der Mobilmachung und des Kampfes je vergessen?, sagt Padre Rega oft. Wobei er sich bewusst ist, dass bestimmte Kämpfe nicht von heute auf morgen gewonnen werden und dass es seine Zeit dauern wird, bis die Sanità sagen kann, in der Schlacht gegen sich selbst triumphiert zu haben.

Der Zug war jedenfalls ein Riesenerfolg. Tausende von Menschen marschierten mit, und das Banner gegen die Camorra wurde immer wieder hochgehalten. Dann verschwand es plötzlich. War alles richtig gelaufen? Gut, diese oder jene Meinungsverschiedenheit gab es schon. Vor allen Dingen eine. Zur Auseinandersetzung kam es, als ein paar reichlich arrogante Jungs (vielleicht waren sie es gewesen, die das Banner aus dem Verkehr gezogen hatten) sich ein heftiges Wortgefecht mit den jungen Leuten von Don Regas Gemeinschaft lieferten, wobei sie ihnen zu verstehen gaben, dass sie es sich gut überlegen sollten: Entweder mit uns, oder mit dem da.

19.

Einmal begleitete ich Padre Rega zu einem bekannten Dealer (Drogen aller Art). Er wollte ihn und seine Frau bewegen, ihren neunjährigen Sohn Michele wieder zum Geigenunterricht gehen zu lassen, mit dem er nach wenigen Monaten aufgehört hatte, trotz seiner musikalischen Veranlagung und des positiven Urteils seiner Lehrer.

Damals war gerade das »Sanitansemble« entstanden, eine weitere Initiative von Don Rega – die Musik als Instrument zur Rettung der Jüngsten –, nach dem Vorbild der in Südamerika realisierten Experimente von José Antonio Abreu. Dieser Musiker und politische Aktivist hatte eine Methode begründet, um unzähligen Kindern und Jugendlichen in Armut, die noch dazu Kriminalität und seelischen Belastungen ausgesetzt waren, auf Dauer zu helfen.

Ich habe Micheles Vater als Dealer bezeichnet. In Wirklichkeit handelte aber nicht nur er, sondern die gesamte Familie mit dem Tod: Männer und Frauen, Erwachsene und Kinder, die Großeltern inbegriffen. Sogar die Wände sangen ein Lied davon. Es mag übertrieben klingen, doch kaum, dass wir den Basso betraten, schlug der Geruchssinn durch das bittersüße Aroma zerstoßener Mandeln Alarm.

Padre Rega schien sich aber recht wohl zu fühlen. Er ließ sich an dem großen Tisch nieder und nahm gerne einen Kaffee an, den er (ich auch) zusammen mit der Familie trank. Außer Michele, der neben mir saß, und seinen Eltern waren zwei seiner Schwestern, Zwillinge, um die fünfzehn, und die Großmutter mütterlicherseits dabei. Sein ältester Bruder, der den Ruf hatte, trotz seiner Jugend ein harter Knochen zu sein (gemeinsam mit dem Großvater ist er die kriminelle Seele des Clans), war zum Glück nicht zu Hause.

Alle machten einen etwas überraschten Eindruck und warteten darauf, dass Padre Rega zur Sache kam. Eine Zeit lang redete der Priester über dieses und jenes. Dann wandte er sich an Michele, übrigens nicht besonders freundlich, und forderte ihn auf, ihm die Gründe zu nennen, aus denen er nicht mehr zu den Musikstunden erschienen war. Stinkt dir das Instrument vielleicht?

Oh, nein!, stammelte der Junge und schaute fragend von einem zum anderen.

Also was dann, genau in dem Moment, als sie dich als einen der Begabtesten von allen loben und große Dinge von dir erwarten? Hat dein Vater es dir verboten?

Don Rega blickte dem Mann jetzt direkt in die Augen. Der senkte den Blick und schürzte die Lippen, wobei die kleine, aber gemeine Narbe, die seine Haut unterhalb der Nase spannte, in den Furchen verschwand.

Ich will nicht haarklein erzählen, wie sich dann alles abspielte. Mir ist auch nicht klar, ob Padre Rega absichtsvoll auf den heiligen Vincenzo Ferrer zu sprechen kam. In der Sanità, heißt es, zählt er mehr als Jesus Christus. Auf jeden Fall zog Micheles Mutter gerührt ein paar Abbildungen des spanisch-neapolitanischen Heiligen aus der Schublade, der Vater verschwand mit einer Entschuldigung im Nebenraum, und Michele bekannte, wie weh es ihm getan hatte, »seine« Geige (er hatte sie leihweise erhalten) aufgeben zu müssen, um dem »Familienunternehmen« rund um die Uhr zur Verfügung zu stehen.

Padre Rega ging aus dieser Unterredung als Sieger hervor. Nicht nur, weil er Michele zurückgewonnen hatte, sondern auch durch das Bewusstsein, in der Mutter des Jungen die Flamme des Ehrgeizes und der Hoffnung entzündet zu haben, etwas, das ihr bis zu diesem Moment ganz unbekannt gewesen war. Eine Flamme, die dazu führen würde, ihren Sohn mit Zähnen und Klauen vor jedem weiteren Versuch zu bewahren, ihn von dem geliebten Instrument zu trennen.

Der gute Ausgang der kleinen Geschichte verdankte sich, so Don Luigi, auch San Vincenzo. Dies sagte er mit Überzeugung. Andererseits: Wenn er es glaubte, warum sollte er es nicht auch mit Überzeugung sagen? Oder besser: Ob er es wirklich glaubte oder nicht, San Vincenzo stellt in der Sanità eine Kraft dar, deren Ausstrahlung wir alle irgendwie spüren, selbst ein Ungläubiger wie ich.

Adele hat dem Monacone sogar ihre Diplomarbeit gewidmet, eine ausführliche Monografie, die sie mir zu lesen gab: *Die Ordenskette der Statue von San Vincenzo Ferrer in der Basilica di Santa Maria della Sanità.* An dieser Stelle muss ich etwas klarstellen: Padre Regas Einsatz zur Förderung ziviler und menschlicher Qualitäten hat einer jungen Frau wie Adele die Möglichkeit eröffnet, ihre heimliche Berufung zum Studium zu entdecken, wodurch sie mit Recht als erste Archäologin gelten kann, die durch Parthenogenese von einer großen archäologischen Stätte hervorgebracht wurde (und was ist die Sanità anderes als ein unüberschaubares archäologisches Gelände, das man, komplett verwahrlost, hat verrotten lassen).

Ohne Don Luigi …, sagt Adele jedes Mal, wenn es um ihre Forschungsarbeit geht: als wäre das nicht ihr Verdienst. Niemandem entgeht jedoch, bei aller Zurückhaltung und Bescheidenheit, ihr beinahe heroisches Naturell. Die Zielstrebigkeit spricht ihr aus den Augen.

Ich mag sie wirklich sehr gern: Sie ist für mich die Tochter – oder die Nichte –, die ich nicht habe.

Das Standbild von Vincenzo Ferrer, über das Adele forscht, ist nicht das, was den jungen Felice Lasco während seiner ersten Erkundungen der Basilika so berührt hatte und was noch heute neben der Sakristei steht, in einem weniger »offiziellen« Teil der Kirche. Adeles Standbild befindet sich im rechten Seitenschiff, »zur Linken der Kapelle des Heiligen, in einem reich geschmückten Schrein«.

In der Geschichte, die ich erzähle, spielt die Figur von San Vincenzo Ferrer eine tragende Rolle. Die Erinnerung an sie wird Felice

Lascos langes afrikanisches Exil begleiten, wird nicht verblassen wie so viele Ereignisse und Gesichter, Orte und Stimmen, die mit der Zeit immer schattenhafter wurden, bis sie sich in der Dunkelheit auflösten. Nicht aber dieses Antlitz mit dem strengen Blick, das Felice, wie er mir erzählte, hartnäckig im Gedächtnis blieb, ein reines, tröstliches Licht (das Licht bestimmter heller Morgendämmerungen, sagte er, wie man sie nur in Afrika erlebt).

Bei diesem Abbild von Vincenzo Ferrer handelt es sich um eine lebensgroße bemalte Holzskulptur im Habit der Dominikaner – weiße Kutte und schwarze Capa. Auch sie hat Flügel wie die andere neben der Sakristei. San Vincenzos rechte Hand ist erhoben, sein Zeigefinger weist gen Himmel. Die linke hält ein geöffnetes Buch, mit einem Passus aus der Apokalypse des Johannes: TIMETE DEUM ET DATE ILLI HONOREM. Die Flügel und der Schriftzug zeugen von seinem überschwänglichen Stil als Prediger, »wie der Engel der Apokalypse«. Was auch Luca Giordano in seinem Gemälde *Die Predigt von San Vincenzo* betont. Das Bild, entstanden zwischen 1665 und 1672, befindet sich ebenfalls in der Kapelle, die dem Heiligen gewidmet ist.

Trotz seiner außerordentlichen Popularität in der Sanità, trotz der fast krankhaften Anhänglichkeit der Leute an die hölzerne Skulptur, hatte sich vor Adele noch niemand die Mühe gemacht, dem Standbild von Vincenzo Ferrer (oder auch Ferreri) eine eingehende Untersuchung zu widmen. In ihrer Monografie klopft Adele es haarklein ab und geht auch auf die Gloriole ein, die den Kopf des Heiligen umschließt: »Angefertigt in Neapel Mitte des neunzehnten Jahrhunderts, Silber vergoldet, Durchmesser 48 Zentimeter, Stärke 2 Millimeter.«

Der Ursprung des Werkes ist unbekannt. Stilistisch lässt es sich auf die Mitte des achtzehnten Jahrhunderts datieren und dem Raum Neapel zuordnen. Wie es Vincenzo Ferrer, dem fremden Heiligen, gelang, sich derartig tief in die Herzen der Bewohner der Sanità zu graben, bleibt mir ein Rätsel. Sein Kult breitete sich vor allem im

Laufe des neunzehnten Jahrhunderts aus und trieb die Gläubigen zu Spenden, meist Votivgaben, auch Juwelen. Das ist aber noch nicht alles. Die Sanità ehrt San Vincenzo, den sie hier vertraulich 'o Munacone nennen, auch mit öffentlichen Auftritten auf der Piazza vor der Basilika. Zweimal im Jahr, am 5. April und am ersten Dienstag im Juli, wird die Statue von den katholischen Vereinen geschultert und durch die Menschenmenge getragen.

Wir sprechen hier von heutigen Ereignissen, es wäre aber verfehlt, das Alter einer mindestens bis ins sechzehnte Jahrhundert zurückreichenden Glaubenslehre aus den Augen zu verlieren.

Während des neapolitanischen Aufstands von 1647 suchte der Spanier Johann Joseph von Habsburg, wie man in Adeles Monografie lesen kann, »Schutz und Fürsprache bei San Vincenzo Ferreri und ließ das Allerheiligste Sakrament in der Kapelle des Heiligen ausstellen, um die Revolte zu unterdrücken«.

Schon alles? Bei weitem nicht. Die Wunder, die ihm die Legende zuschreibt, sind zahllos. Er bereitete beispielsweise der Cholera, die im siebzehnten Jahrhundert in Neapel wütete, ein Ende, wenn man dem, was die beiden ovalen Gemälde von Vincenzo Siola aus dem achtzehnten Jahrhundert erzählen, glauben darf. Ich will hier in Adeles Worten von San Vincenzos Ordenskette berichten, »ein Textil aus schwarzer Baumwolle, besetzt mit hundertfünfundvierzig Edelsteinen aus verschiedenen Werkstätten und Epochen ... erhalten auch dank der Verehrung des Volkes, was verhinderte, dass sie zerpflückt wurde, bis heute aber noch nie Gegenstand der Forschung.« Adele hatte sich also als erste die Mühe gemacht, die Statue und ihre Details genauer zu untersuchen. Nicht ohne Stolz heißt es, man habe »die einzelnen Stücke der Ordenskette systematisch und wissenschaftlich katalogisiert« und sie vier Zeiträumen zugeordnet: »vom Auftauchen der Statue des Heiligen in der Sanità (1806) bis zu seiner Ernennung als Schutzheiliger von Neapel (1838); von der Ernennung als Schutzheiliger über die Renovierung des Schreins (1884) bis zum Ersten Weltkrieg; vom Ausbruch des Ersten Weltkriegs (1914) über den Zweiten Weltkrieg bis zur Nachkriegszeit.«

Ich gestehe meine Unkenntnis. Ich hatte keine Ahnung, dass San Vincenzo – in Konkurrenz zu San Gennaro – 1838 zum Schutzheiligen von Neapel ernannt wurde. Die Übervorsichtigen bezeichnen den Spanier als einen Schutzheiligen neben anderen. Als eingefleischter Atheist sollte mich dieser Konflikt eher gleichgültig lassen. Allerdings bin ich in der Sanità geboren. Eine Verpflichtung, selbst gegen meinen Willen für diesen Vincenzo Ferrer, der mir während meiner Kindheit als 'o Munacone Gesellschaft leistete und sich bei uns zu Hause fast wie ein Familienmitglied bewegte, Partei zu ergreifen. Womit ich sagen will, dass er in der Sanità, damals zumindest, dauerhaft präsent war, weit über die Feierlichkeiten, die ihm das Viertel widmete, hinaus. Bei diesen Festen waren die Leute im Delirium, tanzten und sangen bis spät in die Nacht, während seine Statue auf den Schultern der Männer umhergetragen wurde. Gute und Schlechte, Sünder und reine Gewissen, Männer und Frauen, Junge und Alte fielen vor ihr auf die Knie und bekreuzigten sich.

In Afrika hat er mir über lange Zeit Gesellschaft geleistet, sagte Felice Lasco vor Don Vincenzos Schrein. Nervös zerknautschten seine Hände eine Mütze. Er hatte ihn vor allem nachts gesehen, im Traum. Manchmal hatte er Tränen in den Augen. Was, du weinst?, hatte er den Heiligen gefragt. Deine Mutter leidet, hatte ihm die Statue mit vorsätzlicher Grausamkeit zur Antwort gegeben. Tagsüber war ihm jedoch der andere San Vincenzo erschienen, meist an blendend hellen Sonnentagen: jünger und freundlicher, selbstverständlich mit Flügeln, verständnisvoller, ja vielleicht sogar wie ein Gefährte. Er hat mir geholfen, mich nicht völlig zu verlieren. Er hat mich daran gehindert, meine Wurzeln völlig auszureißen, etwas, das ich eigentlich vorhatte. Aber niemand wird wirklich ein anderer. Sicher, man verändert sich unentwegt, aber man bleibt immer irgendwo in der Mitte stecken.

20.

Nach dem Sechstagekrieg und der Demütigung von Syrien, Ägypten und Jordanien durch die Israelis kam es in Beirut zu einer schlagartigen Änderung des sozialen und politischen Klimas. Die Lichter gingen aus, und ein schleichender Exodus setzte ein. Anfangs verschwanden vor allem die Größen der High Society. Dann all die, die dank ihrer Beziehungen in der Lage waren, ihr Bündel zu packen.

Vom einen Tag auf den anderen wurde Beirut zu einer melancholischen Stadt voller Schatten, Bedrohungen, politischem und religiösem Unmut. Ein Strom palästinensischer Flüchtlinge ließ die rings um die Stadt entstehenden Flüchtlingslager anschwellen, während die Partei der rechtsgerichteten Maroniten, die Falange, gegründet 1936 von Pierre Gemayel, einem Apotheker und Bewunderer des Faschismus, ihre Anhänger vervielfachte und in der Öffentlichkeit immer gewalttätiger auftrat.

Beirut hat sein Lächeln verloren, erklärte Arlette, als sie Felice mitteilte, auch ihr Vater habe beschlossen, dem Libanon den Rücken zu kehren und mit der Familie Zuflucht in Kairo zu suchen, der Heimatstadt der Mutter. Ich werde dir schreiben, ich werde dich anrufen ...

Ich werde das Gleiche tun.

Auch Onkel Tinos Firma hatte seit einiger Zeit den Plan gefasst, einen Großteil der Baustellen aus dem Libanon zu verlagern und nur einige wenige Standorte zu belassen, um Arbeiten, die nicht über Nacht abgebrochen werden konnten, zum Abschluss zu bringen. Nur, dass der neue Zielort, abgesehen davon, dass es sich um ein Land im Herzen der Subsahara handeln sollte, noch nicht öffentlich gemacht wurde. Felice konnte den Aufbruch kaum erwarten. Die

Aussicht, eine neue unüberbrückbare Distanz zwischen sich und Italien zu legen – zwischen sich und Costagliolas blutüberströmtes Gesicht – erschien ihm wie ein Geschenk des Himmels, wie ein Glück sondergleichen auf seinem glücklosen Weg.

Kaum hatte er von der ihm bevorstehenden Zukunft erfahren, verwandelte sich seine Geisteshaltung in die eines Menschen, dem eine definitive Erfahrung bevorsteht, nach der nichts mehr so sein würde wie zuvor, die ihn zu einem neuen, einem anderen Menschen machen würde, einem Fremden, der sich in ihm niederlassen und sich im Stillen seinen Körper aneignen würde.

Onkel Tino, der bereits in Zentralafrika gearbeitet hatte, fütterte Felice mit Geschichten von extremen Situationen, Herausforderungen, Emotionen, Erlebnissen und Risiken, durch die jeder schließlich seine eigene Charakterstärke ermessen konnte. Und seinen Mut. Wenn du wüsstest, wie viele Leute, jüngere wie ältere, dort unten landen und gleich nach ein paar Wochen losheulen und sich nach Italien sehnen.

Auf solche Worte reagierte Felice, indem er die Fäuste ballte. Er war zu allem bereit, mehr noch, er konnte es kaum erwarten, sich den heftigsten Schwierigkeiten zu stellen. Ich, sagte er, wobei er jede Silbe betonte und dem Onkel fest in die Augen sah, gehe nicht mehr nach Italien zurück. Was auch immer geschieht, ich gehe nicht zurück. Darauf kannst du dich verlassen.

In Nigeria machte er keineswegs schreckliche Erfahrungen. Die Zeit war faszinierend. Auch anstrengend. Und lang (drei Jahre). Aber absolut undramatisch und auch nicht gefährlich, sieht man von einigen Arbeitsunfällen ab, die bei einem Unterfangen mit solchen Ausmaßen (der Bau einer Brücke über den Niger) nicht ausbleiben.

Neffe und Onkel brachen nicht zusammen auf. Costantino Sorgente musste Beirut als erster verlassen, zusammen mit den anderen Organisatoren, deren Aufgabe es war, die afrikanischen Arbeitskräfte auszusuchen, die den italienischen Arbeitern zur Seite stehen würden. Nach Schätzung von Onkel Tino an die hundert Männer, die sich den siebzig Italienern anschließen sollten. Viele von ihnen würden Frauen und Kinder mitbringen, wozu sie von der Firma ausdrücklich ermutigt wurden. Gewiss nicht aus humanitären Gründen, sondern aus reiner Zweckdienlichkeit. Die Anwesenheit der Frauen würde für eine Beruhigung und Befriedung des Umfelds sorgen und damit für eine Optimierung der Arbeit.

Felice kam sechs Monate später nach. Er hatte auf einer der Baustellen gearbeitet, die noch in Beirut verblieben waren, und die Tage gezählt, die ihn von dem Moment trennten, in dem auch er die Stadt hinter sich lassen würde. Ohne Arlette hatte sie jeden Reiz für ihn verloren, auch wenn sie für immer ein Meilenstein in der Geschichte seines Lebens bleiben sollte. Immerhin war sie die erste Etappe seiner Flucht vor sich selbst und seiner unruhigen Vergangenheit gewesen. Und der Ort, an dem er die Liebe entdeckt hatte. Die Literatur. Das Anderssein. Die andere Seite seiner selbst.

Ehe sie nach Kairo ging, hatte Arlette ihn gebeten, mit ihr zu schlafen, eins zu werden, »wie es seit Anbeginn der Welt zwischen den Männern und Frauen geschieht, die sich lieben«. Genauso hatte sie sich ausgedrückt, und Felice fühlte sich der Ohnmacht nahe. Aus Freude und Staunen zugleich. Vor ihm hatte Arlette noch keinen anderen Mann gehabt. Für den Sex hatte sie sich noch zu jung gefühlt. Doch jetzt, da sie den Mann ihres Lebens getroffen hatte, überkam sie das Verlangen nach dieser Erfahrung.

Die Begegnung fand in Onkel Tinos Apartment statt, wo Felice nun alleine wohnte. Eigentlich trank er nicht, aber an jenem Abend goss er sich einen großen Cognac ein und einen ebenso großen für Arlette, die nicht nein sagte. Sie umarmten und küssten sich lange, weiter nichts.

Schließlich sagte Arlette: Der menschliche Körper macht mir keine Angst, nichts, was deinen und meinen Körper betrifft, macht mir Angst. Dann übernahm sie die Initiative.

Zum ersten Mal befand Felice sich in einem Zustand, der seinem Namen entsprach. Arlette war nicht nur eine charakterstarke Frau, sie konnte auch unglaublich zärtlich sein. Ihre Zärtlichkeit, die er zum ersten Mal entdeckte, berührte ihn zutiefst und schüchterte ihn ein. Was so weit ging, dass er sich ihrer nicht würdig fühlte, sich als Empfänger von Gaben betrachtete, die er nicht verdiente. Ich liebe dich, Arlette, aber bist du sicher, dass du eine gute Wahl getroffen hast? Bist du sicher, dass ich deine Liebe verdiene? Du weißt nichts von mir …

Das sagte er in seinem gebrochenen Französisch, durchsetzt mit neapolitanischem Jargon, auch diese Wörter gebrochen, in der seltsamen Hoffnung, sich dadurch verständlicher zu machen. Arlette betrachtete ihn ironisch und besorgt, nicht immer verstand sie, was er sagte. Sie verstand jedoch, dass Felice eine Vergangenheit hatte, die ihn beängstigte, und eine Gegenwart, die ihn begeisterte. Sie überschüttete ihn mit Zärtlichkeiten, in der Hoffnung, ihn zu beruhigen, seine Angst zu vertreiben. Und eine Zeit lang gelang es ihr auch: Den Kopf zwischen ihren Brüsten vergraben, schien Felice schließlich im Frieden zu sein mit sich und der Welt, überwältigt von Arlettes samtigem Körper.

Der Nachmittag war hell. Durch das weit geöffnete Fenster, vor dem eine weiße Gardine wehte, drang der leise Klang einer Flöte, vermischt mit glockenhellen Kinderstimmen. Sie lachten. Felice und Arlette lagen nackt auf dem breiten Bett von Onkel Tino. Der Raum war spärlich eingerichtet, schmucklos und anonym. Auf einem Tischchen stand eine große alte Holzschachtel aus Nussbaum, mit einem glänzenden Messingschloss. Felice hatte nie die geringste Neugier verspürt, es aufzuschließen und nachzusehen, was drinnen war. Jetzt betrachtete er die Schachtel zum ersten Mal, beunruhigt, fast beklommen: Er schloss die Augen, wollte sie nicht sehen. Sie sollte verschwinden, sollte nicht so anmaßend in sein Blickfeld dringen. Er fragte sich, ob er es war, der auf die Schachtel starrte, oder ob die Schachtel nicht ihn anstarrte. An ihrem

Inhalt zweifelte er übrigens nicht: Es waren Erinnerungen. In dieser Schachtel befand sich Neapel, befanden sich die Sanità, seine Mutter, er selbst. Felice begann zu weinen, überwältigt von einer unsäglichen Verzweiflung, während Arlette ihn ansah, unfähig, ein Wort herauszubringen oder eine Bewegung zu machen.

Die Verwirrung hielt jedoch nicht lange an. Felice atmete tief durch, dann schloss er Arlette in die Arme und gestand ihr seine Unsicherheit, seine Probleme, sich wie ein normaler Mensch zu benehmen. Wenn du wüsstest ...

Du irrst dich, sagte sie, ich kenne jeden Schatten, der über dein Gesicht zieht, und ich bin immer stolz, wenn es mir gelungen ist, ihn zu verscheuchen.

Danke, Arlette. Eines Tages erzähle ich sie dir, die ganze Geschichte.

Sprechen wir nicht mehr davon. Für mich ist das in Ordnung.

Als Felice nach Nigeria aufbrach, war Arlette schon seit zwei Monaten in Kairo. Er hatte ihr jeden Tag geschrieben, und sie hatte ihm genauso oft geantwortet, wobei sie ihm Fotokopien eines jeden Briefes beilegte, den sie von ihm erhalten hatte. Sie waren in einem miserablen Französisch verfasst, das sie geduldig korrigierte.

Die Geschichte mit Arlette sollte die ganzen fünfundvierzig Jahre halten, die er fern seiner Heimatstadt verbrachte. Sie hatten keine Kinder, sie heirateten auch nicht, aber ihre Beziehung blieb trotz der häufigen und oftmals langen Zeiten des Getrenntseins bestehen. Sie arbeitete als Krankenschwester im größten Krankenhaus von Kairo, er einmal hier, einmal dort, um Staudämme und Brücken zu bauen, zwischen dem Nahen Osten und dem subäquatorialen Afrika, bis zu seiner frühzeitigen Pensionierung. Von da an widmete er sich vor allem der Lektüre. Das Lesen war ihm zu einer unbezwingbaren Leidenschaft geworden. Er beschränkte sich jetzt nicht mehr darauf, Seite um Seite zu verschlingen, sondern er hatte damit angefangen, Passagen, die seine Fantasie besonders anregten, sofort in ein Heft zu übertragen und auswendig zu lernen.

Ein Mann von fast befremdlicher Offenheit: Felice Lasco war jede sogenannte Diskretion fremd. Er erzählte mir von seinem Leben mit Arlette, ohne auch nur einen der Konflikte auszulassen, die eine lebenslange Beziehung unvermeidlich kennzeichnen. Mitunter schien es mir, als würde er die Geschichte eines anderen erzählen: kühl und analytisch. Er unterstrich die dunklen Seiten seines eigenen Charakters, auch die von Arlette, seine Launen, sein Schweigen, die Zeiten voller Groll auf die ganze Welt, auch auf Arlette, die nicht immer bereit war, seinen Missmut zu ertragen, auch wenn sie seine neurotische Labilität gut kannte.

Felice Lasco, da bin ich mir ziemlich sicher, war treu. Er erzählte nie von Frauen, nie von unbezähmbaren sexuellen Gelüsten, die die meisten Männer überfallen, die aus irgendeinem Grund vorübergehend nicht bei ihren Partnerinnen leben. Und wenn er von Arlette sprach, dann immer mit einer so selbstverständlichen Zuneigung, die keinen Zweifel daran ließ, wie sehr er ihr verbunden war.

Als er mir und Padre Rega zum ersten Mal von seinem Abenteuer in Botswana berichtete – das einschneidendste Erlebnis im Laufe seiner gesamten Erfahrung in Afrika –, war er gerade in das große Apartment auf der Anhöhe der Via dei Cristallini gezogen. Er hatte es für seine Mutter gekauft, um ihr nach all dem, was sie durchgemacht hatte, einen Moment des Wohlbefindens zu schenken. Wobei er die Hoffnung gehabt hatte, sie würde nicht so schnell gehen, wie es dann aber geschah.

Ich erinnere mich, dass Padre Rega Felice schon zu jenem Zeitpunkt gedrängt hatte, so rasch wie möglich nach Kairo zurückzukehren, überzeugt davon, dass er in der Sanità mit dem Feuer spielte, ohne es zu bemerken. Eines Abends sprach er dieses Thema direkt an. Felice antwortete mit einem seiner verträumten Lächeln, er habe seine »Mission« noch nicht zum Ende gebracht. Padre Rega sah ihn bestürzt an, sagte aber nichts. Was mich betrifft, mir war die Sache klar. Felice hatte auf seine obsessive Wiederentdeckung des Viertels angespielt, aus dem er stammte, in dem er aufgewachsen war, auf die mühsame Rückeroberung seiner verlorenen Vergangenheit, ja, das war zweifellos der Fall. Aber nicht alles. Zu seiner »Mission« gehörte auch Oreste Spasiano. Auch wenn ich nicht hätte sagen können in welchem Sinn.

Aber diese Sache sollte sich, wie viele andere, erst später zuspitzen. Damals setzte Padre Rega – und ich in seinem Schlepptau – vor allem Stück für Stück die fünfundvierzig Jahre von Felices Exil zusammen. Er interessierte sich für seine Verwandlung unter dem Dach einer großen Baufirma, für die er, wie bereits Onkel Tino, eine feste Größe geworden war, extrem treu und zuverlässig. Don Luigi zufolge hatte Felice in der »Firma« den Vater gefunden, den er nicht gehabt hatte: die Quelle jener Autorität, der wir, wenn sie existiert, alles nur Mögliche entgegensetzen, die uns, wenn sie aber fehlt, mit Risiken und Orientierungsverlusten jeder Art konfrontiert.

Grübeleien eines Priesters, mit dem Anspruch, einigen der in den Herzen seiner Mitmenschen verborgenen Geheimnissen auf die Spur zu kommen? Mag sein. Doch wie hätte man darüber hinwegsehen können, dass Felice Lasco damals, und gewiss auch noch heute, ein von Unsicherheiten gequälter Mensch war. Dies sprach aus jeder seiner Gesten, jedem seiner Worte, vor allem, wenn es um seine Flucht aus Italien ging, als er seine Freundschaft mit Spasiano – eine von Abhängigkeiten zerfressene Freundschaft – gekappt hatte und nie wieder etwas von sich hören ließ.

Lasco verbrachte seine Tage überwiegend in Einsamkeit. Nur zum Frühstück ging er in irgendeine Spelunke, um eine warme Mahlzeit zu sich zu nehmen. Wir trafen uns aber öfter in einer der Trattorien des Viertels. Auch die Küche war Teil seiner leidenschaftlichen Wiederentdeckung: An die Zubereitung vieler Gerichte konnte er sich nicht mehr erinnern, an ihren Geschmack aber wohl. Schon beim ersten Bissen erlebte er die Speise als etwas Vertrautes, vielleicht mit keiner genauen Erinnerung verbunden, aber dafür nicht weniger lebendig, sogar bewegend. Er aß gierig, blickte dabei verträumt auf das Gericht. Seine höfliche und respektvolle Art löste überall Neugier aus. Wer war der schlanke Sechzigjährige mit dem nahezu perfekt geschnittenen Mund und dem bernsteinfarbenen Teint, der an Afrika denken ließ. Die krausen weißmelierten kurzen Haare umrahmten seinen Kopf als leichter Flaum.

Bevor er mit mir und Padre Rega in Kontakt gekommen war, hatte er seine Abende meist im Kino verbracht. Manchmal hatte er zwei Filme nacheinander gesehen, war von einem Kinosaal in den nächsten gewandert. Spätnachts ging er zu Fuß zu seiner Wohnung zurück, unbeeindruckt von den Schatten, die in der Sanità dunkler und heimtückischer sind als anderswo. Nein, ich habe keine Angst, sagte er mir einmal, als hätte er meine Frage erahnt. Vielleicht früher einmal, aber ich habe mich verändert. Ich will nicht mehr, dass mein Leben von meinem Misstrauen abhängt. Ich bin auch nach Italien zurückgekommen, um mich von all dem zu befreien.

Der Name Oreste Spasiano fand in unseren Gesprächen kaum mehr Platz. Nach dem Bericht von der Tragödie im Haus von Costagliola vermied Felice es, Malommo zu erwähnen, fast so, als ob es zwischen ihnen nichts mehr gäbe. Er legte eine große Sorglosigkeit an den Tag, als ob sein Aufenthalt in Neapel nichts mit der alten Geschichte zu tun hätte.

Heute kann ich nicht ausschließen, dass er wirklich so dachte und dass nur ein Teil von ihm ihn praktisch ohne sein Wissen dazu trieb, nachts durch die Sanità zu streifen: wie eine Aufforderung an seinen Freund-Feind, sich zu zeigen, die Partie ein für alle Mal zu beenden. Auf blutige Weise oder, wer weiß, auch auf friedliche. Das werde ich nie sagen können. Jedenfalls tauchte Felice Lasco eines Morgens auf einem neuen Motorrad beim Monacone auf. Ja, was denn, bist du nicht gerade dabei, zu Arlette zurückzukehren?, fragte ich ihn überrascht. Er gab mir dieselbe Antwort, die er ein paar Tage zuvor Padre Rega gegeben hatte: Seine »Mission« sei noch nicht beendet. Später erläuterte er die Situation weniger kryptisch: Auf dem Motorrad kam es ihm vor, als würde er wieder zum Jungen, als empfände er dieselben Gefühle wie damals. War er nicht in die Sanità gekommen, um neben der Mutter auch sich selbst wiederzufinden? Das Motorrad war das perfekte Mittel, um dem Dilemma beizukommen, das ihn quälte: Wer war ich wirklich, damals, zur Zeit der Überfälle und der Gilera, und wer bin ich heute? Vielleicht hätte er den afrikanischen Kontinent nie verlassen und einen so perversen Mechanismus des Vergleichs zwischen Vergangenheit und Gegenwart in Gang setzen sollen. Aber er hatte es getan, er war zurückgekehrt. Und jetzt saß er in der Falle.

Auf seinem heißen Ofen fuhr er tagelang quer durch die Sanità: Eine Wiederentdeckung ihrer Topografie, die intakt geblieben war, so, wie Geschichte und Natur sie angelegt hatte, mit ihren Cupi, Cavoni und 'mbrecciate, wahre Sturzbäche in Gestalt von Straßen, eingeklemmt zwischen senkrechten Wänden. Die Sanità, sagt einer meiner Freunde, ein Urbanist, ist wie ein Schicksal, dessen integraler Bestandteil früher einmal das Strömen des Wassers war, das sich seinen Weg von den Hügeln über die Hänge ins Tal bahnte und dabei alle erdenklichen Spalten und Risse verursachte. Diese »reißenden Wege« waren eine Katastrophe: Bei länger anhaltendem Regen rauschte das Wasser wild und zerstörerisch ins Tal hinab und beruhigte sich erst ein wenig, wenn es die Via Vergini erreicht hatte, um schließlich durch die Via Carbonara Richtung Meer zu strömen.

Noch jetzt, nach den verschiedensten Sanierungsmaßnahmen, ruft Dauerregen in der Sanità Panik hervor. Die Schäden, die dabei unentwegt entstehen, bestätigen einmal mehr, dass sich anderswo die Dinge ändern, während bei uns die Geschichte eingeschlafen ist.

Was Felice Lasco zufolge mindestens ein Gutes hat: Nach fünfundvierzig Jahren war es ihm möglich, die materielle Umgebung seiner Jugend nahezu unversehrt wiederzufinden. Wie oft hatte er in Afrika, vor seinem geistigen Auge, all diese Orte durch Bauspekulationen entstellt gesehen, voller Hochhäuser, Brücken, Tunnel. Wie viele qualvolle Träume überfallen einen im Exil!

Felice lehnte an seinem Motorrad, nachdem er eine lange Runde gedreht hatte: ein Bad in seiner Sanità, die vor den gierigen Schaufelbaggern verschont geblieben war. Auch San Gennaro und das Tal der Toten hatten sie in Ruhe gelassen, fast unbegreiflich. Auf seiner nostalgischen Route hatte er viel an Arlette gedacht. Wie glücklich wäre sie gewesen, hätte sie hinter ihm gesessen und ihre Arme um seine Hüften geschlungen. Es hatte ihr viel ausgemacht, dass sie ihn nicht nach Neapel begleiten sollte. Wie gern hätte sie seine Mutter kennengelernt. Vielleicht wäre es ihr gelungen, ihren Dienstplan im Krankenhaus zu ändern und dazu noch ein paar Urlaubstage vorzuziehen. Aber Felice hatte ihr, zwar nicht ausdrücklich, aber doch auf die leise Art, zu verstehen gegeben, dass er diese Reise allein unternehmen wollte. Schließlich hatte sie sich seinem Wunsch gefügt.

Es wäre nicht das erste Mal gewesen, dass sie gemeinsam auf dem Motorrad saßen und aufs Geratewohl losfuhren. Wie oft waren sie früher so unterwegs gewesen, auch über lange Strecken, unerschrocken, wie junge Leute eben sind. Das Motorrad war seine Leidenschaft geblieben. Während der fünfundvierzig Jahre hatte er mehr als eins besessen. Das, was er in Neapel gekauft hatte, war sein sechstes. Bevor er nach Kairo zurückging, würde er es wieder verkaufen.

Doch hier kurz die Geschichte seines Abenteuers in Botswana, einem Staat im Süden Afrikas, der an Namibia, Sambia und Simbabwe grenzt. Dorthin verschlug es ihn zwanzig Jahre nach seiner Flucht aus Neapel. Sein Aufenthalt zog sich lange hin, unterbrochen von Ferienzeiten, die er natürlich in Kairo verbrachte. Am Ende war es, als würde er aus einem Abgrund hochtauchen.

21.

Der Hinflug war eine Frage von Stunden und Minuten gewesen. Die Zwischenlandung erfolgte in Johannesburg. Von dort ging es mit einer kleinen Propellermaschine weiter, nach Gaborone, der Hauptstadt von Botswana, wo Costantino Sorgente ihn am Flughafen erwartete.

Es war fast Abend. Der Onkel hatte ihn mit der gewohnten schutzspendenden Zärtlichkeit umarmt, auch wenn Felice bereits ein Mann von knapp vierzig Jahren war und schon ein paar weiße Haare bekam. Sie hatten das Gepäck abgeholt und waren, ohne sich im Gespräch zu verlieren, in den Jeep gesprungen, um pünktlich zum Abendessen in der Betriebskantine zu sein. Costantino bewohnte ein hübsches Backsteinhaus mit Garten: Dort legten sie einen kurzen Stopp ein, stellten Felices Rucksack und die beiden Koffer ab.

Die Mensa war voller Menschen, ausschließlich Italiener, teilweise mit Ehefrauen und Kindern. Die einheimischen Arbeiter wohnten in einem anderen Camp, die Bestimmungen des Unternehmens waren, was das betraf, unerbittlich: keine Berührungspunkte außerhalb der Arbeitszeit.

Das Camp der Italiener bestand aus einer Anzahl niedriger Gebäude mit Wohnungen für jeweils zwei, manchmal auch mehr Familien. Jede besaß einen eigenen Eingang und einen kleinen Garten. Neben diesen Gebäuden und der Mensa gab es noch eine Schule, eine Krankenstation und eine Spielhalle. Auch das Camp für die einheimischen Arbeiter (vorwiegend aus Simbabwe) war wie alle anderen zur Baustelle gehörenden Konstruktionen von dem Unternehmen selbst errichtet worden, das nach Abschluss der Arbeiten am Staudamm und nach Anlage des neuen Stausees alles an die Regierung von Botswana, eventuell auch an Privatleute verkaufen würde.

Costantino Sorgentes Haus, vielleicht etwas weitläufiger als die anderen, sonst aber ohne nennenswerte Unterschiede, befand sich im italienischen Camp. Er hätte durchaus besser wohnen können, in einer der komfortablen Villen im Stadtzentrum beispielsweise, die das Unternehmen seinen Führungskräften zur Verfügung stellte, aber er hatte nichts davon wissen wollen. Sein Platz, so sah er es, war bei den Arbeitern. Er stammte aus ihrer Welt, und nur dort fühlte er sich wirklich wohl.

Sie saßen eine Weile in der Mensa, unterhielten sich leise und lächelten sich zu. Dann gingen sie in die Bar. Felice sah sich die ganze Zeit um, mit Augen, die einen fast fiebrigen Eindruck machten, so groß war seine Neugier. Und das Bemühen, sich mit allem vertraut zu machen, oder sich vielleicht auch nur auf einen Ort einzustimmen, der sich, wie eine Matrjoschka, als eine Reihe faszinierender, ineinander verschachtelter Ungewissheiten präsentierte: Afrika, Botswana, die Menschen aus Simbabwe, der Staudamm, Gaborone, die Ingenieure, die das Leben in der Hauptstadt genossen, die italienischen Arbeiter mit oder ohne Familie, der Stausee, der Fluss, den es zu stauen galt. Er war noch nie zuvor an einem solchen Ort gewesen, hatte noch nie an der Ausführung eines so umfangreichen Projektes mitgewirkt, sich noch nie auf ungewisse Zeit verpflichtet: ein Jahr, vielleicht zwei, womöglich auch drei Jahre.

Wie er sein Vagabundenleben zu erzählen wusste. Wie er die Zuhörer in die abenteuerliche Welt seiner Erlebnisse hineinzuziehen wusste, zwischen Kasematten und Baracken für Schwarze und Weiße, in einer nackten, feindseligen Landschaft, zwischen trägen, oft verwahrlosten Männern. Mit Ausnahmen. Der Typ im weißen Hemd beispielsweise, einsam vor einem eiskalten Bier, schien einen tüchtigen und alles andere als deprimierten Eindruck zu machen. Seine Wangen waren glatt und rund, wie die mancher Lebemänner. Und dabei war er nichts als ein Gestrandeter!

Onkel Tino schien jeden der italienischen Arbeiter in der Bar zu kennen: Sie wetteiferten um seine Gunst, darum, ihm die Hand zu schütteln, ihm auf irgendeine Weise ihren Respekt zu bezeugen. Nur der Gestrandete rührte sich nicht und beschränkte sich darauf, ihm eines seiner weltverlorenen Lächeln zu schenken.

In gewisser Weise war auch Felice Lasco ein Gestrandeter. Oder zumindest teilte er einige der Eigenschaften: beispielsweise eine dunkle Kraft in seinem Inneren, die ihn daran hinderte, nach Italien zurückzukehren, und sei es auch nur zu einem kurzen Besuch. Die Gestrandeten sagen: Dieses Jahr gehe ich zurück, das schwöre ich. Sie tun es aber nicht. Es gelingt ihnen nicht, sich von dort zu lösen, wo sie sind. Aus unzähligen Gründen. Oder vielleicht auch nur, weil in Afrika die Zeit viel langsamer verstreicht als anderswo und zwei, drei Jahre schon ausreichen, um ihnen das Gefühl zu geben, sie hätten tiefe Wurzeln geschlagen, sehr tiefe. Normalerweise handelt es sich bei den Gestrandeten um Junggesellen, Männer, die es gewohnt sind, allein zu leben. Viele fangen an zu trinken. Alkohol ohne Ende: Das hilft gegen die Einsamkeit der langen Abende voller Sterne, groß wie Schneebälle, die so hell scheinen, dass sie dir den Weg leuchten, ganz ohne Mond. Sie geben dir die Illusion, als stünden sie direkt über deinem Kopf, nur um dir einen Gruß zuzufunkeln und dir Gesellschaft zu leisten. Wann sieht er je einen solchen Himmel in seinem Heimatland, der Gestrandete? Und wenn er doch einmal beschließt, zu einem Kurzurlaub zurückzukehren, fühlt er sich plötzlich nicht mehr wohl: Ein Fisch auf dem Trockenen, der es kaum erwarten kann, wieder ins Wasser zu kommen. Südlich des Äquators sind es weder die Medizinmänner noch die Schlangen, übrigens eher eingebildet als real, die den meisten Angst einjagen. Angst macht Europa, wo keiner je lächelt. In Afrika wirst du stets mit einem Lächeln begrüßt. Selbst dort, wo Krieg und Verzweiflung herrschen.

Während der folgenden Tage begleitete Felice den Onkel mehrmals bei seinen Inspektionen des Flusses, der gestaut werden sollte.

Der Metsimotlhabe, eine echte geografische Verirrung, war trocken gefallen. Nichts Ungewöhnliches. Acht Monate lang führte sein Bett nicht einen Tropfen Wasser. Auf einen Schlag kam dann die Flut, gewaltvoll und reißend, als Folge der großen Regen.

Der Damm sollte zwei einander gegenüberliegende Hügel verbinden. Den Berechnungen zufolge würde diese Barriere zum Entstehen eines etwa dreißig Kilometer langen Gewässers führen. Ein mehr oder weniger ovaler See.

Alles würde ziemlich rasch vonstattengehen. Obwohl vorausgesehen und erwartet, würde sie das Ereignis zu einer unbestimmten Tages- oder Nachtzeit überraschen. Ein Moment von höchster Spannung, Enthusiasmus und Aufregung. Für manche auch einer der Angst, denn in einem Staudamm kann trotz sorgfältiger und fachkundiger Bauausführung doch immer noch ein Fehler stecken. In allen menschlichen Dingen gibt es immer irgendeinen Makel, der, so geringfügig er auch sein mag, eine monatelange intensive gemeinsame Arbeit zunichtemachen kann.

Onkel Tino zeigte seinem Neffen den Hügel, der zur Lieferung des Materials, das für den Bau des riesigen, etwa einen Kilometer langen Staudamms erforderlich war, geopfert werden sollte: Was nichts anderes bedeutete, als dass er mithilfe von Dynamit »umgeschichtet« würde. Die Sprengmeister hatte man bereits angeheuert: in Südafrika. Sie sollten in Kürze eintreffen. Ihre Aufgabe würde es sein, die genau dosierten Sprengladungen so im Fels zu platzieren, dass verschieden große Blöcke entstünden.

Es ist nicht einfach, einen Hügel abzutragen – Felice Lasco imitierte die Stimme seines Onkels, und sowohl Padre Rega als auch mir schien, dass er es perfekt machte, obwohl wir Costantino Sorgente nie kennengelernt hatten. Es ist nicht einfach, einen Staudamm zu errichten. Nicht einfach, ein Staubecken mit einem Fassungsvermögen von mehr als achtzehneinhalb Millionen Kubikmeter Wasser anzulegen. Eine Arbeit für Titanen.

Am Abend des dritten Inspektionstags schrieb Felice einen langen Brief an Arlette: »Komm her, Liebste, lass auch du dich nach Botswana versetzen. Hier geschieht gerade etwas Außergewöhnliches, ein Ereignis, das dich dein ganzes Leben lang begleiten wird. Du könntest dich als Krankenschwester bewerben. Wenn sich Onkel Tino für dich einsetzt, wirst du auf jeden Fall genommen, und wir könnten das Abenteuer von Bokaa gemeinsam erleben, wären bei der Konstruktion eines Damms durch einen Fluss mit einem unaussprechlichen Namen dabei, der aber, wenn er zur Zeit der Flut gestaut wird, einen großen See produziert, der viele arme Leute mit Wasser versorgt.«

»Hier verläuft das Leben alles andere als monoton«, schrieb er weiter (und da ich diesen Brief in seiner ganzen Länge wiedergebe, will ich der Ordnung halber hinzufügen, dass Lasco in seinem Koffer Kopien sämtlicher Schreiben aufbewahrte, die er an seine Frau geschickt hatte, zusammen mit denen, die sie ihm sandte). »Es gibt zwei Camps: Das eine ist schlicht und bescheiden ausgestattet, für die schwarzen Arbeiter, das andere besteht aus einer Ansammlung von Backsteinhäusern mit komfortablen Wohnungen samt Garten, für die Italiener und ihre Familien. Die Landschaft ist karg, Arlette, aber sehr reizvoll. Eine Landschaft, in der das Rot vorherrscht. Der Fels ist rot, der Staub, auch die Straßen sind rot, was nicht allen gefällt, mir aber schon, auch wenn ich nicht sagen kann, warum. Schön ist auch, dass dich die Afrikaner anlächeln, dir sofort wie Freunde begegnen, auch wenn sie dich zum ersten Mal sehen. Diese Art mag einem seltsam erscheinen, aber du kannst dir nicht vorstellen, wie viel Sympathie, ja Zuneigung ich diesen Menschen gegenüber empfinde. Ich habe Onkel Tino gesagt, wie wenig es mir gefällt, dass die Firma sie in einem separaten Camp unterbringt. Er hat mir nur geantwortet, die Regeln der Firma seien zu akzeptieren, ohne Diskussion, und Schluss, aber ich weiß, dass er in seinem Herzen nicht anders denkt als ich.

Geliebte, das Botswana-Abenteuer, wie ich es nenne, wird sicher zwei Jahre dauern. Vielleicht sogar drei. Abends vor dem Einschlafen sehe ich immer dieselbe Szene vor mir: Die Flut kommt, furios wie eine Naturkatastrophe, und wir beide betrachten das Schauspiel der Geburt des Sees von einer Anhöhe aus. In meinem Traum regnet es in Strömen, doch wir sind glücklich darüber, glücklich, uns in den Armen zu halten, wie aneinandergeklebt durch das lauwarme, leicht ölige Wasser.

Ich stelle fest, dass ich Dir einen absurden Brief schreibe, ganz zusammenhanglos. Onkel Tino sagt, Botswana hat mich umgehauen. Das ist sicher nicht ganz falsch. In den letzten Jahren habe ich verschiedene Winkel des afrikanischen Kontinents kennengelernt, aber meist waren die Erfahrungen von kurzer Dauer, selbst bei der Umgestaltung eines Territoriums. Diesmal liegt der Fall anders. Das, was hier gerade begonnen wurde, ist wirklich außerordentlich. Was kann ich tun, wenn ich mich mit jedem Tag immer leidenschaftlicher dafür begeistere? Arlette, ich folge versessen den Gesprächen der Ingenieure, und es macht mir wenig aus, wenn ich oft gar nichts verstehe. Jeden Abend bestürme ich Onkel Tino mit den unmöglichsten Fragen. Er findet immer die richtige Antwort. Ich habe sogar begonnen, ein Tagebuch über alles zu schreiben, was hier im Camp geschieht. Wusstest du zum Beispiel, dass man einen trapezförmigen Erdwall aus verschiedenen Materialien errichten muss, um einen Fluss zu stauen? Der Kern des Stützkörpers, ›core‹ heißt das, ist ein wasserundurchlässiges Lehm-Ton-Gemisch. Es wird direkt aus dem Flussbett geholt. Hinzu kommen die Filter aus Steinschotter. Der Staudamm selbst besteht aus drei Schichten, dem ›sub bedding‹ (Geröll), dem ›bedding‹ (Schotter) und dem ›rip rap‹ (größere Steinblöcke). Ist das nicht verrückt?

Meine liebe Arlette, mich hat ein wahrer Wissensdurst befallen. Ich bin versessen auf das, was ich nicht weiß, betroffen von meiner universellen Unwissenheit. Ich habe bisher wie ein Blinder gelebt, ohne irgendetwas zu verstehen, fast wie im Halbschlaf. Wie ein

Roboter. Ich werde erst jetzt geboren. Damals, an dem Tag, als ich dich kennenlernte, habe ich erst langsam begonnen, die Augen zu öffnen.

Die Firma besitzt Baustellen überall in Afrika und im Nahen Osten. Und in jedem Camp gibt es eine Krankenschwester. Wäre es nicht herrlich, durch die Welt zu ziehen und Straßen, Brücken, Dämme und andere grandiose Dinge zu bauen?

Aber vermutlich verlange ich zu viel von Dir, das ist mir schon klar. Ich bin nicht irre. Sag mir ruhig, dass Du nie kommen, nie in Botswana arbeiten wirst: Ich werde kein Drama daraus machen. Zwischen uns ändert sich nichts. Ich komme dann eben nach Kairo, so oft ich kann. Ich weiß, dass Onkel Tino seine Ferien auch in diesem Jahr in Neapel verbringen will. Und ich? Du weißt, dass ich keine Lust habe, in meine Heimat zu fahren. Ich glaube übrigens, dass ich nie mehr dorthin zurückkehren werde. Was also heißt: Wenn es an der Zeit ist, die Arbeit hier einzustellen, werde ich mir ein Flugticket nach Kairo kaufen und mich Dir zu Füßen werfen.

Am letzten Samstag haben wir zusammen mit Onkel Tino und ein paar anderen Kollegen von der Baustelle einen Ausflug in die Wüste unternommen. Die Firma organisiert häufig solche Exkursionen, die Mitarbeiter sollen sich an ihren freien Tagen weder langweilen noch betrinken oder käuflichen Sex suchen. Der Ausflug war herrlich, aufregend, ich werde ihn nicht vergessen. Botswana besteht größtenteils aus felsigem Hochland, durch das der Okawango fließt, ein Fluss, der das Meer nie sieht, da er in einem Binnendelta in die Wüste mündet. Man hat nicht das Gefühl, eine reale Landschaft zu durchqueren, eher einen Traum. Der Fels, die Sonne, die Tiere – ja, sogar die Tiere – leuchten in den unterschiedlichsten Rottönen, was einen Maler begeistern würde. Auf einmal ist vor mir eine Giraffe aufgetaucht. Trotz ihrer Größe habe ich sie nicht kommen sehen, sie war wie eine Erscheinung. Instinktiv habe ich die Arme vor die Brust geschlagen: nicht aus Angst, sondern vor Überwältigung. Was für ein imposantes Tier! Und du,

Arlette, warst nicht an meiner Seite. Also habe ich sie mit deinen Augen betrachtet. Ich habe mir gesagt, dass nicht ich es war, der schaute, sondern du, und die Empfindung, die mich überkam, war nicht meine, sondern deine, nein, warte, sie gehörte uns beiden. In meinem ganzen Leben bin ich noch nie so viel gelaufen. Irgendwann musste ich lachen. Onkel Tinos Haar war mit rotem Staub bedeckt, selbst seine Augenbrauen und seine Nasenspitze waren rot. Du siehst aus wie der Teufel, habe ich ihm gesagt, wohin führst du mich, in die Hölle? Der wohl schönste Moment kam bei Einbruch der Dunkelheit. Wir haben ein Feuer entzündet und ein paar Zelte aufgeschlagen. Nach dem Abendessen saßen wir dann alle um das Feuer und haben gesungen. Ich hätte nicht gedacht, dass es in unserer Runde auch einen Landsmann von mir gab, Alfredo, um die fünfzig, recht robust, schon leicht ergraut, breites Gesicht, kleine Nase und immer ein bitteres Lächeln um den Mund, aber nicht böse, im Gegenteil. Alfred ist ein Gestrandeter, einer der seltsamen Art. Seit einer Ewigkeit ist er nicht mehr in Italien gewesen, und dabei verzehrt er sich vor Sehnsucht, vor allem nach seiner Heimatstadt, die auch die meine ist. Irgendwann hat er dann zur Gitarre gegriffen. Alle sind sofort ganz still geworden. Er spielt und singt wirklich wie ein Gott. Ich habe eine Gänsehaut bekommen, so viele Erinnerungen sind in mir wach geworden, mehr schlechte als gute, wenn ich ehrlich sein soll. Ein Lied hat er nur für mich gesungen. Ich weiß das, weil er mich die ganze Zeit über angeschaut hat. Am Anfang hat mich sein bedeutungsvoller Blick beunruhigt. Ich dachte: Er will mir etwas sagen, er hat eine Botschaft für mich. Du weißt ja, wie leicht ich zu beeindrucken bin, zumindest in einigen Fällen. Leider kannte ich das Lied nicht, weder den Titel noch den Text, aber am Ende habe ich begriffen, dass es besser ist, nicht weiter nachzugrübeln. Wahrscheinlich wollte Alfredo mich ganz einfach in seine eigene Sehnsucht einbeziehen, im Namen unserer gemeinsamen Herkunft …

22.

Wie gewöhnlich machte sich Onkel Tino auf den Weg nach Italien und ließ Felice allein in Botswana zurück. Der wusste nicht, ob er Arlette in Kairo oder in Beirut treffen sollte. Sie hatte sich gewünscht, die Ferien bei einer Tante zu verbringen, die immer noch dort lebte. Es war Dezember, kurz vor Weihnachten.

Jedes Mal, wenn Costantino Sorgente nach Neapel zurückfuhr, verfiel Felice in einen düsteren Zustand der Angst, manchmal schon Wochen zuvor. Sein Schweigen nahm zu, seine Augen ließen ihren Glanz vermissen, seine normalerweise so große Neugier für die Welt um ihn herum versiegte. Aus dem Gleichgewicht brachte ihn nicht so sehr die konkrete Vergangenheit, sondern ihr vages Echo, ein Gefühl der Abscheu, die nichts Bestimmtem galt, sich gegen keines der bekannten Gesichter und der durchlebten Ereignisse richtete: nichts anderes als eine generelle Ablehnung seiner damaligen Identität. Eines Nachts, als er im Stillen über seine Eigenheiten und seinen Widerwillen nachdachte, fasste er das, was ihn in seinem Inneren umtrieb, in harte Worte: Ich hasse die Stadt, in der ich geboren wurde, aus ganzem Herzen, ich hasse ihre Straßen, ihre Menschen, ihren Dialekt, ihre Lieder, ihren Lärm, ihr Weinen, ihre Melancholie.

Ein einziges Mal – was allerdings schon Jahre her war und sich auch nie wiederholen sollte – war er mit seinem Onkel darüber aneinandergeraten. Es handelte sich um einen plötzlich entflammten Streit, ganz ungewöhnlich bei ihrem ruhigen Miteinander. Bis dahin hatte Felice es immer vermieden, mit dem Onkel emotional über Neapel zu sprechen: Wörter wie Nostalgie oder Wehmut waren nie über seine Lippen gekommen, und Costantino hatte sein Ausweichen immer akzeptiert. An jenem Tag jedoch, wer weiß, warum, funktionierte der Mechanismus der Selbstkontrolle bei beiden nicht.

Es war Felice, der den Streit vom Zaun brach. Dreimal hintereinander hatte er den Onkel gefragt, warum er jedes Jahr darauf bestehen würde, in diese »gesegnete« Stadt zu fahren, obwohl es dazu doch keine ernsthaften Gründe gab, weder gefühlsmäßiger noch sonstiger Art. Dreimal hatte Costantino geschwiegen, in der Hoffnung, Felice würde bemerken, wie unangebracht und geschmacklos seine Frage war. Aber Felice beharrte eigensinnig darauf, und die vierte Attacke provozierte den Onkel schließlich zu einer Reaktion.

Sie fiel unmittelbar und heftig aus: Er fuhr hin, weil er Lust dazu hatte. Weil er in dieser Stadt liebe Freunde besaß, eine Wohnung, allerlei Verwandte, darunter eine Cousine, die für ihn wie eine Schwester war, Felices Mutter nämlich, die der anscheinend aus seinem Herzen gestrichen hatte. Und wenn er es wirklich wissen wollte, bitte, er fuhr übrigens auch hin, um herauszufinden, was eine Kanaille wie Oreste Spasiano im Schilde führte: Ob er nicht zufällig doch beschlossen hatte, Felice den Mord am armen Costagliola in die Schuhe zu schieben, ob er, zynisch, wie er war, den Spieß nicht einfach mal umdrehen wollte, egal, wie viel Zeit auch vergangen war (da es keine Zeugen gab, stünden ihre widersprüchlichen Aussagen gleichwertig nebeneinander). Er fuhr hin, um zu erfahren, ob über die Sache wirklich Gras gewachsen war, oder ob jemand noch weiterhin dazu ermittelte, oder ob jemand sich Gedanken über Felices Flucht machte, und, ja, ob Felices Stiefvater den Krebs besiegt hatte …

Von dem Tag an war die Polemik zum Thema Neapel aus ihren Gesprächen gestrichen. Was Felice allerdings nicht davor bewahrte, vor der Abreise des Onkels jedes Mal lange Stunden der Angst und der Übelkeit durchzumachen. Was Costantino nicht daran hinderte, ihm nach seiner Rückkehr aus Neapel in allen Einzelheiten von seinen Erlebnissen und den Leuten dort zu berichten. Am Ende kam es, wie es kommen musste: Felice gelangte zu der

Überzeugung, dass ein Mensch im Laufe seines Daseins an einem einzigen Gedanken festhält, einem einzigen Wunsch oder einer einzigen Obsession, und dass alles andere nichts als Beiwerk ist. Das Leben wollte aus ihm, fast erklärtermaßen, den Mann machen, der nicht zurückkehrt. Und als wäre das nicht genug, war er gezwungen, diesen Pakt mit sich selbst immer wieder – qualvoll, schmerzlich – zu bekräftigen.

Irgendwann vielleicht, ehe ich sterbe, kehre ich vielleicht zurück, fantasierte er, während er eine bunte Postkarte betrachtete, die ihm die Mutter geschickt hatte. Eine der üblichen Ansichten, mit einer ausladenden Pinie und dem Vesuv im Hintergrund. Er suchte sie nach etwas ab, das in ihm vielleicht eine unvorhergesehene Emotion wecken würde. Ohne Erfolg. Es wird ein Moment höchster Gleichgültigkeit sein, dachte er, ohne den geringsten Reiz. Ich werde ein Fremder sein. In Wahrheit gibt es kein Heilmittel gegen den Bruch, wenn es einen echten Bruch gegeben hat: Jede Trennung ist für immer, man kann die Scherben einer Vase, die in tausend Stücke zersprungen ist, unmöglich zusammensetzen. Wir können allenfalls bedauern, was wir verloren haben. In meinem Fall allerdings, sagte er sich, wird es – sollte ich wirklich irgendwann zurückkehren, wenn ich alt bin – nicht einmal das geben. Nur eine große Leere.

Onkel Tino brach also bei Beginn der Regenzeit auf. Bislang war erst ein bescheidener Teil des Staudamms gebaut worden, und das Flutwasser hatte mit stürmischer Freude dahinrauschen können. Es würde noch einige Mühe kosten, das große Becken auszuheben, bis der Stausee schließlich den Durst der Hauptstadt und der umliegenden Dörfer löschen konnte. Felice brachte Costantino im firmeneigenen Kleintransporter zum Flughafen. Er hörte dem, was der Onkel während der Fahrt erzählte, nur mit halbem Ohr zu. Er konzentrierte sich auch nur nebenbei aufs Fahren und überließ sich seiner schlechten Laune, die ihm wie immer und ohne an etwas Bestimmtes zu denken die Lippen verschloss. Beim Abschied drückte

Felice dem Onkel ein Päckchen in die Hand. Für die Mutter. Costantinos Vorwurf, sie vergessen zu haben, keinen Gedanken mehr an sie zu verschwenden, saß tief: Seitdem hatte er begonnen, ihr zu schreiben, mitunter sogar recht lange Briefe, und ihr kleine Geschenke zu schicken, nichts Wertvolles, aber Glücksbringer – so sah es Felice zumindest –, die auch seine Mutter als Talismane betrachtete und an einem geheimen Ort bewahrte.

»Liebe Mamma«, schrieb er in dem Brief, den er dem Päckchen beilegte, »ich schicke Dir einen Teil von Afrika: An manchen Stellen ist auch der Fels schwarz, und diese Splitter stammen aus dem tiefsten Inneren eines Berges, der gesprengt wurde, um das Material zu beschaffen, das für den Bau des Staudamms nötig ist. Ich weiß nicht, ob diese Steine Wunder vollbringen: Ich habe aber gesehen, dass ein heiliger Mann aus dieser Gegend, der mir die Zukunft vorausgesagt hat, ganz ähnliche um den Hals trug. Nach dem, was er mir geweissagt hat, bin ich vom Glück begünstigt. Alles wird bestens gehen, falls ich im Alter keine Fehler mache (hier kommt das Alter aber leider recht schnell). In jedem Fall wird der schwierige Moment der letzte sein. Das ist alles. Mehr konnte ich nicht aus ihm herausbringen. Was aber wirklich nicht dramatisch ist, denn wenn der Heilige Recht behält, dann liegt ein ausgefülltes, glückliches Leben vor mir. Also halte ich ein turbulentes Ende der Partie durchaus für zumutbar. Was diese schwarzen Steine hier angeht, sie sind garantiert Glücksbringer. Das schließe ich daraus, wie ich sie gefunden habe, wie sie mir unter Millionen von Splittern ins Auge fielen, wie mir sofort klar geworden ist, dass sie zu denen des Heiligen gehören.«

Felices Brief war noch lange nicht zu Ende. Er riss viele andere Themen an, ließ sich zu einer fast hypnotischen Hymne auf Afrika hinreißen, den unvergleichlichen Kontinent, ein Paradies auf Erden, in dem Felice sich als Adam fühlte, als Mensch.

Seit einiger Zeit zählte das Briefeschreiben zu seinen Lieblingsbeschäftigungen. Lebhaft und großzügig erzählte er von seinen

Erfahrungen, gab Ratschläge, kommentierte Ereignisse mit einem regelrechten Wortschwall, genau das Gegenteil zu seiner Schweigsamkeit beziehungsweise seinen ansonsten knappen Bemerkungen. Er hat so viel geschwiegen, wie er dann geschrieben hat. Zwei weitere Sprachen beherrschte er jetzt fließend – Französisch und Englisch. Er setzte seine Studien aber leidenschaftlich fort, aus Freude an der Perfektion. Für seine praktische Arbeit, für die menschlichen und sozialen Kontakte waren seine Kenntnisse mehr als ausreichend.

Am Flughafen von Gaborone verfolgten seine Augen die Maschine, in der sein Onkel saß. Er schaute ihr lange nach, wie sie schwerfällig an Höhe gewann, eine Propellermaschine mit nur wenigen Plätzen, die viermal pro Woche zwischen Gaborone und Johannesburg verkehrte. Am Himmel machte sie den Eindruck eines in Silberfolie gewickelten Spielzeugs. Beide Hände in den Taschen einer Arbeitshose aus Militärtarnstoff vergraben, dachte Felice auf einmal, dass es ihm Spaß gemacht hätte, fliegen zu lernen. Vielleicht, weil ihm die waghalsigen Fluchten auf den frisierten Motorrädern in den Sinn gekommen waren, mit Oreste, der von hinten beide Arme um seine Taille schlang, während seine Brust, die selbstzufrieden an Felices Rücken klebte, von Lachkrämpfen geschüttelt wurde. Noch eine Erinnerung ging ihm durch den Kopf: an sein letztes Motorrad, das in Kairo auf ihn wartete, sorgfältig abgedeckt, in einem Schuppen ganz in der Nähe der Wohnung, die er mit Arlette teilte. Die Motoren, welch eine Leidenschaft! Die Geschwindigkeit auch. Aufbrechen und all das entdecken, was man nicht kennt. Das Problem bestand darin, zurückzukehren. Der Knoten, den es zu lösen galt, war immer derselbe: die Rückkehr.

Am Abend aß Felice mit Alfredo in der Mensa. Er hatte sich bereits an einem freien Tisch niedergelassen, als die monumentale Gestalt des Gestrandeten vor ihm auftauchte (er war nicht nur stämmig, sondern auch fast einen Meter neunzig groß).

Du bist allein?

Bin ich.

Macht es dir etwas aus, wenn ich dir Gesellschaft leiste?

Setz dich.

Anfangs saßen sie sich stumm gegenüber: Alfredo betrachtete ihn, er betrachtete Alfredo, wobei er sich fragte, wer dieser bullige, ein wenig melancholische Typ wohl in Wirklichkeit war, abgesehen davon, dass er Gitarre spielte und sang, dass er als unermüdlicher Arbeiter und zuverlässiger Experte galt, zuständig für Beton- und Stahlbetonarbeiten und das sub bedding, also die Herstellung des Schotters, der mit dem Beton vermischt wurde.

Über die Betonmischer kam ihr Gespräch dann ein wenig in Fahrt. Felice gestand seine Faszination für diese Fahrzeuge, vor allem für die gigantische, frei drehende Mischtrommel. Zugegeben, er hatte eine Schwäche für Mechanik: Ein Betonmischer in Aktion war für ihn ein atemberaubendes Schauspiel. Seine Rolle auf der Baustelle zeugte im Übrigen von dieser Leidenschaft. Und da Alfredo, ein Mann, dem alles gleichgültig zu sein schien, keine Ahnung hatte, was Felice eigentlich machte, erklärte dieser ihm, dass er für die Überwachung des Fuhrparks zuständig war: Abends nahm er nacheinander die Fahrzeuge in Empfang, die auf dem Gelände eintrafen, und führte eine Akte mit ihren Identifikationscodes. Er leitete auch die Reparaturwerkstatt, in der zu besten Zeiten fünf Mechaniker arbeiteten.

Du bist also ein Vertrauensmann der Firma.

Felice sagte dazu nichts. Alfredo hätte es nicht verstanden. Wahrscheinlich war niemand in der Lage, seine Verbindung zur Firma zu verstehen. Sie war für ihn alles geworden, seine Familie, nicht nur wegen Onkel Tino. Es hatte viel tiefere Gründe, die Felice nicht wirklich erklären konnte, nicht sich selbst und anderen schon gar nicht. Wie es Arlette ein wenig scherzhaft ausdrückte: Die »Firma« war vor allem eine Herzensangelegenheit geworden. Was Felice auch gar nicht leugnete. Ganz einfach: Er liebte sie, diese »Signora«, er hätte ohne sie nicht auskommen können. Sie verkörperte seine Geschichte als Erwachsener, da sie seinem orientierungslosen Leben einen Sinn gegeben hatte.

Nach dem Abendessen unternahmen sie einen Spaziergang. Ein leiser Regen fiel vom Himmel, anregend nicht nur für den Körper, sondern auch für die Gedanken, die er von jeder Schlacke reinigte. Sie gingen lange schweigend nebeneinander her.

Willst du lernen, wie man Mörtel herstellt? Wie er sich zusammensetzt? Wie man einen Betonmischer bedient?

Ich will alles lernen.

Du bist ehrgeizig, gut so, ermutigte ihn Alfredo. Mir dagegen ist es egal. Ich arbeite gut, verstehe mein Handwerk, bin pflichtbewusst, tue alles, was ich muss, und auch noch mehr. Aber es ist mir egal. Kommt dir das unsinnig vor?

Felice verneinte. Es kam ihm nicht unsinnig vor. Er hielt Alfredo für einen, der etwas vergessen wollte, wie er. Was wohl?

Meine Geschichte ist banal, eine wie tausend, ach was, wie Millionen andere, sagte Alfredo von sich aus, ohne dass Felice ihn danach gefragt hatte. Wahrscheinlich hatte er in seinen Gedanken gelesen. Ich war mit einer Frau verheiratet, ich habe sie sehr geliebt. Eines Tages ist sie mit einem anderen auf und davon, und ich konnte die Sache nicht verkraften. Weder damals noch heute. Mehr nicht. Eine furchtbar alltägliche Geschichte. Und du?

Bei dieser Frage begann Felices Herz wie wild zu schlagen. Er hatte sie nicht erwartet. Soll ich ihm die Wahrheit sagen?, fragte er sich, getragen von der Welle einer zuvor noch nie verspürten Empathie. Er unterdrückte die Versuchung aber sofort, allerdings mit tiefem Bedauern. Zu gern hätte er diesem Mann, den das Leben so hart getroffen hatte, sein Herz geöffnet. Sicherlich hätte er in ihm einen aufmerksamen und verständnisvollen Zuhörer gefunden.

Der Tag wird kommen, an dem ich mich jemandem anvertraue, sagte er. Es ist einfach noch nicht so weit. Verzeih mir.

Nachts wälzte Felice sich schlaflos im Bett, geplagt von Gedanken, Erinnerungen, Zweifeln, Ängsten, aber alles wie angetippt,

Bruchstücke, die sich gleich wieder auflösten, um neuen und wieder neuen Bruchstücken Platz zu machen. Er sah seine Mutter. Sie weinte. Sah eine Weihnachtskrippe unter einer Glasglocke in der Via Cristallini, im Haus des Vaters seines Stiefvaters. Einen Balkon in der Nacht, vor dem ein Vorhang wehte, dahinter erahnte man einen Mann mit einem Gewehr, auf die Straße gerichtet. Sich selbst, dem es nicht gelang, die Gilera 125, in tausend Einzelteilen vor ihm ausgebreitet, wieder zusammenzubauen Eine dicke Frau, die auf einen Jungen mit Down-Syndrom zeigte und sagte: Der Arme, ich habe ihn adoptiert, er hatte niemanden. Ich habe sieben Kinder, was macht eins mehr da schon aus?

Dann erschien ihm auch Oreste. Aber nicht mehr als Fragment einer Vision, eher als ein festes Bild, irgendwo eingraviert und scharf gestellt. Um den Mund das übliche verächtliche Grinsen. Felice fühlte, wie aus den Tiefen seiner Eingeweide das ewige Schmähwort aufstieg, das selbst, wenn es wie jetzt vor Groll vibrierte, einen ironischen, fast liebevollen Unterton behielt, der immer auf ihre unverwüstliche Vertrautheit deuten würde. »Arsch!«, sagte er laut.

Es war nicht zum ersten Mal, dass er ihn so vor sich sah. Sie waren schon hin und wieder aufeinandergestoßen, um sich gegenseitig Vorwürfe zu machen. Oreste betrachtete Felice mit seiner Maske aus Verachtung, bis der schließlich vor Wut platzte. Arsch! Wegen dir habe ich riskiert, im Knast zu landen, vorsätzlicher Mord in Mittäterschaft. Wegen dir musste ich meine Mutter alleinlassen und mich in Afrika verstecken. Wegen dir kehre ich vielleicht nie mehr nach Hause zurück. Wegen dir musste ich auf meine Gilera verzichten und mich damit abfinden, sie nie mehr wiederzusehen …

Obwohl seine Flucht aus Neapel bereits mehr als zwei Jahrzehnte zurücklag, zweifelte Felice nicht daran, dass Oreste ihn hasste. Er dachte immer noch an ihn und hasste ihn. Dieser Hass hatte sich, davon war Felice überzeugt, nicht auf einen Schlag eingestellt. Er war mit der Zeit gewachsen, genährt durch die permanent enttäuschte Erwartung einer Nachricht von ihm. Anfangs mochte es sich um so etwas wie ein nervöses Staunen gehandelt haben, eine misstrauische Ungeduld. Die sich in Besorgnis verwandelt hatte und Oreste eines Tages dazu trieb, Felices Mutter auf der Treppe anzuhalten, um sie nach ihrem Sohn zu fragen: Geht es ihm gut? Ist er gesund?

Von diesem Vorkommnis hatte Onkel Tino ihm nach einer seiner Reisen nach Neapel berichtet. Felice hatte zugehört und sich dabei die ganze Zeit auf die Lippe gebissen, bis Tino ihm drohte: Wehe dir, wenn du ihm schreibst, wenn du dich nicht an das hältst, was du mir versprochen hast.

Während er sich hin und her wälzte, überlegte Felice, ob es richtig gewesen war, sich an das Versprechen zu halten, ob es nicht besser gewesen wäre, ein Zeichen von sich zu geben und es dann der Zeit zu überlassen, eine Beziehung auszuradieren, die ohnehin zum Sterben bestimmt war. Vielleicht hatte er sich wirklich wie ein Verräter benommen. Auch wenn Oreste einen schrecklichen Mord auf dem Gewissen hatte (dessen Komplize er war), selbst das konnte die Tatsache nicht aus der Welt schaffen, dass sie zusammen aufgewachsen waren, dass jeder für den anderen ein Spiegelbild seiner selbst gewesen war, dass sie sämtliche Erfahrungen, einschließlich der heikelsten, geteilt hatten und dass sich zwischen ihnen ein intensives Band gesponnen hatte, etwas, das schwer einzuordnen war.

Er fragte sich, welche Neuigkeiten Onkel Tino diesmal aus Neapel mitbringen würde. Zuletzt hatte er berichtet, dass Oreste bis zum Hals in die kriminellen Machenschaften des Viertels verstrickt war. Zum ersten Mal war er verhaftet worden, hatte kurz im Gefängnis gesessen, bis man ihn in der Berufung mangels einschlägiger Beweise wieder auf freien Fuß setzen musste. Die Anklage lautete auf Beteiligung an einer Schlägerei zwischen Dealern, die sich die Kontrolle über eine besonders lukrative Ecke, wo es zwei Schulen gab, streitig machten. Sein Anwalt hatte behauptet, Oreste sei nur dazwischen gegangen, um zu schlichten. Und der Staatsanwalt hatte angebissen.

Felice sagte sich, dass Orestes Schicksal bereits besiegelt war: Ein Wirrwarr, das nur an einem einzigen Faden hängt. So geht das im Leben, wenn die Bestimmung eindeutig ist. Er hatte nicht lange gewartet, um sie zu demonstrieren. Sie waren noch Kinder, da hatte er einen Klassenkameraden unter der Schulbank mit dem Messer bedroht, weil der ihm ein spezielles Sammelbild eines berühmten Fußballers nicht sofort verkaufen wollte. Ihm blieb aber keine Wahl: Er musste es ihm verkaufen. Nicht schenken, wie er vor lauter Angst angeboten hatte, nein, verkaufen, übrigens zu einem viel höheren Preis als dem normalen, aber so war Oreste, ein Mensch voller Widersprüche, ganz Licht und Schatten, auch wenn der Schatten deutlich überwog.

Felice stöhnte bei diesem Gedanken. Er hatte damals bei diesem schmutzigen Geschäft mitgemacht, gegen seinen Willen, ja, aber ein Komplize, wie übrigens immer, wenn Oreste zu einem seiner Übergriffe ansetzte. Er wollte ihn permanent an der Seite haben, aus tausend Gründen, vor allem aber aus Zuneigung. Zwischen ihnen bestand so etwas wie eine echte Blutsbrüderschaft, und wehe dem, der diesen Pakt gebrochen oder auch nur getrübt hätte.

Kurz vor Morgengrauen stand Felice schweißgebadet auf. Er ging zur Tür und öffnete sie. Draußen regnete es noch immer: Wasserschleier gingen in Böen nieder. In ihrem Schoß trugen sie sämtliche Düfte Afrikas. Felice war nackt. Er atmete die duftdurchtränkte Luft in vollen Zügen ein. Dann trat er in den Regen hinaus, ließ sich von ihm umarmen, vom Schorf aus Schweiß befreien, sich innen und außen reinigen.

23.

Als es Felice klar wurde, dass er die Rückkehr nach Neapel nicht mehr vermeiden konnte, war Onkel Tino bereits seit über zehn Jahren tot. Felice war es schwergefallen, über seinen Tod hinwegzukommen: Abrupt wurde jede Verbindung mit der Vergangenheit gekappt, die Dimensionen seiner Einsamkeit vervielfachten sich. Er schrieb an seine Mutter. Auch sie war nach dem Tod ihres Mannes – er war einige Zeit vor Costantino Sorgente nach langer, schwerer Krankheit gestorben – allein geblieben. Felice versuchte sie zu überreden, zu ihm nach Kairo zu kommen: Er versprach ihr ein heiteres, ja glückliches Alter. Aber die Mutter lehnte das Angebot strikt ab: Sie wollte in Neapel bleiben, in ihren eigenen vier Wänden, bei ihren Gewohnheiten, und auch nicht auf ihre Arbeit verzichten, selbst wenn sie wegen der Krise damals schon unregelmäßig zu tun hatte.

Ihre Worte verbitterten Felice. Er nahm sie als Gleichgültigkeit ihm gegenüber, als Gefühlskälte, vielleicht sogar als Groll. Hinzu kam, dass sie nicht nur einen möglichen Umzug nach Ägypten ausgeschlossen hatte, nein, auch einen zeitweiligen Aufenthalt, um den Sohn nach so vielen Jahren in die Arme zu schließen und auch Arlette kennenzulernen.

Von da an und vielleicht deswegen wurde die Korrespondenz zwischen Felice und seiner Mutter nicht nur spärlicher, sondern auch belangloser und nüchterner, trotz Felices überbordendem Schreibfluss. Was für ellenlange Briefe hatte er ihr früher geschrieben, in seinem holperigen (und mit den Jahren immer bruchstückhafteren) Italienisch. Anderseits war durch Costantino Sorgentes Tod das letzte Band zu seinem Heimatland gerissen. Was hätte er Besseres tun können, als den Versuch zu unternehmen, sich endgültig vom zusammengewürfelten Durcheinander lückenhafter Erinnerungen (um mit denen an die Muttersprache zu beginnen) und damit von allem, was von seiner Herkunft übrig geblieben war, zu befreien? Er widmete sich dem völligen Vergessen der Vergangenheit, als ginge es um eine ethische Mission: Seine Zukunft, seine Karriere, seine physische und psychische Gesundheit verlangten es.

So verging ein weiteres Jahrzehnt, als würde er ganz allein auf einem ruhigen Ozean kreuzen, den Wind in den Segeln. Er konnte sich getrost als zufriedenen Mann bezeichnen: vor allem in ökonomischer Hinsicht, da Costantino ihn als Alleinerben eingesetzt hatte. Bei der Arbeit lief es auch immer besser. Er hatte zwar keinen konkreten Titel, war aber in die Verwaltung der Niederlassung übernommen worden, die seine Firma in Kairo gegründet hatte. Wenn er nicht in der Welt unterwegs war, um Baustellen zu leiten, saß er im Büro am Telefon, leitete Nachrichten weiter, sortierte Akten, las die Post. Manchmal, das ist wahr, verspürte er eine große Leere um sich, eine Leere, die ihn mit einem Anflug von Enttäuschung an seine vor Jahren getroffene Entscheidung denken ließ, keine Kinder in die Welt zu setzen, trotz Arlettes wiederholter Versuche, ihn zur Vaterschaft zu bewegen. Schließlich hatte er gesiegt, obwohl Arlette den stärkeren Charakter besaß und die wichtigen Entscheidungen traf. Arlette war aber auf die Dauer bewusst geworden, dass sich hinter Felices Weigerung keine Form von Egoismus verbarg, dass es sich dabei nicht um eine Laune handelte. Sie schien aus einem tiefen Unbehagen zu erwachsen, aus einer undefinierbaren Furcht, die für ihn selbst zum Teil im Dunkeln lag, sein psychologisches Gleichgewicht aber bedroht hätte.

Es muss hinzugefügt werden, dass der Ursprung seiner depressiven Schübe in jedem Fall ein Rätsel blieb. Dem er im Übrigen nicht weiter auf den Grund zu gehen gedachte. Wer auf dieser Welt hat nicht mindestens einmal im Leben die Abgründe der Melancholie erfahren? Wer kann von sich sagen, die existenzielle Panik, die einen vergessen lässt, wer man ist und welchen Sinn das eigene Leben hat, vollständig beiseitezuschieben?

Glücklicherweise dauerten seine »Delirien«, wie er sie nannte, nicht allzu lange. Und sie hinterließen wenig Spuren. Die Normalität spann ihre Fäden gleich wieder weiter und gab ihm das kurzfristig abhanden gekommene Selbstbewusstsein zurück, mitunter sogar in verstärktem Maße. Zum Beispiel, als er am Morgen nach einer turbulenten schlaflosen Nacht in den Spiegel sah und sich dabei ertappte, dass er sich frech und selbstgefällig zulächelte, während er sich in einen maßgeschneiderten Anzug kleidete und sich eine poppige Krawatte um den Hals band.

Ganz richtig. Er war weit gekommen. Signor Lasco, ein respektabler Bürger mit Wohnsitz in Kairo, offizielles Mitglied eines Clubs, der vor allem von hier ansässigen Ausländern mit einem bestimmten beruflichen Background frequentiert wurde. Er hatte lange gezögert, ehe er der Direktion einen Antrag auf Mitgliedschaft vorlegte: gewiss nicht aus Furcht, abgelehnt zu werden, bei den Fürsprechern, auf die er zählen konnte. Es war dieses schwer zu benennende Gefühl der Mittelmäßigkeit, das ihn hatte zögern lassen, das Unbehagen, welches ihm die freundschaftliche Berührung mit gesellschaftlich und kulturell angesehenen Menschen bereitete: Ingenieure, Handelsexperten, Direktoren, qualifizierte Techniker. Arlette war jedoch glücklich und fühlte sich geschmeichelt: Sie liebte es, abends im Club die »Signora« zu spielen. Er nicht so sehr. Obwohl er an dem Theater teilnahm, konnte er sich einem inneren Gefühl der Unlust nicht entziehen.

Auch für ihn war das Alter gekommen, allmählich in Pension zu gehen. Kräftig, wie er war, von jugendlichem Aussehen, konnte er es sich jedoch unmöglich vorstellen, ohne eine Verpflichtung zu sein, eine Funktion, eine Tätigkeit. Etwas, das ihn vor Orientierungslosigkeit bewahrte. Er hatte daher beschlossen, in einem geeigneten Moment mit seinen Arbeitgebern zu sprechen: Sie würden sicherlich eine für beide Seiten zuträgliche Lösung finden.

Eines Nachts träumte er von seiner Mutter. In seinem Traum war sie so jung, wie er sie verlassen hatte. Sie redete heftig auf ihn ein, voller Wut und Geringschätzung. Ihn überfiel die Angst. Er schrak aus dem Schlaf auf. Arlette war besorgt. Dieser Traum schien ein Zeichen zu sein. Der letzte Brief an die Mutter lag sechs Monate zurück: Er war unbeantwortet geblieben. So lange hatte sie noch nie geschwiegen, aber er hatte sich keine Gedanken gemacht. Möglich, dass sein Herz sich schon so sehr verhärtet hatte? Wie immer, wenn ihn derartige Gedanken überfielen, hielt er innerlich die Luft an, wie betäubt. Warum war er nie nach Neapel gefahren? Zum ersten Mal schien ihm seine Beteiligung an einem ungestraft gebliebenen Verbrechen kein ausreichender Grund mehr zu sein. Vielleicht hatte das für die ersten zwanzig Jahre nach seiner Auswanderung gegolten. Aber heute?

Leider konnte er seine Mutter telefonisch nicht erreichen. Irgendwann einmal hatte sie ein Handy besessen, es verloren und beschlossen, kein Geld mehr für ein neues auszugeben. Was tun? Während er den Computer nach einer Lösung des Problems durchforstete, erinnerte sich Felice, dass ein Cousin seines verstorbenen Onkels, mit der Familie auf Rundreise durch Ägypten, vor Jahren einmal zu Besuch gekommen war. Ganz bestimmt hatte er ihm seine Visitenkarte dagelassen.

Er durchstöberte die ganze Wohnung, irgendwo musste sie doch sein. Kaum zu glauben, aber Felice warf wirklich nie irgendetwas weg. Und siehe da, er fand sie. Nachdem er sie eine Weile zwischen den Fingern hin und her gedreht hatte, um nach den richtigen Worten zu suchen, rief er Onkel Tinos Cousin an. Hallo? Hallo! Er stotterte elend lange herum, bis es ihm endlich gelang, sich verständlich zu machen. Dabei erfuhr er, dass die Mutter lebte, ja, dass es ihr aber schlecht ging. Sehr schlecht. Vielleicht, sagte der Mann dann zögernd, doch mit ernster Stimme, solltest du dich ins Flugzeug setzen und so schnell wie möglich herkommen.

Felice schwieg. Er war in Schweiß gebadet.

Als Arlette nach Hause kam und er ihr alles erzählte, hatte er seine Ruhe wiedergefunden. Er wirkte kühl, fast leidenschaftslos. Er würde jetzt einen entscheidenden Schritt tun, einen Schritt, sagte er ihr, von dem er nie gedacht hätte, ihn eines Tages doch zu gehen: Er würde, wenn auch nur für kurze Zeit, in seine Heimatstadt zurückkehren.

Es-tu sûr de vouloir ça?

Je suis sûr.

Arlette kannte ihn gut. Sie zweifelte nicht daran, dass er ganz bei sich selbst war: Dies sprach aus seinen pastellblauen Augen, die sich ins Graue, selbst ins Gelbe trübten, wenn etwas sein Gewissen plagte. Arlette wusste von seiner Geschichte. Felice hatte sie ihr vor Jahren Stück für Stück erzählt, ohne irgendetwas auszulassen, und sie hatte ihm geholfen, die vielen angstvollen und kritischen Momente zu überwinden, die ihre Beziehung vor allem in der Anfangszeit begleiteten. Jetzt wollte Felice also nach Neapel zurückkehren. Zum ersten Mal. Und wie es aussah, würde das, so paradox es auch sein mochte, ganz ruhig vor sich gehen, ohne große Aufregung (bis auf die Sorge um den Zustand seiner Mutter). Es schien auch, als könnte er es auf einmal kaum erwarten.

Arlette hätte ihn gern begleitet, aber Felice machte ihr klar, das diese Partie nur ihn allein anging, dass diese Reise etwas Sühnendes hatte, was seine konzentrierte Einsamkeit erforderte.

Als Felice Lasco mir ausführlich, fast pedantisch, in allen Einzelheiten und Nuancen von seiner Abreise erzählte, von Kairo aus mit einem Linienflug nach Rom, konnte er nicht wissen, dass er mit einem seiner zukünftigen Biografen sprach, der versuchen würde, dem Ereignis eine gewisse Würde zu verleihen (innerhalb der Grenzen, die einem ehemaligen Arzt von San Gennaro dei Poveri mit Hang zu Politik und Literatur gegeben sind). Oder war das Gegenteil der Fall? War Felice Lasco deshalb so ausführlich und ausschweifend, weil er wusste, dass sein Zuhörer später Gebrauch von seinen Worten machen würde?

Die Abreise fiel auf den übernächsten Tag. Nein, er war nicht aufgeregt: eher kalt, eiskalt. Unerklärlicherweise Herr über jedes Wort, jede Entscheidung, jede Geste. Wieso? Ja, wieso eigentlich? Er wusste es nicht. Er hatte seine Aufregung auf Eis gelegt, hatte sie durch einen Willensakt, der ihn selbst erstaunte, der wer weiß woher kam, als dessen Autor er sich kaum erkannte, narkotisiert.

Er erwachte noch vor dem Morgengrauen, über eine Stunde vor dem Klingeln des Weckers. Er wollte Arlette nicht aufwecken. Vergebens. Er lächelte: Bleib liegen, ich bitte dich. Arlette sprang aber gleich aus dem Bett. Was ihm gegen den Strich ging: Er wollte den großen Rollkoffer, der ihn seit Ewigkeiten auf sämtlichen Dienstreisen begleitete, in aller Ruhe und allein packen. Er lächelte erneut. Ich bitte dich, sagte er leise. Arlette verstand und ging wortlos in die Küche.

Das Packen wurde zu einer Meditation. Felice legte alles in den Koffer, was ihm wichtig war, angefangen bei seinen Briefen an Arlette – vom ersten bis zum letzten –, die sie ihm nach Korrektur seines fehlerhaften Französisch zurückgesandt hatte. Die Briefe der Mutter an Onkel Tino, die er von ihm geerbt hatte. In vielen sprach sie offen von ihrem Leid, auf den einzigen Sohn, den sie zur Welt gebracht hatte, verzichten zu müssen, und bat ihren Cousin, gut auf ihn aufzupassen. Auf die Briefe – geschützt in einer Mappe aus Karton – legte er eine große Fotografie von Arlette und eine kleinere, die ihn als Jungen zeigte, zusammen mit Oreste Spasiano, neben der Gilera 125. Dieses Foto hatte seit seiner Ankunft in Beirut, nach der Flucht aus Neapel, fast die ganze Zeit über in einer Schachtel gelegen. Es hatte ihn bei jedem Umzug begleitet, immer verborgen, wenn auch nie vergessen. Als Felice jetzt den Koffer packte, gab es nichts mehr zu entscheiden: Alles war längst entschieden, auch wenn er es nicht wusste. Felice gehorchte einfach. Er ging ins Wohnzimmer – leise, heimlich (Arlette sollte nichts mitbekommen) –, öffnete die Schreibtischschublade, in der er die Schachtel verwahrte, und zog aus einem Stapel Fotografien die richtige heraus. Er setzte die Brille auf und betrachtete sie, reglos. Dann ging er, ohne den Blick von ihr zu wenden, wieder nach nebenan, ins Schlafzimmer, wo der aufgeklappte Koffer auf ihn wartete.

Es machte ihm nichts aus, sich als Jungen zu sehen, es löste keine Regung in ihm aus: Erst vor Kurzem hatte er Fotos von sich angeschaut, die er selbst aus Italien mitgebracht oder die ihm seine Mutter hin und wieder aus ihrem eigenen Fotoalbum herausgelöst hatte. Beim Anblick von Orestes Gesicht durchzuckte ihn hingegen eine liebevolle Heiterkeit, obwohl der Freund wie ein Ganove dastand – Brust raus, Hände in den Seiten –, allerdings sichtlich ironisch, wie sein Mund und die spöttischen, auf den Fotografen gerichteten Augen demonstrierten. Er selbst, Felice, hielt die Gilera fest mit beiden Händen und lächelte schwach, versuchte ungezwungen auszusehen, was ihm aber nicht beziehungsweise nur halb gelang. Damals wie heute: Welche Erfahrung, die er nicht nur halb gemacht hatte? Es war da und war nicht da: ein kontinuierliches Drinnen-Draußen, eine ewige Unzufriedenheit, was auch immer er tat.

Er legte auch diese Fotografie in den Koffer. Nachdem er sie aus seinem Denken in die Schachtel verbannt und ihr so quasi eine lebenslange Freiheitsstrafe aufgebrummt hatte, wollte er sie jetzt bei sich haben. In ihr lag der Knoten, nie gelöst, stets verdrängt, der allem äußeren Anschein zum Trotz sein Leben bestimmt hatte: sein unklares und quälendes Verhältnis zu Oreste Spasiano, eine Verbindung, die durch seine wortlose Flucht unnatürlich am Leben gehalten wurde.

Seine Entscheidung, zu seiner kranken Mutter zu eilen und dadurch einem langjährigen Exil ein Ende zu setzen, stellte alles automatisch auf Anfang. Die Fotografie im Koffer entsprach einem Knoten im Taschentuch – eine Erinnerung und zugleich ein feierliches Versprechen an sich selbst: Er würde nicht kehrtmachen, ehe er sich von dieser unerträglichen Last befreit hatte. Wie auch immer. Vielleicht war Oreste Spasiano ein gefährlicher Krimineller geworden, zu allem bereit, aber er würde mit ihm sprechen. Er würde ihm seine Gründe darlegen, auch die schlechten, ihm von seinen Ängsten erzählen, seiner Verwirrung und Verstörung nach dem, was bei Costagliola geschehen war. Vielleicht würde Oreste es verstehen. Vielleicht auch nicht. Egal. Es spielte keine Rolle. Er musste so vorgehen. Er hatte keine Wahl.

Er sollte am Nachmittag abfliegen. Um kurz nach zwölf aßen sie zu Mittag: eine leichte Mahlzeit, die sie sehr schweigsam einnahmen, wobei sich ihre Blicke häufig kreuzten, voller verschlüsselter Botschaften, Seufzer. Beide in Gedanken bei der Einmaligkeit des Ereignisses, wobei sie vermieden, es in Worte zu fassen, um es nicht schicksalhaft zu vergrößern. Wahrscheinlich dachte Felice vor allem an die Mutter, die er vor fünfundvierzig Jahren zum letzten Mal gesehen hatte. Arlette dachte vor allem an Felice, an die Gefahren, die in dieser überstürzten Rückkehr lagen. Ihr schien es eine Überschreitung. Ihr schien, dass es für bestimmte Verstöße kein Heilmittel gibt. Vor allem nach so langer Zeit. Was konnte eine so hartnäckig verweigerte, ersehnte, ja bestimmt, vielleicht sogar geplante, aber permanent verworfene Rückkehr an Gutem bereithalten?

Felice kleidete sich, als würde er an einer Feierlichkeit teilnehmen: strenger dunkelgrauer Anzug, weißes Hemd, hellsilberne Krawatte, er hatte Ähnlichkeit mit einem Beerdigungsunternehmer. In den Koffer packte er dafür alte helle Baumwollhosen, sie rochen nach Waschmittel, und eine leichte Jeansjacke, die sich wie ein Taschentuch zusammenfalten ließ.

Als es soweit war, verabschiedete er sich von Arlette: Er wollte nicht, dass sie ihn, wie sie es vorhatte, zum Flughafen begleitete. Er versprach ihr, sie beständig über alles auf dem Laufenden zu halten. Er versprach ihr alles, was sie von ihm erwartete, noch zärtlicher und zuversichtlicher als sonst. Sie waren Trennungen gewohnt, Abschiede, die immer ein bisschen schmerzhaft waren, trotz ihrer »Normalität«. In diesem Fall sollte, durfte es nicht anders sein.

Im Taxi, das ihn zum Flughafen brachte, verlor Felice seine kaltblütige Gelassenheit. Er ließ den Kopf auf die Brust sinken und stellte bekümmert fest, dass er weinte. Schade, sagte er sich. Ich weine, warum, ich bin doch gar nicht verzagt. Ich bin ein Vogel, der mit ausgebreiteten Flügeln auf sein Ziel zufliegt. Ich habe keine Angst. Ich bin voller Zuversicht, auch für meine Mutter. Ich werde sie wieder ins Leben zurückbringen.

Dieses zwiespältige Gefühl aus Tränen und Hoffnung zugleich war nichts Neues in seinem emotionalen Haushalt. Es handelte sich eher um eine Konstante in seinem Leben, eine vertraute, ja liebe Ambiguität, die er als Reichtum empfand, als eine den Meisten unbekannte Gabe, die ihn den Schmerz begreifen ließ, der sich in jeder Freude verbirgt, und umgekehrt die Freude, die in jedem Schmerz steckt. Lachen und Weinen zugleich, ein typisches Privileg der Melancholiker. Und Felice betrachtete sich als solcher.

Er fantasierte weiter. Während der Taxifahrt. Am Flughafen, während er auf das Boarding wartete. Und in der großen Maschine, die ihn zurücktrug, nicht nur räumlich, sondern vor allem in der Zeit, zurück zu dem Jahr, in dem er – ein verzweifelter Sechzehnjähriger – vor sich selbst und seiner kurzen, intensiven Vergangenheit geflohen war, mit dem einzigen Wunsch, zu neuem Leben wiedergeboren zu werden.

In der Boeing 737 wurde er zu seinem Platz geführt, am Gang, in der Mitte der Maschine (er hasste es, am Fenster zu sitzen, eingeklemmt neben anderen Passagieren, eine klaustrophobische Angelegenheit). Er zog den Gurt fest und konzentrierte sich auf den Start. So machte er es immer, eine Art Ritual. Als die Boeing hoch oben im Himmel war, sagte er sich, dass sein Abenteuer nun begonnen hatte, unwiderruflich. Und an dessen Horizont leuchtete blitzartig die Straße auf, in der er gelebt hatte, in der seine Mutter noch heute lebte. Er sah sie nicht nur vor sich, diese Straße – eine schmale, gewundene Schlange mit gelben und schwarzen Schuppen –, er nahm sogar ihren ranzig fauligen Geruch von verdorbenem Essen, bei anhaltender Trockenheit auch von Kloake wahr. Hatte er diese Straße gehasst? Vielleicht, vielleicht auch nicht. Hatte er jenen Geruch gehasst? Vielleicht, vielleicht auch nicht. Er hörte eine Stimme, dem Anschein nach männlich, die Stimme eines Alten, womöglich aber auch die einer dicken Frau, spröde und rau: Feli', was zum Teufel willst du hier nach dieser ganzen Zeit, verpiss dich … Und seine eigene, die sagte: Aber ich liebe die Gegend noch immer, ich bin hier geboren, in dieser Straße, in diesem Haus. Von meinem Fenster aus sieht man ein Stück von Capodimonte. Und außerdem muss ich zu meiner Mutter …

Durch das Flugzeug ging ein Ruck. Ein Luftloch. Das reichte, um ihn an das Schlimmste denken zu lassen: mit der Boeing im Herzen des Mittelmeers zu versinken. Er fühlte, wie die Maschine sich neigte, an Höhe verlor, mit der Nase voran nach unten zischte. Es bereitete ihm keine Angst. Eher ein Gefühl erregter Zufriedenheit. Er blickte sich um, suchte nach einem Anzeichen von Tragödie, doch alles schien ruhig und verlässlich, vom gelassenen Dröhnen der Motoren bis zum Lächeln der beiden Stewardessen, die besonders auf ihn zu achten schienen. Er lockerte die Krawatte. Vielleicht trauten sie seinem Aussehen nicht. Fürchteten vielleicht, er könnte ein Entführer sein, ein Hitzkopf. Auch ein paar andere Passagiere schienen ihn zu beobachten. Er hätte schreien, sich mit lauter Stimme als den ruhigsten und friedfertigsten Menschen dieser Erde bezeichnen mögen, ein Exilant, der nach fünfundvierzig Jahren zurückkehrte, um seine eigene Welt und seine liebe Mutter in die Arme zu schließen. Gab es in diesem Flieger jemanden, der vertrauenswürdiger war als er?

Erst die Durchsage des Piloten zum Landeanflug auf Rom unterbrach Felice Lascos Fantasien. Er war kurz vor dem Einschlafen gewesen, wurde aber sogleich hellwach. Er dachte daran, was ihn, einmal in Fiumicino gelandet, erwartete. Er würde die Metro zum Bahnhof Termini nehmen und von dort aus den ersten Zug nach Neapel, wo ihn ein Taxi zu einem Hotel an der Piazza Cavour bringen würde: direkt an den Rand der Sanità. Nur hundert Schritt weit. Höchstens.

24.

Als er beim Hotel eintraf, war es schon dunkel. Der Taxifahrer hatte ihn während der Fahrt immer wieder neugierig angeschaut und mehrmals gestichelt: Woher sind Sie denn? Sie reden so komisch ... Und er hatte versucht, so wenige Worte wie möglich von sich zu geben, beschämt über sein verstümmeltes Italienisch. Schließlich hatte sich der Fahrer mit seiner Zurückhaltung abgefunden, und er konnte sich auf die Straße, die Häuser, die Schaufenster und die Passanten konzentrieren. Da war es, sein Neapel: vielleicht etwas dunkler als vermutet, etwas grimmiger, etwas zerfaserter, aber zweifellos glücklich über seine Rückkehr. Durch das Autofenster erblickte er einen Jungen, der ihm zuwinkte, und er hob sogleich die Hand und winkte zurück. Wie hätte er diese Geste nicht als symbolisch verstehen können, als einen Kredit, der ihm gewährt wurde, als ein Willkommen? Aber die Städte – sagte er sich – sind auch kapriziöse Frauen, denen man lieber nicht trauen sollte. Wer hätte beispielsweise sagen können, ob sich hinter dem scheinbaren Wohlwollen nicht eine Täuschung, ein Trick, eine Falle, eine Gemeinheit verbarg?

Der Abendhimmel stand voller Sterne, fast sommerlich, und Felice stellte verlegen fest, wie unpassend er gekleidet war. Warum hatte er sich für den Anzug entschieden? Welcher Sorge gehorchend? Einen dunklen Anzug, hatte er sich gesagt, würde er in jedem Fall mitnehmen müssen, also konnte er ihn auch gleich anziehen. Er zog die Jacke aus und überließ sich einem Luftzug, der ihm das Hemd blähte. Das Taxi fuhr durch eine breite, stille, öde Straße, an die er keine wirkliche Erinnerung besaß, auch wenn ihr Markenzeichen ihm ins Fleisch gebrannt war. Straßen sind wie Menschen, man versteht sofort, wer sie gezeugt hat: Vater, Mutter,

Großeltern, Vorfahren. Man braucht dazu keine DNA. Wohin diese Straße führte? Gewiss zur Sanità: Die Anzeichen waren unübersehbar. Felices Kopf war ganz polychromes Denken, voller Blitz und Donner. Die Straße stieg allmählich an und mündete in das »obere« Neapel, Schauplatz unzähliger Überfälle und Fluchten, die damit endeten, dass sie in der einen oder anderen Höhle des großen Tals verschwanden, zur Wut und Enttäuschung ihrer Verfolger (selbst die Polizei vermied es, in diese Eingeweide, Geflechte und Mysterien vorzudringen).

In der Via Forio traf er dann unvermittelt auf sich selbst. Die entscheidende Szene. Ein Schlag ins Gesicht. Ein Taumel. Er saß auf der Vespa, Orestes heißen Atem im Nacken. Eine Menschenmenge. Der Überfall. Arsch! Du bist voll der Arsch!

Er lachte nervös auf, zum Erstaunen des Taxifahrers: Fehlt Ihnen was?

Im Hotel ging er als Erstes auf den Balkon, hoch genug, um einen weiten Halbkreis zu überblicken, in dem Vergangenheit und Gegenwart nebeneinander lagen wie Karten aus demselben Satz. Dann schüttelte er sich, als wollte er sich von einer verhängnisvollen Trägheit befreien, ging ins Zimmer zurück und begann, sich langsam und mit kontrollierten Gesten zu entkleiden.

Er zog die Baumwollhose und die Jeansjacke an. Betrachtete sich dann im Spiegel, zufrieden über die wiedergefundene Normalität. Was ihn jedoch nicht daran hinderte, den dunkelgrauen Anzug sorgfältig in den Schrank zu hängen, nachdem er ihn mehrmals mit der Handfläche glattgestrichen hatte, als Zeichen des Respekts, vielleicht sogar aus Reue.

Als er das Hotel verließ und einem Impuls folgend in Richtung Via Vergini ging, erregte eine Gruppe Taxifahrer seine Aufmerksamkeit. Sie stritten miteinander, jeder an seinen Wagen gelehnt, der auf Kundschaft wartete. Sie bedachten einander mit den gröbsten Beleidigungen, ein Konzert aus rauen Stimmen, dazwischen der eine oder andere schrille Tenor. Felice stoppte ein paar Schritte von ihnen entfernt und tat so, als müsste er sich den Schuh zubinden. Mit gespitzten Ohren stand er lange da. Was ihn faszinierte, war vor allem der Jargon, darüber hinaus aber auch die Mimik eines Streits, der ohne Konsequenzen bleiben würde, ein Ausbruch von Worten. Als er sich in Bewegung setzte, legten sich die Stimmen auch schon wieder, wurden zum Rasseln, Brummen, Seufzen: Wind, der leicht rauscht, nachdem er den Wald durchgerüttelt hat.

Die Via Vergini hatte schon vor einer Weile ihre Stände abgebaut. Ihren Lärm und ihre Waren eingepackt. Da war noch ein wenig Kommen und Gehen, aber gedankenverloren, träge. Während er weiterging, schaute Felice sich ausgiebig um. Er suchte nach VERWANDLUNG, nach dem, was sich verändert hatte, radikal. Aber er entdeckte es nicht. Obwohl es doch da sein musste, sagte er sich. Ein »Neues«, das bescheinigen würde, dass auch hier die Zeit vergangen, dass nicht alles unverändert geblieben war: die Mauern, die Häuser, die Gerüche, die Schmähe, »Arsch! Kotz dich zu Tode!«

Felice fand sich vor einer Pizzeria wieder, die in einem Meer aus Lichtern schwamm, drinnen wie draußen. Ohne zu zaudern trat er ein: Er hatte Hunger, Durst, vor allem aber nicht die Absicht, bis zum Haus der Mutter zu gehen. Nicht an diesem Abend, nicht in diesem Moment. Auch wenn die Verlockung groß war und ihn bereits überfallen wollte, als er noch im Zug gesessen hatte, kurz vor dem Hauptbahnhof, als in seinen Ohren die eigene Stimme widerhallte, erstickt vor Emotion: Ich bin es, dein Sohn, ich bin zurückgekehrt ... während die Mutter in einem Meer von Tränen zerfloss.

Trotz der Energieverschwendung war das Lokal leer. Dennoch verströmte es Fröhlichkeit, brachte zum Ausdruck, dass Essen und Trinken zu den größten Freuden des Lebens gehören, dass sie die Sorgen am besten vertreiben. Ein heiterer Kellner mit einer blaukarierten Schürze nahm ihn zuvorkommend in Empfang. Er fragte Felice, woher er käme. Er fragte auf Englisch, überzeugt, dies wäre seine Sprache. Auf einmal hatte Felice Lust, das Spiel mitzuspielen, und erklärte, er sei Amerikaner. Amerikaner? Der Kellner war voller Bewunderung. Ich bin aus Boston. Ich stamme aus der Kälte, wurde in einem Sturm geboren, fügte Felice hinzu und überließ sich hemmungslos der Freude an der Lüge. Während er weitersprach, kamen ihm Bedenken, man könne ihn wegen seines unüberhörbaren Akzentes überführen. Er mischte die Karten also noch ein wenig mehr und sagte, er lebe seit fünfundvierzig Jahren in Paris, der Grund, warum er europäische, sogar ein paar italienische Gewohnheiten angenommen habe.

Heißhungrig machte er sich über eine saftige Margherita her, mit besonderer Liebe zubereitet, wie der Kellner versicherte. Amerika verdiente Respekt. »I love America« stand auf dem ärmellosen T-Shirt unter seiner Schürze. Die Pizza war wirklich köstlich. Während er kaute, schloss Felice die Augen und schenkte dem Kellner, der ihn beobachtete, den Anblick seiner genussvollen Ekstase, ein Zeichen der Dankbarkeit.

Als er die Pizzeria verließ, fragte er sich, ob er etwa betrunken war. Nein, keineswegs. Schwermütig, das war er geworden. Nicht zum ersten Mal: Der Alkohol hatte ihn traurig gemacht. Es war spät, er war müde, er hing durch: All das riet ihm, so schnell wie möglich ins Hotel zu gehen. Er konnte sich aber nicht dazu entscheiden und blieb reglos auf dem Gehweg stehen, als würde er auf jemanden warten. Auf wen wartest du, Felice Lasco? Er seufzte. Dann machte er sich auf den Weg zum Haus seiner Mutter. Bleib ruhig, anders geht es sowieso nicht. Pass auf, dass du keine falschen Schritte tust (sich selbst gegenüber war er immer liebevoll, nie aggressiv oder abschätzig). Geh ruhig, wenn du es brauchst, die Tür deiner Kindheit wiederzusehen und die Wange dagegen zu lehnen, um ihren Geruch einzusaugen. Versuch aber nicht, hindurchzugehen, auch wenn sie jetzt nicht mehr verschlossen ist und bereit, sich zu öffnen, dich einzuladen: Komm rein, sieh dich um, geh alles ab, weck alle auf, mach alle Lichter an, bereite ihnen ein Fest: Der verlorene Sohn ist heimgekehrt. Er hatte jedoch einen

Plan, den es zu respektieren galt. Ehe er sich der Mutter zeigte, musste er jemanden finden, der sie auf das Ereignis vorbereitete: behutsam, mit dem nötigen Takt und der entsprechenden Vorsicht, zum Schutz vor allzu heftigen Emotionen.

Aber noch einmal beschloss er, bis zur heiligen Gasse zu gehen: Er würde nur einen Moment bleiben, Zeit für einen Blick, für ein Gefühl, eine Erinnerung. Er würde gut aufpassen, von niemandem gesehen zu werden. Aber bis zu welchem Punkt kann ein Mensch die Ereignisse, die ihn betreffen, kontrollieren? Es gibt eine Schwelle, hinter der, so will es das Gesetz, nur der Zufall herrscht. Und dem – Zufall oder Schicksal – ist es völlig egal, was du vorhast, was dein Herz bewegt. Du willst keine Überraschungen? Doch die Tür öffnet sich, und vor dir erscheint, draufgängerisch, die mächtige Gestalt von Oreste Spasiano. Allein oder in Begleitung einiger Kumpane. Er starrt dich an, und falls er dich nicht auf Anhieb erkennt, so fehlt doch nicht viel: Ach, du bist es, du Hurensohn ...

So könnte es sein, wird es aber nicht, machte Felice sich Mut und ging auf die Haustür zu. So könnte es sein, sicher, ich will es aber nicht. Und tatsächlich war auch nichts. Ein Dunstschleier lag über der engen, langgestreckten Gasse. Es roch nach Erde, Gras, vielleicht auch nach Jasmin, ein Geruch, der sich in den Hohlwegen verlor, die von Capodimonte hinabführten.

Neben der Haustür blieb er stehen. Sie hatte kein Schloss mehr. Der Türflügel würde dem geringsten Druck nachgeben. Einen Moment lang war er versucht, ihn aufzudrücken und den Kopf in den Hausflur zu stecken, aber er beherrschte sich. Es wäre zu viel gewesen, eine Herausforderung. Das Herz schlug ihm bis zum Halse, flatterte in seiner Brust wie ein verletzter Vogel in einer Voliere. Die Fenster zur Gasse waren dunkel. Seine Mutter schlief, oder vielleicht lag sie auch wach, geplagt von den Beschwerden des Alters.

Zum Glück wusste Felice an jenem Abend noch nicht, dass seine Mutter die Wohnung, in der sie ihr ganzes Leben lang gewohnt und gearbeitet hatte, verkauft hatte. Er wusste noch nicht, dass sie in einem ebenerdigen Raum neben der Treppe lebte: dreißig Quadratmeter, Luft kam nur durch ein einziges kleines Fenster, davor ein verrostetes Gitter. Ein Elendsquartier. Was hätte er getan, wenn er es gewusst hätte? Wenn er gewusst hätte – wie manche zu Recht oder zu Unrecht vermuteten – dass sein ehemaliger Freund, sein Bruder sie durch eine wohlüberlegte Strategie der Rache Schritt für Schritt in dieses Gefängnis, diese Mausefalle gedrängt hatte?

***

Als Felice Lasco mir von seinem ersten Abend in Neapel erzählte, nach fünfundvierzig Jahren auf dem afrikanischen Kontinent – Punkt für Punkt, mit seinem unschlagbaren Hang zur Genauigkeit –, hatte ich fast das Gefühl, ihn zu beobachten, wie er mit den Fingerspitzen andächtig über die Tür zu seinem alten Wohnhaus, seinem Geburtshaus strich und den Jasminduft einsog, der den Dunst tränkte, der durch die Gasse zog.

Was er getan hätte, hätte er von den Verdächtigungen gewusst, Malommo habe die Mutter gezwungen, im Kellerloch zu leben? Wahrscheinlich nichts anderes. Dieselben Gesten. Aber voller Wut.

Welch ein Irrtum, dem Gerede zu viel Vertrauen zu schenken! Zweifellos war es Malommo gelungen, ihr die Wohnung, um die er sie schon immer beneidet hatte, abzuschwatzen (da sie oben lag und man von dort aus, Felices Rede, eine »gute Sicht« auf Capodimonte hatte, Prestige für den, der dort wohnte). So war es zweifellos gewesen. Die Annahme, er hätte ihr dafür nicht den angemessenen Preis gezahlt, wäre jedoch grundverkehrt. Er hatte sogar ausgesprochen gut gezahlt, weit über Wert. Aus schlichtem Größenwahn, da sein angeberischer Charakter ihn bei allem, was er tat, zur Übertreibung verleitete. Und auch das Gerücht, er, Spasiano, habe Felices Mutter in den Verschlag unter der Treppe verbannt, sie quasi hineingezwungen, entsprach nicht der Wahrheit. Dass dieser Raum ihm gehörte, bewies noch gar nichts. Die Dinge waren wirklich ganz anders gelaufen. Sie selbst hatte Spasiano gebeten, ihr den Raum zu vermieten. Er wollte zuerst nichts davon wissen, aber schließlich gelang es ihr, ihn zu überzeugen, dass dieser Raum, so eng und schäbig er auch erscheinen mochte, genau der richtige für sie war. Was sollte eine Frau wie sie, alt, allein, halbblind, in einer richtigen Wohnung? Im Übrigen besaß der Raum alles, was sie brauchte: Licht, Gas, eine Kochgelegenheit, Toilette und Bad, Luft von der Straße, ja, er hatte sogar einen Vorteil gegenüber allen anderen Wohnungen im Haus: Man musste keine Treppen steigen. Keine eine einzige Stufe.

All dies erfuhr Felice jedoch erst nach und nach, las es aus den Worten seiner Mutter, die zwar selbst in den wenigen Momenten blitzartiger Klarheit noch verwirrt war, der es aber dennoch gelang, dem Sohn die Wahrheit zu schildern, zumindest was ihren Zustand als »Verstoßene« betraf – wie Felice sie bezeichnete, als er sie schließlich (mithilfe einer entfernten Verwandten) aufspürte und seinen Augen nicht trauen wollte. Er wollte es nicht glauben, obwohl die Verwandte ihn darauf vorbereitet hatte: Feli', du weißt nicht, was dich erwartet. Mamma ist schon eher drüben als hier bei uns. Feli', der Anblick wird dir den Atem verschlagen. Sie isst kaum oder gar nicht, spricht kaum oder gar nicht, versteht kaum oder gar nicht, und sie wäscht sich auch nicht mehr …

Heute verstehe ich sehr gut, dass der gesprächigste Mann der Welt, ein Mensch, der sein Herz bedenkenlos bloßlegte und selbst die ihm problematischsten Situationen haarklein beschrieb, nur in knappen Worten von seiner ersten Begegnung mit der zerrütteten Mutter berichtete – ein winziges Wesen, unter Lumpen, eingeschlossen in einem schwarzen Loch, wirklich rabenschwarz, von Ruß und anderem mehr. Ich verstehe es sehr gut und war gar nicht überrascht, dass er mich nur ansah und kaum etwas sagte. Wenige Worte nur, bei denen sein Kinn zitterte, unter dem Eindruck einer schmerzvollen Erinnerung. Es fiel mir nicht schwer, mir all das vorzustellen, was Felice nicht erzählte: die alte Frau, die ihn erstaunt betrachtet, ihn nach und nach erkennt, die Nase, das Ohr, den Mund, das Lächeln. Und die schließlich in Tränen ausbricht.

Er sprach dann aber lange mit mir und Padre Rega (vor allem mit ihm) über das Schuldgefühl, das ihn augenblicklich überfiel, als er den Raum betrat und sah, was von der schönen, stolzen, fleißigen Signora der Handschuhe geblieben war. Die Zeit und das Leid hatten sie buchstäblich verzehrt. Felice wäre vor Scham am liebsten gestorben. Die Scham, geflohen zu sein, sie all die Zeit schutzlos allein gelassen zu haben. Die Scham, die eigenen Ängste vorgeschoben zu haben, um sich in blindem Egoismus von allem abzuschotten.

Es folgten fiebrige Tage: Mamma, warum wäschst du dich nicht? Man muss sich waschen, Mamma, man muss sich kämmen, anziehen, so gut man es kann. Brauchst du Geld?

Nein, sie brauchte kein Geld. Sie besaß viel zu viel, gut versteckt (fast alles, was sie vor Jahren für den Verkauf der Wohnung erhalten hatte). Sinnlos, sie nach den Gründen für diese hartnäckige Sparsamkeit zu fragen. Sie schaute ihren Sohn wortlos an, die Augen trüb, doch alles andere als teilnahmslos. Großer Gott, dieser übel riechende Rest von Mutter war ihm ein völliges Rätsel. Felice kaufte einen großen Aluminiumzuber, flüssige Duschseife, einen Schwamm, ein gutes französisches Parfüm und eine Kollektion Damenunterwäsche. Noch am selben Abend füllte er den Zuber mit heißem Wasser und bat die Mutter, sich auszuziehen. Wovon sie absolut nichts wissen wollte. Sie begann zu husten, zu schimpfen, drohte, schüttelte den Kopf, sagte nein nein nein, wobei sie dieses Nein immer krampfhafter, immer hektischer wiederholte, als stünde sie kurz vor einem Nervenzusammenbruch. Felice ließ sich nicht beirren. Er tat nur so, als ob. Er ging zu ihr und streichelte über ihre Wange, einmal, noch einmal und immer wieder, bis sie nachgab und ein klägliches Lächeln, das sich in die Falten unter ihrer Nase grub, in ihren Mundwinkeln, dort, wo sich ein wenig Schaum gesammelt hatte, haften blieb. Dann begann Felice, sie zu entkleiden, ganz behutsam, und sie ließ ihn gewähren, während ihre Augen in Tränen schwammen, ohne dass das zarte Lächeln von ihren Lippen schwand. Sie ließ ihn gewähren, bis sie ganz nackt war, der beinahe schon luftige Rest einer Mutter und Frau, ausgedörrtes Fleisch, bis auf den Schopf schlohweißer Locken, die unerklärlicherweise noch immer so kraftvoll und rebellisch waren wie einst.

Er hob sie hoch und setzte sie behutsam in den Zuber. Dann seifte er sie mit dem großen Meeresschwamm ein, während er mechanisch wiederholte: Man muss sich waschen, Mamma, stell dir vor, man wäscht sich nicht, stell dir vor ...

Die Zeremonie dauerte lange an, und die alte Frau wurde trotz der Tränen, die nicht versiegten, immer nachgiebiger gegenüber dem Sohn, der sie streichelte, sanft über ihren Körper rieb, sie säuberte, eine nicht nur physische Reinigung. Er hob sie aus dem Wasser, trocknete sie ab und wickelte sie in ein Frotteetuch, parfümierte und kämmte sie, bettete sie auf ein azurblaues Laken, deckte sie mit einer azurnen Decke zu, beides roch noch ganz neu, ein Blau wie der Morgenhimmel.

Diesen Abend würde Felice nie vergessen: Die Erinnerung an seine Mutter, sagte er, nackt und erschöpft in seinen Armen, würde ihn bis an das Ende seiner Tage begleiten.

25.

Eines Abends, als er an die Mutter dachte, geriet er in eine Krise: Wenn seine Flucht aus Neapel anfangs auch einen Sinn gehabt hatte, welchen Sinn machte aber in den folgenden Jahren seine Weigerung, zurückzukehren – selbst für ein paar Tage –, um sie zu umarmen, zu beruhigen, ihre Wünsche zu erfüllen?

Felice schrieb einen langen aufgeregten Brief an Arlette, in dem er ihr reichlich verworren von den Ereignissen berichtete und ihr mitteilte, dass er dabei sei, eine Wohnung zu kaufen, nicht weit von seinem Geburtshaus, um die Mutter menschenwürdig unterzubringen und sie aus der schrecklichen Lage zu befreien, in der sie sich befand. Was auch ihnen ermöglichen würde, in Zukunft ein wenig Zeit in Neapel zu verbringen, einer schwierigen, aber keinesfalls unfreundlichen Stadt, in die sie, Arlette, sich gewiss unsterblich verlieben würde.

Später sollte in Felice Lasco der Entschluss reifen – das, was man einen halbherzigen Entschluss nennt –, Ägypten den Rücken zu kehren und sich mit Arlette in seiner Heimatstadt niederzulassen.

Ich wollte diesen Brief zitieren, den ich zwar selbst nie gelesen habe, von dem er mir aber erzählte, auch wenn ich nicht mehr weiß, wann und mit welcher Absicht, da mir in ihm ansatzweise das Thema der Rückkehr aufzutauchen scheint, das schließlich zu seiner Obsession werden sollte: ein Wurm, der an ihm nagte (was ich dann mit eigenen Augen sah, auf der Brücke der Sanità, als er wie gebannt, zu keinem Wort fähig, vor der großen, mit farbigen Majoliken verkleideten Kuppel stand, die aus dem Herzen des Rione ragt: Das bin ich, murmelte er schließlich. Womit er vielleicht sagen wollte, dass er in dieser leicht orientalisierten Kuppel – aber was ist die Sanità anderes als die Kasbah von Neapel? – sich selbst und seine Geschichte gespiegelt fand).

Er begann, eine Wohnung zu suchen, sehr diskret. Er wollte keine Neugier erregen: Ein als Einheimischer verkleideter Fremder (oder umgekehrt?), den es in den Rione verschlagen hat, weil er sich um eine Mutter kümmert, die nicht mehr richtig im Kopf ist.

Die Jagd nach einer Wohnung bedeutet, einen Ort zu durchkämmen, in jeden seiner Winkel vorzudringen, jedem Pfad zu folgen: Genau davon hatte Felice Lasco geträumt, seit er wieder in Neapel war. Die Wohnungssuche wurde daher in gewisser Weise auch zum Vorwand. Er kaufte einen großen Stadtplan von der Sanità und unterteilte den Rione in Rechtecke, Trapeze, Quadrate. In jedes dieser Felder steckte er eine Nadel mit buntem Kopf. Die grünen für die hügeligen Zonen, an die er sich nur noch vage erinnerte. Die gelben für die archäologischen Stätten, vermerkt in einem Touristenführer, den er zusammen mit dem Stadtplan erworben hatte. Die roten für die Salita Capodimonte, schon immer eine seiner Lieblingsstrecken. Wie oft hatte er diese Steigung genommen: zu Fuß, mit dem Motorrad, bei Tage oder nachts. Er erinnerte sich an ein spezielles Gebäude mit zwei Portalen, Nummer acht und Nummer zehn, direkt auf der Ecke, dort, wo die Salita eine Kehre macht und sich in Fortsetzung der terrassenartigen Stufen über den Hügel bis nach Capodimonte hinauf hangelt. Nach Auskunft des Touristenführers soll diese Steigung durch einen künstlichen Spalt im Tuffstein entstanden sein, der im Osten ein ausgedehntes Tunnelnetz überdeckt, das vom tiefliegenden Vico Centogradi aus zugänglich ist.

Genau dort, wo die Sanità wie nirgendwo sonst an einen Mutterleib, eine Gebärmutter erinnert – Anbeginn einer langen, nie vergangenen Vergangenheit, Ruhe und Aufruhr eines Feuers, das unaufhörlich unter der Asche schwelt –, wollte er eine Wohnung finden.

Durch das Portal mit der Nummer zehn, stand in dem Guide zu lesen, würde man in einen trichterförmigen, in den Tuff gehauenen Tunnel gelangen, der sich auf eine lange, gerade Treppe öffnet, die Licht erhält durch eine große Öffnung, eine Art von Fenster, das wer weiß wann in das Tuffmassiv geschlagen worden war. Die Erkundung wäre hier jedoch nicht zu Ende, den neugierigsten und mutigsten Besuchern stünden noch viele unterirdische Überraschungen bevor.

Wie war auszuschließen, dass Oreste Spasiano sich genau dort eine Zuflucht geschaffen oder einen Treffpunkt eingerichtet hatte? Felice war überzeugt, dass Malommo jetzt an der Salita Capodimonte wohnte: in einem luxuriösen Apartment, wie er es sich immer erträumt hatte, mit tausend Fluchtwegen zugleich. »Der Mann, der überall ist und nirgends«, so hatte er ihn getauft. Er schien wirklich überall zu sein, da Felice ihn unentwegt wiedererkannte: in jeder Straße, allein, in Gesellschaft, in der Ferne, aus der Nähe, gebückt, aufrecht, lächelnd, geringschätzig. Jedes Mal durchfuhr es ihn: Da ist er! Jedes Mal merkte er gleich darauf, dass er sich geirrt hatte.

Wenn er ihm aber wirklich begegnet wäre, was hätte er ihm gesagt? Nichts! Er hätte abgewartet, dass Oreste den Anfang machte. Und der? Vielleicht hätte auch er wie festgenagelt dagestanden und ihn angestarrt. Vielleicht wäre es so gelaufen. Eine stumme Szene. Sie hatten sich in einem vorigen Leben gekannt, das unter einer Lawine aus Staub verschüttet lag. Die Zeit hatte aus ihnen zwei Fremde gemacht, zwei Schatten.

Abends, in der Einsamkeit seines Hotelzimmers, betrachtete Felice immer wieder das Foto von ihnen beiden, das er aus Kairo mitgebracht hatte. Dabei fantasierte er sich ein Phantombild zusammen, Malommo gealtert. Manchmal verunstaltete er ihn über Gebühr, dichtete ihm schwere Tränensäcke unter den Augen an, stellte sich die Nasenlöcher seiner Adlernase übertrieben vergrößert vor, bösartig aufgebläht, sah ihn mit Glatze. Er hasste oder verachtete ihn gar nicht so sehr für das, was er als Jugendlicher getan hatte – auch wenn ihm Costagliolas Blut immer noch leuchtend rot vor Augen stand. Er verabscheute ihn wegen einer viel jüngeren Tat: Das Verbrechen gegen seine Mutter, die ihm ihre Wohnung wahrscheinlich nur deshalb verkauft hatte, um Orestes Hass auf ihren seit Ewigkeiten vor ihm und der Vergangenheit fliehenden Sohn zu stillen, vielleicht sogar zum Erliegen zu bringen. (In seinem Herzen, trotz der Dementi seiner Mutter, unterstellte er Oreste nach wie vor eine Strategie der Rache.)

Deshalb hätte er, wenn es zu einer Begegnung gekommen wäre, den Mund nicht aufgemacht. Er hätte ihn nur geradeheraus angeschaut, anklagend, ja, aber zugleich mitleidig. Genau dieses Gefühl empfand Felice nämlich seit jeher für seinen alten Freund. Neben seinen perversen Zügen kannte er wie kein anderer auch seine Großzügigkeit, seine lichten Momente, die Orestes gestörter Persönlichkeit einen Anschein von Normalität gaben.

Zweifellos würde Oreste seinen Blick ebenso fest erwidern – wobei darin gewiss nicht nur Überraschung läge, sondern auch Zorn, wie einer, der denkt (auch wenn er es nicht sagt): Ach, wen haben wir denn da ... bist du's wirklich, der Arsch, der damals einfach abgehauen ist?

Aber kein Wort. Felice beendete seine imaginären Begegnungen mit Oreste ausnahmslos auf diese Weise. Sie fanden von Mal zu Mal in einer anderen Straße statt – in der Via dei Cristallini, der Lammatari, der Antesaecula, der Vergini –, vor einem Stand mit frittierten Meeresfrüchten, einer wahren Hölle, gehüllt in Wolken von siedendem Öl, oder in der Nähe einer Kirche. Sie nahmen denselben Gehweg, mit schnellem, knappem Schritt, aber in entgegengesetzte Richtungen. Dann blieben sie schlagartig stehen. Beide. Sie erkannten sich sofort, keine Spur von Unsicherheit. Die Bremse arretierte etwa zehn Sekunden, bevor sie aneinander vorbeigegangen wären: Was hatte sie gewarnt? Und jetzt schauten sie sich in die Augen, zwischen ihnen zwei Meter, nicht mehr, und sagten kein Wort. Sie starrten sich an, ohne irgendeinen Gedanken zu denken. Sie waren beide nur Blick – Blick auf den puren Zustand, Blick ohne Erinnerung.

Im Laufe der Tage, in denen sich das visionäre, durch die Tatsachen entkräftete Unternehmen mehrmals wiederholt hatte, beschloss Felice, auf seine imaginären Begegnungen mit Oreste Spasiano zu verzichten. Er zweifelte jetzt sogar daran, dass er überhaupt jemals durch Zufall – durch puren Zufall, ohne einen bewussten Schachzug eines der beiden – auf den Mann stoßen würde, mit dem er so gut wie jeden Moment seiner Kindheit und Jugend geteilt hatte. Bis Oreste Spasiano sich nach und nach in der Landschaft des Viertels auflöste. Was blieb, war ein unbestimmtes Echo seines düsteren Charmes, ein letzter Hauch von Geheimnis und Melancholie, der sich mit den eigentlichen Farben des Rione vermischte, mal blass, mal erdig.

Dringende Aufgaben hielten Felice außerdem unentwegt beschäftigt: die Gesundheit der Mutter, die Wohnungssuche, die Korrespondenz mit Arlette, der Kauf nützlicher und sinnloser Dinge und nicht zuletzt sein wachsender Erkundungsdrang, der zu langen Wanderungen durch die verschlungenen Gassen der Sanità führte: die Wiederentdeckung seiner selbst, seiner Geschichte, seiner Identität.

»Liebe Arlette«, schrieb er eines Morgens in einer seiner ellenlangen Briefe an die Lebensgefährtin, »hier in der Sanità halte ich unentwegt die Nase in die Luft und rieche, vor allem, wenn sie von Abwassergerüchen und anderen Schwaden durchtränkt ist, die ich einzeln zu identifizieren versuche. In der Nähe der Bassi rieche ich, was gekocht wird: Kohl, Bohnen, Hackfleischsoße, frittierter Fisch, und denke an meine Mutter als junge Frau und an ihre flüchtigen Mahlzeiten, während sie an ihrer Singer saß und auf dem Herd nebenan eine Hülsenfruchtsuppe brodelte. Sie würde sie lieben, beteuerte sie immer. In Wirklichkeit suchte sie nur nach der Gelegenheit, sich nicht – oder nicht allzu weit – von der

Nähmaschine zu entfernen. Mein Stiefvater brachte die Suppe dann auf den Tisch. Meine Mutter setzte sich immer als letzte. Bevor wir den Löffel eintauchten, bekreuzigten wir uns. Mehr noch als meine Mutter hielt mein Stiefvater daran fest, auch wenn ich mich sonst an keine anderen religiösen Rücksichten erinnern kann: seine katechetische Disziplin begann und endete hier.

Meine Neugier auf Gerüche, liebe Arlette, ist aber längst noch nicht gestillt. Mich verfolgt ein geheimnisvoller Duft, an den ich mich nur vage erinnere, aber den ich wiederfinden will, was mir bislang noch nicht gelungen ist. Dieser Duft verbindet sich mit meiner Kindheit, hat etwas von süßen Mandeln, von Blüten, vielleicht auch von Zimt, so genau weiß ich es nicht mehr. Sicher ist aber, dass er sich seit Langem in mir abgelagert und der Zeit getrotzt hat, auch wenn er immer schwächer wurde. Vielleicht finde ich ihn ja wieder, einfach so, womöglich ein Duft aus der Backstube irgendeiner Konditorei. Womit dann auch dieses Problem gelöst wäre ...«

Seine ersten Erfahrungen als leidenschaftlicher Heimkehrer bestanden in einer Anzahl von Problemen, die es zu lösen galt. Jedes hatte einen Namen: Spasiano, die Mutter, die Wohnung, die Vergangenheit, die verschwommenen Erinnerungen, die klaren, die Gedächtnislücken, die Gefühle für die gleichzeitig fremde wie vertraute Stadtlandschaft, die er als eine Mischung aus Anziehung (oft machtvoll) und Abstoßung (meist schmerzlich) erlebte.

An der Salita Capodimonte mietete er schließlich eine Wohnung, die alles besaß, was er für unverzichtbar hielt: sorgsam renovierte Räume, ebenerdige Lage, Fenster auf einen kleinen Garten hinaus. Die Wohnung war trocken und ruhte auf einem großen Tuffsteinplateau.

Später einmal würde er sicher eine Wohnung nach seinem Geschmack kaufen können, vielleicht in einem der oberen Stockwerke, von wo aus man einen Blick auf Capodimonte hatte (vorausgesetzt, Arlette wäre damit einverstanden, nach Neapel zu ziehen, vielleicht nicht für den Rest ihres Lebens, aber zumindest für einen Teil).

Er richtete die Räume geschmackvoll, wenn auch nüchtern ein, ohne aber auf die eine oder andere Kostbarkeit zu verzichten. Wozu unter anderem ein Gesundheitssessel zählte, damit die Mutter sich ohne Anstrengung setzen und wieder erheben konnte. Wenn sie wollte, konnte sie sich auch durch einen in die Lehne eingebauten Vibrator den Rücken massieren lassen.

Er tat alles heimlich, um sie zu überraschen, nur dass er die Sache mit der Singer unterschätzt hatte. Er wollte sie schon vorab in die neue Wohnung bringen, doch als seine Mutter bemerkte, dass er sich an ihrer Nähmaschine zu schaffen machte und annahm, er wolle sie entsorgen oder verkaufen, wurde sie beinahe ohnmächtig. Ihm blieb also nichts übrig, als ihr alles haarklein zu erklären. Dass für sie ein neues Leben in einem neuen Haus beginnen sollte, in einer richtigen Wohnung mit weißen Wänden, die an sonnigen Tagen leuchten würden, einer Wohnung mit sämtlichem Komfort, in der sie neben ihrer Singer auch ihren Sohn um sich haben würde.

Endlich erlebten sie glückliche Tage, weit weg von dem Kellerloch, das Oreste Spasiano gehört hatte. Felice hatte einen großen Fernseher gekauft und eine Stereoanlage. Seitdem hörte die Mutter all die alten neapolitanischen Lieder. Morgens, wenn sie noch im Bett lag, ließ sie sich von den Melodien ihrer Jugend wiegen, als *Torna a Surriento* noch nicht pure Archäologie war. Felice bediente die Anlage: Seine Finger gehorchten ihrer Hingabe.

Felice machte sich keine Illusionen. Er wusste sehr gut, dass die Mutter nicht mehr allzu lange leben würde: Dies hatten ihm die Ärzte nach den Untersuchungen mitgeteilt. Er konnte ihr nur das eine oder andere letzte Lächeln schenken, ein kurzes Gefühl des Wohlbefindens nach den Anstrengungen ihres Lebens und dem ganzen Leid.

Auf der leidenschaftlichen Suche nach der Vergangenheit, nach der eigenen stürmischen Jugend, sah er sie oft jung und energisch vor sich. Als junge Frau hatte sie einen durchdringenden Blick, der liebkoste, verletzte, Zwang ausübte, beruhigte, ein unvergesslicher Blick, der alle beeindruckte, Männer wie Frauen. Alle lobten ihre pechschwarzen Augen.

Eines Tages, in der Nähe der Basilica di San Severo, während er mit kräftigen Schritten die Salita dei Cinesi entlangging, hielt ihn etwas in seinem Inneren – vielleicht auch außerhalb von ihm – unvermittelt fest. Wie angewurzelt blieb er stehen und musterte die Fassade eines hohen, langgestreckten Gebäudes, gespickt mit ungleichen Fenstern, wie schwarze, durch Kanonenfeuer entstandene Löcher. Was sein Blut in Aufruhr versetzte, war eine Erinnerung, die der Tiefe seines Bewusstseins entstieg, aber nur bis zu einem gewissen Punkt, was nicht ausreichte, um sein Gefühl zu ergründen. In diesem Gebäude war etwas Schmerzliches geschehen, das er dann aus seiner Erinnerung gestrichen hatte, allerdings nicht ganz und gar. Da gab es etwas wie die Bugspitze eines zwischen den Klippen gesunkenen Schiffs, das vom Meer nicht vollständig verschlungen worden war. In seiner Nicht-Erinnerung spielte seine Mutter eine Rolle und auch er selbst, der heftig weinte. Er konnte höchstens vier Jahre alt gewesen sein. Auch seine junge Mutter hatte Tränen in den Augen: Sie nahm ihn in den Arm, versuchte ihn zu beruhigen, sah ihn flehend an. Sie war verzweifelt, aber warum? Die fehlenden Erinnerungsfetzen, für immer verschollen, bildeten einen Knoten in seinem Herzen, den er nicht lösen konnte. Diese Unvollständigkeit der Erinnerung erschien ihm wie ein letztes unverzeihliches Unrecht, das er der Mutter antat: Dort, auf der Salita dei Cinesi, war sie eine Maria Addolorata gewesen, eine Art Schmerzensmutter, und er, der den Grund für ihre Verzweiflung kennen musste, hatte ihn für immer in der Dunkelheit begraben.

Die Tage, die dem Tod der Mutter vorausgingen, waren die schwersten: Es gab natürlich auch Momente der Heiterkeit, sogar der Freude, des liebevollen Gesprächs, die aber nachts von einem

Sturm der Reue, von Gewissensbissen, die im Rudel über ihn herfielen, zunichtegemacht wurden. Es war wie ein plötzliches Erwachen seines tauben Gewissens angesichts einer schrecklichen Schuld, die umso schwerer wog, da er sie auf sich geladen hatte, ohne es zu bemerken. Fünfundvierzig Jahre lang hatte er ausschließlich an sich gedacht, hatte er zugelassen, dass seine Mutter nach und nach in die Knie ging, bis sie nur noch der Schatten einer Frau war, klein und so schmächtig, dass es ihm das Herz brach.

26.

Sie flog davon, sie verschwand einfach, sagte Felice Lasco, als er mir vom Tod seiner Mutter erzählte. Sie war wie ein Vögelchen, das erst im Käfig lebte, und dann war es fort.

Auf einmal war er allein. Allein und untröstlich. Er wusste, dass es geschehen würde, und doch überfiel ihn ihr Tod überraschend, grausam und unerwartet. Arlette wollte sofort zum Begräbnis kommen, um bei ihm zu sein, ihn zu trösten. Aber wieder einmal beharrte Felice unerschütterlich auf seiner Einsamkeit. Arlette, sagte er ihr am Telefon, ich stecke in einer der Fallen, die eine übermenschliche Konzentration und völlig autonome Entscheidungen erfordern. Ich weiß deine Sorge wirklich zu schätzen, aber hier, jetzt, wärest du fehl am Platz.

Er versuchte, seine Mutter so still wie möglich zu begraben. Danach zwang er sich, seine Wanderungen durch das Viertel wieder aufzunehmen, seine Suche nach sich selbst fortzusetzen. Einmal schloss er sich, ohne recht zu wissen, wie, einer Touristengruppe an, die Schlange stand, um einige der eindrucksvollsten unterirdischen Räume Neapels zu besichtigen, die Hypogäen an der Via Cristallini, unter dem Palast eines gewissen Giovanni Di Donato. Sie befinden sich in der Tiefe, auf verschiedenen Ebenen, alle durch steile, in den Tuffstein gehauene Stufen miteinander verbunden.

Felice traute seinen Augen nicht. Einer der höchst informierten Besucher erklärte ihm, dass sie in einen uralten unterirdischen Friedhof hinabstiegen. Jahrhundertelang hatten schon die alten Griechen, wie er erfuhr, ihre Verstorbenen im Tal der Sanità begraben: die aristokratischen Familien in separaten Grabstätten, die anderen in Einzel- oder Reihengräbern.

Wie verzaubert betrachtete er diese sagenhafte Welt aus Nischen, Grabsteinen, Basreliefs, Terrakottatafeln, Epigrafen, Ascheurnen, eine Welt, die nicht nur vom Tod erzählte, sondern auch vom Leben, was sich in der Darstellung des Abschieds zeigte, im Schmerz über die unwiderrufliche Trennung zweier Menschen: ein sitzender, der die Hand eines stehenden drückt. Beim Lesen der zahlreichen Abschiedstafeln fragte sich Felice, ob dieser Abstieg in die Unterwelt nicht eine Mahnung war, der Rat, nicht weiterzugehen. Bei Strafe des Todes.

Nicht zum ersten Mal kamen ihm Gedanken dieser Art. Die Befürchtung, ja, die Gewissheit, ein Risiko einzugehen, eine für ihn anscheinend notwendige, aber gefährliche Partie zu spielen, war ihm wohl bewusst. Sie wurde jedoch von einem fatalen Optimismus überlagert – eine fast gegensätzliche und parallele Gewissheit –, durch den er die Geschichte ein frohes und siegreiches Ende nehmen sah.

Oft strich er auch spätabends noch umher, verführt vom Ruf bestimmter abgelegener Straßen, vor allem auf halber Höhe des Hügels. Er schaute sich aufmerksam um. Nicht, weil er sich gefürchtet hätte, sondern wegen des Verdachts, beschattet zu werden. Seine Streifzüge, davon war er mehr als überzeugt, konnten Oreste Spasiano nicht kalt lassen. Sicher hatte er Spürhunde auf seine Fährte gesetzt, um über jeden seiner Schritte Bescheid zu wissen: die Orte, die er aufsuchte, die Leute, mit denen er sich traf, die Gassen, die er ablief. Unmöglich, ihn dafür zu kritisieren. So, wie es gelaufen war, stellte Felice Lasco für einen Typen wie Oreste eine permanente und nicht hinnehmbare Bedrohung dar.

Natürlich handelte es sich bei allem nur um eine Vermutung. Sie war allerdings so wahrscheinlich, dass sie Felice Lasco in Daueralarm versetzte, ein Zustand, der ihn nur zum Teil störte. Denn obwohl er das Risiko nicht liebte, es seinem ruhigen, menschenscheuen Naturell eigentlich fremd war, trieb ihn einer der Widersprüche seines Wesens dazu, es unentwegt mit einer fast morbiden Neugier zu suchen.

Hatte ihn die Zeit vielleicht verändert? Tollkühn war er immer gewesen. Arsch, wer glaubst du eigentlich, der du bist? Ich nehm's mit hundert von dir auf. Einmal hatte er es Oreste direkt ins Gesicht geschrien. Oreste war rot geworden wie eine Wassermelone. Andere Zeiten. Es endete wie immer, mit Wangenküssen und Umarmungen.

Jetzt lagen die Dinge anders. Das war ihm bewusst. Ein Splitter der Vergangenheit musste aber doch geblieben sein, ein Rest, an dem man sich festhalten konnte. Mit uneingestandener Nostalgie erinnerte Felice sich immer wieder an die Freundschaft, die ihn mit Malommo, der Kanaille, verbunden hatte. Es wollte ihm nicht gelingen, sie ohne ein Bedauern und auf ewig zu begraben.

Eines Morgens wurde er von einem alten Mann erkannt.

So wahr es Gott gibt, du bist Felice Lasco! Der Alte saß vor der Tür eines Basso und rauchte Pfeife. Felice musterte ihn, aber dieses Gesicht weckte keine Erinnerungen. Dennoch ging er mit einem strahlenden Lächeln auf ihn zu: Zum ersten Mal hatte ihn jemand ganz spontan angesprochen, was ihn mit Freude und Optimismus erfüllte. Der Alte bot ihm einen Stuhl an, neben dem seinen, nahm die Pfeife aus dem Mund, betrachtete ihn von oben bis unten und wiederholte: So wahr es Gott gibt, ja, du bist wirklich Felice Lasco!

Ja, das bin ich, bekannte Felice, tief bewegt. Es hätte nicht viel gefehlt, und er wäre ihm um den Hals gefallen, hätte sich dafür entschuldigt, sich nicht an ihn erinnern zu können. Wann hatten sie sich kennengelernt?

Der alte Mann klopfte die Pfeife aus und erzählte Felice eine Geschichte, die viele Jahre zurückreichte. Er war damals noch jung und brachte Felices Mutter regelmäßig das Leder, das es zu verarbeiten galt, oder kam, um die fertigen Handschuhe abzuholen. Er war, wie er sagte, ein attraktiver junger Mann, schlank, sympathisch, mit schönen weißen Zähnen, die ihm bei ein paar Mädchen den Spitznamen Mister Smile einbrachten. Ja, wirklich, er hatte die Qual der Wahl, so viele waren hinter ihm her. Nur, dass er sich in

Felices Mutter verliebt hatte, in ihre schwarzen, lockigen Haare, ihren ernsten Blick, ihre feinen Züge, ihre damenhafte Ausstrahlung, ihren höflichen Ton, aus dem er ab einem bestimmten Moment ein gewisses Entgegenkommen herauszuhören glaubte, fast eine Ermutigung, trotz Felices Stiefvater.

Er versuchte, sich bei ihr sehen zu lassen, wenn Mann und Sohn nicht da waren. Was aber nicht immer gelang, vor allem wegen Felice, der meist dann auftauchte, wenn man am wenigsten mit ihm gerechnet hatte, um gleich wieder auf dieselbe leise Art zu verschwinden.

Konnte Felice sich wirklich nicht an ihn erinnern? An den, der Kartons voller Leder vor sich her balancierte, sie in der Ecke deponierte, der sofort versuchte, das Vertrauen des Jungen zu gewinnen, mit ihm scherzte, ihn nach seinem Lieblingssport fragte, immer von Gleich zu Gleich, als gebe es zwischen ihnen keinen Altersunterschied. Die Mutter schaute ihnen zu und lächelte. Mein Gott, wie schön sie war mit ihren Locken, die ihr auf die Schultern fielen wie eine schwarze Aureole, mit einem kupferroten Schimmer hier und da.

Wie oft in solchen Fällen hatte die Liebe zur Mutter auch zur Bewunderung des Sohnes geführt, den er, wenn sie es gewollt hätte, adoptiert und wie ein Vater unter seine Fittiche genommen hätte.

Hier unterbrach der alte Mann seine Erzählung und zündete die Pfeife wieder an. Mit einem enttäuschten Lächeln fragte er Felice, wie es nur möglich war, dass er sich nicht an ihn erinnern konnte. Felice breitete entschuldigend die Arme aus. Es täte ihm sehr leid, beteuerte er, und dass ihn diese Lücken im Gedächtnis in Augenblicken echter Erschütterung überfielen. Ganz sicher würde er aber nach und nach all das wieder hochholen, was die Zeit scheinbar aus seinem Kopf verdrängt hatte. Wobei er allerdings Unterstützung brauchte. Wie sie denn ausgegangen war, die Geschichte, fragte er den Alten.

Der Mann schüttelte den Kopf. Ihm schien, als habe er bereits genug gesagt. Felices Blick ließ ihn aber seine Meinung ändern. Dass Felices Mutter durch seine Aufmerksamkeiten geschmeichelt war, stand fest. Dass sie ihn aber nicht ermutigte, auch. Vielleicht ... wenn die Sache so weitergegangen wäre, ein Spiel, ein Flirt, ein zärtlicher, harmloser Wortwechsel hier und da ... Aber er liebte diese Frau wirklich, und eines Tages gestand er es ihr frei heraus, und ohne, dass er ihr die Zeit für eine Antwort ließ, küsste er sie auf den Mund. Sie ließ ihn gewähren. Ein langer leidenschaftlicher Kuss. Nach dem er sich – genau in dem Moment, in dem er überglücklich glaubte, sein Ziel erreicht zu haben – in der Hölle wiederfand: Sie funkelte ihn an, befahl ihm, für immer zu verschwinden, sich nie mehr blicken zu lassen, ja, sie verwünschte ihn sogar.

Es war aus. Falls sie sich sahen, dann nur zufällig und nie allein. Obwohl er unzählige Male versuchte, sich ihr zu nähern, sie zu Mitgefühl mit ihm und seinem leidvollen Zustand zu bewegen, ihre Haltung zu ändern. Was sich lange hinzog, sehr lange, sagte der alte Mann. Es gibt Niederlagen, in die man sich verlieben kann, die man in eine Art notwendiger Gesellschaft verwandelt.

Felice empfand Mitleid für den Mann. Sogar eine gewisse Zärtlichkeit. Nicht dagegen für die Mutter, deren Verhalten in dieser Geschichte ein vages Gefühl der Missbilligung auslöste, auch wenn er nicht so genau wusste, warum. Er stand ganz auf der Seite des Alten, vielleicht auch, weil durch ihn, so schien es Felice zumindest, die ganze Sanità auf einmal mit offenen Armen auf ihn zukam, ihn schließlich als einen der ihren erkannte.

Sie schwiegen eine Weile. Eine warme Brise durchzog den milden Septemberabend. Felice bemerkte, dass der Mann, der neben ihm saß und seinem Leben womöglich eine andere Richtung gegeben hätte, wäre er und nicht der andere sein Stiefvater gewesen, nicht so alt war, wie es den Anschein machte. Wären die Dinge anders gelaufen, hätte er sich um die Mutter sicher so gekümmert, wie es dem Stiefvater, den der Krebs zu früh besiegt hatte, nicht gelungen war. Felice seufzte, gestand sich die Lieblosigkeit dieser Überlegung ein, sprach sich aber zugleich auch frei, indem er sich sagte, dass keiner die eigenen Gedanken, die mitunter einfach kommen und gehen, wie sie wollen, immer fest im Griff hat.

Und du, sagte der alte Mann, welche Geschichte hast du mir zu erzählen?

Felice antwortete bereitwillig, mit dem Entgegenkommen dessen, der kaum erwarten kann, von sich selbst zu sprechen. Äh ..., sagte er, zog diese kurze, doch verheißungsvolle Antwort in die Länge und lud den Alten in eine Pizzeria ein, wo das Gespräch bei Essen und Wein greifbarer, gewiss auch unbefangener werden würde.

Das Lokal war überfüllt, vor allem von jungen Leuten. Hier und da aber auch ein älteres Paar oder eine Familie. Es gelang den beiden, doch noch einen relativ abgeschiedenen Tisch an der Wand zu ergattern: So saßen sie zugleich mitten im Getümmel und wieder nicht, da sie dem Stimmengewirr den Rücken kehrten.

Der Alte erklärte, er würde von einer seiner Schwestern versorgt, die ihm morgens und abends zu essen brachte. Er selbst könne nicht kochen und lebe seit Ewigkeiten allein. Zum Glück wohnte die Schwester nur ein paar Schritte entfernt. Er zahlte ihr die Mahlzeiten, auch wenn sie das nicht wollte. Sie hatte ein großes Herz. Für ihn kam das aber gar nicht anders in Frage: Er bezog eine Rente, sie war zwar bescheiden, aber für ihre Arbeit wollte er zahlen.

Er lächelte. In die Pizzeria zu gehen, konnte er sich aber nicht leisten. Dieser Abend war für ihn also in doppelter Hinsicht besonders: ein Fest für den Magen wie für den Geist.

Ein Tisch, der neben ihnen frei wurde, füllte sich sogleich mit einer Gruppe lautstarker Jugendlicher. Felice beugte sich weit zu dem Alten hinüber, um so ungestört wie möglich zu erzählen. Er verlor sich in unzähligen Einzelheiten, erwähnte Oreste Spasiano aber mit keinem Wort, als hätte er ihn nie gekannt. Er wartete darauf, dass vielleicht der alte Mann den Namen ins Spiel brachte, aber der wusste anscheinend nichts von dieser Jugendfreundschaft, sondern schrieb es einzig und allein Costantino Sorgentes Initiative zu, dass Felice Italien verlassen hatte, um in einem bedeutenden Unternehmen im Nahen Osten zu arbeiten.

Während er von den schicksalhaften Ereignissen seines Lebens berichtete, hatte er auf einmal das Gefühl, als stürzte das Lokal in tiefes Schweigen und alle Gäste lauschten seinen Worten. Dann hörte er nur noch seine eigene Stimme, die sich in einer Episode nach der anderen verlor.

Er endete abrupt, als erwachte er aus einem kruden Traum, in den jäh unzählige Geräusche dringen: Geschrei, Stimmengewirr, Kinderweinen, Gelächter, Tellerklirren, ein dröhnender Lärm.

Der alte Mann hatte ihn bis zum Ende nicht ein einziges Mal unterbrochen, sich nur hin und wieder, in spannungsvollen Momenten, auf die Lippen gebissen, vor allem, als Felice auf seine Rückkehr zu sprechen kam und von seiner ersten Begegnung mit der Mutter erzählte, eingepfercht in ein Kellerloch im selben Haus, in dem sie eine Signora, eine von allen geschätzte Handschuhmacherin gewesen war.

Als er sagte, dass die Mutter nicht mehr lebte, senkte der Mann den Kopf. Ob er erst in diesem Moment begriffen hatte, dass es sie nicht mehr gab? Felice betrachtete ihn mit neuerlicher Zärtlichkeit: In seinem Schweigen lag genauso eine Eleganz wie in seinen mitteilsamsten Momenten. Er hatte sich übrigens kein einziges Mal von Felices Jargon irritiert gezeigt.

Auch an diesem Abend in der brechend vollen Pizzeria machten sich einige Leute über dies und das lustig, was Felice unbedacht mit lauter Stimme geäußert hatte. Er wollte antworten, gereizt wie immer, aber der Alte bat ihn, es sein zu lassen. Felice gehorchte. Sie beugten sich wieder zueinander, Kopf an Kopf, als wollten sie sich deutlich sichtbar vom Rest des Lokals abschotten, und beschlossen, bald zu gehen, doch die Jugendlichen kamen ihnen zuvor.

Nachdem einer von ihnen einen Anruf erhalten hatte, brachen sie schlagartig auf. Sicher, um anderswo Durcheinander zu stiften.

Diese Art von Jungs, sagte der Alte, habe im Moment das ganze Viertel im Griff. Kaum aus den Windeln, fingen sie schon damit an. Auf ihren Scootern rasten sie umher, schossen in die Luft oder lieferten sich echte Feuergefechte: eine Bande gegen die andere. Natürlich gab es Drahtzieher, aber die blieben lieber unsichtbar. Sie sorgten nur dafür, dass die Jugendbanden den Rione permanent in Angst und Schrecken hielten. Die Sanità ist tot, sagte er traurig, zumindest die, die ich gekannt habe. Wie schön sie einmal war, die Sanità!

Felice lächelte. Und erzählte von seinem Traum, wieder im Rione zu leben, Afrika zu verlassen, Kairo, Orte, die ihm viel gegeben hatten. Endlich begriff der alte Mann, worum es ging. Die Rückkehr war, was Felice am meisten plagte. Er hatte es zuvor schon angedeutet, von seiner Niedergeschlagenheit nach dem Tod der Mutter gesprochen, von den Gedanken, die an jenem Tag und in den folgenden Wochen, in denen er auf der Suche nach seinem verloren Selbst durch das Viertel gestrichen war, in seinem Kopf wirbelten.

Er fragte den Alten, ob es Sinn macht, ob es überhaupt möglich ist, nach so langer Abwesenheit zurückzukehren, oder ob es sich bei der Großen Rückkehr um nichts als einen Mythos handelt, einen Traum, letztendlich um einen Irrsinn, den man – sollte es wirklich dazu kommen – am Ende bitter bereuen würde. Der Mann schüttelte nur den Kopf. Er sei der Falsche für solche Fragen. Er habe sich nie von seinem Geburtsort entfernt. Er sei wie ein Nagel, den man einmal in den Stein geschlagen und nie mehr herausgezogen habe. Seine längste Tour, übrigens schon viele Jahr her, habe ihn ans Meer geführt: Mergellina, Posillipo, Pozzuoli und ein kleines Stück weiter. Und trotz aller Bewunderung für das, was er gesehen hatte, habe er die Freunde gebeten, ihn so rasch wie möglich wieder nach Hause zu bringen.

Sie blieben bis spätnachts in dem Lokal, glücklich, es schließlich fast für sich allein zu haben. Die Pizza war großartig, der Wein auch. Das Gespräch schien unerschöpflich. Felice dachte, dass er endlich einen Freund gefunden hatte. Mehr als das, fast einen Vater, auf jeden Fall einen weisen, menschlichen Mann. Oreste Spasiano hatte er aber nicht erwähnt, einer der wichtigsten Gründe, die ihn nach dem Tod der Mutter in der Sanità hielten. Er fragte sich, ob es angebracht war, über ihn zu sprechen. Bestimmt könnte ihm der alte Mann Informationen geben, ihm mit Ratschlägen zur Seite stehen. Er dachte nach. Dann beschloss er, es aufzuschieben.

27.

Am folgenden Nachmittag schrieb Felice einen langen Brief an Arlette, die ihm morgens am Telefon ihre Besorgnis darüber gestanden hatte, dass er ohne einen präzisen Grund noch so lange in Neapel blieb. Vor allem konnte sie nicht verstehen, warum er es ablehnte, dass sie zu ihm kam. Wovor hatte er Angst? Inwiefern sollte ihre Gegenwart seine Absichten behindern, welche auch immer das sein mochten?

Er hatte Oreste Spasiano zwar nie mehr erwähnt, doch es war offensichtlich, dass dessen Schatten über jedem seiner Worte schwebte.

Felice hatte wieder einmal ausweichend, sogar verärgert geantwortet und Arlette vorgeworfen, sie wäre unsensibel und hätte kein Verständnis für den Seelenzustand eines Mannes, der sich abmüht, die Fetzen seines Lebens einzeln zusammenzuflicken und eine Erinnerung wiederzubeleben, die er absichtsvoll hatte verblassen lassen.

Ich bin ein Mensch, der sich schuldig gemacht, sich dazu bekannt und beschlossen hat, durch eine Phase der Buße zu gehen, hatte er ihr gesagt. Deshalb gibt es keinen Raum für dich. Jedenfalls im Moment.

Er hatte sie weinen hören, und fast hätte auch er geweint. Er hatte sie um Verzeihung gebeten, ihr versichert, dass er sie unendlich liebe, ihr absolut treu sei, ihre Beziehung sei unzerstörbar. Was sie vielleicht beruhigt hatte. Im Gegensatz zu ihm. Den ganzen Morgen lang hatte er über das Telefonat und seine eigene Unsicherheit nachgegrübelt.

Wenn er Arlette einen langen Brief schriebe, dachte er dann, ihr ausführlich von seinen Tagen erzählte, seinen Begegnungen, seinen Gedanken, würde er nicht nur ihr bedingungsloses Vertrauen wiedergewinnen, er könnte auch besser in sich selbst hineinhorchen. Also machte er sich an die Arbeit, auch da die langen Briefe an Arlette für ihn weit mehr waren als eine Gewohnheit. Es handelte sich hier um eine regelmäßige, ja unverzichtbare Notwendigkeit. Beinahe schon ein religiöser Ritus.

Er setzte sich an den Tisch und begann sofort in seiner leserlichen Handschrift mit der gewohnten Anrede: Ma chère Arlette.

Unterbrach sich, schaute auf die Uhr (Punkt vier), stand auf, trank ein Glas Wasser und setzte sich wieder. Bis zum späten Abend würde er sich nun nicht mehr rühren.

»Meine liebe Arlette, etwa sechs Stunden sind seit Deinem Anruf vergangen, und ich habe jeden einzelnen Augenblick an Deine Worte gedacht. Habe alles Revue passieren lassen, was ich Dir hätte sagen wollen und worüber ich aus den verschiedensten Gründen geschwiegen habe: Einiges ist mir in dem Moment nicht in den Sinn gekommen, anderes drückt man besser schriftlich aus als mündlich. Deshalb habe ich nach Stift und Papier gegriffen und beschlossen, Dir nichts, aber auch gar nichts vorzuenthalten.

Zuerst möchte ich Dich bezüglich meiner Stimmung beruhigen. Am Telefon, fürchte ich, habe ich Dir den Eindruck vermittelt, als würde ich qualvolle Stunden durchleben, ein Durcheinander aus Zweifel, Erinnerungen, Schuldgefühlen, ein permanentes Hin und Her auf holprigen und womöglich gefährlichen Straßen. So ist es aber nicht, glaub mir. Ich sage nicht, dass ich nicht zweifeln würde, dass ich nicht in Erinnerungen versinke, mich schuldig fühle und mich manchmal bei der ungeduldigen Durchforstung eines Viertels verliere, das an jeder Ecke eine Überraschung bereithält. Aber all das durchlebe ich ganz beherrscht und absolut heiter. Nicht selten ergreift mich übrigens eine Euphorie, ein Zustand der Dankbarkeit, ein Gefühl von Freiheit nach Jahrzehnten und Jahrzehnten zwanghafter Verdrängung … du weißt, was ich sagen will.

Liebe Arlette, gestern Abend habe ich jemanden kennengelernt, einen neuen Freund, von dem ich nicht wusste, dass er existierte, ein bizarrer Mensch, mit dem ich einen unvergesslichen Abend verbracht habe. Ich ging durch eine jener engen Gässchen, die sich horizontal durch den Rione ziehen, als ein alter Mann, draußen vor einem Basso, auf einmal rief: So wahr es Gott gibt, du bist Felice Lasco! Ich habe mich zu ihm gesetzt, und ich kann Dir kaum sagen, welch eine sonderbare Geschichte er mir da erzählt hat. In wenigen Worten: Als junger Mann war er oft bei uns zu Hause. Er lieferte das Leder, das meine Mutter verarbeitete. Ein schöner Mann, stattlich, sympathisch, belagert von etlichen Mädchen ... Und er, in wen verliebt er sich? In meine Mutter! Ausgerechnet in sie, der seine Aufmerksamkeiten übrigens gar nicht unangenehm waren. Vielleicht hat sie ihn sogar ermutigt, vielleicht auch nicht, das habe ich nicht ganz verstanden. Ein wenig frivol war sie immer: Alle schönen Frauen sind das wohl, manchmal wissen sie es gar nicht, wie Du zum Beispiel. Jedenfalls hatte sie nicht damit gerechnet, dass es dem Mann, der ihr das Leder lieferte, ernst war. Er litt ganz furchtbar, er wusste ja, dass sie verheiratet war. Er konnte nicht anders und tat einen unbedachten Schritt (er küsste sie ganz plötzlich wild, Arlette). Sie fiel aus allen Wolken und reagierte harsch, warf ihn zornig aus dem Haus und sagte ihm, er solle sich nie wieder blicken lassen.

Ich habe lange über die Geschichte nachgedacht und mich gefragt, was wohl geschehen wäre, wenn der Mann seinem heftigen Impuls nicht nachgegeben, sondern sich auf das verführerische Spiel verlassen hätte: Es ist nicht auszuschließen, dass es im Herzen meiner Mutter vielleicht auf lange Sicht zu einer Metamorphose geführt hätte. Vielleicht hätte ich mich mit einem anderen Vater wiedergefunden – ich will nicht sagen, mit einem besseren, als der, den ich gehabt habe, nur anders. Auf jeden Fall wäre er in der Lage gewesen, meiner Mutter bis ans Ende ihrer Tage beizustehen.

Zwischen mir und dem alten Mann ist, wie Du Dir vorstellen kannst, ein großes Verständnis erwachsen, das sich gewiss in echte Freundschaft verwandeln wird. Er ist klug und zurückhaltend, und ich bin sicher, dass er mich dabei unterstützen wird, die fehlenden Stücke meiner Vergangenheit aufzusammeln und mich wieder in eine Welt einzufügen, die viel zu komplex, chaotisch, mysteriös ist, um sofort einladend und zugänglich zu sein. Wie Du siehst, bin ich nicht mehr der streunende Hund, den Du Dir vorstellst. Und ich lebe auch nicht mehr in einer Wolke aus Pessimismus, wie Du es mir bei einem unserer letzten Telefonate gesagt hast. Im Gegenteil! Ich bin dabei, uns eine glückliche Zukunft aufzubauen: Hier, in diesem Land der Hexerei (und dabei beziehe ich mich weniger auf die Toten und ihre Tuffsteinhöhlen, als auf die Lebenden und einige blühende Pfade, die sie willkommen heißen). Hör zu, Arlette. Vor ein paar Tagen habe ich den Ort entdeckt, wo ich das Alter verbringen will, gemeinsam mit Dir. Ich war dabei, die Umgebung von San Gennaro dei Poveri zu erkunden, ging durch eine Gasse, die neben dem Krankenhaus verläuft: Ich glaube, sie heißt auch San Gennaro, Vico San Gennaro. Ich lief und lief, und plötzlich fand ich mich vor einer Treppe wieder, die nach einem ersten flachen Abschnitt auf den Hügel von Capodimonte führt, vereinzelt Gebäude, Gemüse- und Blumengärten. Schließlich landete ich bei der Ruine einer kleinen Kirche, auf einem dreieckigen Platz, von dem aus man über das Tal sieht. Ich traute meinen Augen nicht: Einen herrlicheren Blick kann man sich kaum vorstellen. Was mich noch mehr überraschte, war, dass ich dieses Panorama mit seinem vielen Grün, den blühenden Oasen – Bogengänge, Fassaden, Innenhöfe – plötzlich in meinem Mund spürte: wie etwas Festes, als könnte man es essen – nicht nur ein Duft oder ein Geschmack, eher ein weicher, dichter Schaum aus Luft, ganz intensiv.

Und genau dort steht ein weißes Haus! Ich glaube, in meinem Enthusiasmus habe ich das laut gerufen. Dort, auf den Resten des alten Platzes! Unser Nest, Arlette. In diesem Haus will ich einmal sterben. In Deinen Armen.

Leider gibt es aber auch die Kehrseite der Medaille: Kaum hatte ich die große Entdeckung gemacht, packte mich auch schon der

Zweifel: Ob es denn, abgesehen von allem, was man so annimmt, einen wirklichen Sinn macht, zurückzukehren. Oder besser gesagt: Ob die Rückkehr (die Große Rückkehr) wirklich möglich ist, wirklich erstrebenswert, oder ob sie einem nicht eher Enttäuschungen bereitet und man sie bald heftig bereut. Wie Du Dir vorstellen kannst, habe ich (für den Moment) keine klare Antwort gefunden. Nur vage, halbe Antworten, was mit meinem Charakter zu tun hat. Gewiss wird einer, der zurückkehrt, zunächst mit offenen Armen von denen empfangen, die geblieben sind. Sie denken, er kommt reumütig wieder. Du hättest nicht gehen sollen, sagen sie ihm, sie machen ihm Vorwürfe, immer noch freundlich. Du hättest uns nicht verlassen sollen, und er stimmt verwirrt zu: Genau, ich habe einen Fehler gemacht, ich hätte nicht gehen sollen. Aber so denkt er nicht wirklich. Er denkt vielmehr, dass er den Mut gehabt hat, der ihnen fehlte, die Energie, den Ehrgeiz, den Kampfesgeist, was ihn zu einem überdurchschnittlichen Menschen macht. Aber das sagt er natürlich nicht, er versteckt sich, entzieht sich. Wie lange kann er diese Täuschung durchhalten? Es kommt, wozu es kommen muss. Er ist die liebevollen Vorwürfe leid, und ohne dass er es bemerkt, beginnt er auszusprechen, was ihm seit einiger Zeit durch den Kopf geht. Wird hochmütig, bissig, ja unausstehlich. Er brüstet sich: Ich bin in der Welt herumgekommen ... Und nutzt jede Gelegenheit, die anderen herunterzumachen, damit sie sich armselig, provinziell, unkultiviert fühlen.

Liebe Arlette, das denke ich mir nicht aus. Sowas ist mir schon passiert, wenn auch minimal, ich will das jetzt nicht erzählen. In mir hat jedoch ein Alarmlicht aufgeleuchtet. Es hat mir zu verstehen gegeben, dass es nicht einfach ist, zurückzukehren, auch wenn unsere Kultur die Rückkehr, die die große Literatur geheiligt, aus der sie einen Archetypus gemacht hat, fanatisch und, wie ich es sehe, scheinheilig feiert. Aber das Leben lässt sich nicht durch Mythen einfangen. Es verschmäht sie, es verleugnet sie, es demütigt sie. Und wir integrieren sie durch unsere Trägheit ständig aufs Neue in unser mentales und sentimentales Repertoire. Nimm mich, Arlette. Auch ich fühle mich wie ein naiver Restaurator von Mythen. Denn obwohl mir bewusst ist, dass es im Kern keine glückliche Rückkehr gibt, ohne Reue, träume ich trotzdem davon und verfolge sie wild und inbrünstig.

Vielleicht hat das Leben – das, was ich gelebt habe – aus mir einen janusköpfigen Menschen gemacht, widerspruchsvoll und zerrissen. Heute weiß ich, dass einer, der zurückkehrt, schließlich von denen gehasst wird, die geblieben sind. Er wird der Fremde genannt, er wird ausgeschlossen, man redet über ihn. Und ich weiß auch, dass jeder gut daran täte, weiterzugehen, nach vorn, ohne sich umzudrehen. Ich weiß das alles, aber es nützt mir wenig. Weil ich, wenn es so weit ist, in diesem weißen Haus, von dem ich Dir erzählt habe, sterben will, und ich werde alles daransetzen, damit es so wird. Alles, Arlette, verstehst Du?«

Der Brief war noch lange nicht zu Ende. Ich lasse den Rest weg, da er um dieselben Dinge kreiste.

Ich muss gestehen, dass es mir auch nach zahlreichen Versuchen nicht gelungen ist, den »göttlichen« Ort aufzuspüren, den Felice Lasco seiner Arlette beschrieben hat. Irgendwann habe ich gedacht, er hat ihn komplett erfunden. Der Hügel oberhalb vom Krankenhaus San Gennaro dei Poveri explodiert tatsächlich von Grün, in dem wahrscheinlich versteckte Wünsche siedeln, es gibt tatsächlich Gemüse- und Blumengärten und auch das eine oder andere alte, weiß gestrichene Sommerhaus.

28.

Der alte Mann lud Felice zu sich nach Hause ein, und der ließ sich nicht lange bitten: Er war neugierig, sein Basso kennenzulernen, um etwas mehr von ihm zu erfahren. Eine Wohnung ist ein Spiegel des Charakters und der Seele dessen, der dort lebt. Davon war er in seinem tiefsten Herzen überzeugt. Schon auf den ersten Blick schienen sich die Vorstellungen, die er sich bei ihrer ersten Begegnung gemacht hatte, zu bestätigen: Der Alte war ein ordnungsliebender Mann mit ausgeprägter Treue zur Vergangenheit. Dies bezeugten zwei fast schon antike Singer Nähmaschinen, jetzt einfache Möbelstücke, aber mit einer starken Ausstrahlung, eine alte Spiegelkommode, ein rechteckiger ausziehbarer Tisch und an den Wänden zahlreiche gerahmte Fotografien, darunter eine von ihm als junger Mann – groß wie eine Briefmarke – auf einem verschnörkelten Diplom. Ein Qualitätsnachweis für die Handschuhe der Firma Le Fate, deren Inhaber er gewesen war. Nach der Lehre und Jahren als Angestellter hatte er den Sprung gewagt und ein eigenes Unternehmen gegründet, das auf die Herstellung aufwändig gearbeiteter und entsprechend teurer Handschuhe setzte.

Der alte Mann nahm das Diplom von der Wand und reichte es Felice mit ausladender Geste, die Augen feucht vor Stolz. Ja, das Leben war recht befriedigend verlaufen, auch wenn die Krise des Sektors ihn später gezwungen hatte, die Tore zu schließen und als einfacher Arbeiter weiterzumachen. Aber wie viele Erfolge hatte sein Unternehmen in der kurzen Zeit verzeichnen können! Weil er von Anfang an den schwierigsten Weg gewählt hatte, den der Spitzenproduktion, weil ihm nichts zu viel gewesen war, sondern er sich als bester Hersteller von Luxushandschuhen, der die ersten Modehäuser belieferte, durchgesetzt hatte.

Auch deine Mutter hat für mich gearbeitet, sagte er auf einmal wie unbeteiligt. Ohne es zu bemerken. Oder vielleicht hatte er es bemerkt, tat aber so, als wäre nichts. Sie war eine großartige Näherin, alle Achtung.

Bei ihrer ersten Begegnung hatte der Alte nicht viel von sich erzählt, abgesehen von seinem emotionalen Unglück und der harschen Reaktion der Frau, in die er sich verliebt hatte. Jetzt, vielleicht, weil er Felices Interesse spürte, ihn näher kennenzulernen, begann er, Einzelheiten zu berichten. Nein, er war nicht verheiratet. Es hatte verschiedene Verhältnisse gegeben, auch ein paar kurze Perioden des Zusammenlebens, aber sich definitiv mit einer Frau zu verbinden, nein, dazu hatte ihm die Lust gefehlt.

Bei diesen Worten schaute Felice sich verwundert um. Die Wohnung glänzte frisch geputzt. Der Boden leuchtete, als wäre jemand mit Wachs darüber gegangen. Hier roch alles nach einer weiblichen Hand. Und nach Jasmin. Ein strenger Geruch, der direkt von den Fliesen aufzusteigen schien.

Vielleicht machte er ihm etwas vor, dachte Felice. Und hing belustigt dieser leicht frivolen Überlegung nach, als eine voluminöse Frau hereinkam, auch sie nicht mehr die Jüngste, aber rüstig und agil. Wortlos stellte sie einige übereinandergestapelte Schüsseln auf den Tisch, mit verschiedenen Speisen, darunter Polpette, Fleischklößchen in einer sämigen Tomatensoße. Felice staunte, verzückt. Dieser Duft, diese cremigen roten Spuren, all das kam von weit her, ihm lief das Wasser der Erinnerung im Mund zusammen, und die Erinnerung verwandelte sich in Nostalgie.

Nach einer knappen Begrüßung deckte die Schwester des alten Mannes den Tisch, servierte auf Tellern, die sie aus einem Glasschrank nahm, Pasta, Polpette und Beilagen, und verschwand mit derselben leisen Entschlossenheit, mit der sie gekommen war. Der Alte füllte zwei Gläser mit Wein, um auf ihr Beisammensein und auf die Zukunft seines Gastes anzustoßen.

Das Essen zog sich hin und wurde von Felice mit wahrer Hingabe gewürdigt: Diese so traditionsreichen Speisen ließen ihn, das fühlte er, ein weiteres wichtiges Stück von sich und seiner Vergangenheit wiederfinden. Beim fünften Glas Wein fasste er den Entschluss: Der Moment war gekommen, dem Alten die ganze Geschichte zu erzählen, lückenlos. Ihm von seiner Jugendfreundschaft mit Oreste Spasiano zu berichten und die wahren Gründe auf den Tisch zu legen, aus denen der Onkel ihn vor fünfundvierzig Jahren von Italien nach Beirut gebracht hatte. Ganz sicher könnte ihm der Alte etwas zu Malommos aktueller Position in der Sanità sagen, zu seinem Stand als Camorrista, seiner realen Gefährlichkeit.

Er wurde ernst, und nach langem, bedeutungsvollem Schweigen bekannte er, bei der Rekonstruktion seiner Vergangenheit einige höchst dramatische Details beiseitegelassen zu haben. Er bat den Alten, sich auf eine schlimme Geschichte gefasst zu machen, eine, die selbst den gleichgültigsten Herzen nahegeht.

Der alte Mann nickte, stützte den Ellbogen auf den Tisch und den Kopf in die Handfläche. Womit er sagen wollte, er sei ganz Ohr und lausche jedem Wort, aber auch, dass er die ernste und zerknirschte Haltung seines Gastes für übertrieben hielt. Was konnte ein Mann wie Felice, den er von Kind auf kannte, schon verbrochen haben, das diesen plötzlichen Stimmungswandel rechtfertigte? Als Felice den Namen Oreste Spasiano aussprach, hob er aber abrupt den Kopf, runzelte die Stirn und wedelte ungeduldig mit dem Arm, um den Gast zu bewegen, die Stimme zu dämpfen. Er schien zu fürchten, dass jemand in der Gasse sie hören könnte. Als Felice erneut »Malommo« sagte – nicht geflüstert, sondern laut und entschieden –, ging er zur Tür des Basso und zog beide Flügel zu. Die Pfeife zwischen den zusammengepressten Lippen bat er Felice dann, fortzufahren, er würde seiner Geschichte zuhören: Sprich, Feli', sprich, lass alles aus dir raus.

Ausführlich berichtete Felice von seinen jugendlichen Dummheiten mit Oreste Spasiano, pries ihre unzertrennliche Freundschaft, sprach von der gegenseitigen Abhängigkeit, von ihrem Streben nach einer gemeinsamen Bestimmung, trotz gewisser Charakterunterschiede, die manchmal zu lautstarken Auseinandersetzungen führten, immer aber mit Umarmungen und Handschlag endeten.

Der Mann hörte zu, und zum ersten Mal kam er Felice wirklich alt vor. Was bestimmt auch an seiner erstaunten Miene lag, die seine Falten ins Endlose vervielfachte. Es war ihm einfach schleierhaft, wie diese Geschichte über eine so lange Zeit im Dunkeln bleiben konnte, warum er nie etwas davon gehört hatte. Ich wette, das Schlimmste kommt noch, sagte er.

Felice nickte, holte tief Luft, schien aber zu zögern. Worauf der Alte ihn nochmals ermutigte: Feli', sprich, halt nichts zurück, wir Alten haben Erfahrung, wir können alles verstehen. Felice, der in Wirklichkeit darauf brannte, endlich zu reden, ließ sich nicht mehr bitten: Er packte aus, ohne irgendetwas zu verschweigen, trocken und prägnant. Das Problem ist, sagte er schließlich, dass ich mich genauso schuldig fühle wie Oreste und dass ich dieses Schuldgefühl ein Leben lang mit mir trage. Ich schaffe es nicht, mich davon zu befreien. Verstehst du jetzt, warum ich hier bin?

Der Alte fuhr sich mit der Zunge über die Lippen. In seinen Augen lag Bestürzung. Er kannte Spasiano und seinen Ruf. Er fürchtete seine blinde Gewalt: Feli', deine Mutter ist tot, was hält dich noch hier?

Felice hatte das Gefühl, als würde die ganze Sanità ihm diese Worte entgegenschreien, ohne Ausnahme. Ihn überkam jene abgrundtiefe Müdigkeit, die ihn jedes Mal packte, wenn er das Gefühl hatte, in eine ausweglose Situation geraten zu sein.

Es ist hoffnungslos, dachte er, ich bin ein Fremder, nein, er flüsterte es sogar. Der Alte sah ihn überrascht an und fragte, was er damit meinte. Aber Felice blieb die Antwort schuldig. Er hüllte sich in Schweigen, worauf auch sein Gegenüber still den Kopf senkte und wartete, überzeugt, dass Felice, zumindest in diesem Moment, den Draht, der zwischen ihnen entstanden war, um nichts in der Welt gekappt hätte.

Es bedurfte dazu keiner weiteren Bestätigung. Nach einer Weile sagte Felice nur: Erzähl mir von Spasiano, sag mir alles, was du von ihm weißt, welchen Weg er genommen hat, wer er ist.

Der alte Mann schenkte ihm ein, vor allem aber füllte er sein eigenes Glas und stürzte den Wein hinunter. Spasiano war ein stattlicher Mann, athletisch, etwa gleich groß wie Felice, etwa dieselbe Statur, ja, wenn er es recht bedachte, hatte er wirklich Ähnlichkeit mit ihm. Spasiano war zweifellos charmant, das hatte ihm die Gunst vieler Frauen verschafft. Er wohnte in einer kleinen Gasse, im Herzen vom Rione. Es hieß, sein Apartment (oberster Stock, ohne Aufzug) wäre extravagant eingerichtet, alles in Weiß. Die Mitglieder seines Clans ließen sich übrigens nicht zählen. Wenn er rausging, dann immer mit Bodyguards. Aber man sah ihn nicht so oft draußen, er schien sich in seiner weißen Blase einzusperren. Er hatte den Ruf eines skrupellosen Menschen, galt aber auch als geschickt und listig. Jedenfalls kontrollierte er – der Regisseur im Hintergrund – eine der kriminellen Jugendbanden, die auf ihren Motorrädern umherrasten und Panik verbreiteten.

Er macht mir keine Angst, sagte Felice entschieden, was den Alten tief aufseufzen ließ: aus Ratlosigkeit, vielleicht auch, weil es ihm nicht so ging. Felice streichelte ihm über den Handrücken, er zuckte leicht zusammen: Du bist ein großartiger Mann, sagte er, ich hätte nichts dagegen gehabt, wenn du mein Vater geworden wärst. Der Alte blieb stumm.

Jetzt, dachte Felice, konnte er ihm auch gestehen, dass er vorhatte, wieder in der Sanità zu leben. Der Alkohol steigerte seine Euphorie. Er erzählte ihm von seinem Traum: Sollte er darauf verzichten? Wegen Oreste Spasiano? Kam gar nicht in Frage. Die Wiederentdeckung der Heimat war für ihn zum Lebensinhalt geworden.

Im Übrigen gab es keinen anderen Ausweg, als Malommo, die Kanaille, zu treffen, um jeden Preis, und sich mit ihm zu verständigen. Vielleicht würde es gelingen, im Namen der alten Freundschaft. Vielleicht auch nicht. Im ungünstigsten Fall würde er einer Konfrontation aber nicht aus dem Weg gehen: Malommo würde ihn ganz sicher nie von hinten erschießen. Er würde auch keinen Killer schicken.

Noch einmal schenkte der Alte nach. Er hob die Augen zum Himmel, als erhoffte er sich von dort eine Eingebung. Wer, fragte er sich, könnte Felice Lasco in den nächsten Wochen wohl begleiten, beschützen, beraten. Ihm kamen ein paar Ideen, alle mehr oder weniger aus der Luft gegriffen und sofort wieder verworfen. Er atmete schwer. Alles in Ordnung?, fragte Felice besorgt. Alles in Ordnung, sagte er gefasst, bis er sich nach einem heftigen Hustenanfall an der Tischkante festhielt und triumphierend erklärte, er habe die Lösung. Er würde Padre Rega anrufen, den unverwüstlichen Priester, der für Hoffnung in einem der verzweifelten Viertel dieser Stadt sorgte.

Der Name war Felice gar nicht so fremd. Er hatte ihn bereits von seiner Mutter gehört, kurz vor ihrem Tod: Sie hatte ihm Rega empfohlen, für den Notfall, als zuverlässige Anlaufstelle. Als Felice den Alten fest entschlossen sagen hörte: Geh zu ihm, erzähl ihm deine Geschichte, er wird dir zuhören, dir seinen Schutz nicht verwehren – da hatte er das Gefühl, als würde seine Mutter durch die Stimme des Mannes zu ihm sprechen, den sie vielleicht geliebt hatte.

Am nächsten Tag machte er sich auf den Weg zur Basilica di Santa Maria della Sanità und begann seinen Bußweg in Gestalt der akribischen Erzählung seines Lebens. Statt Padre Rega traf er auf mich. Mir war sofort klar, dass in dem Herzen dieses Mannes die Magma eines Vulkans brodelte. Er faszinierte mich. Wir wurden Freunde.

Hier schließt sich der Kreis. Von Felice Lasco wissen wir nun alles, was es zu wissen gibt. Bleibt nur noch das Ende. Und wie es sich ereignete. Was nicht unerheblich ist: Die Wahrheit liegt immer am Boden des Glases, und um sie kennenzulernen, muss man es leertrinken.

29.

Den letzten Teil seiner Geschichte – von der Rückkehr in die Sanità bis zum Tod der Mutter – erzählte Felice Lasco vor allem mir und bat mich, Padre Rega irgendwann davon zu berichten. Er fürchtete, er hätte ihn mit seiner Gegenwart, seinen Problemen, seinem Eigensinn zu sehr bedrängt: Seit Monaten vereinnahme ich ihn schon. Er soll jetzt einmal Luft holen.

Felice Lasco stand noch immer unter dem Eindruck der Runde durch das Viertel, zu der Padre Rega ihn genötigt hatte, um öffentlich zu demonstrieren, dass er seinen uneingeschränkten Schutz genoss.

Wir trafen uns meist bei mir zu Hause. Er ließ sich immer in denselben Sessel sinken, als könne er nur von diesem Platz aus Ordnung in seine Gedanken bringen. Er sprach langsam, ohne seine Emotionen zu verbergen, manchmal unterstrich er sie auch, durch seinen Tonfall, durch seine Miene. Wenn er zuhörte, versteinerte sich sein Gesicht, egal, welches Thema man anschnitt.

Der Tod der Mutter war eine Wunde, die noch lange nicht verheilt war. Er kam immer wieder darauf zu sprechen, und jedesmal stockte seine Stimme, verdüsterte sich, brach, ein großer Knoten im Hals, den er vergeblich durch Husten zu lösen versuchte.

Eines Abends teilte er mir mit, er habe einen anonymen Brief erhalten. Nur zwei Wörter, in Buchstaben, die jemand aus der Zeitung ausgeschnitten hatte: GEFAHR. VERSCHWINDE. Er reichte ihn mir, und ich drehte ihn in der Hand. Dann bat ich ihn, mir den Brief dazulassen, um ihn Padre Rega zu zeigen.

Er nickte resigniert. Einmal beim Pfarrer, sagte er, würde er von dem nur den bereits bekannten Rat zu hören bekommen: Hau endlich ab, geh nach Kairo zurück, die Zeit wird alles regeln.

Und hier muss ich ein Geständnis ablegen: Ich weiß nicht, in welchem versteckten Winkel meines Gewissens ich Felice Lascos verzweifelten Eigensinn, um jeden Preis in der Sanità zu bleiben, den ich eigentlich für unsinnig und selbstmörderisch hielt, gleichzeitig nachvollziehen konnte und befürwortete. Bis hin zu der Hoffnung, dass er, entschieden, wie er war, nie in seinem Streben nachlassen würde.

Ich hatte begonnen, diesen Mann zu bewundern, seine Strenge, seinen Mut, der mitunter, das gebe ich zu, auch mit Unbedarftheit, Oberflächlichkeit, sogar mit Naivität verwechselt werden konnte, aber nichts anderes war als reine ethische Kraft, mit einer leisen Spur von Fatalismus.

Was nicht bedeutet, dass ich ihn je offen ermutigt hätte, an seinem Entschluss festzuhalten, komme, was da wolle. Um mich nicht zu verraten, bemühte ich mich, dem Thema so weit wie möglich aus dem Weg zu gehen. An jenem Abend waren wir aber beide mit einem anonymen Brief konfrontiert, dessen bedrohlich chaotische Grafik uns anstarrte und zumindest mich auf eine Verantwortung festnagelte, die ich nie zuvor so schmerzlich empfunden hatte.

Ich wollte schon etwas sagen – etwas ausgesprochen Banales –, als Felice mir zuvorkam. Da er den Brief bereits vor einigen Tagen erhalten hatte, sagte er, hatte er Zeit gehabt, darüber nachzudenken. Und diese beiden Wörter – Gefahr, verschwinde – kamen ihm bekannt vor. Schließlich war ihm ein Licht aufgegangen. Ein Junge, der Oreste Spasiano und ihm während der Überfälle als Kundschafter gedient hatte, hatte sie permanent wiederholt, manchmal sogar vor sich hin geträllert, nur so, aus Spaß: Gefahr, verschwinde; Gefahr, verschwinde; Gefahr …

Im ersten Moment hatte er daran gedacht, ihn ausfindig zu machen. Den Gedanken dann aber wieder verworfen. Der anonyme Brief enthielt in Wirklichkeit ja keine Drohung. Es handelte sich eher um eine Benachrichtigung. Der Rat, so schnell wie möglich abzuhauen. Weiter nichts. Außer dem, was er schon wusste: Oreste

Spasiano verfolgte jede seiner Bewegungen, ohne sich zu zeigen. Er blieb im Schatten (mit welcher Absicht wusste nur der Himmel). Er jedenfalls, Felice, hatte sich eine Frist gesetzt: Wenn er ihm nicht innerhalb der nächsten Woche über den Weg laufen würde – egal, ob zufällig oder geplant –, würde er zu ihm gehen. In seine Höhle. Er würde ihn um ein Gespräch bitten, was Malommo – da war er sich ganz sicher – ihm nie und nimmer abschlagen würde. Einer der Vertrauten der Kanaille könnte das Treffen arrangieren: Felice kannte manche von ihnen. Mit dem einen oder anderen hatte er bereits ein paar Worte gewechselt.

Trotz meiner Bewunderung für ihn hätte ich nie gedacht, dass er so waghalsig vorgehen würde: Seine Worte überraschten und verstörten mich. Ich fragte ihn, ob ich nicht Padre Rega einweihen sollte. Felice schüttelte entschieden den Kopf. Ein Fehler! Vielleicht hätte er nicht einmal mit mir darüber sprechen sollen, auch wenn ich ihn besser verstand als sonst einer. Er erhob sich aus seinem Sessel und trat neben mich. Seit einiger Zeit war zwischen uns eine große Vertrautheit entstanden. Ganz unbefangen bewegte sich bei mir zu Hause. Er legte mir die Hände auf die Schultern, rüttelte mich leicht und bat mich, ihn nicht so besorgt anzusehen: Glaubst du, ich würde deine Furcht nicht bemerken? Die Angst, die dir im Nacken sitzt, weil du jetzt weißt, dass ich Oreste Spasiano die Stirn bieten will? Aber du irrst, wenn du denkst, ich würde dadurch irgendwas riskieren. Ich kenne Oreste, gut möglich, dass er mich früher oder später aus dem Weg schafft. Aber nicht in seinem eigenen Haus. Wenn er bereit ist, mich zu treffen, wird er darauf brennen zu erfahren, was ich ihm zu sagen habe, wie ich mein Verhalten, mein Schweigen rechtfertigen will. Vielleicht wird er auch Lust haben, mich zu beleidigen, zu demütigen. Wahrscheinlich. Mehr aber auch nicht.

Für einen Moment war ich beruhigt. Doch bald überkamen mich Zweifel. Wie konnte man angesichts des kriminellen Profils von Oreste Spasiano davon ausgehen, dass diese Geschichte friedlich enden würde und nicht blutig? Felice nahm an, dass sein einstiger Busenfreund noch immer mit der Rolle als verleugneter Gefährte haderte, ohne zu bemerken, dass etwas ganz anderes im Gange war. Es handelte sich um die mehr als begründete Befürchtung, Felices Gerede, seine Gegenwart in der Sanità, könnte auf Dauer die Polizei dazu veranlassen, einen alten, ungeklärten Fall noch einmal aufzurollen.

Ich hielt es für meine Pflicht, ihn zum Nachdenken zu bringen, ihn zu bewegen, seine alten Schreckgespenster ruhen zu lassen und sich der Realität zu stellen. Er redete zu viel, ohne Bedacht, als gehorchte er einem übermächtigen Impuls der Selbstbestrafung, auf der Suche nach einer Vergebung, die der Schwere der begangenen Taten angemessen war.

Er hörte mir mit schmerzhafter Konzentration zu. In seinen Augen lag ein Staunen, als würde er sich erst in diesem Moment des unverzeihlichen Fehlers bewusst. Ich bat ihn dringend, ein für alle Mal über das schwarze Loch in seinem Leben zu schweigen. Er versuchte, mich zu beruhigen und versicherte, er habe nur bei Adele unverhohlen davon gesprochen, den jungen Leuten vom Monacone gegenüber sei er immer vage gewesen, direkten Fragen immer ausgewichen. Ihm sei bewusst, dass einige von ihnen labil waren, anfällig für Schmeicheleien und Versuchungen, vielleicht sogar für Erpressungen.

Am Ende schwor er mir, nie mehr mit irgendjemandem auch nur ansatzweise über die verfluchte Sache zu reden. Es gelang mir aber nicht, ihn von dem geplanten Treffen mit Oreste Spasiano abzubringen. Was das betraf, verfing kein Argument. Er war vielmehr verwundert, dass ausgerechnet ich es ihm ausreden wollte: Gerade du, der an meiner Stelle das Gleiche tun würde?

Dann stand er auf und fragte mich, als wolle er für etwas um Verzeihung bitten, ob er nicht für uns beide ein Abendessen zubereiten solle. Ich sagte ihm, er könne wie immer schalten und walten, und folgte ihm in die Küche.

Er aß mit großem Appetit, im Gegensatz zu mir. Ich brütete die ganze Zeit darüber, was er wohl in der kurzen Woche, die er sich zugestanden hatte, bevor er Polyphem in seiner Höhle gegenüberstand, noch alles plante. Es galt noch jede Menge zu erforschen, hielt er mir aufgeregt entgegen, als ich ihn danach fragte, das würde seine ganze Energie erfordern. Die Sanità ist endlos, wer kennt schon jeden Winkel?

Am nächsten Tag habe er übrigens eine wichtige Verabredung. Er würde einen der verborgenen Schätze des Rione kennenlernen. Der Termin sei durch eine junge Frau zustande gekommen, die er sehr bewunderte.

Er lachte. Meine verblüffte Miene war sicher Grund genug, mich ein wenig zu provozieren. Ja, sagte er, ich habe mich wirklich in sie verliebt, auch wenn es sich um eine sehr spezielle Leidenschaft handelt.

Er schwieg gerade lang genug für meine neugierige Frage: Kenne ich sie? Aber sicher! Adele, sagte er und schaute mich an. Ich weiß nicht, was er in meinen Augen ablesen konnte, jedenfalls machte er der Komödie ein Ende und erklärte, dass er, genau wie ich auch – Auslöser seien vielleicht sogar meine Erzählungen gewesen – in diesem Mädchen die Tochter sehe, die er nie hatte. Was kein Schicksal gewesen war, sondern seine eigene Schuld und Entscheidung. Was würde er heute darum geben, solch eine Tochter wie Adele zu haben, mit dichten schwarzen Locken, die ihn an seine Mutter als junge Frau erinnerten. Sie würde ihn durch die Katakomben von San Gennaro führen, an die er nur noch eine verschwommene Erinnerung besaß. Sie waren, wie Padre Rega berichtet hatte, von den jungen Leuten der Kooperative La Paranza restauriert worden. Er hatte schon lange einmal durch diesen Teil des Bauchs von Capodimonte pilgern wollen, aus dem im Wesentlichen alles kommt. Wir aus der Sanità, sagte er, sind Kinder der Grotten, des Tuffsteins, der uns seit Urzeiten geschützt, uns Zuflucht geboten und unsichtbar gemacht hat. Er hat unser Überleben gesichert, wie ganze Viertel von Neapel beweisen. Sie wurden über die Jahrhunderte aus dem Stein errichtet, der man dem Berg entnahm, bis auf diese Weise auch eine unterirdische Stadt entstanden war.

Zweifellos hatte er Adele bereits getroffen, vielleicht auch mehrmals, und sich eingehend mit ihr unterhalten. Das war mir spätestens klar, als er mir die Herkunft des Wortes Katakombe erläuterte. Ich erfuhr also, dass es »bei der Höhle« bedeutet, abgeleitet vom römischen Flurnamen »ad catacumbas« für die Tuffsteinbrüche an der Via Appia, außerhalb der Mauern des antiken Roms.

Ich brach in Lachen aus, es war stärker als ich: Felice Lasco, wann wirst du aufhören, mich zu überraschen? Am Ende gab er zu, Adele ein paar Mal unter vier Augen getroffen zu haben. Er hatte über ihre Erzählungen gestaunt und sie adoptiert, wie man so sagt, in seinem Herzen, ohne mit irgendwem darüber zu sprechen, außer jetzt, mit seinem besten Freund.

Die Vergangenheit begeisterte ihn: Die Sanità war ein Rebus mit schwindelerregend tiefen Wurzeln. Wer konnte behaupten, den Rione wirklich zu kennen, ohne seine tausendjährige Geschichte zu beleuchten? Adele hatte ihm eine Reihe ihrer Texte zu lesen gegeben. Sie basierten auf ihren persönlichen Recherchen in den Archiven, wodurch es ihr gelungen war, wichtige Abschnitte dieser Vergangenheit zu rekonstruieren. Und er hatte die Texte wie immer verschlungen.

30.

Adele und Felice trafen sich am nächsten Tag in der Basilica di San Gennaro, die zumindest teilweise in ihrer alten Pracht wiederhergestellt war. Er kam als erster, lange vor der vereinbarten Zeit, nachdem er die zahlreichen Höfe des Hospitals durchquert hatte, deren letzter mit einer Doppeltreppe endet, die zum Kirchenraum führt. Der Ort regt zu tiefsinnigen Gedanken an, verleitet zum Träumen und Hoffen, im weitesten und umfassendsten Sinn des Wortes: Hoffnung ohne einen Gegenstand. Hoffnung als solche. Als Geisteszustand.

Als er sie kommen sah, durchströmte Felice eine große Freude. Er lächelte sie an, ergriff ihre beiden Hände, dankte ihr für das Privileg, ihn durch die Mutter aller Katakomben zu führen.

Auch Adele, berichtete er mir abends, schien von seiner Aufregung angesteckt: Sie strahlte, schüttelte beim Sprechen temperamentvoll ihre schönen schwarzen Locken, schaute ihm in die Augen.

Der Bericht war arglos, Felice Lasco beharrte auf der »väterlichen« Natur seiner Begeisterung für die junge Frau. Vielleicht wegen einer gewissen romantischen Veranlagung zweifelte ich allerdings seit geraumer Zeit an der Unschuld seines Empfindens und sagte mir, dass dieser Mann sich etwas vormachte. Mir erschienen sie anders, dort in der Mitte der großen Basilika: ein schönes Paar, zwei, die zueinander passten, rührend und keinesfalls undenkbar, trotz des Altersunterschieds. Wie viele Frauen hatten Felice Lasco nicht als attraktiven, faszinierenden Mann beschrieben? Ich hatte es selbst gehört. Wie hätte Adele sich nicht in ihn verlieben können? Eine außerordentlich belesene junge Frau mit ausgeprägtem Charakter, klar und entschieden in dem, was sie wollte. Sie war nicht geschaffen, sich mit dem zufriedenzugeben, was der Durchschnitt ihr bot. In meinen Augen schien Lasco der richtige Mann für sie zu sein. Und noch etwas: Wer anderes als Adele würde ihn vielleicht sogar dazu überreden können, unterzutauchen, auf seine sinnlosen Provokationen zu verzichten?

Meine Aufregung wuchs sichtlich, während ich Lascos ausführlichem Bericht über die Erkundungen mit Adele aufmerksam und kommentarlos folgte. Ein Gang durch die Basilica di San Gennaro Fuori le Mura, die älteste Kirche, die Neapels Schutzpatron geweiht ist. Er redete, und ich sah ihn lächeln, nicken, atmen, umherwandern.

Das sind sie also. Sie gehen auf die Eingangshalle zu, mit Fresken aus dem sechzehnten Jahrhundert, die dem Maler Agostino Tesauro zugeschrieben werden. Ein rosarotes Licht, man weiß nicht genau, woher, fällt auf Adeles Gesicht. Sicher, sagt Felice, von der ursprünglichen Pracht ist nicht mehr viel geblieben: nur die dreischiffige Binnenstruktur, die spätgotischen Säulen, das Sparrendach und die halbrunde Apsis, getragen von zwei antiken korinthischen Säulen.

Adele weiß alles, von Grund auf: Sie hat es studiert, vertieft, in den Kokon ihrer Leidenschaft als Forscherin eingesponnen. Und ihr Wissen schließlich auch in ein paar Broschüren einfließen lassen, ein Leitfaden für die Jugendlichen, die als Guide für die Kooperative arbeiten wollen, ein bisschen von Allem, von der Geschichte unseres Rione: der Friedhof Fontanelle, die Katakombe von San Gaudosio unter der Basilica di Santa Maria della Sanità, der Vico Lammatari, die Sacra Famiglia dei Cinesi, gegründet Anfang des achtzehnten Jahrhunderts von Matteo Ripa als Bildungsinstitut für junge Chinesen, die er aus seiner Mission in Peking mitgebracht hatte und nach einer Priesterausbildung wieder dorthin zurückschicken wollte, um die dortige Bevölkerung zu evangelisieren.

Adele hat Felice eine Sammlung dieser Broschüren mitgebracht, um seinen Wissensdurst zu stillen. Zumindest zu einem kleinen

Teil, wie sie ihm bescheiden zu verstehen gibt. Sie reicht ihm den Stapel. Er drückt ihn an die Brust und findet, wie er erklärt, nicht die richtigen Worte, um ihr zu danken, verwirrt und geehrt, wie er sich fühlt.

Von der Basilika aus gehen sie langsam zu den Katakomben. Der Weg steigt jäh steil an, ist aber mit Strohmatten bedeckt und daher relativ leicht zu bewältigen. Adele geht mit sicherem Schritt voraus: Ihre Vertrautheit mit der Umgebung schwingt in jeder ihrer Bewegungen und zeigt sich auch in ihrer Aufmerksamkeit dem Gast gegenüber. Die Aufgabe als Guide erfüllt sie mit sichtlicher Leidenschaft: Sie erzählt, gibt Hinweise, streicht mit der Hand über Totenschädel, Mauern, Inschriften. Wie viele Geschichten und Legenden, die einen dramatisch, andere wieder zum Lachen. Sie zitiert einen Text des Kanonikus Celano: »Man betritt das Friedhofsgewölbe, eine Höhle, in den Berg geschlagen. Der Friedhof befindet sich auf drei übereinanderliegenden Ebenen, an den Seiten der großen Gewölbe verschiedene geheime Winkel und versteckte Gänge, fast ein Labyrinth, sodass man ohne Führung Gefahr läuft, nicht mehr herauszufinden. Ich schätze, diese Winkel waren einst Begräbnisstätten adliger Familien, denn einige von ihnen sind mit Malereien geschmückt und die Aushöhlungen in den Wänden ordentlich und sauber.«

Wie viele Schätze wurden im Laufe der Jahrhunderte aus diesen Grotten gestohlen, bemerkt Adele. Einmal, auch davon berichtet Celano, sah ein Bauer, wie sechs Männer in der Katakombe verschwanden, die sich bis nach Santa Maria della Vita zieht, und zwei ganze Tage lang nicht mehr zum Vorschein kamen. Der Bauer war beunruhigt und alarmierte den Vikar. Der schickte einige seiner Leute in die Höhle. In deren Tiefe entdecken sie die sechs, die fieberhaft nach irgendwelchen Schätzen gruben. Sie wurden umgehend festgenommen.

Das Staunen über all die Geschichten verschlägt Felice manchmal fast den Atem. Als würde er auf seinem Motorrad den Berg hinaufrasen, so fühlt er sich. Er hätte nie gedacht, dass ihm die »untere« Sanità ebenso nahegehen würde wie die »obere«, vielleicht sogar noch mehr. Er legt seine Hand auf die Schulter der jungen Frau, und ich sehe sie deutlich vor mir, selbst bei der schwachen Beleuchtung, die ihre Schatten rastlos über die Tuffsteinwände tanzen lässt. In ihrer Nähe gibt es niemand anderen. Die Geräusche, die zu ihnen dringen – Stimmen, Verkehr, Schritte – lassen an eine weit entfernte, fast irreale Musik denken. Jetzt kommen sie in die obere Katakombe mit der kleinen »Basilika der Bischöfe«, die der Erinnerung an die ersten vierzehn neapolitanischen Bischöfe gewidmet ist – genau über dem Hypogäum, das einmal die Reliquien des heiligen Gennaro beherbergte. Felice wird von seinen Emotionen mitgerissen. Vor ihm entfaltet sich wie von Zauberhand ein grandioses Schauspiel: das der riesigen, ganz in den Fels gehauenen Basilika, mit Säulen, Schiffen, Seitenkapellen, ein Bau, der zu Recht nicht nur in der Grabarchitektur Italiens als einzigartig gilt.

Dann führt Adele ihn zum Fresko von Cerula. Lasco fühlt, wie sein Herzschlag sich verlangsamt, sein Geist sich vernebelt, seine Knie zittern. Cerulas weit aufgerissene Augen mit den großen dunklen Pupillen, ihr fein gezeichnetes Gesicht, das perfekt gerundete Kinn, der kleine Mund, der lange Hals ... das Abbild von Arlette als junger Frau. Dies ist Arlette, die ihn hier mit dem konzentrierten Ausdruck eines Menschen anblickt, der eine Botschaft übermitteln will. In ihren Augen liegt ein Vorwurf: Warum bleibst du mir fern? Warum lässt du mich allein mit meiner Angst? Bis wohin treibt sich dein Beharren?

Lascos Beunruhigung entgeht Adele nicht. Sie kann sich den Grund dafür nicht erklären, aber sie fragt ihn fürsorglich: Geht es dir gut? Stimmt etwas nicht? Alles in Ordnung, alles in Ordnung, murmelt er, versucht, sich zu beruhigen und sie auch. Um ihn aus seiner Verwirrung zu erlösen, erzählt Adele ihm die Geschichte des Freskos.

Cerula war mit Sicherheit eine Diakonisse, sagt sie, eine Art Bischöfin, in jedem Fall eine sehr bedeutende Person der frühen Kirche. Ihre Autorität lässt sich unter anderem von der Art ableiten, wie sie dargestellt wird, mit hocherhobenen Armen, auf den Fingerspitzen zwei aufgeschlagene Bücher: die Evangelien. Vor der Restaurierung war ihr Gesicht durch die Kalkverkrustungen, die darüber lagen, unkenntlich. Dann erhielten wir eines schönen Tages eine großzügige Spende. Wir Mädchen und Frauen der Kooperative La Paranza haben überlegt, welches Werk mit diesem Geld restauriert werden sollte: Neapel ist eine matriarchalische Stadt, und die Sanità ist gewissermaßen Neapel im Quadrat. Das Los fiel auf Cerula. Sie sollte wieder in all ihrer weiblichen Schönheit erscheinen, frei von den Verkrustungen einer zweieinhalbtausendjährigen Vernachlässigung.

Adele berichtet mit kühler professioneller Stimme. Sie sagt, dass diese Katakomben einmal nur von oben aus erreichbar waren, von Capodimonte, dort, wo die Basilica dell'Incoronata Madre del Buon Consiglio steht, Ausgangspunkt und Ende jeder touristischen Runde. Ein schwerer Nachteil für die Sanità, die dadurch umgangen und einer fundamentalen kulturellen und wirtschaftlichen Ressource beraubt wurde. Die Wiedereröffnung der Basilica di San Gennaro, die Wiederherstellung des gesamten Weges, um den Zugang zu den Katakomben von unten, von der Sanità aus zu ermöglichen, wurde daher für ein Viertel, das durch die Ereignisse und die Geschichte bereits abgeschrieben und ausgegrenzt war, zu einer Frage von Leben und Tod. Für Padre Rega Grund zu einer generellen Mobilmachung, um ein Zeichen zu setzen. Zusammen mit den jungen Leuten der Paranza kämpfte er so lange, bis die Sache gewonnen war.

***

Lascos Verstörung vor dem Fresko der Cerula mit den dunklen Augen (er sollte nur noch ein einziges Mal auf die Diakonisse, die Arlette so ähnlich sah, zu sprechen kommen) ließ mich argwöhnen, dass er mir nicht von allem erzählt hatte, was zwischen ihm und Adele im Dunkeln der Katakombe vorgefallen war.

Du bist ja verrückt!, sagte er entrüstet, als ich meinen Verdacht äußerte. Doch da ich weiterhin nachfragte, beschloss er entrüstet, nichts im Unklaren zu lassen. Zunächst einmal – das hätte ich mir übrigens denken können – hatte Padre Rega sein Treffen mit Adele arrangiert. Er hatte sie darum gebeten, ihn durch die Höhlen zu führen, ihm ihr ganzes Wissen zur Verfügung zu stellen. Sie sollte ihm das verborgene Herz des Rione zugänglich machen, bis in die tiefsten Tiefen. Aber selbst, wenn man diesen entscheidenden Umstand außer Acht gelassen hätte: Was hatte mich, der ich doch wusste, dass er seit quasi einem halben Jahrhundert mit einer Frau zusammen war, die er nach wie vor liebte, wohl zu der Annahme verlasst, er wäre fähig, sie zu betrügen, noch dazu in einer Lage wie dieser, in der er sich befand?

Ich fragte mich, ob ich ihm wirklich glauben sollte. Was ich schließlich mit ja beantwortete, auch wenn ich kurz überlegte, bei Padre Rega nachzufragen, ob wirklich er es war, der das Treffen mit Adele vermittelt hatte.

Mich überkam einer meiner Anfälle schlechter Laune. Mir tat es leid, mein sentimentales Gebäude, das etwas Beruhigendes für mich gehabt hatte, endgültig einzureißen, hatte ich doch gehofft, daraus erwachse eine Energie, der es möglicherweise gelingen könnte, die dunklen Kräfte zu neutralisieren, die bereits auf der Lauer lagen.

Wie gerne hätte ich Lasco die Gründe für mein Verhalten erklärt, mein Gewissen war rein, schlimmstenfalls Opfer übertriebener Schutzimpulse, aber ich hatte nicht den Mut dazu: Es wäre absurd, peinlich und wahrscheinlich unverständlich gewesen. Also senkte ich den Kopf wie einer, der sich ergibt, und er betrachtete mich mit einer Spur von Ironie.

31.

Die Minuten, die uns von einem Zeitpunkt trennen, den wir als entscheidend für unser Leben betrachten, beinahe als eine Herausforderung des Schicksals, ziehen sich meist lang und zäh hin. Wir wünschten, die Zeit verginge rasch, befreite uns von der Ungewissheit eines Ereignisses, das durchaus die Gestalt einer Tragödie annehmen kann. Bisweilen ist es aber auch umgekehrt. Da erscheinen sie uns auf skandalöse Weise überstürzt, und zwar so sehr, dass wir in diesem vermeintlich wirbelnden Lauf der Uhrzeiger fast eine der Grausamkeiten unseres menschlichen Daseins zu erkennen glauben.

Felice Lasco durchlebte diese zweifache und widersprüchliche Erfahrung einer einmal reglosen, ja, erstarrten, einmal in selbstzerstörerischer Ungeduld schier überstürzten Zeit. Vor allem die selbstgesuchte Einsamkeit ließ ihn die Minuten verfluchen, die nicht vergingen. Seine Streifzüge an manchen Abenden, unter den Massen sich überkreuzender Sterne, führten hingegen zu einem Schwindelgefühl. Während ein Teil von ihm, in dem die intensive gemeinsame Vergangenheit mit Spasiano gespeichert lag, die Begegnung herbeisehnte (Arsch, du machst mir keine Angst. Los, gib mir die Hand!), war da ein anderer, der sie fürchtete, sich sogar vor ihr grauste: zwei völlig ausgewogene, gleichwertige Gefühle.

Malommo, die Kanaille, war immer gleichzeitig in seinem Herzen gewesen und fern von ihm, gleichzeitig geliebt und gehasst, mit gleichem Ungestüm. Zumindest so lange, bis die Umstände geboten, auf Distanz zu gehen. Aber selbst nach so vielen Jahren des Abstands und des Schweigens war es Felice nicht gelungen, sich von der Fessel dieser Freundschaft zu befreien.

In diesen Tagen wollte es Felice Lasco nicht gelingen, Padre Rega zu treffen. Das eine Mal war er nicht da, wer weiß, wo er sich aufhielt und aus welchen Motiven. Ein andermal steckte er in einer Besprechung mit Fremden, die zu Besuch im Monacone waren. Er hätte ihm zu gern erzählt, welche Absichten er verfolgte. War überzeugt, dass er den Schritt, den er vorhatte, nicht ohne Wissen des Priesters unternehmen konnte. War sich bewusst, dass Rega versuchen würde, ihn mit seiner ganzen Autorität davon abzubringen. Trotz dieser Gewissheit suchte er die Konfrontation mit ihm. Wie es auch enden würde, für ihn war es so etwas wie eine Vorentscheidung, ohne die nichts weiterginge.

Aber Padre Rega war nicht nur über alle Berge. Es hieß, er habe ausgesprochen schlechte Laune, machte eine echte Nervenkrise durch, die zu meist unmotivierten Wutausbrüchen, Grobheiten und Vorwürfen führte, ganz ungewöhnlich für ihn. Warum? Was hatte ihn so tief verletzt? Das fragten sich alle und stellten die unwahrscheinlichsten Vermutungen an, die Sekunden später wie Seifenblasen zerplatzten. Die etwas besser Informierten ahnten aber, dass es bei dem, was die Seele des Priesters bewegte, vor allem um eine Frage des Stolzes ging. In jedem Fall handelte es sich hier nicht um eine der Schlappen, die zum täglichen Brot gehören, sondern um eine Niederlage, die sein Vertrauen in sich selbst erschütterte.

Schließlich gelang es Lasco, ihn zu erwischen. Im Monacone. Ach, du bist es, sagte der Priester zerstreut. Dann fragte er ihn, ob er das Motorrad dabeihatte: Er musste dringend und so schnell wie möglich zum Erzbischof, ein entscheidendes Treffen mit ein paar Vertretern der Kirchenbehörde, die eigens aus Rom gekommen waren. Felice nickte, und Rega eilte zum Aufzug. Er sagte keinen Ton mehr, und auch Lasco blieb stumm. Auf dem Motorrad spürte er, wie Padre Rega sich fest an seine Hüften klammerte. Er tat ihm leid: Er empfand den Druck seiner Hände wie einen Hilferuf, eine Erklärung der Machtlosigkeit.

Bis sie am Ziel angelangt waren, wechselten sie kein einziges Wort. Erst vor dem Eingang zum Sitz des Erzbistums wandte sich

Rega mit der Aufforderung an Felice, nicht auf ihn zu warten: Die Gespräche würden lange dauern.

Felice beschränkte sich auf ein Nicken. Vom Motorrad aus sah er dem Geistlichen nach, der rasch davonging und ohne sich noch einmal umzudrehen im Schatten des Hofes der Diözesankurie verschwand.

Nachdenklich blieb er noch eine Weile dort stehen, dann startete er den Motor, entschlossen, nach Hause zu fahren, um einen Brief zu schreiben. An Padre Rega. Um ihm schriftlich darzulegen, was er ihm mündlich nicht hatte mitteilen können: dass er Oreste Spasiano bitten würde, ihn zu treffen, dass er damit ein Match beenden wollte, das in seiner anhaltenden Mehrdeutigkeit nicht mehr erträglich war.

Zu Hause setzte er sich gleich an den Tisch: Blatt, Stift und vor Augen das strenge, herzzerreißende Gesicht von Padre Rega.

»Lieber Don Luigi,

ich hatte nicht die Absicht, Dir einen Brief zu schreiben, um Dir zu sagen, was mir in diesem Moment durch den Kopf geht, aber ich habe vergebens versucht, Dich auch nur für wenige Minuten unter vier Augen zu sprechen. Du kämpfst mit wer weiß was für Problemen, Unannehmlichkeiten, Bürden, das hat Dich unzugänglich gemacht. Im Übrigen ist die Sache, die mir am Herzen liegt, letztendlich nicht so wichtig. Es handelt sich um eine felsenfeste Entscheidung, an der auch Dein absehbarer Einspruch nichts ändern kann. Ich habe die Absicht, Oreste Spasiano durch einen seiner Vertrauensleute eine Nachricht zukommen zu lassen, um ihn um ein Treffen zu bitten, wann und wo er will. Tollkühn? Ich weiß, Du wirst das sicher so sehen, und vielleicht hast Du ja Recht. Ich glaube aber, dass ich keinen anderen ehrenhaften Weg habe, aus meiner Geschichte herauszukommen. Ich erinnere mich gut an all die Male, wo Du mich aufgefordert, mir sogar befohlen hast, mich auf der Stelle ins Flugzeug zu setzen und von hier zu verschwinden. Du musst gehen, hast Du mir gesagt. Zumindest für den Moment. Über kurz oder lang wird Malommo in den Fängen der Justiz landen. Oder er wird sich ins Ausland absetzen müssen. Dann kannst Du zurückkommen. Ich werde Dich persönlich anrufen.

Wenn Du wüsstest, wie oft ich über meine Entscheidung nachgedacht habe. Bis ich mir eines Tages gesagt habe: Was würde Padre Rega an meiner Stelle tun? Mehr noch: Was würde Padre Rega tun, wenn man ihn ernsthaft bedrohte und er von der Kurie aufgefordert würde, der Sache aus dem Weg zu gehen, also die Sanità zu verlassen, wenn auch nur vorübergehend, in Erwartung weniger stürmischer Zeiten? Meine Antwort – die Du Dir wohl denken kannst – war klar, eindeutig, entschieden: Padre Rega würde bleiben, Vorsicht hin oder her.

Rhetorik? Glaube ich nicht. Das Bild, das ich mir von Dir gemacht habe, hat nichts Heroisches, zumindest im landläufigen Sinn. Es ist eher das eines Mannes, dessen Schlachtfeld, von dem nichts und niemand ihn je fortreißen wird, in einer Anzahl von Werten besteht, die er für unverzichtbar hält. Ich will mich nicht mit Dir vergleichen. Mein Schlachtfeld beschränkt sich auf mich selbst. Ich würde aber lügen, wenn ich sagte, dass meine Entscheidungen nicht zumindest teilweise die Lektion widerspiegelten, die Du mir erteilt hast. Diese Lektion bezog sich auf die Bedeutung des Wortes Würde: Selbstachtung, Ablehnung jeder Art von Ungerechtigkeit, Zivilcourage. Wie oft habe ich gehört, wie Du entrüstet ihre verhassten Phrasen wiederholt hast: Sei egoistisch, wenn du überleben willst, hör auf, an den anderen zu denken …

Ich weiß, dass Du seit einiger Zeit in Sorge bist: Wahrscheinlich liege ich richtig mit meiner Vermutung, dass der Grund dafür in der Schlagkraft derer zu suchen ist, die sich Deinen großzügigen Entwürfen entgegenstellen und dadurch den allmählichen Verfall des Rione befördern. Ich hatte immer eine gute Antenne für die kollektive Energie – wie die von Unwohlsein und Turbulenzen gekennzeichnete, die momentan in der Sanità herrscht. Zeichnet sich womöglich eine Katastrophe ab? Ich will Dich nicht noch mehr beunruhigen. Ich bin keine Kassandra. Ich sage keine Tragödien voraus. Ich sage nur, was mir meine Sensibilität, die durch meinen eigenen Fall vielleicht gesteigert ist, vermittelt.

Es gibt nichts mehr hinzuzufügen, außer, mich für diesen Ausbruch zu entschuldigen, der sicherlich noch mehr Salz in Deine Wunden streut. Ich musste es Dir aber mitteilen und hoffe auf Dein Verständnis. Dein Felice Lasco.«

Diesen Brief las ich noch am selben Abend, an dem Lasco ihn geschrieben hat. Er kam zu mir nach Hause, nachdem er sich telefonisch etwas atemlos selbst eingeladen hatte, und drückte ihn mir in die Hand. Ich reichte ihn nach dem Lesen kommentarlos zurück. Er stand wie auf Kohlen, begriff dann aber wohl meine Zurückhaltung: Die Umstände verlangten von mir, ihn bei seinem gewagten Vorhaben nicht zu ermutigen, auch wenn es das war, was er mir durch die Lektüre des Briefes nahelegen wollte. Er stieß einen Seufzer aus, der nach Erleichterung klang. Dann bat er mich, ihm zu erzählen, was Padre Rega quälte. Er zweifelte nicht daran, dass ich über Einzelheiten informiert war.

Womit er nicht falsch lag: Besser als andere wusste ich, was Don Luigi verärgerte, seine Pläne durchkreuzte, ihn aus der Bahn warf, auch wenn in meinem Mosaik ein paar entscheidende Steinchen fehlten. Und auch der Tropfen, der das Fass zum Überlaufen gebracht hatte.

Der Anfang dieser Geschichte, erklärte ich Lasco, lag ziemlich weit zurück, mehrere Jahre, das genaue Datum fiel mir nicht mehr ein. Jedenfalls hatte man Padre Rega und seine »ragazzi« eingeladen, an einer Unternehmerkonferenz mit politischen und institutionellen Größen teilzunehmen.

Die jungen Leute waren aufgeregt: Ich sehe noch ihre roten Wangen vor mir, weiße gebügelte Hemden, dunkle Jacken – das Beste, was ihre bescheidene Garderobe hergab. Padre Rega hatte klargestellt, dass man zu bestimmten Anlässen in »voller Montur«

erscheinen müsse: eine Frage der Selbstverteidigung. Der Aufgeregteste von allen war übrigens er. Während der Tage, die dem schicksalhaften Datum vorausgingen, hatte er mich stundenlang in seinem Büro festgehalten, um vor mir zu proben, was er in Gegenwart all dieser einflussreichen Persönlichkeiten sagen würde: eine unverhohlene Rede, eine klare Herausforderung, wodurch er sie dazu bringen wollte, auf das Talent und die Kreativität junger Leute zu setzen, vor allem derer seiner rührigen Herde.

Wer Geschäfte macht, muss sich auch zum Gemeinwohl bekennen: Wasser, Energie, Kultur, Kunst, lokale Gemeinschaften, das soziale und zivile Kapital der Bevölkerung. Er würde kein Blatt vor den Mund nehmen: Es besteht ein dringender Bedarf an Unternehmern, die sich nicht wie Geier aufs Aas stürzen, an Personen, deren vorrangiges Ziel nicht darin besteht, sich zu bereichern, sondern die bereit und in der Lage sind, ihre Aktivitäten innerhalb eines neuen sozialen und kulturellen Pakts zu entwickeln ...

Je länger ich ihm zuhörte und meine Skepsis zeigte, desto mehr ereiferte er sich, überzeugt, den Tiger durch gute Worte bändigen zu können. Und nicht nur das: darüber hinaus auch seine Zustimmung zu gewinnen, wenn nicht gar ein Bündnis mit ihm einzugehen (ich muss hinzufügen, dass Padre Rega, was seinen sozialen Optimismus angeht, sich später eines Besseren besinnen wird). Ich gehörte der Delegation nicht an: Zu dem Treffen gingen nur er und die jungen Leute der Kooperative Officina dei Talenti, mit denen er ein urbanes, im Kern revolutionäres Projekt für die Sanità entwickelt hatte, das er selbst als »visionär« bezeichnete.

Es versteht sich, wie ausführlich er es erklärte, als man ihm das Wort erteilte, wie er sich bei den entscheidenden Schritten begeisterte, einen fast messianischen Ton an den Tag legte, ohne dabei auf Vorhaltungen, Beschuldigungen, Anklagen zu verzichten. All das vor einem schweigenden und betroffenen Auditorium, auch wenn Padre Rega es später euphemistisch als durchaus »aufmerksam und neugierig« bezeichnen sollte.

Er wolle, so begann er, eine Geschichte über junge Leute erzählen, die nach Zukunft schmecke. Dann berichtete er von den bis dato erzielten Erfolgen, die sich dem Engagement der jungen Menschen verdankten, denen es gelungen war, sogar die Friedhöfe und die profanierten Kirchenräume in Unternehmungen zu verwandeln und dadurch Arbeitsmöglichkeiten zu schaffen. Und diese jungen Leute – hier kam er zum Punkt – verlangten nichts anderes, als ihre Sanierungsarbeit fortsetzen zu können.

Falls nötig wird Padre Rega, wie wir alle wissen, zu einem faszinierenden Fabulierer. Vor den Honoratioren gab er sein Bestes. Er beschrieb in leuchtenden Farben, wie die jungen Leute der Officina dei Talenti mit ihm bei der Basilica dell'Incoronata Madre del Buon Consiglio standen, die das weite Tal überblickt, die Landschaft betrachteten, ihren Träumen Ausdruck gaben und Vorschläge entwickelten.

Während er alles vor mir ausbreitete, schien es mir, als hörte ich seine klingende, selbstbewusste Stimme vor all den wichtigen Leuten, als sähe ich seine ausladenden Gesten, ein wenig eingeschränkt durch den zu engen Anzug, den ihm jemand geborgt hatte.

Beim Betrachten der Tallandschaft schien die Stadt, wie es Rega und seinen Jugendlichen vorkam, beinahe zu verschwinden, um einer geheimnisvollen, schönen, wenn auch sehr verwahrlosten Natur Platz zu machen. Das Gelb des Tuffsteins durchbrochen von atemberaubenden vegetativen Zonen. Das ganze Gebiet, erklärte er, ist von Grotten umgeben. Die größte dehnt sich auf etwa zweitausend Quadratmetern unter einer elf Meter dicken Tuffschicht aus, gestützt von acht Pilastern. Mit den jungen Leuten hatte er Erkundungen unternommen und die paar noch vorhandenen Strukturen überprüft, alles verlassen und in erbärmlichem Zustand. Sie hatten sich gefragt, wie man diesem Verfall Einhalt gebieten, wie man das Leben in diese herrliche, aber ausgelaugte Landschaft zurückfließen lassen könnte. So war im Zuge der Diskussionen ihr ambitioniertes, das gesamte Gebiet umfassende Sanierungsprojekt entstanden. Die über neun Meter hohen und mehr als zwanzigtausend Meter langen Grotten zur Rechten wären der ideale Ort für ein Kultur- und Kunstinstitut. Es müsste nichts konstruiert werden. Es würde zunächst völlig reichen, die riesigen Räume der Grotte mit einem erhöhten, sogenannten schwimmenden Parkettboden auszustatten, unter dem sich die komplette Anlagentechnik unterbringen ließe. Die verschiedenen Bereiche könnten durch Glaswände voneinander abgegrenzt werden, was den gelben neapolitanischen Tuffstein nicht verbauen, sondern noch mehr zur Geltung bringen würde.

Während Padre Rega den Unternehmern die Einzelheiten erläuterte, lief in seinem Rücken eine Slideshow mit Fotografien, die von den beteiligten Architekten zur Verfügung gestellt worden waren. Sie veranschaulichten die Örtlichkeiten, vor allem aber unterstrichen sie den alles andere als willkürlichen Charakter der Vorhaben, die mit der Zeit gereift waren, und zwar nicht im stillen Kämmerlein, sondern aufgrund der Beiträge verschiedenster Experten. Bei dem Projekt für ein Kultur- und Kunstinstitut handelte es sich also ebenso wenig um eine fixe Idee wie bei den architektonischen Geistesblitzen, die ohne übertriebenen Kapitaleinsatz realisiert werden konnten: eine Art Freizeit- und Wellnesszentrum in der Höhle an der Meeresküste – über vierzigtausend Quadratmeter Tunnelsystem – mit Thermalbecken, Diskotheken, Restaurants, Kinos, sogar mit Gassen und Plätzen ... ein kleines unterirdisches Neapel.

Möglicherweise halten sie mich für verrückt, dachte Padre Rega, während er das Projekt der jungen Leute der Officina dei Talenti mit wachsender Begeisterung erklärte und sich in immer erstaunlicheren Details verlor. Die Unternehmer machten große Augen, allerdings nicht nur vor Staunen. Jemand lachte sarkastisch, andere schüttelten den Kopf oder schauten stöhnend zur Decke. Padre Rega wich keinen Schritt zurück. Mit ungebrochenem Enthusiasmus und Nachdruck fuhr er fort, dass die Wiederbelebung des Untergrunds auch dem darüber liegenden Territorium zugutekäme. Auch hier wären beträchtliche Eingriffe nötig, vor allem zum Ausbau des Straßensystems, um das Tal und seine Grotten für Einheimische wie Touristen besser zugänglich zu machen.

Von da an wird die Rekonstruktion dessen, was sich im Laufe des Treffens ereignete, etwas unübersichtlich. Ich habe damals unterschiedliche Aussagen zum Ausgang der Diskussion gesammelt. Padre Rega zufolge bemühten sich die Unternehmer um eine Einschätzung der Kosten und Nutzen seiner »Provokation«. Mehr als ein Zeuge aus dem Kreis der Officina dei Talenti berichtete jedoch, dass man das Misstrauen im Saal mit dem Messer schneiden konnte. Großen Beifall erhielt beispielsweise der Beitrag eines Herrn – schneeweißes Hemd, Krawattennadel, schütteres Haar, das ihm am Kopf klebte, jemand von vorgestern –, der sich sehr über das Interesse eines Geistlichen für Beton und unterirdische Städte wunderte: Täte er nicht besser daran, sich um den heiligen Geist zu kümmern? Vernichtende Worte, auch wenn er sie durch eine leicht giftige Ironie abmilderte.

Rega zufolge ein dummer unverschämter Mensch! (Der aber im Großen und Ganzen dem allgemeinen Empfinden der Anwesenden Ausdruck gab.)

Ich traf Padre Rega abends in »seiner« Basilika, wie er mit ausladenden Gesten den Raum abschritt – fast wie ein Löwe im Käfig. Eine Choreografie der Freudlosigkeit. Nicht, dass es ihn enttäuscht oder verwundert hatte, wie die Dinge gelaufen waren. Im Gegenteil: Er war sogar überzeugt, durch seine Worte mehr als ein Gewissen aufgerüttelt, Neugier und Interesse geweckt zu haben. Aber gewisse Vorwürfe! Und diese gönnerhafte Art, mit ihm zu reden, als wenn die Meinung eines einfachen Priesters so gut wie gar nichts zählte. Das war eine Kröte, die er schwer schlucken konnte, und fast hätte er sich mit mir angelegt: Als sei es im achtzehnten Jahrhundert kein Priester gewesen, der als Erster auf dieser Welt einen Lehrstuhl für Ökonomie erhalten hatte! Nico', ich spreche von Antonio Genovesi, der sich in seinen Arbeiten vorwiegend, ja, da schaust du, mit öffentlichem Glück und bürgerlichen Tugenden beschäftigt hat: Genau die Themen, von denen ich heute Morgen gesprochen habe. Das Neapel von Genovesi, aufgeklärt und weltlich, hat zur kulturellen Reifung vieler junger Leute beigetragen, die der Revolution von 1799 zum Leben verholfen haben! Ja, ich spreche von Revolution, und ich ziehe meinen Hut.

Ich kannte Rega als einen bescheidenen Mann, ohne Großtuerei oder Eigenlob. Mich packten diese Worte, die voller Stolz nicht nur auf die eigene intellektuelle Würde, sondern auch auf die einer Kirche pochten, in der es neben Konformismus und devotem Gehorsam auch Inseln der Rebellion, ja sogar des revolutionären Denkens gab.

Wir standen vor dem großen Gemälde von Luca Giordano, *Predigt des Hl. Vinzenz Ferrer*, auf dem eine Schar von Gläubigen das Kinn nach oben reckt, als wollten sie gleich alle vom Boden abheben, ergriffen vom Wort des Heiligen. Genau solch ein Moment musste morgens diffamiert worden sein! Ob wir beide dasselbe dachten? Jedenfalls kochte Padre Regas Empörung noch einmal hoch. Er ballte die Fäuste, stöhnte und fragte mich, als er sich wieder beruhigt hatte, ob ich in diesem Gemälde nicht auch eine Vorahnung spüre, das Aufleuchten einer möglichen Zukunft.

Nicht zum ersten Mal wandte er sich gegen meinen religiösen Skeptizismus, versuchte, in meinem Herzen irgendeine Form von Einverständnis mit seiner Kirche »im Schützengraben« in Bewegung zu setzen, die früher oder später über die Kräfte des Bösen siegen werde. Trotz meines Pessimismus stimmte ich ihm zu: Freundschaft hat dehnbare Grenzen und kann bis zur Selbstverleugnung gehen. Außerdem war ich nicht ganz sicher, ob er wirklich falsch lag: Das Überleben des Planeten Erde hängt mittlerweile an einem so dünnen Faden, dass uns nur das Beharren auf einem universellen und leidenschaftlichen Gemeinschaftsgeist einen Funken Hoffnung geben kann.

Hier enden die Vorreden zu der Geschichte, die Padre Rega verbitterte und Felice Lasco beunruhigte, von mir ganz zu schweigen. Ich habe keine Ahnung, was dann später passiert ist, warum sich eine dunkle Wolke der Verdrossenheit über ihn senkte. Rega mied mich, als wäre ich zu einer Bedrohung für seinen inneren Frieden geworden. Ich kann nur Vermutungen anstellen: sicherlich begründete, aber nichts als Vermutungen. Die Honoratioren, an die er sich gewandt hatte, lehnten es ab, die von der Officina dei Talenti entwickelte Initiative zu unterstützen. Vielleicht fanden sie das Ganze zu ambitioniert. Oder zu mühsam. Oder zu dilettantisch. Oder sie hielten es für überflüssig. Oder es gefiel ihnen nicht und Schluss. Und das haben sie ihm klipp und klar gesagt.

32.

Normalerweise erwachte Felice Lasco morgens weder brüsk noch unvermittelt. Er schwebte in einem rosigen Nichts, frei von Qualen, bis sich dann dringliche Dinge und Wünsche meldeten. Aber dieser Tag war nicht wie alle anderen. Sondern in jeglicher Hinsicht entscheidend. Vielleicht sogar über sein Leben. Daher war er schlagartig erwacht, während er zu Oreste Spasiano, der sich mit einem Gesicht groß wie ein Vollmond über ihn beugte, sagte: Schieß, du Arsch, oder scheißt du dir in die Hosen?

Dieses Erwachen hatte ihn sehr verstört. Es hatte auch mich verstört, als er mir abends von seinem Traum erzählte und Dinge beschrieb, die mir heute erstaunlich scheinen. Er lag am Boden, verletzt, und Malommos eine Hand stützte seinen Kopf, während die andere die Pistole hielt, mit der er ihn getroffen hatte.

Schieß, du Arsch!

Er zweifelte nicht daran, dass er sterben würde. Malommo, die Kanaille, würde ihn jeden Moment auspusten: Er war keiner, der es sich noch einmal überlegte. Was blieb ihm anderes übrig, als ihn zu beleidigen?

Schieß doch, du Arsch!

Abgesehen von dem heftigen Erwachen war der Sonntag, den er damit verbrachte, nach dem »Kontakt« zu suchen, das heißt nach dem Mann, den sowohl Spasiano wie Lasco für den »richtigen« hielten, aber kein schlechter Tag.

Er hatte den Typen bereits vor einer Weile entdeckt und ihn so lange unverhohlen gemustert, bis er nicht mehr an Felices Aufforderung zweifeln konnte, ihn sprechen zu wollen. Es handelte sich um einen Mann um die sechzig, mehr oder weniger in Felices

Alter. Dass er zu Spasianos Kreis gehörte – einer seiner engsten Vertrauten –, pfiffen die Spatzen von den Dächern.

Wortlos verabredeten sie sich. Nickten sich zu und gingen gemeinsam die Via dei Cristallini hinauf.

Ich bin Felice.

Ich weiß.

Felice sagte ihm, er wolle Oreste Spasiano treffen: wo immer es ihm passte und zu seinen Bedingungen. Und da der andere darauf nichts erwiderte, sondern scheinbar gleichgültig schwieg, fragte er ihn, ob er die Sache etwa von vornherein für undenkbar hielt.

Der Mann zuckte die Schultern. Die Entscheidung läge nicht bei ihm, erwiderte er.

Sie gingen zur Via Vergini zurück, ohne ein weiteres Wort zu wechseln. Erst beim Abschied riet er Felice Lasco, am nächsten Mittwoch zur selben Zeit am selben Ort zu sein.

Via Vergini, drei Uhr nachmittags. Am Sonntag, heißt es, sei diese Straße nicht wiederzuerkennen. Kein Ort fieberhafter Geschäftigkeit mehr, sondern nur hier und da ein vereinzelter Passant. Wie Felice Lasco, der jetzt vor dem Palazzo dello Spagnolo stand und sich fragte, wohin mit sich, und der in seiner Unentschlossenheit einfach dort blieb, wo er war, beinahe verängstigt von der Leere rings um ihn, von den vielen mit mattgrünen Zeltplanen verhängten Ständen.

Die Via Vergini ist noch immer die Hauptverbindungsader zwischen der »offiziellen« Stadt und der sogenannten »extra moenia«, ein Terminus, der nicht nur auf eine topografische Besonderheit verweist, sondern auch eine Einschätzung sozialer Art beinhaltet. Eine ethische. Im Zeichen des wilden Bauens entstand in der zweiten Hälfte des sechzehnten Jahrhunderts unser berüchtigter Rione, der sich über alle Verbote gegen den stürmisch expandierenden Wohnungsbau, vor allem in der Nähe von Kirchen und Basiliken, hinwegsetzte.

Die Via Vergini war das Zentrum, die wachsame und pulsierende Bastion dieses illegalen und wüsten Wachstums. Was Felice Lasco aus etlichen Büchern und durch manche Fernsehdokumentation erfahren hatte (wenn ihn die Lust überkam, sich das eine oder andere eklatante Ereignis »erzählen« zu lassen).

Die Hände in den Seiten betrachtete er ein junges, zwischen zwei wassergrünen Planen verstecktes Paar, das sich so heftig umarmte, dass er vermutete, sie würden gleich vögeln. Zum ersten Mal urteilte er mit äußerster Härte über sich selbst und das, was er ausbrütete. Er würde die Konsequenzen tragen: Die Grabesstille der Straße, wie am Tatort eines soeben begangenen Verbrechens, schien ihm dies zu garantieren.

Das Beste, was er tun konnte, war, diesem Spektakel tragischer Trägheit, das ihn in die Zange nahm, den Rücken zu kehren. War er müde? Mit welcher Hingabe würde er schlafen, wenn er eine nach der anderen die tausend Stufen hinabstiege, zu dem harmonischen Nichts namens Ewigkeit.

Zu Hause angelangt, entkleidete er sich, zog einen graublau gestreiften Schlafanzug über, trank eine halbe Flasche Mineralwasser und streckte sich aus, in Erwartung des ersehnten Schlafes. Angesichts dessen, was vorausgegangen war, hätte er sich umgehend einstellen sollen. Weit gefehlt. Felice wälzte sich im Bett, bis ein immenses Gähnen sein Bewusstsein verschlang.

Als er erwachte, war er schweißgebadet. Er trocknete sich mit dem Laken und blickte verstört umher. Ihm schien, als hätte ihn das Läuten der Türglocke geweckt. Stand jemand draußen? Er stand auf und sah nach, doch da war keiner. Er ließ sich wieder auf die Bettkante sinken. Vielleicht war ihm irgendeiner von Orestes Agenten schon auf den Fersen. Aber wozu diese Geschwindigkeit? Er atmete tief durch: Kein Grund zur Unruhe, die Knoten lösten sich gerade, vielleicht ohne Konsequenzen für irgendjemanden. Natürlich unter der Bedingung, nicht die Kontrolle zu verlieren, nicht der Angst nachzugeben oder irgendwelchen dunklen Fantasien, denen er sich aus Erfahrung ausgesetzt wusste.

Er zog sich rasch an, entschlossen, bei mir vor Anker zu gehen, und tauchte ohne telefonische Ankündigung auf. Im Übrigen saß ich selbst wie auf Kohlen, ungeduldig zu erfahren, wie es nachmittags gelaufen war.

Ich schaute ihn misstrauisch an, was er mit einem Lachen quittierte. Keine Pannen. Alles problemlos. Man konnte die Sache jetzt eigentlich als gelöst betrachten. Spasiano würde sich garantiert auf ein Treffen einlassen. Er würde garantiert auch darauf achten, dass ihre Begegnung nicht durch irgendeinen Exzess getrübt wurde. Malommo war nicht unbesonnen, das wussten alle. Nicht, dass er keinen Geschmack an der Rache fände, nur dass er es liebte, sie so lange aufzuschieben, bis der, den er im Visier hatte, schon nicht mehr daran dachte.

Neid überfiel mich, ein irrationaler Schub: Ich hätte Oreste Spasiano gerne an Lascos Stelle getroffen, ihn reden hören, seine Persönlichkeit ausloten.

Wer ist dieser Malommo wirklich? Mir reicht ein einziges Wort.

Ein Freund, sagte Felice Lasco knapp.

Ich legte ihm die Hand auf die Schulter. Ein Freund, na gut, und weiter?

Er lächelte: Hatte ich ihn nicht um ein einziges Wort gebeten? Nicht um zwei oder hundert, sondern um ein einziges Wort, das alles beinhaltete: die Essenz. Soweit ich sagen kann, fuhr er fort, bleibt er ein Freund. Was seine Sünden angeht, da gibt es viele. Ihn quäle übrigens der Verdacht, gestand er mir dann, dass Padre Rega und ich, ohne es einzugestehen, ihn, Felice, weniger als den Verfolgten betrachteten, sondern eher als den Verfolger, entschlossen, Oreste Spasiano zu jagen, um jeden Preis, in der Hoffnung, er würde seine Verbrechen gestehen, falls nicht vor dem Gesetz, so doch vor dem, den die Umstände in eine Art zweites Gewissen verwandelt hatten. Wer weiß, vielleicht war es ja wirklich so: Ihm kam manchmal derselbe Verdacht, der ihn gleich darauf mit Bestürzung und Unglauben erfüllte. Aber der wahre Grund, der ihn veranlasst hatte, Oreste Spasianos Zorn herauszufordern, war der, den er uns immer wieder und mit immer guten Argumenten vorgebetet hatte. Warum jetzt irgendetwas mutmaßen? Die Sache war einfach. Er wollte nicht zum zweiten Mal aufgrund von Drohungen seines einstmals besten Freundes, selbst wenn es stumme waren, aus Neapel fliehen. Und überhaupt: Musste es denn zum Schlimmsten kommen?

Sein Lieblingssessel, in dem er es sich gemütlich machte, rang ihm schließlich ein Lächeln ab. Oder lag es am Alkohol, den er sich großzügig einschenkte? Konzentriert betrachtete er die goldgelbe Flüssigkeit im Glas, wahrend er mich fragte, was ich an seiner Stelle zu Oreste Spasiano sagen würde, falls ich ihm gegenüberstehen sollte.

Ich hustete verlegen.

Komm, ist doch nur ein Spiel, ermunterte er mich, wir sind unter uns, nur wir zwei: Wir können uns ausdenken, was wir wollen.

Er, Felice, beispielsweise, hatte beschlossen, gar nichts zu sagen. Er würde ihm einfach in die Augen sehen. Dem Gegner in die Augen zu sehen, verschafft einem fraglos einen Vorteil, heißt es, vor allem, wenn man ihn zwingt, als erster den Blick zu senken. Aber würde Oreste den Blick senken? Vielleicht wegen seiner Gewohnheit, immer zur Seite zu schauen, den Kopf nach rechts geneigt, und die Lippen zu verziehen. Er hatte diese Haltung vor dem Spiegel einstudiert. Er gefiel sich so. Das hatte er selbst zugegeben, als Felice es ihm einmal unter die Nase gerieben hatte.

Also, er selbst würde den Mund nicht aufmachen, schon aus Gewohnheit. Wann hatten sie als Jungs große Worte gewechselt, außer Beleidigungen? Die sich in Gegenwart von Fremden als Blicke äußerten, als blitzende Augen.

Er starrte immer noch in sein Glas, als ich ihn sagen hörte, er habe in seinem ganzen Leben keinen so wahrhaft großzügigen Menschen kennengelernt wie Oreste Spasiano. Ihm sei bewusst, dass man eine solche Aussage nicht leicht nachvollziehen könne. Er würde aber keinen Moment zögern, sie vor dem schärfsten

Gericht zu wiederholen. Was natürlich nicht heißen sollte, dass er Malommo für einen Engel hielt. Im Gegenteil! Keiner konnte die Grausamkeit, zu der er fähig war, besser bezeugen als er: Er hatte sie am eigenen Leib erlebt. Er hatte aber auch seine Fähigkeit erlebt, das Leid anderer auf sich zu nehmen. Vor allem, wenn es sich um seine Freunde handelte. In diesem Fall kannte Malommos Hang zur Verschwendung keine Grenzen.

Vielleicht sagte er das zu emphatisch, in jedem Fall verleitete es mich zu einem ironischen Lächeln. Es irritierte ihn. Was wusste ich schon von Menschen im Konflikt mit sich selbst? Von Menschen, die zu den krassesten Widersprüchen neigen? Er jedenfalls hatte Malommo, die Kanaille, weinen sehen.

Er beschrieb mir die Szene.

Sie rasten auf der Gilera, als säße ihnen der Teufel im Nacken. Die langgestreckte Allee oben auf dem Hügel, der durchdringende Geruch von Frühling, der durch die Geschwindigkeit in Böen über sie herfiel, der passionierte Ansporn durch Oreste (Du bist ein Gott! Keiner fährt so wie du!), alles schien ihren fröhlichen Leichtsinn zu feiern. Malommo zufolge steckte in dem Unfall etwas Übernatürliches. Der Hund sprang aus einer Hecke am Straßenrand, und es gab keine logische Begründung für einen solchen Sprung, zumal wenn man an den ohrenbetäubenden Lärm der Gilera dachte, der seit geraumer Zeit allen in der Nachbarschaft, die Ohren hatten, auf die Nerven ging. Außer ihm (und dabei hatte er lange Ohren, schwarz, samtig, innen leicht rosig).

Er war auf die Straße geschossen, als hätte ihn die Lautstärke angesogen, vielleicht hatte ihn auch ein selbstmörderisches Delirium ergriffen, entschlossen zum Sterben, um jeden Preis. Keine Frage, dass auch Malommo und ich unser Leben riskierten, vor allem Malommo, der beim Sturz zum Glück seinen Kopf schützen konnte und sich nur die rechte Schulter verletzte.

Aber nicht in dem Moment sah Lasco ihn weinen. Das war später: nämlich vor den Fetzen des Hundes, um die er, ohne nachzudenken, seine Lederjacke gewickelt hatte. Dort passierte es, mitten auf der verlassenen Straße. Er stand da, das klägliche Bündel im Arm – ein schwarzer Fleck in einem gelben Lichtstrahl –, sein Gesicht entstellt unter einem kristallinen Tau.

Reglos schaute Lasco ihn schon seit einer Weile an. Er wusste nicht, ob auch er weinen oder ob er den heftigen Impuls unterdrücken sollte. Dann murmelte Malommo etwas, das Felice im ersten Moment nicht verstand. Was? Was?, fragte er. Ja, sicher, eine Schaufel, irgendein Werkzeug ... irgendein Werkzeug, wiederholte er mechanisch.

Irgendwann begriff er. Malommo redete jetzt wie gewohnt eindringlich auf ihn ein. Ohne das Bündel loszulassen, bearbeitete er Felice, sich auf die Suche nach so etwas wie einer Schaufel zu machen und einen Fleck Erde zu finden, um zu begraben, was von dem Hund übrig war. Nicht weit vom Unfallort hackte Felice schließlich so etwas wie ein Loch, während Oreste die schwarze Jacke mit der jämmerlichen Last umklammerte.

Felice hätte vielleicht irgendjemandem von seinem Schmerz um das tote Tier erzählen können (auch in bester Absicht). Daher verlangte Malommo von ihm – vielleicht schämte er sich für seine Tränen –, niemandem gegenüber auch nur ein Wort zu verlieren. Was Felice hoch und heilig versprach.

War das der Mann, auf den er sich vorbereitete? Oder war es der, der mitleidlos das Leben von Gennaro Costagliola ausgelöscht hatte? Ich las die Frage in Lascos Augen, noch ehe er sie formuliert hatte. Aber ich wagte keine Antwort.

33.

Drei Abende später lud Padre Rega die ganze Gemeinde in den Monacone ein. Er hätte wichtige Dinge mit uns zu besprechen. Wir erschienen so zahlreich, dass wir nicht alle ins Refektorium passten, obwohl es doch wirklich weiträumig ist. Viele waren in Begleitung von Freunden und Verwandten, neugierig auf die ungewöhnliche Versammlung und auch ein wenig beunruhigt wegen Regas rätselhafter Verstimmung.

Natürlich kam auch Felice Lasco, vielleicht der Besorgteste von allen. Aber Padre Rega lächelte, machte einen heiteren, fast fröhlichen Eindruck: Was zum Teufel hatte ihn so verändert? Er schlug allen auf die Schulter, rief jeden beim Namen, begrüßte die Eintreffenden zuvorkommend. Als er feststellte, dass wir zu viele waren, führte er uns ins Erdgeschoss und von dort durch den Kreuzgang in die Basilika. Er bat darum, die Kirche taghell zu erleuchten.

Wir suchten sämtliche Stühle und Bänke zusammen und drängten uns um die Kanzel. Er blieb vor uns stehen. Auf seinem Gesicht lag kein Schatten mehr, er machte im Gegenteil einen sehr ermutigenden Eindruck: Ich liebe euch alle.

Er wollte mich an seiner Seite. Ich fühlte mich so geehrt, dass ich nicht wagte, mich vom Stuhl zu erheben. Felice Lasco stieß mich mit dem Ellenbogen an, um mich zu ermutigen. Als ich endlich neben dem Priester stand, wies er mich leise zurecht: Nico', die Zeit ist vorbei, sich zu verstecken, jetzt gilt es, sich zu zeigen. So, wie wir wirklich sind.

Dann sprach er mit lauter Stimme weiter, damit alle ihn hören konnten. Ich erinnere mich, sagte er, zu mir gewandt, an einige unserer Meinungsverschiedenheiten und an deine Lust, mich der politischen Naivität zu beschuldigen, immer mit der dir eigenen

Geduld und Freundlichkeit. Ich habe mit einem gewissen Ärger auf deine Argumente reagiert, vielleicht weil ich ihre Stichhaltigkeit erkannte, es aber in meiner Voreingenommenheit nicht wahrhaben wollte. Nun gut, jetzt ist der Augenblick gekommen, um zu sagen, dass ich falsch lag. Völlig falsch. Dass meine Augen von dem Optimismus getrübt waren, der wie ein Markenzeichen an jedem Priester klebt, fast eine Schuldigkeit, um tagtäglich der Macht des Amtes zu genügen. Wenn ich euch heute alle hergebeten habe, dann sicher nicht, um den Ritus des sozialen Optimismus zu wiederholen, sondern um euch zu sagen, wie und warum die Dinge sich geändert haben, besser noch: wie und warum ich mich geändert habe und ...

Hier brach er unvermittelt ab. Um nach längerem Nachdenken halblaut, fast flüsternd, hinzuzufügen ... zu einem Rebell geworden bin.

Dieses Wort hatte er noch nie ausgesprochen. Einige der Anwesenden husteten, vielleicht zufällig, vielleicht auch nicht. Er schwieg eine Weile, auf dem Gesicht sein rätselhaftes Lächeln. Wie immer war er nachlässig gekleidet, schwarze Jeans und weißes Hemd, das Kollar unter einem gleichfalls schwarzen Pullover. Auf seinen Wangen ein Dreitagebart.

Dann wandte er sich erneut an mich: Nico', du weißt, was ich in den vergangenen Tagen durchgemacht habe. Nicht einmal dir habe ich mich anvertraut, ich glaube, das ist zum ersten Mal passiert. Ich war aber sicher, dass du mit deiner langen Erfahrung schon eine Menge von dem geahnt hast, was mich getroffen hat. Eine Niederlage, eine schwere Enttäuschung ... Auseinandersetzungen in der Kurie, Vorwürfe, Anschuldigungen. Aber das will ich euch gar nicht erzählen, all die Anfeindungen aus Unternehmerkreisen gegen das Projekt der jungen Leute unserer Officina dei Talenti. Dazu lassen sich endlose Mutmaßungen anstellen. Es gibt natürlich eine, die alle anderen in den Schatten stellt. Was das wäre? Geld selbstverständlich. Die geringe Aussicht auf hohe Profite. Die beiden Hügel, die in unserem Tal zusammentreffen, stehen unter

Landschaftsschutz und unterliegen außerdem noch den Auflagen für den Schutz des Grüns der Metropolregion. Aber davon will ich nicht sprechen. Ich will euch etwas anderes sagen. Beispielsweise, dass gewisse Enttäuschungen und Vorwürfe, auch wenn sie uns verletzen und demütigen, gleichzeitig eine Chance zur Erneuerung darstellen, zu kühnen Überlegungen, zur Hingabe an einen neuen und größeren Glauben, an die Überschreitung. Und genau das ist mit mir passiert.

Vor ein paar Tagen habe ich in einem Katechismus des Bischofs von Vico Equese, Michele Natale, geblättert, einem der siebzehn Kirchenmänner, die während der neapolitanischen Revolution von 1799 von dem entfesselten konterrevolutionären sanfedistischen Mob getötet wurden. Ein hellblaues Büchlein aus der Bibliothek eines lieben, viel zu früh verstorbenen Freundes, Don Rosario Maglia, um den ich viele Tränen vergossen habe. Ich stieß darauf, als ich seine Bücher umräumte. Zunächst habe ich nur geblättert, aber dann wurde ich neugierig und begann zu lesen. Ich begriff plötzlich, was für eine symbolische Schrift ich da in Händen hielt: Don Rosarios Mahnung, den aufgeklärten, kultivierten Teil der Kirche nicht zu vergessen, der die Zeichen der Zeit sieht und zu legitimen Methoden der Erneuerung greift.

Nach diesen Worten bat er mich, mich wieder zu setzen: Du bist alt, Nico', und ich werde eine längere Rede halten. Ich werde alles auf den Tisch legen, was sich in mir aufgestaut hat. Ich will eure Meinung hören. Wir müssen wichtige Entscheidungen treffen.

Ich ließ mich wieder neben Lasco nieder. Wir schauten uns an, beide gespannt: Wohin führten Padre Regas Worte? Welches Ziel steuerte er an? Trotz seines heiteren Lächelns war es ihm von Anfang an gelungen, ein Klima der Erwartung, der geradezu dramatischen Spannung herzustellen.

Er lehnte mit dem Rücken an der Kanzel und redete. Eine Predigt. Er hatte sie gut vorbereitet, Punkt für Punkt, entschlossen, jede Menge Staub aufzuwirbeln. Die Lazzaroni, die vielen Armen, die unsere Gassen bevölkerten und die sich 1799 gegen die Revolution stellten, sind heute noch viel mehr geworden. Überzeugt, den »Heiligen Glauben« und ihr eigenes Überleben zu verteidigen, bekämpften und besiegten sie damals die Revolutionäre, die Gerechtigkeit und Wahrheit predigten. Aber heute begreifen sie vielleicht, dass man nicht vom Brot allein lebt, nein, auch von Freiheit, Würde, Gleichheit, und dass es ihr Recht ist, das Gemeingut selbst zu verwalten. Heute ist die Notwendigkeit einer radikalen Veränderung der Gesellschaft akut geworden, ist in die Herzen der Einzelnen und der Gemeinschaften gedrungen.

Es ist höchste Zeit, das System zu revolutionieren. Wir brauchen dringend eine anständige, zivilisierte Ökonomie, die sich in erster Linie um das Glück der Menschen sorgt, um den universellen Reichtum, den es zu teilen gilt. Wie ist das zu erreichen? Mittel und Wege gibt es viele, angefangen bei einer neuen Kultur, die auf die Bildung jedes einzelnen Menschen Wert legt. Um diese heute so notwendige neue Ökonomie zu schaffen, die imstande ist, der Unterstützung der Schwächsten Priorität zu geben, ist eine kulturelle Revolution erforderlich.

Am 16. November 1965, wenige Tage vor dem Ende des Zweiten Vatikanischen Konzils in Rom, feierten vierzig Konzilsväter eine Messe in den Domitilla-Katakomben und unterzeichneten den Katakombenpakt: Die Unterzeichner verpflichteten sich zu einem einfachen Lebensstil, zum Verzicht auf alle Symbole und Privilegien der Macht und zum Dienst an den Armen. Dieses Dokument ist noch immer eine Herausforderung für die Brüder im Episkopat, ein bescheidenes Leben in einer dienenden und bescheidenen Kirche zu führen.

Er musste husten und war gezwungen, seine Rede zu unterbrechen. Jemand brachte ihm ein Glas Wasser, das er in einem Zug leerte. Unterdessen brodelte es in der Basilika, ein überraschtes, aufgeregtes Stimmengewirr. Nach kurzem hatte er sich wieder gefangen.

In diesen Jahren, sagte er, habe ich mich oft gefragt, wie und mit welchen sozialen und ökonomischen Modellen die Lebensqualität jedes Einzelnen verbessert werden kann, wie man das aktuelle System, das weiterhin allein über die gesamte Menschheit herrscht, hinwegfegt. Heutzutage wird das Geld, wo immer es auch herkommt, von Finanzunternehmen verwaltet, die wiederum von anderen Finanzunternehmen höherer Ordnung kontrolliert werden. Alle zusammen bilden ein geschlossenes Universum, vollkommen getrennt von der Produktionswelt und der Realität, in der wir leben. Das Finanzwesen profitiert nur von der Zirkulation des Kapitals, das sich frenetisch und in Echtzeit um die Welt bewegt, ohne Kontrolle durch die Regierungen, zum einzigen Zweck, maximalen Gewinn zu erzielen. Für die Drahtzieher an den Führungsspitzen dieser Konzerne hat weder der einen Wert, der produziert, noch das, was produziert wird. Der Finanzwelt liegen weder das Gemeinwohl noch die realen Bedürfnisse der Menschen am Herzen. Es handelt es sich um eine Form der Tyrannei. Ein Soziologe, dessen Namen mir gerade nicht in den Sinn kommt, hat sich die Frage gestellt: Wird es dem asiatischen Tee und der mit der Teezeremonie verbundenen religiösen und familiären Kultur gelingen, den Ansturm der globalen Kommerzialisierung von Coca-Cola zu überleben? Wird das Familienmittagessen das Fast Food überleben? Steht unseren Kindern eine rücksichtslose Uniformierung bevor? Diese Fragezeichen sind letztlich keine mehr: Wir befinden uns in einem absolutistischen Würgegriff, aus dem wir uns um jeden Preis befreien müssen.

Dreimal wiederholte er die letzten Worte, ganz ruhig, als buchstabierte er sie. Während ich ihn beobachtete, wurde mir bewusst, dass hinter seiner scheinbaren Kaltblütigkeit ein Sturm tobte. Er hatte beschlossen, alles zur Sprache zu bringen, jede Vorsicht über Bord zu werfen, aber die Sache kostete ihn eine Menge. Er fuhr sich über die Stirn, ehe er sich noch weiter vorwagte. Leider, sagte er, hilft die offizielle Kirche uns nicht. Sie stützt das System mit ihrer Autorität, auch wenn es scheint, als habe der jetzige Papst einen Prozess in Gang gesetzt, der in einer nicht allzu weit entfernten Zukunft zu einem Riss, zu einer Spaltung führen und den gefährlichsten Extremismus endgültig isolieren könnte: den der Mitte, den der Reaktionären und der Moderaten, der Hüter des ewigen Bloß-nicht-dran-rühren.

Wir müssen die wahren Märkte wieder herstellen, solche, die auf den Plätzen entstehen, mitten unter den Leuten. Dies sind seit Ewigkeiten die Orte, an denen sich gleiche und freie Menschen treffen, das fruchtbare Terrain für die Entwicklung einer Gemeinschafts- und Zivilkultur. Und an eben diesen konkreten und vielgestaltigen Orten können die zivilen Tugenden, die gegenseitigen lebendigen Beziehungen, die Kultur der Liebe und der Spiritualität wachsen. Im Grunde genommen geht es darum, unserer großen Tradition treu zu bleiben, die auf eine zivile Ökonomie zielt, imstande, einen gemeinsamen und nicht kapitalistischen Markt zu fördern.

Unter diesen Voraussetzungen war es für uns in der Sanità ganz natürlich, unsere Geschäfte auf Kooperation zu bauen. Dieser Modus darf heute nicht mehr als Ausnahme oder, schlimmer noch, als zweite Wahl gelten: Er muss als Hauptstraße begriffen werden, als einziger Weg, das ökonomische Handeln in der Gegenseitigkeit zu verankern.

Verzeiht, das alles ist vielleicht ein wenig lang, aber das Thema ist doch ziemlich heikel, wie ihr dann sicher verstehen werdet, und ich weiß nicht, wie viele von euch sich meinem Projekt einer echten politischen Militanz hier in unserem Rione anschließen werden. Ich wollte Schritt für Schritt vorgehen, und das habe ich getan. Jetzt versuche ich, den Kreis so rasch es geht zu schließen. Aber ohne, dass etwas von dem, was gesagt werden muss, auf der Strecke bleibt.

Er drehte den Stuhl um und stützte sich mit beiden Armen auf die Lehne, als würde er sich aus dem Fenster beugen.

Vor ein paar Nächten habe er sich auf die Terrasse zurückgezogen, was er immer tat, wenn er versuchte, seine Gedanken zu sammeln. Und dort, sagte er, treffe ich meine Entscheidungen. Aber in der entscheidenden Nacht, vielleicht aus Müdigkeit oder vor Spannung, vielleicht, weil die Farben der Morgendämmerung so intensiv waren, gelang es mir kaum, die Augen offen zu halten. Dennoch, es brodelte in meinem Kopf. Ich war vor allem von einem Wort besessen: Fraternità. Das scheint auf den ersten Blick ein statisches Konzept zu sein, eine Art emotionaler Trägheit. Aber stimmt das wirklich? Nein. In der Mitmenschlichkeit – wenn sie tief und aufrichtig ist – liegt eine dynamische Kraft, die sehr weit führen kann: bis zum sozialen und politischen Umsturz.

Ich stand also auf der Terrasse, fuhr er fort. Die Augen fielen mir zu, aber die Gedanken überschlugen sich. Dann kamen mir auf einmal die Worte des Wirtschaftswissenschaftlers Stefano Zamagni in den Sinn, der die Fraternità als »effektivstes Mittel« bezeichnet, »um das Modell einer Wirtschaftsordnung zu etablieren, die über die bekannte soziale Marktwirtschaft hinausgeht und auf eine zivile Marktwirtschaft abzielt«.

Unsere Gemeinschaft hat Erfahrung mit der Kooperation. Sie ist über eine einfache Gegenseitigkeit und die Prinzipien der Solidarität hinausgegangen und hat dabei ein neues und zugleich uraltes, fast fleischliches Modell des Teilens entstehen lassen. Aber wir sind noch keine Gemeinschaft aus Militanten, noch haben wir die Mitmenschlichkeit nicht zu unserem Schlachtruf erhoben. Jetzt ist es so weit, diesen Schritt zu tun!

Noch nie hatte ich Luigi Rega so klar und entschlossen erlebt. Sich der Rolle als Wegbereiter, die er sich auf die Fahnen geschrieben hatte, und zwar nicht nur als religiöser, so bewusst. Er sprach ruhig, nur bei manchen emotionaleren Passagen zog sein Ton an, und seine Stimme bebte. In Abständen umklammerte er die Lehne seines Stuhls, ließ ihn auf und ab wippen, als wolle er auch ihn zur Zustimmung bewegen. Und dann formulierte er sein Anliegen: Freunde und Freundinnen, Schwestern und Brüder, ich bitte euch, gemeinsam mit mir einen solchen Katakombenpakt ins Leben zu rufen, wie vierzig Bischöfe dies 1965 taten. Die Verpflichtung zu einem einfachen Leben, zum Verzicht auf alle Symbole der Macht. Ein Pakt, der aus uns eine echte militante Organisation macht, im Namen Christi. Vom Äußeren her wird sich nichts ändern. Wir setzen unsere Arbeit fort, bitten überall um Zuschüsse und Unterstützung, aber ohne den Rücken zu beugen. Wir werden uns als das erweisen, was wir sind und sein wollen: Kämpfer, die sich in ihrem kleinen Umfeld für eine Veränderung der Regeln einsetzen, die diese Welt beherrschen. Werden wir allein dastehen? Werden sie versuchen, uns mit allen Mitteln zu boykottieren? Werden sie versuchen, uns zu korrumpieren? Es wird ihnen nicht gelingen: Wir haben ein dickes Fell, einen unerschütterlichen Glauben an den allmählichen Triumph des Guten und die kühne Fähigkeit zum Träumen. Wovon? Von einer rebellischen Kirche! Einer ungehorsamen Kirche! Einer extremistischen Kirche! Einer Kirche, die offen ist für Proteste und Konflikte! Einer Kirche, die die Armen verteidigt! Einer Kirche, die einschüchtern kann! Einer von Rauschgold und Reichtum befreiten Kirche!

Einer Kirche, die nicht mehr, wie es die Tradition vorsieht, auf der Autorität des Vaters, auf der Hierarchie und auf dem Ausschluss der Frau von jeder Form der Verantwortung basiert.

Der Traum von dem Triumph einer horizontalen Kirche aus Gleichen, in der jede und jeder von uns dem anderen etwas bedeutet, ein Teil von ihm ist.

Fantasiere ich? Lästere ich? Ja, meine Kehle ist trocken, aber ich glaube, nicht aus diesem Grund. Auch wenn der eine oder die andere bestimmt versucht ist, mir das vorzuwerfen. Aber, glaubt mir, all das wird kommen, ich weiß nicht wann, aber es kommt. Vielleicht in ein paar Jahren, vielleicht in ein paar Jahrzehnten. Wer weiß. Aber ein Bruch wird unvermeidlich sein. Der rückständigste und konservativste Kardinal wird dann so tun, als würde er aus freien Stücken gehen: Ich wünsche ihm viel Glück!

In das Gemurmel hinein, das sich erhoben hatte, sagte Rega, er sei noch nicht fertig, er müsse nur kurz durchatmen. Ich will mich besser erklären, fuhr er fort. Wie ihr seht, sind die egalitären Erwartungen, die einen Großteil des vergangenen Jahrhunderts geprägt haben, untergegangen. Wir haben gesehen, wie die Ungerechtigkeit unangefochten triumphierte, wie sie die alte sozio-ökonomische Ordnung durch ihre Logik erschütterte und bei der breiten Bevölkerung, die die unkontrollierte Gier des ungehemmten Kapitalismus mit unsäglichem Leid bezahlen musste, jede Hoffnung auf Änderung zunichte gemacht hat. Ohne ein System von Weltanschauungen, Grundeinstellungen und Werten bleibt uns nur noch Gott, um die Verzweiflung zu mildern, die uns die Kehle zuschnürt. Aber nicht der Gott der Resignation, der Ergebung, wie es heute der Fall ist. Für viele, ich weiß, gibt es zur Resignation scheinbar keine Alternative. Aber nicht für alle. Nicht für uns. Nicht für mich. Es ist nicht wahr, dass es keine Auswege mehr gibt! Es ist nicht wahr, dass die Zukunft bereits geschrieben und die Geschichte an ihr Ende gelangt ist. Ich sage, dass eine andere Kirche, eine rebellische Kirche, eine Kirche, die Mitmenschlichkeit auf ihre Fahnen schreibt, kurzum eine Kirche aus Kämpferinnen und Kämpfern die Zukunft unberechenbar machen und daher der Hoffnung Raum geben kann.

Die letzten Worte, ausgesprochen mit angestrengter, heiserer, aber alles andere als schwacher Stimme, wurden von einer Flut von Applaus aufgenommen. Eine Schar enthusiastischer junger Leute drängte sich um Padre Rega: Du kannst auf uns zählen, sagten sie. Einer rief: Es lebe Don Rega, der sich nicht unterkriegen lässt, wir alle unterzeichnen den Katakombenpakt!

Der »Priester, der sich nicht unterkriegen lässt«, ließ sich von seinem Stamm feiern, und ich gebe zu, dass ich, nicht anders als Lasco, aus Leibeskräften an diesem Fest teilnahm.

34.

Sie durchsuchten ihn. Der Typ war kräftig, aber seine Gesten waren sanft, hatten nichts Aggressives oder Grobes. Er war größer als Lasco und lächelte ihn von der Seite an. Kannten sie sich? Vielleicht. Das Lächeln rief zwar keine präzise Erinnerung hervor, aber doch eine Spur von Vertrautheit.

Sie befanden sich im Innenhof eines Gebäudes in einer abgelegenen hügligen Gegend, wo früher einmal das Kolleg der Chinesen gestanden hatte. Lasco war lange umhergestreunt, ehe er beim Haus der Kanaille angelangt war. Er hatte sich absichtlich Zeit gelassen, während er den Angaben des Mittelmanns aus der Via Vergini folgte. Tag und Uhrzeit der Zusammenkunft hatte Spasiano festgesetzt. Ein Montag.

An diesem Montag war Lasco zu Hause geblieben und hatte darauf gewartet, dass es Abend wurde. Er hatte versucht, so wenig wie möglich an die bevorstehende Begegnung und die absehbaren Hürden zu denken, sondern beschlossen, zu schlafen, obwohl er bezweifelte, dass es ihm gelingen würde. Dagegen – oder vielleicht gerade deswegen – war er tief eingeschlafen und hatte geträumt.

Matte Lichter erleuchteten einen Garten, beherrscht von einer großen Pergola, von der Büschel dunkler Trauben hingen. Im Schlaf spürte Felice den süßherben Geschmack des Weins, den er nicht hatte probieren wollen, obwohl er ihm mit Nachdruck und sehr freundlich angeboten worden war. Von wem? Eben das war der Punkt. Felice fragte es sich, fand aber keine Antwort. Unter der Pergola, im ganzen Garten, war niemand.

Lange sah er sich dieser rätselhaften Leere ausgesetzt, selbst nach dem Erwachen, als die Uhrzeiger ihn darauf hinwiesen, dass die Zeit der Ungewissheiten angebrochen war.

Er zog sich so sorgfältig an, als würde er zu einer Verabredung mit seiner Geliebten gehen. Dann verließ er das Haus und stellte fest, dass die Stille ein Privileg weniger vereinzelter Gassen zu sein scheint. Die Sanità ist der Liebling des Chaos, bis auf den Vicolo, wo er wohnte, und der vor den schlimmsten Auswüchsen dessen geschützt war, was man Lärm nennt.

Was ist das, Lärm? Unerwünschtes Geräusch, heißt es. Aber stimmt es wirklich, dass in der Sanità das Dröhnen der »heißen Öfen«, auf denen die Leute so gern in einem frenetischen Hin und Her durch die engen, kurvigen, von Passanten und Verkaufsständen überfüllten Straßen rasen, als »unerwünscht« gilt? Wird es nicht eher als explosive Musik wahrgenommen, die wie keine andere den allgemeinen Heißhunger auf Betäubung zum Ausdruck bringt, die Sucht, den Tod zu suchen, um dem Leben einen Sinn zu geben?

War in diesem Viertel nicht gerade er – Felice Lasco – einer der Pioniere des Kults dieser blinden Geschwindigkeit gewesen? Er machte sich Vorwürfe, seit er aus Afrika zurückgekommen war und ihn die akustische Bombe ohne Vorwarnung getroffen hatte. Diese Faszination damals, woher nur?

Das liegt dir einfach im Blut, hatte Malommo, für den er schon immer ein echtes Talent für Motoren und Geschwindigkeit gewesen war, eines Abends verkündet. Als praktischer Geist und wettbewerbsorientiert, wie er war, hatte er Felice zu überreden versucht, an improvisierten Rennen teilzunehmen, die nachts auf ein paar abgelegenen Strecken nördlich von Capodimonte stattfanden.

Leute aus verschiedenen Vierteln und Vororten trafen sich da. Die Wetteinsätze waren ansehnlich. Stromaggregate erleuchteten die Party taghell (außer, es gab ein Unglück, so dass von Party keine Rede mehr sein konnte).

Malommo identifizierte sich immer mehr mit der Sache. Er wollte, dass Felice ihm jedes noch so kleine Gefühl beschrieb, vor allem, wie es war, wenn er sich leidenschaftlich über den Bauch der Gilera beugte und ihre rasende Triebkraft entfesselte. Was passiert dann? Was fühlst du? Kommt's dir dabei?

Ich fühle ... ich fühle ...

Er wusste nicht, wie er es sagen sollte. Durch seinen Kopf schwirrte mehr, als er fassen konnte. Ein Durcheinander aus Freude und Schmerz. Das war die »Stimme« des Rione, ihr hoffnungsloser Klang. Der im gellenden Lärm der entfesselten »heißen Öfen« kulminierte. Die Kolben der Gilera ließen auch in Malommos kontaminierten Eingeweiden eine uralte Wut explodieren. Er wurde nicht müde, den Mut des Freundes zu feiern, ihn neidlos zu bejubeln.

Der Beste? Klar doch, das bist du!

Es stimmte. Der »Beste« war er. Die Anerkennung, fand er, stand ihm zu, aber nicht, was den Wettkampf betraf, sondern wegen seiner Hingabe, seiner Leidenschaft für eine Sache, der er – wenn es möglich gewesen wäre – seine ganze Zeit gewidmet hätte.

Auch Malommo liebte es, zu fliegen. Etwas, das er mit seinem Freund teilte. Es gab aber auch Momente, in denen er ihn über sich hinaustrieb, aus dem schieren Bedürfnis nach Rausch. Nur das. Wir sind frei!, schrie Malommo grell und lachte dann wie eine Kaskade, so, wie nur er lachen konnte.

Der kräftige Typ, der ihn durchsucht hatte, schlug ihm auf die Schulter. Felice spürte seinen gleichmäßigen Atem und war beruhigt. Die Leibesvisitation hatte er nicht als demütigend empfunden. Im Gegenteil. Der physische Kontakt kam ihm wie eine freundschaftliche Botschaft vor.

Ihre Vergangenheit strotzte von solchen Parodien. Und auch diesmal war das Zeremoniell nicht anders als sonst. Ein Spiel.

Gefolgt von dem kräftigen Typen stieg er die Treppen hoch, ohne einmal innezuhalten, bei jedem Absatz überzeugt, dass es der letzte sein musste. Er ging langsam, schaute sich um, verwundert, außer ihnen beiden keine Menschenseele zu sehen. Schließlich stand er oben. Die Wohnungstür war angelehnt. Ein leichtes Zittern überkam ihn. Er fragte sich, ob er nicht einen unverzeihlichen Fehler beging.

Er suchte den Blick seines Begleiters: Er schien unentschlossen. Dann, als Felice die Tür langsam aufstieß, aber auf der Schwelle stehenblieb, gab er ihm ein Zeichen, hineinzugehen.

Dir bleibt noch Zeit, abzuhauen!

Felice atmete tief durch, wie immer, wenn ihm ein Gedanke wie ein Messer durch den Kopf schnitt. Abhauen war ja schon seit Ewigkeiten eine seiner Obsessionen.

Er murmelte etwas vor sich hin, vielleicht »Malommo«. Dann wanderten seine Augen durch einen großen, in Weiß getauchten Raum – ein schmutziges Weiß –, in dem sich nach und nach die Umrisse von Stühlen und Tischen zeigten.

Er tat ein paar Schritte nach vorn: Malommo, die Kanaille, war nicht da. Seine Skurrilität spiegelte sich jedoch in der zwischen Weiß und Elfenbein gehaltenen Einrichtung. Vielleicht waren das für ihn die Farben der Macht.

Auch das Leder der Sofas im Wohnzimmer war weiß, ebenso der opulente runde Esstisch aus Marmor.

Oreste Spasiano hatte anscheinend nicht an Mitteln gespart, um sich seinen Adlerhorst einzurichten. Von hier oben musste er eine großartige Aussicht haben.

Langsam ging Felice weiter. Die Räume waren schwach gedimmt. Grauer Halbschatten wechselte mit hellen Lichtstreifen. Er drehte sich jäh um, gepackt von dem unbändigen Drang, ihn anzusprechen.

Ore', Schluss jetzt! Schluss mit dem Versteckspiel!

Schon seit einer Weile spürte er Orestes dunkle Präsenz. Seit er die Schwelle überschritten und das Gefühl gehabt hatte, die Kanaille hätte ihn persönlich in Empfang genommen: schroff, schmächtig, ungepflegt, ironisch. So, wie er als Junge gewesen war.

Fragend schaute Felice seinen Begleiter an. Der zuckte die Achseln. Dann beschloss er, ihn nicht mehr zu suchen: die sicherste Methode, ihn herauszulocken.

Und tatsächlich, es dauerte gar nicht lange, bis Malommo sich zeigte.

Er tauchte zwischen den Kissen eines Sessels auf, die ihn ganz verdeckt hatten. Nein, er hatte keine Ähnlichkeit mehr mit dem Jungen von damals: ein ausgehöhltes Gesicht unter den vorspringenden Wangenknochen, schwarze Bartstoppeln auf den zerfurchten Wangen, die Zähne gelblich.

Da war er also doch, und er betrachtete Felice spöttisch und distanziert, als würde er auf eine Erklärung warten. Vielleicht einer der dramatischsten Momente des ganzen Abends. Keiner von ihnen wusste, was er sagen oder tun sollte. Schließlich streckte Felice die Hand aus. Und Malommo, die Kanaille, sagte: Vergiss es.

Lasco ließ den Arm sinken und auch den Kopf. Es fing schlecht an, das Treffen. Das schwache Licht ließ alles unwirklich erscheinen, wie unter einer dünnen Nebeldecke. Dann sagte Oreste, er solle sich setzen und forderte auch den kräftigen Typen dazu auf. Offensichtlich wollte er, dass es bei dieser Begegnung einen Zeugen gab. Er machte einen müden Eindruck, musterte Felice neugierig, aber auch besorgt.

Er fragte ihn gereizt, warum er ihm das Treffen erst so spät vorschlage. Seit Monaten würde er sich jetzt schon in der Sanità herumtreiben, sich mit Fremden unterhalten, auf einem klapprigen Motorrad durch die Gegend kurven, eine blasse Erinnerung an vergangene Zeiten, durch Katakomben und Basiliken schlurfen, sich Kirchenmännern anvertrauen, die zu Recht allgemeinen Respekt genießen würden, keine Frage, auch wenn es Leute gebe, die es ebenso zu Recht vorziehen würden, sich von ihnen fernzuhalten …

Felice schaute ihn verwundert an: Malommo, die Kanaille, wollte bissig sein. Er war aber nur pathetisch, beinahe kläglich: ein Mann, der einen ängstlichen Eindruck machte und wie auf Kohlen zu sitzen schien. Felice dachte plötzlich, Oreste Spasiano wäre vielleicht krank, irgendeine schlimme Krankheit, vielleicht wären seine Tage gezählt und die angebliche Härte nichts als Show.

Aber Malommo, der bis dahin reglos im Sessel gekauert hatte, stand mit einem Mal aufrecht da, ein paar der weißen Kissen fielen zu Boden. Er spannte den Rücken, breitete die Arme aus und ballte die Fäuste. Schmächtig, ja, das war er. Aber auch robust. Und gesund.

Bei diesem Anblick kehrte schlagartig Felices ganze Unruhe zurück: Vielleicht hatte er falsch gelegen bei dem Gedanken, Spasiano wäre auf dem absteigenden Ast. Dessen Absichten lagen mehr denn je im Dunkeln, vielleicht auch für ihn selbst. Jetzt hatte sich auch sein Vertrauensmann aus dem Sessel gequält, was Felice veranlasste, ebenfalls aufzustehen oder zumindest so zu tun. Eine harsche Geste des Hausherrn hielt ihn zurück. In deutlichen Worten gab er ihm zu verstehen, dass er das keinesfalls erlauben würde, sie hätten sich ja noch unendlich viel zu sagen.

Seine Stimme war rau, als bedauere er die zuvor gezeigte Nachsicht.

Felice hatte ihn öffentlich kompromittiert, selbst wenn er nie alles bis zum Letzten erzählt hatte. Was die heikelsten Momente bei Costagliola anging, war er – nach Auskunft seiner Informanten – immer einigermaßen vage geblieben. Aber wie würde es weitergehen?

Feli', für Malommos Geschmack sitzt deine Zunge zu locker, lächelte er drohend.

Die drei saßen sich wieder gegenüber. Wahrscheinlich gab Spasiano seinem Vertrauten ein Zeichen, er solle jetzt mal verschwinden. Jedenfalls schlich er auf Zehenspitzen davon.

Und jetzt sagst du mir, was du von mir willst.

Felice schlug das Herz bis zum Halse: Nichts, ich wollte dir nur sagen, dass ich zurück bin.

Unvermittelt überfiel ihn das Gefühl, dass etwas Unwiderrufliches geschehen würde. Vielleicht war es der Kanaille gelungen, einen Joker aus dem Ärmel zu ziehen, ein Ass, und es machte ihm einfach Spaß, ihn hinzuhalten, zu reizen, zur Verzweiflung zu bringen.

Na gut, du bist zurück. Schön. Du bist zurück, um Ärger zu machen! Spasiano sprang auf und ließ Felice, der jede seiner Bewegungen angespannt verfolgte, zum wiederholten Mal zusammenzucken. Er spürte, wie Spasianos Ärger allmählich hochkochte, mit einiger Verspätung angesichts seines alles andere als geduldigen Wesens. Er beobachtete ihn eingehender. Vielleicht gab es ja doch Anzeichen für eine Krankheit: Krebs vielleicht, oder etwas in der Art. Er hatte den Gedanken, Spasiano könne krank sein, noch nicht ganz aufgegeben, er war nur kurz in den Hintergrund getreten. Jetzt wog er das Pro und Kontra ab, die Elemente, die dafür beziehungsweise dagegen sprachen. Um Malommos Augen lag ein leidvoller blauer Schatten, unbestreitbar. Sein Blick blieb häufig im Leeren hängen, wie abwesend. Am meisten gab ihm aber sein zerfurchtes Gesicht zu denken, wie Leder, ja, erdfarben.

Vielleicht war die Kanaille verrückt geworden. Oder verlor gerade jetzt, in diesen Minuten, den Verstand. Erstaunlich wäre das nicht: Seit seiner Kindheit zeigte er eine gewisse Neigung zu psychischen und emotionalen Störungen. Exzessen. Plötzlichen Stimmungswandeln. Zu grundloser, irrationaler Grausamkeit. Felice hätte jede Menge Zeichen zur Bestätigung seines Verdachts aufzählen können, ganz zu schweigen von den Schaumbläschen, die sich in Malommos Mundwinkeln sammelten, wenn er wütend war ...

Vielleicht war er ja wirklich verrückt geworden. Als er begann, fieberhaft in einer Schublade zu kramen, war das für Felice ein fast definitives Alarmsignal.

Was versteckte er denn da so Wichtiges? Den Beweis, dass nicht er, sondern Felice den Mord an Costagliola begangen hatte? Zur Irreführung aller? Onkel Tinos Worte kamen ihm in den Sinn: Ohne Zeugen musste der doppelten Rekonstruktion des Verbrechens gleichermaßen Glauben geschenkt werden.

Schlagartig war er schweißgebadet, brachte kein Wort mehr heraus, während Malommo ihn musterte: Was ist? Geht's dir nicht gut? Musst du kotzen …? Und nach einer langen Pause: Feli', wir sind beide in einer Sackgasse gelandet … Ist dir klar, dass du dein Leben riskierst? Nicht, dass ich Lust hätte, dich kaltzumachen, nein … Ich würde dich lieber retten, aber ich weiß nicht, wie. Doch, ich weiß es eigentlich schon … Nur, dass du einen Dickkopf hast und nicht aus dem Rione, aus der Stadt verschwinden willst, obwohl alle – ich auch – dich darum bitten. Weil wir alle davon überzeugt sind, dass die Dinge sich nur beruhigen und dass der Verdacht, den du gesät hast, sich nur in Luft auflöst, wenn du nach Afrika zurückgehst und diese Scheißstraßen hier in Ruhe lässt. Die Leute vergessen, keiner erinnert sich mehr an was, Feli' … Falls es nicht jemanden gibt, der ihr lahmes Gedächtnis auffrischt. Beispielsweise so ein Arsch wie du.

Felice antwortete nicht glcich. Er war wirklich schweißgebadet: Auch Oreste wollte also, dass er ginge! Vor allem er.

Nein, sagte er schließlich kaum hörbar. Das ist das einzige, was du nicht von mir verlangen kannst. Verlang von mir alles, was du willst, aber nicht das: Ich will zurückkommen. Ich will hier leben.

Malommo brach in schallendes Gelächter aus: schrill, anzüglich, ärgerlich und überrascht zugleich. Du hast nur eine einzige Wahl, sagte er: Verschwinde. Drohend betonte er jede Silbe.

Auch Felice hätte sich gerne erhoben, aber er war dazu nicht in der Lage. Er spürte Orestes Blick wie ein Gewicht auf sich, wie eine Nötigung.

Ore', ich bin hier geboren. Vielleicht habe ich Fehler gemacht, aber das wird nicht mehr passieren. Ich bitte dich, im Namen unserer alten Freundschaft …

Malommo ließ sich in den Sessel fallen. Schnee von gestern, sagte er. Wir sind zwei Fremde. Nein, wir sind zwei Arschlöcher, die sich hassen.

Eine ruhige Wut, mit der er Felice seine Flucht aus Neapel nach dem Verbrechen an Costagliola vorhielt: Du hast mich hängenlassen,

Feli'. Du hast dich benommen wie ein Scheiß Feigling. Hast mich aus deinem Herzen gestrichen. Sogar, als du dich dann in Sicherheit gebracht hast. Keine Zeile, kein Anruf. Ich war dir zuwider, ja? Jetzt reicht's! Ich bin kein Heiliger: Du verschwindest von hier!

Während er seine Bedingungen diktierte, schaute er ihn nicht an, sondern strich mit seinen langen schönen Fingern über ein weißes Kissen, als schriebe er eine Nachricht. Felice hätte drei Tage, um das Feld zu räumen. Drei Tage, mehr nicht. Danach ...

Felice entgegnete nichts. Er schüttelte nur den Kopf. Nein, er würde nicht gehen, nie und nimmer. Da gab es kein Verhandeln.

Ohne, dass er es bemerkte, wurde auch er rigide, hart, direkt, als hätte er sich einen Helm aufgesetzt. Er fühlte sich als Opfer eines unerhörten Akts der Gewalt.

Ore', sagte er, es gibt keine Waffen, die mich dazu bringen könnten, nochmal abzuhauen. Stimmt, als Junge habe ich mich wie ein Stück Scheiße verhalten, ich habe mir vor Angst in die Hosen gemacht. Aber jetzt bin ich ein Mann. Ich bin nicht nur älter geworden. Ich habe mich auch verändert. Wenn du wüsstest, was ich durchgemacht habe! Ore', wir sind keine Jungs mehr. Wir werden langsam alt. Schau mal, ich bin zu dir gekommen, um Frieden zu schließen, aber du willst den Krieg, um jeden Preis. Nur so, aus einer Laune heraus.

Vermutlich hätte er den letzten Satz nicht sagen sollen. Ein Fehler. Malommos Reaktion ließ nicht auf sich warten. Er sprang auf.

Ach ja, nur eine Laune, sagte er. Kann das sein, dass du einen Dreck von dem verstehst, was vor sich geht? Die Polizei macht sich schon Gedanken, man hat's mir zugetragen, ich habe meine Leute. Feli', du spielst mit dem Feuer, dem Feuer, ja, hast du das kapiert?

Nein, habe ich nicht: Willst du mich umbringen?

Felice zufolge – als er mir von der Begegnung berichtete – waren Orestes Drohungen nicht ernst gemeint. Orestes Stern begann zu sinken, er war schon gesunken, und so fühlte sich Spasiano auch, klein und geschlagen. Verängstigt. Und deshalb bellte er. Ihm stand eine verhängnisvolle Melancholie ins Gesicht geschrieben. Es gelang ihm nicht, seine Miene zu kontrollieren. Er würde ihn nicht töten. Niemals. Ein Mann, der tötet, gewährt weder Auswege noch Aufschub. Oreste, das dachte Felice, war nicht mehr er selbst, ihm musste etwas so Erschütterndes zugestoßen sein, dass es seinen Charakter verändert hatte. Litt er darunter, dass er nicht mehr kommandierte, wie früher? Dass er zunehmend in Konkurrenz zu Jugendbanden stand, die auf Gewalt setzten, um der Gewalt willen? Er hätte ihm gern gesagt: Ore', du bist nicht mehr du selbst! Du bist nicht mehr der tolle Typ von damals. Er hätte gern im sandigen Grund seiner Seele gegraben, in dieser deutlich sichtbaren Orientierungslosigkeit, die ihn trotz seiner Vergangenheit – oder wegen ihr – gepackt hatte, ein Fisch auf dem Trockenen.

In jedem Fall machte ihm der Tod keine Angst. Vielleicht fürchtete Oreste, der damit drohte, den Tod weit mehr. Nicht ohne guten Grund, so wie Felice ihn in die Ecke getrieben hatte. Vielleicht hatte er wirklich mehr gesagt als nötig, als er seine Sünden herumerzählte. Es war ihm nicht bewusst gewesen. Auch als Junge hatte er häufig zwischen Traum und Wirklichkeit gelebt. Genau wie bei seiner Rückkehr in die Sanità, fünfundvierzig Jahre, nachdem er geflohen war, als die Vergangenheit sich wie ein wütendes Rudel streunender Hunde auf ihn gestürzt und die Reue ihn zu Geständnissen hingerissen hatte.

35.

Die folgenden Tage verbrachte Felice Lasco entweder bei mir oder zog durch die Gassen des Rione: Das war nun schon ein Ritual, ein neurotisches Zeremoniell. Anders als zuvor hielt er jetzt überall forsch an, schwatzte mit Unbekannten, warf einen Blick in Kirchen und historische Gebäude. Sein Lieblingsziel war aber der Hügel. Meist kam er bei Tagesanbruch, zu Fuß oder mit dem Motorrad, um die frische duftende Morgenluft zu atmen.

An einem der Nachmittage war er in der Via dei Cristallini unterwegs und stolperte, kurz bevor die Straße sich verengt und zum Schlauch wird, über einen Pflasterstein, der aus dem Gehweg ragte. Er stürzte, schlug mit dem Kopf auf und blieb, wenn auch nur für wenige Sekunden, benommen liegen. Er versuchte, wieder auf die Beine zu kommen, was ihm aber nicht gelang: Das rechte Knie und die Schulter schmerzten. Er sah sich um und fand sich als Gefangener einer Menschenmenge wieder, die sich über ihn beugte.

Hast du dich verletzt?

Nein, nichts passiert, es geht schon wieder, antwortete er.

Erstaunt nahm er die Gesichter wahr, die ihn musterten, die offenen Münder, deren Atem ihn traf. Nasen, Lippen, Runzeln, Bärte, Augen, die einen hell, die anderen leuchtend schwarz. Vor allem eine Frau mittleren Alters, schön und erschöpft, erregte seine Aufmerksamkeit. Sie war es, die sich am tiefsten über ihn beugte, der üppige Busen quoll aus ihrem Dekolleté. Wo hatte er sie nur schon gesehen? In welchen versteckten Winkel seines Gedächtnisses gesperrt? Und nicht nur sie. Alle waren sie in ihm, eins mit ihm. Er empfand die Wurzeln, die sie vereinten, als etwas Körperliches, Greifbares. Er wollte weinen und wusste nicht, ob vor Schmerz oder vor Glück.

Hast du dich verletzt?

Der Mann wiederholte die Frage und streckte die Arme aus, um ihm beim Aufstehen zu helfen. Komm, sagte er, ich bringe dich ins Krankenhaus.

***

Am Abend des dritten Tages, den ihm Malommo gewährt hatte, kam er zu mir. Ganz gegen seine Gewohnheit setzte er sich nicht in seinen Sessel, sondern an den Tisch. Er presste die Lippen zusammen, wie immer, wenn er an etwas besonders Schmerzhaftes dachte.

Ich muss mit dir sprechen, sagte er nach einer Weile, mit einem fast flehenden Lächeln. Ich will dir ein paar Dinge geben … meine Hausschlüssel, die Telefonnummer von Arlette, unsere Adresse in Kairo Nimmst du sie? Es wird nichts passieren, Nico', ich bin ganz sicher. Nur eine Vorsichtsmaßnahme. Eine Form, unsere Freundschaft zu festigen. Und ohne meine Antwort abzuwarten, legte er einen Schlüsselbund und ein Kärtchen mit Adresse und Telefonnummer auf den Tisch und schob beides zu mir hinüber.

Am nächsten Abend (der vierte Tag nach Spasianos Ultimatum) kam Padre Rega an die Reihe. Er hörte Felice aufmerksam zu und erklärte zum Schluss – ganz im Gegensatz zu früher –, dass er seinen Entschluss, um jeden Preis über die von Malommo gesetzte Frist hinaus in der Sanità zu bleiben, verstehe und unterstütze: die Sanità brauche ihn ebenso sehr, wie er die Sanità brauche, denn ohne mutige Schritte würde die Agonie des Rione nie ein Ende haben.

Hatte er, Rega, nicht selbst alles darangesetzt, um sich in diesem Sinne darzustellen, als Mann der mutigen Schritte? Eine Lebensphilosophie. Es reicht nicht, zu kämpfen. Man muss mit etwas brechen. Das sagte jeder seiner Blicke. Vor allem aber sein Lächeln, in dem ein Hauch von Drohung schwang. Diesem Gedanken hatte er die meisten Worte gewidmet, mit einer Inbrunst sondergleichen, verglichen mit anderen, nicht weniger entschiedenen Aussagen.

Er war zutiefst überzeugt von dem, was er vertrat. Überzeugt vom »subversiven« Wert der Solidarität, einer wirksamen Waffe gegen das Verbrechen, ob in Lumpen oder Jacke und Krawatte, in beiden Fällen unter dem Schutz eines mutlosen, stillschweigenden Staates.

Darüber diskutierten wir an wer weiß wie vielen Abenden in der uns eigenen sprunghaften Art. Womit ich sagen will, dass die Gedankengänge sich nicht immer wie Seidenfäden spannten, sondern irgendwann irgendwo andockten und sich zu einem Knäuel ballten. Vor allem, wenn Padre Rega den Kern der Sache aus Müdigkeit oder Unkonzentriertheit aus den Augen verlor und es ihm nicht gelingen wollte, komplexe Verflechtungen rechtzeitig zu entwirren. Wie beispielsweise, als ich ihn hinterlistig auf meine marxistischen Gleise zu lenken versuchte – Klassenkampf, die Bourgeoisie stürzen, nicht ändern, vive Robespierre –, wobei ich mich von einer Plattitüde zur anderen hangelte und mich schließlich hoffnungslos verheddert hatte. Was dazu führte, dass mich Padre Regas argumentative Hiebe dann heftig trafen.

Die Tatsache, dass Rega klar und deutlich das Muss benannt hatte, der Agonie der Sanità ein Ende zu setzen, schien mir ein weiteres gutes Zeichen dessen zu sein, was in seinem Inneren vor sich gegangen war. Die Rettung, seine Worte während der Versammlung in der Basilika, lag in unseren Händen, sie hing von unserem Mut ab, von unserem Vermögen, uns jeder Form von Erpressung und damit jeder Art von Stillschweigen zu entziehen. Sie basierte auf unserem Bewusstsein für den subversiven Wert der Solidarität als optimale Waffe gegen eine Masse von Delinquenten, geschützt von einem feigen Staat.

Mein Gott, wie viel besprachen wir an diesen Abenden, während Malommos Schatten immer deutlichere Konturen annahm, fast schon zu einer eigenen Stimme im Kreis der unseren wurde.

Würde er es wagen, Felice Lasco in einen Hinterhalt zu locken? Würde er ihn aus dem Weg räumen, trotz aller Skrupel wegen ihrer alten Freundschaft?

Würde er seiner Natur entsprechend zur Gewalt greifen, darauf setzen, straflos davonzukommen? Und inwieweit hatte er Padre Rega und mich im Visier? Oder waren wir Ziele, die er als unwesentlich erachtete?

An einem dieser Abende – gegen halb eins, vielleicht auch eins – schellte das Telefon. Die Uhrzeit war wirklich ungewöhnlich. Sollte ich antworten oder nicht? Padre Regas unmerkliches Lächeln – kaum mehr als ein kurzes Aufblitzen – reichte, um meine Stimme zum Beben zu bringen.

Hallo! (Sandpapier, keine Spur von Unsicherheit.)

Bist du's wirklich?

Ich wohne seit Ewigkeiten hier, sagte ich, als einfacher Arzt im Ruhestand …

Der nicht nur alles über dieses Viertel weiß, sondern auch das, was man besser nicht wissen sollte.

Kaum mehr als ein Hauchen, doch nicht ohne Bosheit. Die Stimme setzte noch hinzu, es sei eine schlechte Angewohnheit, mitten in der Nacht nutzlose Gespräche mit noch nutzloseren Leuten zu führen. Das könne katastrophale Folgen haben.

Ich musste unwillkürlich grinsen.

Lach nur, sagte er, ich an deiner Stelle wäre vielleicht nicht ganz so sicher, die Sache im Griff zu haben.

Wie zum Teufel konnte er wissen, was auf meinem Gesicht vor sich ging?

Ich hätte sofort etwas erwidern müssen. Egal was. Mir fiel aber nichts ein, was ihm einen gewissen Vorteil verschaffte, vor allem die Berechtigung, Pausen, Rhythmus und Ton des Telefonats zu diktieren.

Mir scheint, du bist ein bisschen aufgeregt, spottete er. Ich bin einer, der gerne leise redet. So leise, dass man mich manchmal sogar bitten muss: Macht's dir was aus, das nochmal zu wiederholen? Ich versichere dir, dass wir beide einen erheblichen Vorteil aus diesem Gespräch ziehen werden. Besonders ich, um ehrlich zu sein, auch wenn ich dir hier nicht verraten kann, wie und warum.

Der Mann, mit dem ich sprach, war gerissen. Er wusste, worauf er hinauswollte, ließ sich nicht in die Falle locken.

Alles in allem wissen wir beide nichts voneinander. Gar nichts. Noch nicht mal, ob wir uns je begegnet sind, ob wir uns je die Hand gegeben haben.

Dann, nach einer kurzen, ironischen Pause, erklärte er, er sei sich sicher, dass eine Menge neugieriger Leute um das Telefon herumstünden, die erfahren wollten, wer mein geheimnisvoller Gesprächspartner wohl sein könnte. Das kann nur Malommo sein, da seid ihr alle sicher! Wer wohl sonst? Vielleicht hat ja jemand sogar heimlich drauf gewettet.

Was für ein Unsinn, fuhr er fort. Ihr werdet niemals rausfinden, wie die Dinge wirklich liegen, nicht einmal als Preisfrage bei Wer-wird-Millionär. Um die Wahrheit zu sagen, es gibt sicherlich jemanden unter uns, der sich gegenüber anderen Vorteile verschafft hat. Aber was macht das schon? Ihr seid euch eurer Sache sicher. Sicher, dass es sich um Malommo handelt. Klar. Und um wen noch?

Wie bitte?

Denkt dran, wir alle sind Teil des Rätsels. Keiner ist ausgeschlossen, keiner privilegiert.

Dann schwieg er.

Auf einmal kam mir eine Idee. Ich sprach ihn etwas zerstreut, aber entschieden mit »Avvocato« an.

Hören Sie ... Herr Anwalt!

Der andere fuhr vom Stuhl auf.

Als ich das Geräusch hörte, freute ich mich wie ein Kind und musste mich beherrschen, nicht in Siegesgeheul auszubrechen: Jetzt wusste ich, auf welche defensiven Wege Malommo setzte, welche Illusionen er hatte, der gerechten Strafe, die ihn erwartete, zu entgehen, mit welchen betrügerischen Strategien und mit welch zynischer Kriegsmaschinerie er glaubte, ungeschoren davonkommen zu können.

Er hatte entschieden einen Fehler gemacht, mich anzurufen. Oder etwa nicht?

Felice Lasco war nicht müde geworden, die Kanaille immer wieder mit einer Spur von Wohlwollen zu betrachten. Am Ende, das hatte er mehr als einmal gesagt, würde Malommo Vernunft annehmen. Er habe zwar eine instabile Persönlichkeit, sei fähig zu Exzessen, aber auch imstande, sich eines Besseren zu besinnen. Wahrscheinlich hatte Felice das alles nur gesagt, um uns zu beruhigen. Mit wenig Erfolg.

Unter vier Augen erzählte er mir einmal von einem Traum – er hätte es besser Vision nennen sollen –, in dem er seine eigene Ermordung, seine Hinrichtung erlebt hatte, bei Besinnung, Moment für Moment: In einer schmutzigen Gasse in der Sanità hielt Malommo, die Kanaille, ihm eine Pistole an die Schläfe, während er – ein erstes Mal aus der Ferne getroffen – ihn aufforderte zu schießen, es zu Ende zu bringen, ein für alle Mal: Schieß, du Arsch, worauf wartest du? Schieß!

Einen Abend sollte ich einen Brief an Arlette lesen. Hatte er mich vorher, wenn er mir die eine oder andere Seite gab, immer gefragt: Macht es dir etwas aus?, so drückte er mir jetzt wortlos den Umschlag in die Hand.

»Meine angebetete Arlette«, hieß es da. »Ich werde bald wieder in Kairo sein: vielleicht schon in der nächsten Woche. Ich könnte auch eher abreisen, aber damit würde ich mein Wort mir selbst gegenüber brechen, Oreste Spasiano, der mich aufgefordert hat, die Sanità zu verlassen (in nur zweiundsiebzig Stunden) und nie mehr zurückzukehren, keinen Triumph zu gönnen. Absurd! Kein Grund der Welt kann mich zwingen, mich einem solchen Befehl zu unterwerfen: Dieser Ort, wie Du weißt, ist alles für mich geworden. Wenn ich ihn nicht vor diesen vielen Jahren verlassen hätte, wenn ich geblieben wäre, würde ich ihm heute sicher ganz anders gegenüberstehen (kritischer? distanzierter? sogar ablehnend?). Aber die Dinge sind nicht so gelaufen, ich bin gegangen, mit der Absicht, eine ganze Seite, eine ganze Menge Seiten meines Lebens zu löschen. Bis auf die letzten, die augenblicklichen, die meine erzwungene Rückkehr zu meiner sterbenden Mutter betreffen. Plötzlich fühlte ich mich von der Vergangenheit überwältigt. Ich konnte es kaum erwarten, wieder Teil der Gemeinschaft zu sein, die verlorenen Wurzeln wiederzufinden. Bis in mir der Entschluss reifte, Ägypten zu verlassen, um hier zu leben, mit Dir, zumindest in der schönen Jahreszeit, wenn die Gärten blühen und die Sonne samtig vom Himmel strahlt. Ich weiß, Du wirst nicht nein sagen: Du bist eine mutige Frau, Du kannst Dir so vieles vorstellen, bist offen für jedes Abenteuer.

Meine Angebetete, verzeih mir: Das ganze Leben lang habe ich Dir nur Probleme bereitet, Dich in mein Chaos hineingezogen, in meine Haltlosigkeit. Das wäre nicht nötig gewesen. Wie viele Male habe ich Dich für lange, zu lange Zeit allein gelassen, ganze Monate manchmal, um mit der Firma in ferne und gefährliche Länder zu gehen. Du hast alles ertragen, aus Liebe zu mir, und ich, wie habe ich es Dir vergolten? Meine Liebe zu Dir ist größer als alles andere in der Welt, aber reicht diese Liebe, um ein Leben zu vergelten, das aus Opfern bestand?

Ich weiß nicht, ob Du, wenn wir dann einmal in Neapel wohnen (ein Haus auf dem Hügel, Arlette, dazu ein Stückchen Land, das wir gemeinsam bestellen), Traditionen und Lebensformen aushalten wirst, die Dir fremd sind.

Daher schlage ich Dir etwas vor: Solltest Du es nach einem Jahr Aufenthalt unerträglich finden, hier zu leben, hier alt zu werden, dann werde ich keinen Moment lang zögern, Dir überallhin zu folgen, wo es Dir gefällt. Das ist ein feierliches Verspechen, eine verbindliche Zusage.

Aber mein Gefühl sagt mir, dass es keine Hindernisse geben wird, dass das Vorhaben glückt: Du kannst Dir nicht vorstellen, wie schön, wie einladend und zugleich geheimnisvoll mein Viertel ist. Trotz seiner tiefen Wunden, seiner Armut, seiner Gewalt.

Ich glaube – ob zu Recht oder Unrecht –, dass jeder von uns im Laufe seines Lebens im Wesentlichen eine Erfahrung lebt, eine Obsession oder einen Wunsch. In meinem Fall ist diese Erfahrung zweifellos die des Exils, daher mein permanentes Streben nach Rückkehr. Mein Leben, gleich nach der Flucht aus Italien, war, wie Du weißt, von einem großen Schweigen überschattet, von einer sehr symbolischen Wortlosigkeit. Ich schwieg aus mehreren Gründen: Weil ich keine eigene Sprache mehr hatte (die Muttersprache verblasste immer schneller, auch weil ich das so wollte, ich wollte sie verlieren, wie alles andere, was mit der Vergangenheit zu tun hatte), und weil das Unaussprechliche immer mehr Teil meines Charakters wurde. Ich dachte, das, was sich in mir abspielte, würde sich im Laufe der Zeit einrenken, die Zeit würde mich von den Lasten befreien, die mein Bewusstsein erdrückten, mich versöhnen. Zum Teil ist das auch gelungen. Aber nur zum Teil. Als ich nach fünfundvierzig Jahren nach Neapel zurückkehrte, habe ich festgestellt, dass viele der alten, scheinbar verheilten Wunden wieder zu bluten begannen, und dass ich plötzlich im Zentrum eines Sturms stand, aus dem ich mich nur retten konnte, indem ich mich mit jedem einzelnen meiner Fehler auseinandersetzte.

Womit ich sagen will, dass die Rückkehr anfangs alles andere als süß ist. Die Realität um dich herum erzeugt Unbehagen. Sie ist die Quelle der Unsicherheit, sie macht bitter, und nur mit den Tagen, die vergehen, entdeckst du ihre subtile Faszination, ihre mitreißende Lust. Eines Morgens erwachst du und sagst: Diese enge Straße bin ich, diese verschlungene Gasse, dieses wütende Geschrei, dieser Duft, dieser Gestank, auch das bin ich. Genau wie das schmutzige, runzlige Gesicht der Alten, die mir grimmig nachschaut. Und der Sonnenstrahl, der träge durch das Fenster im dritten Stock, das mit den klapprigen Läden, fällt. Ich bin all das Gute und all das Schlechte der Sanità. Keiner kann seinen eigenen Widersprüchen entfliehen. Er kann nur kämpfen, von Mal zu Mal, um sie zu überwinden.

Verzeih mir, Arlette, wenn ich mich von der Begeisterung für meinen Geburtsort hinreißen lasse, der für viele – mich inbegriffen – schicksalhaft ist. Ich habe Dir nie etwas verschwiegen, und ich will Dir auch jetzt nicht verschweigen, welcher Irrsinn mich nach meiner Rückkehr nach Neapel überfallen hat und mich dazu führt, die Dinge fast seitenverkehrt zu sehen, mitunter das Schlechte mit dem Guten zu verwechseln. Eins muss ich klarstellen. Hier kannst du die Dinge kaum zählen, die nicht in Ordnung sind, die Anomalien und Schrecken, die ein Gemüt wie das Deine verletzen könnten. Dabei rede ich nicht davon, was in den engen Gassen passiert, wo die Leute halsbrecherisch daher rasen. Nein, in der Sanità stirbt man nicht im Durcheinander der Gassen. Man stirbt auf der großen Piazza vor der Basilika, der Kirche, die seltsamerweise Il Monacone heißt. Der bevorzugte Ort für Schießereien. Hier zählt man die Leben nicht, die Salven aus Kalaschnikows zum Opfer fallen, während die Basilika in ihrer ganzen sperrigen Schönheit einfach dasteht und zuschaut. Keiner ihrer Heiligen lässt sich zu Mitleid bewegen, egal, was auch immer geschieht.

Aber Du würdest Dich irren, Arlette, wenn Du annehmen solltest, dass man in der Sanità nur den Tod feiert. Das Gefühl, in einem Mutterschoß geborgen zu sein, ist überwältigend. Dies sage ich nicht nur metaphorisch und allgemein. Es ist etwas, das ich selbst erfahren habe, und es hat mir gezeigt, was in dieser Gegend ein neues Leben bedeutet, welchen Enthusiasmus es auslöst.

Ich war erst wenige Tage hier, als ich aufs Geratewohl in eine kleine Gasse bog und sah, wie sich eine Schar von Menschen vor einem Basso drängte. Ich fragte mich, warum, mischte mich darunter und sperrte Augen und Ohren auf. Drinnen, Arlette, stand ein großes Bett mit einer Frau, die gerade eben ein Kind zur Welt gebracht hatte. Einen hübschen Jungen. Den eine Art Hebamme – eine Frau, die vielleicht keine Ausbildung besitzt, aber den Wöchnerinnen beisteht – wie eine Trophäe nach draußen hielt, was zu riesigem Applaus führte. In den ich einstimmte, worüber sich niemand gewundert hat.

Ich weiß nicht, wie Du es betrachtest: Für mich war dieses Ereignis schön und bewegend, weil es bezeugt, wie stark die Gemeinschaft hier, unentwegt mit Mühsal, Krankheit und Tod konfrontiert, doch mit dem Leben verbunden ist.

Meine liebe Arlette, dieser Ort ist bestimmt der richtige für Dich. Er entspricht Deinen Fähigkeiten und Deinem Tatendrang. Ich glaube an Vorahnungen, an dieses Gefühl, das mir aus der Tiefe meines Herzens zu verstehen gibt, was geschehen wird. Anfangs ist es nur eine Art innerer Wärme. Dann verwandelt es sich nach und nach in Bewusstsein, in Gewissheit. Sei also ganz ruhig: Es wird nichts Schlimmes geschehen.

Ich schließe jetzt. Aber denk daran: Nur noch wenige Tage, und ich werde wieder bei Dir sein …«

***

Aber so liefen die Dinge nicht. Vorahnungen bewahrheiten sich nicht immer: Oft sind es nur Phantasmen, Projektionen unserer verborgenen Wünsche. Felice Lasco wurde am achten Tag nach Ablauf der Frist, die Malommo, die Kanaille, ihm gesetzt hatte, ermordet. Er wollte sich gerade auf den Weg machen, überzeugt, seine Freiheit wiedergewonnen zu haben.

Ich sage nichts über unseren Schmerz. Padre Rega betrachtete sich an seinem Tod mitschuldig. Er sagte, er habe nicht alles Menschenmögliche unternommen, um die Tat zu verhindern, er habe Felice Lasco letztendlich sogar noch in seinem Entschluss bestärkt, sich Malommos Erpressung nicht zu beugen.

Wir zeigten den Mörder an. Er wurde verhaftet. Um unsere Anschuldigungen zu erhärten, hatte ich dem zuständigen Staatsanwalt auf Drängen von Padre Rega ein paar Kapitel dieses Buches zu lesen gegeben, vor allem das über den Mord an Costagliola. Spasiano stritt alles ab. Er erklärte sich an beiden Morden für unschuldig.

Ihr habt keinen einzigen Scheißbeweis, sagte er selbstgefällig und spöttisch gegenüber der Polizei.

Wie Costantino Sorgente es vorausgesehen hatte, schob Malommo, die Kanaille, seinem einstigen Freund die alleinige Schuld für den Mord an Costagliola in die Schuhe. Er behauptete, die Freundschaft zu Felice Lasco, der sich die ganze Sache allein ausgedacht hatte, habe ihn gezwungen, bei diesem Irrsinn mitzumachen.

Die vollkommene Verdrehung der Rollen. Im Übrigen, fügte er heuchlerisch hinzu, sei nicht er es gewesen, der nach dem fatalen Ereignis von der Bildfläche verschwunden sei und sich im Ausland versteckt habe. Er sei ganz ruhig zu Hause geblieben, was wohl jeder bezeugen könne.

Bedeutet all dies, dass er straflos davonkommt? Ein Gedanke, den ich nicht in Erwägung ziehen will. Ich werde wie ein Löwe kämpfen, bis die Wahrheit siegt, und ich bin sicher, dass die erforderlichen Beweise, um ihn festzunageln, am Ende unwiderlegbar zu Tage treten. Sicher, das braucht Zeit. Die Wahrheit ist von Natur aus träge, sie bahnt sich ihren Weg mit winzigen Schritten, manchmal stockt sie auch, und es dauert eine Weile, bis sie sich wieder in Bewegung setzt. Und die Lüge? Sie ist von Natur aus schnell. Sie ist aggressiv, doch zum Glück verbrennt sie ihre Flügel ebenso rasch wie die sprichwörtliche Motte, die um die Glühbirne schwirrt.

Felice Lasco wird daher weiterhin in meinem Leben bleiben, das nun kein anderes Ziel mehr hat als das, seine Ehre zu verteidigen, die Malommo, die Kanaille, ihm zu nehmen trachtet.

Früher oder später, wenn ich es am wenigsten erwarte, wird er zu mir zurückkehren, da bin ich mir sicher – an irgendeinem Abend, vielleicht bei Regen und Wind, vielleicht auch nicht. Er wird wie immer im marodesten meiner Sessel versinken. Sein Lieblingsplatz. Um sich dem Fluss einer der Geschichten seines Lebens zu überlassen ...

Nach und nach wird sich der Schatten des Mannes, der aus dem Nichts kam, dann auflösen. Seine Stimme aber wird noch eine Weile nachklingen. Nico', ich gehe … vergesst mich nicht.

Ich habe nichts mehr hinzuzufügen.

Bücher
sind
fliegende
Teppiche
ins Reich
der Fantasie.

James Daniel

Weitere Literatur im marixverlag finden Sie unter
www.verlagshaus-roemerweg.de/Marix_Verlag/Literatur/

Questo libro è stato tradotto grazie a un contributo per la traduzione assegnato dal Ministero degli Affari Esteri e della Cooperazione Internazionale italiano.

Dieses Buch wurde dank eines Übersetzungszuschusses des Italienischen Ministeriums für Auswärtige Angelegenheiten und Internationale Kooperation übersetzt.

Bibliografische Information der Deutschen Nationalbibliothek
Die Deutsche Nationalbibliothek verzeichnet diese Publikation in der Deutschen Nationalbibliografie; detaillierte bibliografische Daten sind im Internet über http://dnb.d-nb.de abrufbar.

Es ist nicht gestattet, Texte dieses Buches zu scannen, in PCs oder auf CDs zu speichern oder mit Computern zu verändern oder einzeln oder zusammen mit anderen Bildvorlagen zu manipulieren, es sei denn mit schriftlicher Genehmigung des Verlages.

Alle Rechte vorbehalten

Copyright © Giangiacomo Feltrinelli Editore Milano
First published as Nostalgia by Ermanno Rea in October 2016
© by marixverlag in der Verlagshaus Römerweg GmbH, Wiesbaden 2022
Lektorat: Anna Schloss
Covergestaltung: Anja Carrà, Weimar
Bildnachweis: © Valerius Geng - stock.adobe.com
Satz und Layout: Anja Carrà, Weimar
Der Titel wurde in der Times New Roman gesetzt.
Gesamtherstellung: CPI books GmbH, Leck – Germany

ISBN: 978-3-7374-1183-7

Mehr über Ideen, Autoren und Programm des Verlags finden Sie auf www.verlagshausroemerweg.de und in Ihrer Buchhandlung.